原創愛
YL002

後宮

甄嬛傳 II

流瀲紫──著

希代多媒體
Sitak Multimedia

原創愛　YL002

后宮：甄嬛傳Ⅱ

作　　者：流瀲紫
總 編 輯：林秀禎
編　　輯：蘇芳毓
出 版 者：英屬維京群島商高寶國際有限公司台灣分公司
　　　　　Global Group Holdings, Ltd.
地　　址：台北市內湖區洲子街88號3樓
網　　址：gobooks.com.tw
電　　話：(02) 27992788
E- mail：readers@gobooks.com.tw（讀者服務部）
　　　　　pr@gobooks.com.tw（公關諮詢部）
電　　傳：出版部 (02) 27990909　行銷部 （02）27993088
郵政劃撥：19394552
戶　　名：英屬維京群島商高寶國際有限公司台灣分公司
發　　行：希代多媒體書版股份有限公司/Printed in Taiwan
初版日期：2009年2月

國家圖書館出版品預行編目資料

后宮：甄嬛傳Ⅱ/流瀲紫著. -- 初版. -- 臺北市 : 高寶國際, 2009.02
　　面 ;　公分. --（原創愛 ; YL002）

ISBN 978-986-6556-75-3(平裝)

857.7　　　　97025490

·目　錄·

・目　錄・

二十八、榴花

眉莊之事玄凌震怒異常，加上西南軍情日急，一連數日他都沒有踏足後宮一步。戰事日緊，玄凌足不出水綠南薰殿，日日與王公大臣商議，連膳食也是由御膳房頓頓送進去用的。別說我，就連皇后也是想見一面也不可得。

我心急如焚，也不知眉莊如今近況如何。禁足玉潤堂、裁減俸祿用度和服侍的宮人都在意料之中。可是宮中的人一向跟紅頂白、見風使舵，眉莊本是炙手可熱，眼下驟然獲罪失寵，縱使皇帝不苛待她，可是那些宮人又有哪一個好相與的，不知眉莊正怎樣被他們糟踐呢。眉莊又是那樣高的心性，萬一一個想不開……我不敢再想下去。

陵容心急眉莊的事，一日三五次往我這裡跑，終究也是無計可施。她本是因眉莊才能進這太平行宮，眼下怕是也要受牽連，我忙囑咐了小允子另外安排了住所給她，遠遠地離開玉潤堂，盡量不引人注目。

這日黃昏心煩難耐，便坐在館前不繫舟上納涼。小舟掩映在濃綠花蔭裡，涼風吹過滿湖粉荷碧葉，帶來些許如水的清涼。其時見斜陽光映滿湖，脈脈如杜鵑泣血，照在湖邊雙鳳奪珠的影壁之上，那斑斕輝煌振翅欲飛的兩隻鳳凰亦見蒼勁猙獰之態。

我坐在不繫舟上，隨手折下一朵熟得恰好的蓮蓬，有一搭沒一搭的剝著蓮子。槿汐勸道：「小主別再剝那蓮子了，水蔥似的指甲留了兩寸了，弄壞了可惜。」我輕歎一聲，隨手

把蓮蓬擲在湖裡，「咚」一聲沉了下去。

槿汐道：「小主心裡煩惱奴婢也無從勸解。只是恕奴婢多嘴，眼下也無法可想，小主別慪壞了自己身子才是。」

我伸指用力掐一掐荷葉，便留下一彎新月似的的指甲印，綠色的汁液染上緋紅指面，輕聲道：「事情落到這個地步，妳叫我怎麼能不焦心。」

槿汐壓低聲音，「奴婢人微言輕幫不上什麼忙，小主何不去請芳若姑姑幫忙，她是御前的人。」

我順手捋下手上的金鐲子道：「這個鐲子本是一對，我曾送過她一個，如今這個也給她湊成一對。妳悄悄兒去找她，就說是我求她幫忙，好歹顧念當日教習的情分，讓她想法多多照顧眉莊，勸解勸解她。」

槿汐忙接過去了。

槿汐剛走，只見流朱忙忙地跑過來喜滋滋道：「小姐。敬事房來了口諭，說皇上晚上過來，請小姐準備呢。」

終於來了。

舟身輕搖，我扶著流朱的手起身上岸，道：「替我梳妝，準備接駕。」

流朱將我的頭髮挽成髻，點綴些許珠飾，道：「好不容易皇上過來，小姐要不要尋機提一提眉莊小主的事，勸勸皇上。」

我擺一擺手道：「越是這個時候越是不能勸。只能等皇上消消氣再慢慢籌謀。」

流朱將我額前碎髮攏起，「如今這情形小姐要自保也是對的。皇上這幾日不來難保不是

因為眉莊小主的事惱了小姐您呢。」

我起身站到窗前，「那也未必。只是若能救她我怎會不出聲。妳冷眼瞧著這宮裡，一個個巴不得我沉不住氣去求皇上，頂好皇上能惱了我，一併關進玉潤堂裡去。我怎能遂了她們的心願。」我沉吟道：「本來我與眉莊兩人多有照應，如今她失勢，陵容又是個只會哭不中用的。只剩了我孤身一人，只好一動不如一靜。」

流朱道：「若是能有證據證明眉莊小主是無辜的就好辦了。」

我苦惱道：「我知道眉莊是被人陷害的，可恨現在無憑無據，我就是有十分的法子也用不上啊。」忽然腦中靈光一閃，對流朱道：「去把小連子找來。」

小連子應聲進來，我囑咐道：「你親自出宮去，拿了我的手信分別去我娘家甄府和眉莊小主在京中的外祖家，讓他們動用所有人手必定要把劉畚給找回來。活要見人，死要見屍。」我攥緊手中的絹子，淡淡道：「我就不信一個大活人能逃遁得無影無蹤！」

轉眼瞥見紗窗下瓷缸裡種著的石榴花，花開得殷紅軟萎，有大半已經頹敗了，惶惶地焦黑耷拉著，觸目一驚。

心裡說不出的厭惡，冷笑一聲道：「內務府的黃規全倒是越來越有出息了，這樣的花也敢往我宮裡擺。」

小連子與流朱皆不敢接口，半晌才道：「這起子小人最會拜高踩低。眼見著華妃娘娘又得寵了，眉莊小主失勢、皇上又不往咱們這裡來。要不奴才讓人把它們搬走，免得礙小主的眼。」

我聽著心裡發煩，我是新封的婕妤都是這個光景，眉莊那裡就更不必提了。若是一味忍耐反倒讓旁人存了十分輕慢之心，不能這麼叫人小覷了我們去。略想一想，道：「不用了。

明早天不亮就把這些石榴放到顯眼的地方去。留著它自有用處。」

天已全黑了，還不見玄凌要來的動靜。

我獨自坐在偏殿看書，小連子進來打了個千兒道：「小主吩咐的事奴才已經辦妥了，兩府裡都說會盡心竭力去辦，請小主放心。」

我頷首「唔」了一聲，繼續看我的書。

小連子又笑道：「給小主道喜。」

我這才抬頭，道：「好端端的有什麼喜了？」

小連子道：「大人和夫人叫奴才告訴小主閤家安好，請小主安心。另外大公子來了消息，說是明年元宵要回朝覲親，老爺夫人想要為公子定下親事，到時還請小主做主。」

我一聽哥哥元宵即可歸來，又要定親，心頭不由一喜，連聲道：「好。好。哥哥與我不見有年，此番回來若能早日成家是甄門一大喜事。」隨手拿起桌上一個瑪瑙鎮紙道：「這個賞你。」

小連子忙謝恩告退了下去。

槿汐回來正見小連子出去，四顧無人，方走近我道：「奴婢已經跟芳若姑姑說了，芳若姑姑說她自會盡力，這個卻要還給小主。」說著從袖中摸出那個金鐲子，「芳若姑姑說小主待她情重，本就無以為報，不能再收小主東西了。」

我點點頭道：「難為她了。這件事本就棘手，又在風頭上，換了旁人早就避之不及了。」想了想又說：「只是芳若雖然是御前的人，但是要照顧眉莊也得上下打點要她破費。」

槿汐道：「這個奴婢已經對芳若姑姑說了，若要銀錢疏通關節就使個可靠的人來宜芙館拿。」

我微微一笑：「妳做得對。只是話雖如此她卻未必肯來拿，妳還是得留心著點。」

槿汐答應了，輕聲道：「皇上這個時候還不來，恐怕也不會來了，要不小主先歇息吧。」

燭火微暗，我拔下頭上一枝銀簪子輕輕一挑，重又籠上，漫聲道：「不必。」

玄淩來的時候已經是夜半了。他滿面疲倦，朝我揮揮手道：「嬛嬛，朕乏得很。」

我親自捧了一盞蜂蜜櫻桃羹給他，又走至殿外的玉蘭樹邊折了兩朵新開的玉蘭花懸在帳鉤上，清香幽幽沁人。微笑道：「羹是早就冰鎮過的，不是太涼。夜深飲了過涼的東西傷身。又兌了蜂蜜，四郎喝了正好消乏安睡。」

說罷命人服侍了玄淩去沐浴更衣。

事畢，眾人都退了下去。

自己則如常閒散坐在妝台前鬆了髮髻除下釵環。

玄淩只倚在床上看我，半晌方道：「妳沒話對朕說？」

我「嗯」一聲，指著眉心一點花鈿回首向他道：「如今天氣炎熱，金箔的花鈿太過耀眼刺目，也俗氣，魚腮骨的色若白玉卻不顯眼。四郎幫嬛嬛想想，是用珊瑚好還是黑玉好？」

玄淩一愣，「這就是妳的要緊事？」

我反問道：「這個不要緊嗎？且不說容飾整潔是妃嬪應循之理，只說一句『女為悅己者容』，可不是頂要緊的嗎？」

玄凌啞然失笑，「是，是，的確是頭等要緊的大事。依朕看不若用珊瑚，嬛嬛姿容勝雪，不若眉心葳蕤一點紅反而俏皮可愛。」

朝他盈盈一笑：「多謝四郎。」

夜晚雖有些許涼意，但燭火點在殿中終究是熱。便換了芳苡燈，那燈是紫的，打在黑暗中，幽幽熒熒。

夜靜了下來，涼風徐徐，吹得殿中鮫紗輕拂。偶爾一兩聲蛙鳴，反而顯得這夜更靜更深。

玄凌見我隻字不提眉莊的事，只依著他睡下，反而有些訝異。終於按捺不住問我，「妳不為沈氏求情？」

「四郎已有決斷，嬛嬛再為眉姐姐求情亦是無益，反而叫四郎心煩。所謂『路遙知馬力，日久見人心』，此事若有端倪蹊蹺必定有跡可尋。」

他略略沉吟，「人人皆云妳與沈氏親厚，沈氏之事於妳必有牽連。怎的妳也不為自己剖白？」

「嬛嬛自然知道何謂『三人成虎』，何謂『眾口鑠金、積毀銷骨』，但四郎是明君，又知曉嬛嬛心性，自然不會聽信一面之詞。」我輕聲失笑，「若四郎疑心嬛嬛，恐怕嬛嬛此時也不能與四郎如此並頭夜話了是不是？」

他歎道：「妳如此相信朕對妳沒有一分疑心？」

我直盯著他的眼眸，旋即柔聲道：「怎會？誠如此時此景，四郎是嬛嬛枕邊人，若連自己枕邊之人也不相信。偌大後宮嬛嬛還可以信任誰？依靠誰？」

他低聲歎息，緊摟我在懷裡，三分感愧七分柔情喚我：「嬛嬛——」

我枕在他臂上道：「眉姐姐的事既然四郎已經有了決斷，嬛嬛也不好說什麼。四郎不是早囑咐過嬛嬛說華妃復寵後嬛嬛許會受些委屈，嬛嬛不會叫四郎為難。」說罷輕聲道：「近日朝政繁忙，四郎睡吧。」再不言語，只依在他懷中。

只是玄凌，你是我的枕邊人，亦是她們的枕邊人。如今情勢如此，縱然你愛我寵我又怎會真正沒有一絲疑心。

雖然你在眾人面前叱責了莽撞的秦芳儀，可是你若全心全意信任我，處置眉莊後是會急著來看我安慰我的。可是，你沒有。

若是此時我特意替眉莊求情或是極力為自己撇清反而不好。不若如常體貼你、對你說他做什麼我都願意承受委屈，才能讓你真心憐惜心疼，事事維護不讓我受半點委屈。

若非我今日著意說這番話，恐怕不能打消你對我那一絲莫須有的疑慮吧。夫婦之間用上君臣心計，實在非我所願，亦實在……情何以堪。

可是終於，還好，你終究還是信我比較多。

心底漫生出無聲的歎息。我閉上雙眸，沉沉睡去。

醒來玄凌已離開了，梳妝過後照例去向皇后請過安，回到宜芙館中見庭院花樹打理得煥然一新，一律換上了新開的木芙蓉，蔥鬱嫣紅，那幾盆開敗了的石榴全不見了蹤影，心中已明白了八九分。

果然小允子樂顛顛跑過來道：「小主不知道呢，內務府的黃規全壞了事，一早被打發去『暴室』服役了。這花草全是新來的內務府總管姜忠敏親自命人打理的。」

我坐下飲了一口冰碗道：「是嗎？」

了。」

小允子見我並沒什麼特別高興的樣子，疑惑道：「小主早就知道了？」

小連子在一旁插嘴道：「昨晚小主讓奴才把那些開敗了的石榴放在顯眼處時就料到了。」

小允子還來不及說話，浣碧已緊張道：「小姐昨晚對皇上表明情由了嗎？皇上不會再疑心您和眉莊小主假孕的事有牽連了吧？」

我接過槿汐遞來的團扇輕搖道：「何必要特特去表明呢？我若是一意剖白反而太著了痕跡，越描越黑。不若四兩撥千斤也就罷了。」見他們聽得不明白，遂輕笑道：「皇上信與不信全在他一念之間，我只需做好我分內之事也就罷了。何必惹他不痛快呢。」

眾人一時都解不過味來，唯見槿汐低眉斂目不似眾人極力思索的樣子，知道以她的聰慧自然已經明白了我的意思，不由更對她另眼相看。

小允子一拍腦門，驚喜道：「奴才明白了，就是因為皇上痛快了，才會在意是不是有人讓小主不痛快。所以皇上見內務府送來的石榴是開敗了的才會如此生氣，認為他們輕慢小主才懲罰了黃規全。」

我含笑點頭，「不錯，也算有些長進了。」

槿汐道：「黃規全是華妃的遠親這是大家都知道的，皇上這招叫以儆效尤，故意打了草去驚動蛇。」

我「唔」了一聲，浣碧道：「那皇上現在應該對小姐半分疑心也無了吧。」

我微微一笑：「大致如此。只有我的地位鞏固如前，才有辦法為眉莊籌謀。」

二十九、寒鴉（上）

傍晚時分，槿汐帶人進殿撤換了晚膳時的飯菜，又親自伏侍我沐浴。這本不是她份內的事，一向由晶清、品兒、佩兒她們伺候的。我知道她必定有事要對我說，便撤開了其他人，只留她在身邊。

槿汐輕手輕腳用玫瑰花瓣擦拭我的身體，輕聲道：「芳若姑姑那裡來了消息，說眉莊小主好些了，不似前幾日那樣整日哭鬧水米不進，漸漸也安靜下來進些飲食了。」

我吁一口氣，道：「這樣我也就放心了——只怕她想不開。」

槿汐安慰道：「眉莊小主素日就是個有氣性的，想必不致如此。」

「我又何嘗不知道。」忽地想起什麼事，伸手就要去取衣服起身，「她的飲食不會有人做手腳吧？萬一被人下了毒又說她畏罪自盡，可就真的死無對證了！」

槿汐忙道：「小主多慮了。這個事情看守眉莊小主的奴才們自然會當心。萬一眉莊小主有什麼事地一個跑不了的就是他們啊。」

想想也有道理，這才略微放心，重又坐下沐浴。槿汐道：「奴婢冷眼瞧了這大半年，小主對眉莊小主的心竟是比對自己更甚。原本眉莊小主有孕，皇上冷落了您好幾日，宮中的小主娘娘們都等著看您和她的笑話，誰知您竟對眉莊小主更親熱，就像是自己懷了身孕一般。」

我感慨道：「我與眉莊小主是幼年的好友，從深閨到深宮，都是咱們兩個一起，豈是旁

人可以比的。在這宮裡，除了陵容就是我和她了，左膀右臂相互扶持才能走過來。她今日落魄如此，我怎能不心痛焦急。」

槿汐似乎深有感觸，對我道：「小主對眉莊小主如此，眉莊小主對小主也是一樣的心吧。這是眉莊小主想盡辦法讓芳若姑姑送出來的，務必要交到小主手中。」

我急忙拿過來一看，小小一卷薄紙，只寫了寥寥八字：珍重自身，相助陵容。

才一看完，眼中不覺垂下淚來，一點點濡濕了紙片。

眉莊禁足玉潤堂身邊自然沒有筆墨，這一卷紙還不知她如何費盡心思才從哪裡尋來的。沒有筆墨，這區區八字竟是用血寫成，想是咬破了指頭所為。心中難過萬分。眉莊啊眉莊，妳自身難保還想著要替我周全，想著我孤身無援，要我助陵容上位。

我看完紙片，迅速團成一團讓槿汐放進香爐焚了。

心中不由得踟躕。我何嘗不知道陵容是我現在身邊唯一一個可以信任又能借力扶持的人。可是進宮將近一年，陵容似乎對我哥哥餘情未了，不僅時時處處避免與玄凌照面，照了面也盡量不引他注意，我又怎麼忍心去勉強她和一個自己不喜歡的男人親近呢？

沐浴完畢換過乾淨衣裳。看看時辰已經不早，攜了槿汐去看陵容，讓流朱與浣碧帶了些水果絲緞跟著過去。

陵容的住處安置在宜芙館附近的一處僻靜院落。除了她貼身服侍的寶鵑和菊清，另有兩個早先眉莊派給她的宮女翠兒和喜兒伺候。

還未進院門已聽得有爭吵的聲音。卻是翠兒的聲音：「小主自己安分也就罷了，何苦連累了我們做奴婢的。若能跟著沈常在一天也享了一天的好處，要是能跟著甄婕妤就更好了，

且不說婕妤是皇上跟前的紅人，連帶著我們做奴才的也沾光。」

我忙示意槿汐她們先不要進去，靜靜站在門口聽。

喜兒也道：「不怪我們做奴婢的要抱怨，跟著小主您咱們可是一日的光也沒沾過，罪倒是受了不少。」

陵容細聲細氣道：「原是我這個做主子的不好，平白叫你們受委屈了。」

菊清想是氣不過，道：「小主您就是好脾氣，由著她們鬧騰，眼裡越發沒有小主您了。」

翠兒不屑道：「小主沒說什麼，妳和我們是一樣的人，憑什麼由著妳說嘴了。」

喜兒嗤笑道：「小主原來以為自己是主子了呢？也不知道這一世裡有沒有福氣做到貴嬪讓人稱一聲『主子』呢！」

陵容自知失言，被堵得一句話也說不上來，只脹紅了臉坐在廊下。菊清卻耐不住了要和她們爭吵起來。

我聽得心頭火起，再忍不住冷冷哼了一聲踏進門去。

眾人見是我進來，都唬了一跳。翠兒和喜兒忙住了嘴，搶著請了安，陪笑著上前要來接流朱和浣碧手裡的東西。

我伸手一攔，道：「哪裡能勞駕兩位動手，可不罪過。」說著看也不看她們，只微笑對菊清道：「好丫頭，知道要護主。浣碧，取銀子賞她。」

菊清忙謝了賞。翠兒與喜兒兩人臉上一陣紅一陣白，只得訕訕縮了手站在一邊。

我道：「不是說想做我身邊的奴才嗎？我身邊的奴才可不是好當的。你們的小主好心性兒才縱著你們，我可沒有這樣好的性子，斷斷容不下你們這起子眼睛裡沒小主的奴才。」我

臉一沉，冷冷道：「槿汐妳帶她們去慎刑司，告訴主事的人說這兩個奴才不能用了。親自盯著人打她們二十杖，再打發了去浣衣局為奴。」她們一聽早嚇得跪在地上拚命求饒，哭得涕泗橫流。我也不理她們，只對槿汐道：「等下回了皇后，去內務府揀兩個中用的奴才來服侍陵容小主。」說著拉了陵容的手一同進去了。

我一向對宮人和顏悅色，甚少動怒。今日翻臉連槿汐也嚇了一跳，也不顧她們哭鬧求饒，忙驅了她們走了。

陵容和一同進屋坐下，陵容面含愧色道：「陵容無用，叫姐姐看笑話了。」

我道：「妳的性子也太好了，由著她們來。我不是早告訴過妳，宮女內監有什麼不好的要來告訴我，原本眉姐姐能照顧妳，如今我也是一樣的。」

陵容低聲道：「眼下是多事之秋，眉姐姐落難，姐姐焦頭爛額。陵容又怎能那麼不懂事再拿這些小事來讓姐姐煩心。」

我拍拍她的手道：「妳我情同姐妹，有什麼是不可說的。」見她總是羞愧的樣子，心裡也是不忍，轉了話題道：「前兩日看妳吃著那荔枝特別香甜，今日又讓人拿了些來。妳嘗嘗有沒有上次的好。」又指著流朱手裡的密瓜道：「這是吐蕃新進的密瓜，特意拿來給妳。」

陵容眼中隱有淚光，「姐姐這麼對我，陵容實在……」

我忙按住她手，假意嗔怪道：「又要說那些話了。」

說著讓流朱去切了密瓜，一起用了一些。

陵容的屋子有些小，下午的日頭一曬分外覺得悶熱。說不上一會話，背心就有些汗涔涔了。

眉莊叮囑的事我實在覺得難開口，猶疑了半日只張不開嘴。

無意看見她擱在桌上的一塊沒有繡完的繡件，隨手拿起來看，繡的是「蝶戀花」的圖樣，針工精巧，針腳細密，繡得栩栩如生。陵容見我看得津津有味，不由紅了臉，伸手要來取回。

我微笑道：「陵容的針線又進益了。」看了一回又道：「妳的手藝真好，也給我繡一個做香囊好不好？」

陵容甜甜笑道：「當然好。姐姐也要繡一個『蝶戀花』的嗎？」

我抿嘴想了想，忽然笑道：「我可不要什麼『蝶戀花』。蝶戀花，花可也一樣戀蝶嗎？這個不好。」

陵容怔了怔，亦微笑道：「也是。我給姐姐繡個比翼鳥和連理枝，祝皇上和姐姐恩愛好不好？」

我微微一笑看著她：「陵容只要祝我與皇上恩愛，卻不想與皇上恩愛嗎？」

陵容一驚，隨即低了頭道：「姐姐說什麼呢？」

我遣開周圍的人，正了神色道：「是我要問妳做什麼呢？」我頓一頓：「那日在扶荔殿，妳是怎麼了？」

陵容極力避開我的目光，低聲囁嚅道：「沒有什麼啊。」

我看她一眼，舒一口氣和顏悅色道：「妳以為那日我只顧著跳舞沒聽到。妳唱的的確不錯，可是連平日功夫的五成也沒唱出來——陵容，可是故意的？」

陵容頭埋得更低，越發楚楚可憐，叫我不忍心說她。再明白不過的事，她是怕得皇帝青睞，才故意不盡心盡力去唱。只是她為了什麼才不願意盡心盡力去唱，恐怕再沒有人比我更清楚。

我歎息道：「陵容，妳的心思我怎麼會不懂？」我的目光停駐在她身上片刻，陵容身姿纖弱，皮膚白至透明，一雙妙目就如受了驚的小鹿，溫柔似水的目光從纖長的睫毛後濾出絲縷，讓人怦然心動。我不由歎一聲，果然是我見猶憐！雖不是絕色，卻足以讓人憐惜動情了。

陵容被我瞧得不自在起來，不自覺得以手撫摸臉頰，半含羞澀問道：「姐姐這樣瞧我做什麼？」

我伸手拈起她的繡件，放在桌上細細撫平，「難道妳真要成天靠刺繡打發時光？連那些奴婢也敢來笑話妳？」

陵容手指裡絞著手絹，結成了個結，又拆散開來，過不一會兒，又扭成一個結，只管將手指在那裡絞著，低頭默默不語。半晌才擠出一句：「陵容福薄。」

「這樣的日子，」我抬頭打量一下這小小的閣子，幽幽道：「不比我當日臥病棠梨好多少。」

我站起身，緩緩理齊簪子上亂了的碎金流蘇，扶了浣碧的手往外走，走至儀門前，回頭對陵容道：「夜深風大，快進去吧。不必送了。」

陵容道：「姐姐路上小心。」

我點點頭，忽而作回憶起了什麼事，燦然笑道：「前些天哥哥從邊關來了家書，說是明年元宵便可回來一趟探親。」

見陵容眸光倏地一亮，如明晃晃一池春水，臉上不自覺帶了一抹女兒家的溫柔神色。

我心知她仍對哥哥有情，心底黯然歎息了一聲，陵容，不要怪我狠心。妳這樣牽掛哥哥，於妳的一生而言，真的是一分好處也沒有。硬一硬心腸，臉上充起愉悅的笑容：「爹爹

說哥哥此番回來必定要給他定了親事。家有長媳，凡事也好多個照應。也算我甄家的一樁喜事了。」

陵容聞言身子微微一晃，眼中的光芒瞬間黯淡了下去，像燒得通紅的炭淬進水中，「嘩」地激起白煙裊裊。

我心裡終究是不忍。這個樣子，怕她是真的喜歡哥哥的。可是不這樣做，陵容心裡總是對哥哥存著一分僥倖的希望，她的心思斷不了。所謂壯士斷腕，實在是不得不如此。

也不過那麼一瞬，陵容已伸手穩穩扶住了牆，神色如常，淡淡微笑如被風零散吹落的梨花：「這是喜事啊，甄公子娶妻必是名門淑女，德容兼備。陵容在此先恭喜姐姐了。」

夏日遲遲，一輪烈日正當著天頂，曬得遠處金黃色的琉璃瓦上都似要淌下火來，宜芙館掩映在蒼綠樹蔭裡，濃蔭若華，和著北窗下似玉的涼風，帶來片刻舒緩的清涼，讓炎熱中的人暫且緩過一口氣來。

昨夜玄凌夜宿在宜芙館，一夜的睏倦疲累尚未消盡，早上請安時又陪著皇后說了一大篇話，回來只覺得身上乏得很。見槿汐帶人換了冰進來，再耐不住和衣歪在楊妃榻上睡著了。這一覺睡得香甜。也不知睡了多久，迷迷糊糊聽見有人在身邊低聲啜泣。

睡得久了頭隱隱作痛，勉強睜眼，卻是陵容嗚咽抽泣，眼睛腫得跟桃子一樣，手中的絹子全被眼淚濡濕了。大不似往日模樣。

掙扎著起身，道：「這是怎麼了？」心裡惶然一驚，以為是眉莊幽禁之中想不開出了事。

陵容嗚咽難言，只垂淚不已。

我心裡著急，一旁槿汐道：「陵容小主的父親下獄了。」

我望向陵容，「好端端的，這是怎麼回事？」

陵容好容易才止住了哭，抽泣著把事情將了一遍。原來玄凌在西南用兵，松陽縣令耿文慶奉旨運送銀糧，誰知半路遇上了敵軍的一股流兵，軍糧被劫走，耿文慶臨陣脫逃還帶走了不少銀餉。玄凌龍顏震怒，耿文慶自是被判了斬立決，連帶著松陽縣的縣丞、主簿一同下了牢獄，生死懸於玄凌一念之間。

陵容掩面道：「耿文慶臨陣脫逃也就罷了，如今判了斬立決也是罪有應得，可是連累爹爹也備受牽連。這還不算，恐怕皇上一怒之下不僅有抄家大禍，爹爹也是性命難保。」陵容又哭道：「爹爹一向謹小慎微、為人只求自保，實在是不敢牽涉到耿文慶的事情中去的。」

我忙安慰道：「事情還未有定論，妳先別急著哭。想想辦法要緊。」

陵容聞言眉頭皺成了一團，眼淚汪汪道：「軍情本是大事，父親偏偏牽連在這事上頭，恐怕凶多吉少。陵容人微言輕，哪裡能有什麼辦法。」

我知道陵容是想我去向玄凌求情，一時間不由得為難，蹙眉道：「妳的意思我知道。可是這是政事，後宮嬪妃一律不許干政，妳是知道的。」

陵容見我也無法，不由得哭出聲來。我想了想，起身命槿汐去傳軟轎，又喚了流朱、浣碧進來替我更衣梳妝。拉起陵容的手道：「唯今之計，只有先去求皇后了。」

陵容忙止了哭，臉上露出一絲企盼之色，感激的點了點頭。

中午炎熱，雖是靠著宮牆下的陰涼走，仍是不免熱出一身大汗。

嬪妃參見皇后必要儀容整潔，進鳳儀宮前理了理衣裙鬢髮，用絹子拭淨了汗水才請宮女

去通報。出來回話的卻是剪秋，向我和陵容福了一福含笑道：「兩位小主來得不巧，娘娘出去了呢。」

我奇道：「一向這個時候娘娘不是都午睡起來的嗎？」

剪秋抿嘴笑道：「娘娘去水綠南薰殿見皇上了。小主此來為何事，娘娘此去見皇上亦是為了同一事。」又道：「娘娘此去不知何時才歸來，兩位小主先到偏殿等候吧。茶水早就預備下了。」

我含笑道：「皇后料事如神，那就有勞剪秋姑娘了。」

剪秋引了我和陵容往偏殿去。我心中暗想，皇后好快的消息，又算準了我和陵容要來求她，先去向玄凌求情了。倒是真真善解人意，讓人刮目相看呢。

我忽然間明白了幾分，皇后雖然不得玄凌的鍾愛，可是能繼位中宮，手掌鳳印恐怕並不僅僅是因為太后是她姑母，前皇后是她親姊的緣故。華妃從來氣傲，皇后雖然謙和卻也是屹立不倒，穩居鳳座，想來也是與她這樣處事周慮、先人一步又肯與人為善有關吧。當初計除麗貴嬪、壓倒華妃，雖然沒有和皇后事先謀定，可是緊急之下她仍能與自己有利的人配合默契、游刃有餘，無形之中已經和我們默契聯手。回想到此節，不由對平日看似仁懦的皇后由衷地更生出幾分敬畏感佩之情。

一等便是兩個時辰。終於皇后歸來，我與陵容屈膝行禮，她囑我們起來，又讓我們坐下略停了停飲了口茶方才緩緩道：「這事本宮已經盡力，實在也是無法。聽皇上的口氣似乎是生了大氣，本宮也不敢十分去勸，只能揀要緊的意思向皇上說了。皇上只說事關朝政，再不言其他。」

我與陵容面面相覷，既然連皇后也碰了這麼個不軟不硬的釘子回來。這求情的話是更難

向玄凌開口了。

陵容心中悲苦，拿了絹子不停擦拭眼角。

皇后說著歎了一口氣，疲倦地揉了揉額頭道：「如今政事繁冗，皇上也是焦頭爛額，後宮再有所求亦是只能添皇上煩擾啊。如今這情形，一是要看安氏妳父親的運數，二是要慢慢再看皇上那裡是否還有轉圜的餘地。」

陵容聽不到一半眼淚如斷了線的珠子滾滾而落，因在皇后面前不能太過失儀態，極力自持，抽噎難禁。勉強跪下道：「陵容多謝皇后關懷體恤，必當銘記恩德。」

皇后伸手虛虛扶起陵容，感歎道：「誰都有飛來橫禍，命途不濟的時候。本宮身為後宮之主，也與你們同是侍奉皇上的姊妹，能幫你們一把的時候自然是要幫你們一把，也是積德的事情。」

無論事情成功與否，身為皇后肯先人之憂而憂替一位身份卑微又無寵的宮嬪求情，已經是賣了一個天大的面子給我們。何況皇后如此謙和，又紓尊降貴說了如此一番體己貼心的話，我也不禁被感動了，心下覺得這深宮冷寂，暗潮洶湧，幸好還有這麼一位肯顧慮他人的皇后，也稍覺溫暖了。

陵容更是受寵若驚，感泣難言。

皇后和顏悅色看著我道：「甄婕妤一向懂事，頗能為本宮分憂，這件事上要好好安慰安選侍。知道嗎？」

我恭謹應了「是」。對皇后行禮道：「昔日沈常在之事幸得皇后出言求情，沈常在才不致殞命。此事臣妾還未向皇后好好謝過，實在是臣妾疏忽。今日皇后如此關懷，臣妾感同身受，不知如何才能回報皇后恩澤。」

皇后滿面含笑：「婕妤敏慧沖懷，善解人意。如今後宮風波頻起，本宮身子不好應接不暇，婕妤如果能知本宮心之所向，自然能為本宮分勞解愁。」說著睨一眼身側的剪秋。

剪秋走至鳳座旁，取過近處那盞鎦金鶴擎博山爐，皇后掀開塑成山巒形的尖頂看了一眼，搖了搖頭道：「這樣熱的天氣，這香爐裡的死灰重又復燃可怎麼好？」

皇后本不愛焚香，又是炎夏，忽然提起爐灰之事自有她的深意。如今宮闈之中什麼最讓皇后煩惱我自然明白。不由感歎再平和的人也有火燒眉毛按捺不住的時候了。

我起身道：「既然天熱，這香灰復燃可真是令人煩擾。」說著掀開手中的茶盅，將剩餘的茶水緩緩注入博山爐中，復又蓋上爐蓋。我微笑看著皇后，道：「臣妾等身處後宮之中仰仗的是皇后的恩澤，能為皇后分憂解勞是臣妾等份內的事。俗話說『智者勞心』，臣妾卑微，只能勞力以報皇后。」

博山爐內的芬芳青煙自蓋上的鏤孔中溢出，轟然湧起。皇后微睇著眼，掩口看二三縷若有若無的青煙四散開去，終於不見，露出滿意的笑容：「妳果然沒叫本宮失望。」

我緩緩屈膝下去：「月明星稀，烏鵲南飛，繞樹三匝終於有枝可依。」

皇后的溫和的容色在午後的陽光下明晃晃的不真切，「其實後宮從來只有一棵樹，只是亂花漸欲迷人眼罷了。只要妳看得清哪棵是樹哪朵是花就好。」

我低頭默默，內心驚動。如果剛才還有幾分覺得皇后賢德與溫暖的感動，此刻也盡數沒有了。任何所謂的恩惠都不會白白贈與妳，必定要付出代價去交換。

天氣真熱，背心隱約有汗滲出來。可是如今勢單力孤，強敵環伺，縱然有玄凌的恩寵，也必要尋一顆足以擋風遮雨的大樹了。我強自挺直背脊，保持著最恰到好處的笑容，從容道：「多謝皇后指點。臣妾謹記。」

見陵容一臉迷茫與不解看著我與皇后，無聲地歎了口氣，一起退了出去。

送別了陵容，低聲向槿汐道：「皇后去見皇上為安比槐求情的事她該很快就知道了吧？」

槿汐道：「此時沒有比華妃娘娘更關心皇后娘娘的人了。」

我道：「她耳目清明，動作倒是快。妳猜猜華妃現在在做什麼？」

「必然是與皇后反其道而行之想請皇上從嚴處置安比槐吧。」

輕笑出聲，「那可要多謝她了。」

槿汐微微疑惑：「小主何出此言？」

「多謝她如此賣力。如此一來，我可省心多了。」

三十、寒鴉（下）

估摸著時候差不多了，獨自向水綠南薰殿走去。

從綠蔭花架下走出，順著蜿蜒曲廊，繞過翻月湖，穿了朱紅邊門，便到了水綠南薰殿。見宮人恭謹無聲侍立門外，示意他們不要通報，逕自走了進去。

暮色四合下的殿宇有著幾分莫名的沉寂，院落深深，飛簷重重。

殿中原本極是敞亮，上用的雨過天青色蟬翼窗紗輕薄得幾乎像透明一般，透映著簷外婆娑樹影，風吹拂動，才在殿中、地上留下了明暗交錯的跡子。

腳上是軟底的繡花宮鞋，輕步行來，靜似無聲。只見玄凌伏在紫檀案几上，半靠著一個福枕，睡得正是酣甜。本是拿在手中的奏折，已落在了榻下。我輕輕拾起那本奏折放好，直瞧著案幾上堆著的滿滿兩疊小山似的奏折，微微搖了搖頭。

殿中寂寂無聲，並無人來過的痕跡。

無意看見一堆奏折中間露出一縷猩紅流蘇，極是醒目。隨手拿出來一看，竟是一把女子用的紈扇，扇是極好的白紈素面，泥金芍藥花樣，象牙鏤花扇骨柄，精巧細緻，富貴奢華。一上手，就是一股極濃的脂粉香撲面而來，是「天宮巧」的氣味，這種胭脂以玫瑰、蘇木、蚌粉、殼麝及益母草等材料調和而成，敷在頰上面色潤澤若桃花，甜香滿頰，且製作不易，宮中能用的妃嬪並無幾人。皇后又素性不喜香，也就只有華妃會用了。

清淡一笑，舉起來有一搭沒一搭的搧，閉目輕嗅，真是香。想必華妃來見玄凌時精心妝

扮，濃墨重彩，是以連紈扇上也沾染了胭脂香味。

華妃果然有心。

皇后一出水綠南薰殿華妃就得了消息趕過來，可見宮中多有她的耳目。如今我勢弱，秦芳儀、恬貴人一流華妃還不放在眼裡，在意皇后也多半是為了重奪協理六宮的權力。

我身邊如今只得一個陵容，可惜也是無寵的。一直以來默默無聞，像影子般生活的陵容。我無聲歎息，眉莊啊眉莊，我知道妳是為了我好，知道這寂寂深宮中即便有君王的寵愛獨身一人也是孤掌難鳴。可是妳可知道妳給我出了個多麼大的難題。旁人也就罷了，偏偏我是知道陵容的心思的，縱然她今生與哥哥是注定無緣的了，可是我怎能為了一己安危迫使她去親近玄凌呢。

頭痛無比，偏偏這個時候陵容的父親又出了差池。皇后求情玄凌也未置可否，憑我一己之力不知能否扭轉陵容父親的命途，也只能盡力而為了。

正閉目沉思，忽地覺得臉上癢癢的，手中卻空落落無物。睜眼一看，玄凌拿著扇柄上的流蘇撥我的臉，道：「何時過來的？朕竟沒有聽見。」

側首對他笑：「四郎好睡。妾不忍驚動四郎。」

看一眼桌上堆積如山的奏折，「朝政繁忙，皇上也該注意身子。」

「案牘勞形，不知不覺也已看了一天的折子了。」說著苦笑瞪那些奏折，「那些老頭子無事也要寫上一篇話來囉嗦。真真煩惱。」

我溫婉輕笑：「身為言官職責如此，四郎亦不必苛責他們。」說著似笑非笑舉起紈扇障面，「何況時有美人來探四郎，何來案牘之苦呢？大約是紅袖添香，詩情畫意。」說罷假意用力一嗅，拉長調子道：「好香呢——」

他哭笑不得，「妮子越發刁滑。是朕太過縱妳了。」

旋身轉開一步，道：「嬛嬛不如華妃娘娘善體君心，一味胡鬧只會惹四郎生氣。」

他一把捉住我的手臂，道：「她來只是向朕請安。」

我搧搧風，道「好熱天氣，華妃娘娘大熱的午後趕來，果然有心。」

玄凌拉我在身邊坐下，「什麼都瞞不過妳。皇后前腳剛走華妃就到了，她們都為同一個人來。」

「可是為了選侍安陵容之父松陽縣丞安比槐？」

「正是。」玄凌的笑意若有似無，瞧著我道：「那麼妳又是為何而來？」

我道：「讓嬛嬛來猜上一猜。皇后娘娘仁善，必定是為安選侍求情；華妃娘娘剛直不阿，想必是要四郎執法嚴明，不徇私情。」

「那麼妳呢？」

我淺淺笑：「後宮不得干政，嬛嬛銘記。嬛嬛只是奇怪，皇后娘娘與華妃娘娘同為安比槐一事面見皇上，不知是真的兩位娘娘意見相左，還是這事的原委本就值得再細細推敲。」

我見他仔細聽著並無責怪之意，俯身跪下繼續道：「臣妾幼時觀史，見聖主明君責罰臣民往往剛柔並濟，責其首而寬其從，不使一人含冤。使臣民敬畏之外更感激天恩浩蕩、君主仁德。皇上一向仰慕唐宗宋主風範，其實皇上亦是明君仁主。臣妾愚昧，認為外有戰事，內有刑獄，二者清則社稷明。」說到此，已不復剛才與玄凌的調笑意味，神色鄭重，再拜而止。

玄凌若有所思，半晌含笑扶我起身，難掩欣喜之色：「朕只知嬛嬛飽讀詩書，不想史書國策亦通，句句不涉朝政而句句以史明政。有卿如斯，朕如得至寶。安比槐一事朕會讓人重新查明，必不使一人含冤。」

鬆一口氣，放下心來，「臣妾一介女流，在皇上面前放肆，皇上莫要見怪才好。」

玄淩道：「後宮不得干政。可朕若單獨與妳一起，朕是妳夫君，妻子對夫君暢所欲言，論政談史，有何不可？」

垂首道：「臣妾不敢。」

他微笑：「婕妤甄氏不敢，可是甄嬛無妨。」

我展眉與他相視而笑：「是。嬛嬛對皇上不敢僭越，可是對四郎必定知無不言。」

回到宜芙館已經夜深，知道陵容必定輾轉反側，憂思難眠，命流朱去囑了她「放心」，方才安心去睡。

次日一大早陵容匆忙趕來，還未進寢殿眼中已落下淚來，俯身便要叩拜。我忙不迭攔住道：「這是做什麼？」

陵容喜極而泣：「今早聽聞皇上命刑部重審爹爹牽涉運送軍糧一案，爹爹活命有望。多謝姐姐去為陵容與爹爹求情。」

「何止活命，若是安大人果真無辜，恐怕還能官復原職。」我扶起她道：「其實昨日我並無為妳求情，只是就事論事。何況我也並不敢求情，皇后都碰了個軟釘子，我若求情皇上卻應允了，豈非大傷皇后顏面。」

陵容滿面疑惑看我道：「不是姐姐為我父親求情皇上才應允重審此事的嗎？」

「皇上乃一國之君，豈是我輩可以輕易左右得了的。」我拉她坐下一同用早膳，淡淡微笑道：「其實昨日我也無十分把握能勸動皇上。話說回來真是要多謝華妃，若非她心性好勝，恃寵想與皇后一爭高低，在皇上面前要求從嚴定安大人等人罪刑，恐怕這事也沒有那樣

容易。」

陵容略一思索，臉上綻出明瞭的微笑，「如此可要多謝她。」

「華妃與皇后娘娘爭意氣，皇后娘娘要為妳求情，她卻偏要反其道而行之。本來主犯是耿文慶，妳父親刑責輕重皇上無心多加理會，殊不料此舉反而讓皇上存了心，我再順水推舟，皇上便有意要去徹查妳父親在這件事中是否真正無辜。」

陵容道：「姐姐怎知華妃是與皇后爭意氣而非針對姐姐與我？」

我挾了一塊素什錦在陵容碗中，道：「也許有此意。她的親信黃規全前不久在我宮裡犯事被皇上責罰了，以她的性子怎能嚥得下這口氣。只是事分輕重緩急。華妃復起之後最要緊的是什麼？就是從奪回協理六宮的權力，與皇后平分秋色。暫且還顧不上對付我。否則，妳眉莊姐姐之後要對付的就是我，我哪裡還能得一個喘息之機與妳在此說話？」

陵容聽完憂愁之色大現，「那姐姐準備怎麼辦？」

「幸好皇上對我還有幾分寵愛，只要我小心提防她也未必敢對我怎樣。如今情勢只能走一步算一步，靜觀其變，還要設法救眉莊出來。」

陵容道：「妹妹無用，但若有可以效力之處必定竭盡所能。」

午睡起來閒來無事，便往陵容那裡走動。

到的時候她正在內間沐浴。寶鵲奉了茶來便退出去了。

閒坐無聊，見她房中桌上的春籐小籮裡放著一堆繡件，顏色鮮艷，花樣精巧。心裡喜愛便隨手拿起來細看。不外是穿花龍鳳、瑞鵲銜花、鴛鴦蓮鷺、五福捧壽、蜂蝶爭春之類的吉祥圖案，雖然尋常，在她手下卻栩栩如生。

正要放起來，卻見最底下一幅的圖案不同尋常，一看卻不是什麼吉祥如意的綵頭。繡著一帶斜陽，數點寒鴉棲於枯枝之上。繡工精巧，連烏鴉羽毛上淡淡是夕陽斜暉亦纖毫畢現，色澤光影層迭分明，如潑墨般飄逸靈巧，可見是花了不少心思。讓人一見之下驀然而生蕭瑟孤涼之感。

秋風清，秋月明。落葉聚還散，寒鴉棲復驚。相思相見知何日，此時此夜難為情。

不禁歎惜，難為了陵容，終於也明瞭了與哥哥相期無日，卻終究還是此時此夜難為情。不知夜夜相思，風清月明，陵容如何耐過這漫漫長夜。可歎情之一字，讓多少人輾轉其中、身受其苦卻依然樂此不疲

才要放回去，心底驀地一動，以為自己看錯了，重又細看，的確是她的針腳無疑，分明繡的是殘陽如血，何來清淡月光。竟原來……她已經有了這樣的心思。

玉顏不及寒鴉色，猶帶昭陽日影來。

我竟沒有發覺。

聽見有腳步聲從內室漸漸傳來，不動聲色把繡件按原樣放回。假意看手邊繡花用的布料。

陵容新浴方畢，只用一枝釵子鬆鬆半挽了頭髮，髮上猶自瀝瀝滴著水珠，益發襯得她秀髮如雲，膚若映雪，一張臉如荷瓣一樣嬌小。

轉念間尋了話題來說，我撫摸著一塊布料道：「內務府新進來了幾匹素錦，做衣裳嫌太素淨了些，用來給妳繡花倒是好。」

陵容笑道：「聽說素錦很是名貴呢，姐姐竟讓陵容繡花玩兒，豈不暴殄天物。」

我道：「區區幾匹布而已，何來暴殄天物一說，我宮裡的錦緞用不完，白放著才暴殄天

物呢。若能配上妹妹妳精妙的女紅才算不辜負了。」說著自嘲道：「又不是當初臥病棠梨宮的日子，連除夕裁製新衣的衣料也被內務府剋扣。」說著喚流朱捧了素錦進來。

素錦平平無紋理，乍看之下毫不起眼，但是勝在穿在身上毫無布料的質感，反而光滑如嬰兒肌膚，觸手柔若輕羽。陵容是懂得欣賞且擅長絲繡的人，見了微微一呆，目光便不能移開了，雙手情不自禁細細撫摸，生怕一用力碰壞了它。

「妳覺著怎麼樣？」我輕聲問。向來陵容對我和眉莊的饋贈只是感謝，這樣的神色還是頭一回見。

陵容彷彿不能確信，轉頭向我，目光仍是戀戀不捨看著素錦，「真的是送給我嗎？」嘴角舒展出明艷的微笑，道：「當然。」

陵容喜上眉梢，幾乎要雀躍起來。我微笑，「如果妳喜歡，我那裡還有幾匹。全送妳也無妨。」

陵容大喜過望，連連稱謝。

安比槐的事終於告一段落，證明他確實無辜，官復原職。陵容也終於放心。

我時常去看陵容，她總是很歡喜的樣子，除了反覆論及我送她的素錦如何適合刺繡但她實在不捨輕易下針總是在尋思更好的花樣之外，更常常感激我對她父親的援手。

終於有一日覺得那感激讓我承受不住，其實我所做的並不多。身為姊妹，她無需這樣對我感恩戴德。

我對陵容道：「時至今日其實妳應該看得很明白。妳父親的事雖然是小事但皇上未必不願意去徹查，只是看有無這個必要。在皇上眼中朝廷文武百官數不勝數，像妳父親這樣的品

級更是多如牛毛，即使這次的事的確是耿文慶連累了妳父親，但是身為下屬他也實在不能說太冤枉。」我刻意停下不說，抬手端起桌旁放著的定窰五彩茶鍾，用蓋碗撇去茶葉沫子，啜了口茶，留出時間讓陵容細細品味我話中的涵義。

見她側頭默默不語，我繼續說：「其實當日皇后為妳求情皇上為什麼沒有立刻應允，而我去皇上就答應了妳應該很明白。寵愛才是真正的原因，並不關乎位分尊崇與否。只是看皇上是否在意這個人，是否願意去為她費神而已。其實那日在我之前華妃亦去過皇上那裡，至於去做什麼想必妳也清楚。所以，事情的真相固然重要，皇上的心偏向於誰更重要。」

陵容抬起頭來，輕聲道：「陵容謝過姐姐。」

我執起陵容的手，袖子落下，露出她雪白一段手腕，腕上一只素銀的鐲子，平板無花飾紋理，戴得久了，顏色有淡淡的黯黃。

我道：「這鐲子還是妳剛來我家時一直戴著的。這麼許久了，也不見妳換。」我直視她片刻，目光復又落在那鐲子上，「妳父親千辛萬苦送妳入宮選秀，傾其所有，只為妳在宮中這樣落魄，無寵終身嗎？妳的無寵又會帶給妳父親、妳的家族什麼樣的命運。」

陵容聞言雙肩劇烈一顫，挽髮的玉石簪子在陽光下發出冷寂的幽幽淡光。我知道她已經被打動。或者她的心早在以往什麼時候就已經開始動搖，只是需要我這一番話來堅定她的心意。

我長長地歎了一聲，不由感觸，「妳以為後宮諸人爭寵只是為了爭自己的榮寵嗎，『生男勿喜，生女勿憂，獨不見衛子夫霸天下』不只是漢武帝時的事。皇上英明雖不至如此，但旁人誰敢輕慢妳家族半分，輕慢妳父親半分？」

陵容冰冷的手在我手中漸漸有了一星暖意，我把手上琉璃翠的鐲子順勢套在她手上，瑩

白如玉的手腕上鐲子像一汪春水碧綠，越發襯得那素銀鐲子黯淡失色。

窗邊小几上便擺著幾盆梔子花，是花房新來供上的，花朵只含了一點苞，猶是淡青的。新葉片片，淡淡的陽光灑在嫩芽之上，彷彿一片片瑩潤的翡翠。

陵容臨窗而坐，窗紗外梧桐樹葉影影綽綽落在陵容單薄的身子上，越發顯得她身影瘦削，楚楚可憐。

我從春籐小籮中翻出那塊繡著寒鴉的緞子，對陵容道：「妳的繡件顏色不錯，針腳也靈活，花了不少的心思吧，我瞧著挺好。」

陵容不料我翻出這個，臉上大顯窘色，坐臥不寧，不自覺的把緞子團在手中，只露出緞角一隻墨色鴉翅。

我撫了撫鬢角的珠翠，心中微微發酸，「玉顏不及寒鴉色，猶帶昭陽日影來。宮中女子的心事未必都相同，但是閨中傷懷，古今皆是。班婕妤獨守長信宮的冷清妳我皆嘗試過，可是妳願意像班婕妤一樣孤老深宮嗎？」

我再不說話。話已至此，多說也無益。取捨皆在她一念之間，我所能做的，也只有這些了。

三十一、金縷衣

回到宜芙館，槿汐問我道：「小主這樣有把握安選侍一定能獲皇上寵愛？」

「妳說呢？」我微笑看她。「旁觀者清，其實妳很清楚。」

槿汐道：「陵容小主歌喉婉轉，遠在當日妙音娘子之上，加上小主個性謹小慎微、溫順靜默，想必會得皇上垂憐。」

我頷首道：「不錯。皇后高華、華妃艷麗、馮淑儀端莊、曹婕妤沉靜、秦芳儀溫柔、欣貴嬪爽直，後宮妃嬪各有所長，但都系出名門，是大家閨秀的風範。而陵容的小家碧玉、清新風姿正是皇上身邊所缺少的。凡事因稀而貴。」

「可是」，槿汐又道：「陵容小主沉寂許久，似乎無意於皇上的寵幸。」

「長久以來的確如是。可是經對她父親安比槐一事，她已經很清楚在宮中無皇上愛幸只會讓別人輕視欺凌她的家族。她是孝女。妳可還記得當日我贈她素錦一事？」

「奴婢記得。陵容小主很是歡喜，不似往常。」

我點點頭，「妳可聽過這一句『玉顏不及寒鴉色，猶帶昭陽日影來』？」

「奴婢才疏，聽來似乎頗有感傷身世之意。」

幽幽歎息：「美好的容貌尚且不及暮色中的烏鴉，還能帶著昭陽殿的日影歸來。陵容如此顧影自憐，自傷身世。我看了也不免傷情。只是，她終於也有了對君恩的期盼。我不知道這於我於她是不是真正的好事？」

「小主本就難於決斷是否要助陵容小主，既然陵容小主有了這點心思，小主也可不必煩惱了。」

「對榮寵富貴只要有一絲的艷羨和企盼，這身似冷宮的日子便捱不了許久。我已對她加意提點，想來不出日，她必定有所決斷。」話畢心有愧對，悵然歎了口氣，向槿汐道：「我是否過分，明知她心有牽念，仍引她往這條路走。」心裡愈加難過，「我引她去的，正是我夫君的床榻。」

槿汐道：「小主有小主的無奈。請恕奴婢多言，如今小主雖得皇眷顧，可是一無子嗣可依、二是華妃娘娘再起、三又少了眉莊小主的扶持，看似風光無限、實則孤立無援，這榮耀岌岌可危。」

我歎息，眼角不禁濕潤，「我何嘗不明白。皇上如今對我很是寵愛。可是因了這寵愛後宮中有多少人對我虎視眈眈，我只要一想就後怕。」情緒漸漸激動，「可是我不能沒有皇上的寵愛，只有他的寵愛才是我在後宮的生存之道。不！槿汐，他也是我的夫君我的良人啊。」

槿汐肅了神色道：「還請小主三思。皇上不僅是小主您的夫君，也是後宮所有娘娘小主的夫君。」

心中纏綿無盡，「皇上先是一國之君，其次才是我的夫君。輕重緩急我心裡明白，可是對陵容我不忍，對皇上我又不捨。槿汐，我實在無用。」

槿汐直挺挺跪下，「小主實在無需妄自菲薄。先前華妃娘娘有麗貴嬪、曹容華相助，如今只剩了曹婕妤在身邊，可是秦芳儀、恬貴人、劉良媛等人未必沒有投誠之意。而小主一人實在急需有可以信任的人加以援手。否則陵容小主的父親將成為小主家族的前車之鑒。」眼

中微見淚光閃動：「小主若是連命也沒了，又何求夫君之愛。這才是最要緊的輕重緩急。」

倏然如醍醐灌頂，神志驟然清明，雙手扶起槿汐，推心置腹道：「誠然要多謝妳。我雖是妳小主，畢竟年輕，一時沉不住氣。妳說的不錯，與其將來人人與我為敵，不若扶持自己可以相信的人。他是君王，我注定要與別人分享。無論是誰，都實在不該因情誤命。」

「小主，奴婢今日僭越，多有冒犯，還請小主體恕。」

我感歎道：「流朱浣碧雖是我帶進宮的丫鬟，可是流朱的性子太急、浣碧雖然謹慎……終究年輕沒經過事。所以有些事我也實在沒法跟她們說。能夠拿主意的也就是妳了。」

槿汐眸中微微發亮，「槿汐必定相伴小主左右。」

第一天過去了，第二天也是，已經第三天了。

這三天，陵容沒有來宜芙館一步，遣了人去問候，也只是菊清來回：「小主似是中暑了呢，這幾天都沒有起床。」

抬頭看天，鉛雲低垂，天色晦暗，燕子打著旋兒貼著湖水面上飛過去了。似乎釀著一場大雨。晴熱許久，終於要有一場大雨了。

我淡淡聽了，只命人拿些消暑的瓜果和藥物給她，半句也不多說。

是夜是十六追月之夜，玄凌宿在華妃宮中。夜半時電閃雷鳴，轟轟烈烈的焦雷自低回的天際滾過，帶來的閃電照得天際剎那明亮如白晝，隨即是更深的黑暗。忽忽的風吹得窗子「啪啪」直響，我「哇」一聲驚醒，守夜的晶清忙起來將窗上的風鉤掛好，緊閉門戶，又點上蠟燭。

我靜靜蜷臥於榻上緊緊擁住被子。從小就怕雷聲，尤其是電閃雷鳴的黑夜。在娘家的雷雨之夜，娘都會摟著我安慰我；而進宮後，這樣的雷電交加的夜晚，玄凌都陪伴在我身邊。而今晚，想必是華妃正在婉轉承恩、濃情密愛吧。

連日來的風波糾纏，心神疲憊，終於無聲沉默地哭泣出來。眼淚溫熱，落在暗紅的綢面上像一小朵一小朵顏色略暗的花，洇得絲綢越發柔軟。侍女們一個個被我趕了出去。越害怕，越不想有人目睹我的軟弱和難過。

有人走來，輕輕撥開我懷中緊擁的絲綢薄被。我驚詫回頭，輕喚：「四郎……」

他低聲歎息，讓我依偎於他懷中，轉身背朝窗外，為我擋去刺目的電光。他輕聲低語：「朕被雷聲驚醒，忽然想起妳害怕雷電交加的雨夜……」

他的身上有被雨水打濕的痕跡，濕漉漉的觸覺讓我焦躁惶恐的心漸漸趨於平靜。

我略微疑惑：「那華妃……」

他的手指輕按住我的唇：「朕怕妳害怕……」

我沒有說出更多的話，因他已展臂緊緊摟住我。

我不願再想更多。

他低首，冰涼的唇輕柔觸及我溫熱濡汗的額頭，在這溫情脈脈的一瞬間，彷彿找到現世的片刻安寧。

我想，也許為了他。我可以再有勇氣和她們爭鬥下去，哪怕……這爭鬥永無止境……

四面只是一片水聲，落雨瀟瀟，清新甘甜的水氣四散瀰漫，只餘潔淨的天水沖去這世間的污穢，長久來的悶熱，漸漸消弭於無形。炎熱許久，終於能睡一個好覺……

這樣雨密風驟，醒來卻已是晴好天氣。

服侍了玄凌起身穿衣去上朝，復又躺下假寐了一會兒才起來。

晨光熹微如霧，空氣中隱約有草葉的芬芳和清新水氣。

門乍開，卻見陵容獨自站在門外，面色微微緋紅，髮上沾滿晶瑩露水，在陽光下璀璨瑩亮如同虛幻。

我微覺詫異，道：「怎麼這樣早就過來？身子好了嗎？」

風吹過，一地的殘花落葉，蕭疏卻鮮艷到頹靡。浮光靄靄，陽光透過樹葉的斑駁落在陵容身上，明昧如夢如幻一般。

她揚起臉，露出極明媚溫婉的笑容，盈盈行了個禮，道：「陵容從前一意孤行，如在病中，今日久病初癒，終於神志清明，茅塞頓開。」

我會意微笑，伸手向她，「既然病好了，就要常來坐坐。」

她雪白一段藕臂伸向我，微笑道：「陵容費了幾天功夫才用姐姐贈與的素錦繡成此物，特來拿與姐姐共賞。」

我與她攜手進殿，相對而坐。

白若霜雪的素錦上赫然是一樹連理而生的桃花，燦若雲霞，灼艷輝煌。

陵容低眉淺笑，聲如瀝珠：「妹妹覺得與其繡一隻帶著昭陽日影的寒鴉，不若是開在上林苑中的春日桃花，方不辜負這華貴素錦。」

我拔下頭上一枝金崑點珠桃花簪斜斜插在她光滑扁平的低髻上，長長珠玉瓔珞更添她嬌柔麗色。我輕輕道：「桃之夭夭，灼灼其華。妹妹自然是宜室宜家。」

陵容自是著意打扮了一番，一襲透著淡淡綠色的平羅衣裙，長及曳地，無一朵花紋，只袖口用品紅絲線繡了幾朵半開未開的夾竹桃，乳白絲絛束腰，垂一個小小的香袋並青玉連環珮，益發顯得她的身姿如柳，大有飛燕臨風的嬌怯不勝。髮式亦梳得清爽簡潔，只是將劉海隨意散得整齊，前額髮絲貌似無意的斜斜分開，再用白玉八齒梳蓬鬆鬆挽於腦後，插上兩枝碎珠髮簪，餘一點點銀子的流蘇，臻首輕擺間帶出一抹雨後新荷的天然之美。

我亦費心思量衣著，最後擇一身胭脂色綃繡海棠春睡的輕羅紗衣，纏枝花羅的質地，無論從哪個角度看過去，都是玲瓏浮凸的淺淡金銀色澤。整個人似籠在艷麗浮雲中，華貴無比。只為襯托陵容的「清水出芙蓉，天然去雕飾」。

陵容像二月柔柳上那最溫柔的一抹春色，我則是天邊夕陽下最綺艷的一帶彤雲。艷則艷矣，貴亦無匹，只是在盛暑天氣，清新之色總比靡艷更易另人傾心。

這是一個寧好的夏日清晨，涼爽的風吹拂著微微帶來荷葉蘆荻的清香。天空碧藍澄澈如一方上好的琉璃翠，綿白的雲是輕淺的浮夢，蟬鳴稀疏，鳳凰花開得如滿樹輕羽一般在風中輕輕招搖。

如何看這一切，都是這麼美好。

牽著陵容的手順著抄手遊廊一路行去，但見四面俱是沿湖曲橋，每一樑柱皆繪有描金五彩圖案，精巧華麗，四面雕花窗格蒙著碧色如霧的透氣窗紗，被涼風吹得四下通開。翻月湖邊，幾隻白鶴優雅立於水間交頸梳理豐滿羽毛，悠然自得，十分恩愛，不時還有幾隻鴛鴦閒睡在橋下陰涼處。一樹紫籐自水邊樹枝上纏繞著橫逸而出，泰半臨水，風過顫顫輕搖，墨綠枝籐底下，深紫粉白的小巧花瓣翩翩飄落水上，自是落得一片芬芳嬌艷。

我低聲在她耳邊道：「若是尋常把妳引薦給皇上自然也無不可，只是這樣做的話即使蒙

幸皇上也未必會把妳放在心上，不過三五日便丟開了。反而誤了妳。」

陵容手心不住出汗，滑膩濕冷，只低頭看著腳下：「姐姐說的是。」

「既然要見，一定要一見傾心。」我看一看碧藍天色，駐足道：「皇上每日下朝必定會經過此處，時辰差不多了。妳放聲歌唱便是。」

陵容用力點一點頭，緊握我的手，舒展歌喉曼聲唱道：「勸君莫惜金縷衣，勸君惜取少年時。花開堪折直須折，莫待無花空折枝。」

我拍拍她的手欣喜道：「很好。叫人聞之欲醉呢。」

陵容含笑羞赧低頭。

忽聞一聲散漫：「誰在唱歌？」

聽見這聲音已知不好。轉頭依足規矩行禮下去，「華妃娘娘金安。」陵容久未與華妃交面，一見之下不由慌了神色，伏地叩首不已。

華妃道一聲「起」，目光淡淡掃在我面孔上，「甄婕妤何時學會歌唱了，能歌善舞，真叫本宮耳目一新呢。」

含笑道：「娘娘謬讚。臣妾何來如此歌喉，乃選侍安氏所歌。」

華妃睨了我身旁的陵容一眼，見她低眉垂首而立，突然伸手托起陵容的下巴，雙眼微瞇：「長得倒還不算難看。」

陵容一驚之下不免花容失色，聽得華妃如此說才略略鎮定。誰知華妃突然發難，呵斥道：「大膽！竟敢在御苑唱這些靡靡之音！」

陵容一抖，滿面惶恐伏下身去，「嬪妾不敢。」

華妃冷冷逼視陵容，想是看著眼生，凝視片刻才道：「本宮以為是誰？原來是日前才被

皇上寬恕的安比槐的女兒。」帶了幾分鄙視的神情：「罪臣孤女，不閉門思過還在御苑裡招搖往來。」一語剛畢，華妃身後的宮女內監忍不住都掩口笑了起來。

陵容見狀不由氣結，幾乎要哭出來，竭力咬著下唇忍著道：「嬪妾父親不是罪臣。」

我道：「安選侍之父無罪而釋，官復原職。並非罪臣。」

華妃微微變色，旋即冷漠，「有時候無罪而釋並不代表真正無辜。個中因由婕妤應當清楚。」轉頭向我道：「小小選侍不懂規矩也就罷了。怎的婕妤也不曉得教會她禮義廉恥。」

不由得瞠目結舌，與陵容面面相覷，不知該如何作答。只得道：「歌曲而已，怎的關乎禮義廉恥。嬪妾不明，還望娘娘賜教。」

華妃臉上微露得色，一雙美目盯住我道：「怎麼婕妤通曉詩書亦有不明的時候嗎？」忍住氣不發一言，華妃復道：「那麼本宮問妳，此歌為何人所作？」

「此歌名《金縷衣》，為唐代杜秋娘[1]所作。」

「杜秋娘先為李錡妾，後來李錡謀反被處死，杜秋娘又侍奉唐憲宗召進宮裡被封為秋妃，甚為恩寵。既為叛臣家屬，又以一身侍兩夫。如此不貞不義的女子所作的靡靡之音，竟然還敢在宮中肆無忌憚吟唱。」

陵容聽她這樣曲解，不住叩首請罪。

我屈一屈膝，道：「娘娘所言極是。杜秋娘為叛臣家屬也非其心甘情願。何況入宮後盡心侍奉君上，匡扶朝政，也算將功折罪。穆宗即位後，又命其為皇子傅母。想來也並非一無是處。還望娘娘明鑒。」

華妃輕巧一笑，眸中卻是冷冽幽光直刺而來：「甄婕妤倒是於言辭事上甚為了得啊。」笑容還未隱去，秀臉一板，口中已蘊了森然怒意：「司馬光《家範》曰『故婦人專以柔順為

德，不以強辯為美也』。婕妤怎連這婦德也不遵循，強詞奪理，語出犯上？」
這一招來得凌厲迅疾，額上逼出涔涔冷汗，道：「嬪妾不敢。」
陵容忙搶在我身前，帶著哭腔求道：「甄婕妤不是有心的，還請娘娘恕罪。」
華妃冷冷一哼，「自己犯錯還敢為旁人求情？果然姐妹情深。」倏然又笑了起來，笑容艷媚入骨，與她此時的語調極不搭襯，只看得人毛骨悚然：「本宮身為後宮眾妃之首，必定竭盡全力，教會兩位妹妹應守的規矩。」朝身後道：「來人——」雖然她手中已無協理六宮的權力，但畢竟皇后之下是她位分最尊，卻不知她要如何處置我和陵容。
「啪啪」兩聲擊掌，恍若雷電自雲中而來。未見其人，聲音卻先貫入耳中，「這歌聲甚是美妙。」
舉目見五色九龍傘迎風招揚，翠華蓋、紫芝蓋色彩灼目。玄凌負手立於華妃背後，皇后唇際隱一抹淡淡疏離的微笑緘默立於玄凌身邊，只冷眼無話。李長引著儀仗低頭站著，皆是靜悄悄無半點聲息，不知是何時已經近前來，也不知今朝一幕有多少落入帝后眼中。
心頭一鬆，歡喜得想要哭出來。
華妃一愣，忙轉身過去行禮見駕：「皇上萬福。皇后萬福。」
地上烏壓壓跪了一群人，玄凌只作不見，越眾而前，一手扶起我，目色溫柔：「妳甚少穿得這樣艷麗。」我起身立於他身旁，報以溫柔一笑。
玄凌這命華妃等人起身，朝我道：「遠遠聽見有人歌唱，卻原來是妳在此。」說著睇一眼華妃：「今日天氣清爽，御苑裡好熱鬧。」
華妃欲言又止，轉而溫軟道：「皇上下朝了嗎？累不累？」
玄凌卻不立即說話，片刻才似笑非笑對華妃道：「一大早的，有華卿累嗎？」

我含笑道：「皇上來得好巧，華妃娘娘正與臣妾一同品賞安妹妹的歌呢。」

他挽過我的手「哦？」一聲，問華妃道：「是嗎？」

華妃正在尷尬，聽得玄凌這樣問，不覺如釋重負，道：「是。」勉強笑道：「臣妾覺得安選侍唱得甚好。」

玄凌長眸微睞，俊美的臉龐上忽然微蘊笑意，向陵容溫和道：「適才朕遠遠的聽得不真切，再唱一次可好？」

我鼓勵地看著陵容，她微微吸一口氣，重重地點了點頭，清了清嗓子復又唱了一遍。

陵容歌喉宛若塘中碧蓮，鬱鬱青青，又似起於青萍之末的微風，清新醉人。婉轉迴腸，只覺五內裡隨著每一音高音低跌宕不已，有擊晶裂玉之美。好似春日裡柳絮綿綿，春蠶吐絲一般曲折逶迤不盡，糾纏千里，道是曲中多情，又似是無情，熱烈又冷靜，彷彿身上原本閉塞的三百六十個毛孔全舒展了開來，溫溫涼涼地說不出的舒服愜意。世間所謂美妙的歌聲變得庸俗尋常無比，只有有昆山玉碎、香蘭泣露才勉強可以比擬。

我在震驚之餘不由感愧無比，這世間竟有這樣好的歌聲，夜鶯般嬌嫩、絲緞般柔美、泉水般清亮、情人般溫柔，叫人消魂蝕骨，只願溺在歌聲裡不想再起。

玄凌神情如癡如醉；華妃在驚異之下臉色難看的如要破裂一般，皇后的驚異只是一瞬間，隨後靜靜微笑不語，彷彿只是在欣賞普通的樂曲，並無任何特別的新意。

我不免暗暗詫異，皇后的定力竟這樣好。

一曲三回，漸漸而止。那美妙旋律似乎還凝滯空中迴旋纏繞，久久不散。玄凌半晌癡癡凝神如墮夢中。

皇后輕聲喚：「皇上。」玄凌只若不聞，皇后復又喚了幾聲，方才如夢初醒。

我知道，陵容已經做到了。而且，做得十分好。好得出乎意料。

皇后笑意盈盈對玄凌道：「安選侍的歌真好，如聞天籟。」

陵容聽得皇后誇獎，謝恩過後深深地低下了輕盈的螓首。玄凌囑她抬頭，目光落在色若流霞的陵容的臉上。

陵容一雙秋水盈盈的眸子裡流露出混合著不安、羞急與嬌怯的眼波。那種嬌羞之色，委實令人動心。而這柔弱少女的脈脈嬌羞和楚楚無助，正是玄凌如今身邊每個后妃都沒有分毫的。如此這般脈脈的嬌靨，含羞的風情，令我心頭卻不禁生出一種異樣的感覺。

玄凌的心情很好，好得像今天晴藍如波的天空。「好個『有花堪折直須折』！」他和顏道：「妳叫什麼名字？」

陵容惶惑看我一眼，我微笑示意，她方鎮定一些，聲細若蚊：「安陵容。」

華妃的笑有些僵硬：「回答皇上問話時該用臣妾二字，方才不算失禮。」

陵容一慌，窘迫地把頭垂得更低，「是。謝娘娘賜教。」

皇后看著華妃道：「看來今後華妃妹妹與安選侍見面的時候很多，妹妹慢慢教導吧，有的是時候。」

華妃目中精光一輪，隨即粲然微笑露出潔白貝齒：「這個自然。娘娘掌管後宮之事已然千頭萬緒，臣妾理當為您分憂。」

玄凌只含笑看著陵容，吩咐她起來，道：「很好。歌清爽人亦清爽。」

我只默默退開兩步，保持著作為嬪妃該有的得體微笑，已經沒有我的事了。

華妃隨帝后離開，我只推說有些乏了，想要先回去。

玄凌囑了我好好休息，命侍女好生送我回去。陵容亦想陪我回去。

玄凌與眾人前行不過數步，李長小跑過來請了陵容同去。

陵容無奈看我一眼，終於提起裙角疾走上去跟在玄凌身邊去了。

我扶了流朱的手慢慢走回去，品兒與晶清尾隨身後。流朱問我：「小姐要即刻回去嗎？」

我輕咬下唇，搖搖頭，只信步沿著翻月湖慢慢往前走。慢慢的低下頭，看見瑰麗的裙角拖曳於地，似天邊舒捲流麗的的雲霞。裙襬上的胭脂綃繡海棠春睡圖，每一瓣每一葉皆是韶華盛極的無邊春色，佔盡了天地間所有的春光呵。只是這紅與翠、金與銀，都似到了燦爛華美到了頂峰，再無去路。

缺一針少一線都無法成就的。我忽發奇想，要多少心血、多少絲縷從橫交錯方織就這浮華綺艷的美麗。而當銳利的針尖刺破細密光潔的綢緞穿越而過織就這美麗時，綢緞，會不會疼痛？它的疼痛，是否就是我此刻的感覺？

舉眸見前庭一樹深紅辛夷正開得烈如火炬。一陣風颯颯而過，直把人的雙眸焚燒起來。庭院湖中遍是芙蓉蓮花，也許已經不是海棠盛開的季節了……

突然，心中掠過一絲模糊的驚慟，想抓時又說不清楚是什麼。幾瓣殷紅如血的辛夷花瓣飄落在我袖子上，我伸出手輕輕拂去落花。只見自己一雙素手蒼白如月下聚雪，幾瓣辛夷花瓣黏在手上，更是紅的紅，白的白，格外刺目。

那種驚慟漸漸清晰，如辛夷的花汁染上素手，蜿蜒分明。

一滴淚無聲的滑落在手心。

或許，不是淚，只是這個夏日清晨一滴偶然落下的露水，亦或許是昨晚不讓我驚懼的雷

雨夜遺留在今朝陽光下的一滴殘積的雨水，濡濕了我此刻空落的心。

我仰起臉，輕輕拭去面頰水痕，折一枝嫣紅花朵在手，無聲無息地微笑出來。

註釋：

(1) 杜秋娘：杜牧《杜秋娘詩序》說是唐時金陵女子，姓杜名秋。原為節度使李錡之妾，善唱《金縷衣》曲。後來入宮，為憲宗所寵。穆宗立，為皇子保姆。皇子被廢，秋娘歸故鄉，窮老無依。舊時此名用來泛指年老色衰的女子。

三十二、夕顏

如是，陵容的歌聲夜夜在水綠南薰殿響起。

無論是誰侍寢，陵容的破雲穿月的歌聲都會照舊迴盪在太平行宮之中。

玄淩對她不能不說是寵愛，亦不算寵愛太過。按著有寵嬪妃的規制，循例在侍寢後晉了位分。冊的是從六品美人，原本在我和眉莊、淳兒之間，陵容的位分是最低的。如今眉莊被黜降為常在，淳兒亦是常在，陵容的地位就僅在我之下了。

陵容的晉封我自然是高興的。然而高興之外有一絲莫名的失落與難受，並不像當時眉莊承寵時一般全心全意的歡喜。

或許，只是為那一幅偶然見到的寒鴉圖——玉顏不及寒鴉色，猶帶昭陽日影來。這樣淡淡的自怨自艾與羨慕……

它讓我下定決心扶持陵容，但是，我的心裡亦存下分毫芥蒂。

可是這樣的深宮裡，又是陵容這樣的身世處境，自憐也是情理之中。不禁自嘲自己真不是個寬容大度的人，連陵容這樣親近的密友姐妹亦會猜疑。甄嬛啊甄嬛，難道妳忘了同居甄府相親相近的日子了嗎？

稍稍釋然。

陵容的承寵在後宮諸人眼中看來更像是第二個妙音娘子，出身不高，容貌清麗，以歌喉獲寵。然而陵容溫順靜默，不僅事上柔順，對待諸妃亦謹婉，並無半分昔日妙音娘子的驕

矜。不僅皇后對她滿意，連玄凌也贊其和順謙畏。

陵容對我一如既往的好。或者說，是更好。每日從皇后處請安回來必到我的宜芙館閒坐，態度親密和順。

對玄凌的寵幸陵容似乎不能做到如魚得水，游刃有餘。總是怯生生的樣子，小心翼翼應對，叫人心生憐惜。

陵容曾淚眼迷濛執了我的衣袖道：「姐姐怪陵容嗎？陵容不是有心爭寵的。」

我停下修剪瓶中花枝的手，含笑看向她：「怎會？妳有今日我高興還來不及。是我一力促成的，我怎有怪責之意。」

陵容嗚咽，目光懇切：「若使姐姐有絲毫不快，陵容必不再見皇上。」

我本不想說什麼，她這樣說反倒叫我更不能說什麼，只笑語：「快別這樣說，像小孩子家的賭氣話。怎麼說我也算半個媒人，怎的新娘要為了媒婆不見新郎的面呢。」

陵容方才破涕為笑，神氣認真：「姐姐怎麼取笑我，只要姐姐不怪我就好。」她的笑牽動腰肢柔婉地輕擺，烏黑青絲間晃玉滴珠的金釵和珍珠流蘇隨著她的身姿搖曳出道道華麗如晨光似的光芒。

我只微笑，手把了手教她怎樣用花草枝葉插出最好看的式樣。

心中暗想，玄凌對陵容的確是不錯。陵容的居室自然搬離了原處，遷居到翻月湖邊的精緻樓閣「繁英閣」中，份例的宮女內監自不必說，連賞賜亦是隔三差五就下來，十分豐厚。有陵容的得寵，又有皇后暗中相助，華妃雖是咬牙切齒卻也無可奈何，對我就更多了三分忌憚。總算稍稍安心，一心為眉莊籌謀。

日子維持著表面的風平浪靜，一如既往地過下去。

自從陵容得寵，她的動人歌聲勾起了玄凌對歌舞的熱愛，於是夜宴狂歡便常常在行宮內舉行，而宴會之後亦歇在陵容的繁英閣。

自我進宮以來從未見玄凌如此沉迷歌舞歡宴，不免有幾分疑惑。然而聽皇后私下聊起，玄凌曾經也甚愛此類歌舞歡會，只是純元皇后仙逝後便甚少這樣熱鬧了。

皇后對陵容為玄凌帶來的笑容與歡樂似乎不置可否，說話的時候神氣和靖，垂下眼簾，長長的睫毛如寒鴉的飛翅，在眼下光滑的皮膚上覆著了青色的陰影，只專心抱著一隻名叫「松子」的五花狸貓逗弄。這隻狸貓是汨羅國進貢的稀罕動物，毛色五花，花色均勻，毛更是油光水滑，如一匹上好的緞子。臉上灰黑花紋相間，活像老虎臉上的花紋，一雙綠幽幽的虎形眼炯炯有神。更難得的是性情被馴服得極其溫順，皇后很是喜歡，嘗言「虎形貓性，獨擅人心」，除了吃睡幾乎時刻抱在懷中。

皇后素白似瓷的纖纖十指染就了鮮艷明麗的深紅蔻丹，宛若少女嘴唇上最嬌艷的一點玫瑰胭脂，出入在狸貓的毛色間分外醒目。她抬頭看我，道：「妳過來抱一抱松子，牠很是乖巧呢。」我的笑容有些遲疑，只不敢伸手。皇后隨即一笑，恍然道：「本宮忘了妳怕貓。」

我陪笑道：「皇后關懷臣妾，這等微末小事也放在心上呢。」

皇后把狸貓交到身邊的宮女手中，含笑道：「其實本宮雖然喜歡牠，卻也時時處處小心，畢竟是畜生，萬一不小心被牠咬著傷了自己就不好了。」

我低眉含笑道：「皇后多慮了。松子是您一手撫養，很是溫馴呢。」

「是嗎？」皇后撫撫袖子上繁複的金絲繡花，似笑非笑道：「人心難測何況是畜類。越是親近溫馴越容易不留神呢。」

皇后話中有話，我只作不懂。皇后也不再說下去，只笑：「華妃似乎很不喜歡安美

人。」

聽聞華妃在背後很是忿忿，唾棄陵容為紅顏禍水，致使皇上沉迷聲色。玄凌輾轉聽到華妃言語倒也不生氣，只道「婦人醋氣」一笑置之，隨後每每宴會都攜了她一起，陵容更是謙卑，反讓華妃一腔怒氣無處可洩。

是夜，宮中如常舉行夜宴。王公貴冑皆攜了眷屬而來，觥籌交錯，三呼萬歲。繁華盛世，紙醉金迷。

李長輕輕擊了擊雙掌，大廳之內箜篌絲竹之聲悠然響起。無數姿容嬌俏，長髮輕垂，穿著七彩繡百花怒放的歌伎舞姬，翩翩若蝶舞著躍著湧進殿內，載歌載舞。每一個都有著極嫵媚的容顏，極婀娜的身姿，整齊飛舞在柔曼的樂聲和眾人的眼波中，飛揚出曼妙揮灑的姿態，柔美的雙臂舞動跌蕩時，直如煙波浩淼，香風撲面，叫人應接不暇，直直為之目眩神迷。

皇后與華妃分坐玄凌身側，我與陵容相對而坐陪在下手。

對面的陵容，眉眼精緻，迭紗覆綢的荔枝紅百褶裙，水藍色的宮條繫出如柳腰肢，如墨雲鬢上珠玉閃爍，掩唇一笑間幽妍清倩，不免感歎盛妝之下的陵容雖非天姿絕色，卻也有著平時沒有的嬌娜。

陵容緩緩在杯中斟滿酒，徐步上前奉與玄凌。

玄凌含笑接過一飲而盡。華妃冷冷一笑只作不見。

恬貴人柔和微笑道：「安美人慇勤，咱們做姐姐的倒是疏忽了。實在慼愧。」

陵容紅了臉色不語，忙告退了下去。

玄凌向恬貴人道：「將妳面前的果子取來給朕。」

恬貴人一喜，柔順道：「是。」復又淺笑：「皇上也有，怎的非要臣妾的？」

玄凌微哂：「朕瞧妳有果也不顧著吃果子反愛說話，不若拿了妳的果子給朕，免得白白放著了。」

恬貴人面紅耳赤，不想一句話惹來玄凌如此譏誚。一時愣愣，片刻方才勉強笑道：「皇上最愛與臣妾說笑。」說罷訕訕不敢再多嘴。

錦簾輕垂飛揚，酒香與女子的脂粉熏香纏繞出曖昧而迷醉的意味。

似若無意輕輕用檀香熏過的團扇掩在鼻端，遮住自己嘴角淡淡一抹冷笑。

陵容這著棋果然不錯，甚得玄凌關愛。然而……

殿外幾株花樹在最後一抹斜暉的映照下殷紅如丹，花枝橫逸輕曳，和著後頭千竿修竹的翠影映在那華美的窗紗上，讓人不知今夕何夕。

我忽然覺著，這昌平歡笑、綺靡繁華竟不如窗外一抹霞色動人。

趁著無人注意，借更衣之名悄悄退將出來。

天際雲遮霧掩一彎朦朧月牙，月光在鬱鬱的殿宇間行走，瑩白的，像冰破處銀燦燦的一汪水，生怕宮殿飛簷的尖角勾破了它的寧靜。御苑中花香四溢，濃光淡影，稠密地交織著重疊著，籠罩在一片銀色的光暈中。

已是七月末的時候，夜漸漸不復暑熱，初有涼意。

鑲著珍珠的軟底繡鞋踏在九轉迴廊的石板上，連著裙裾聲音，沙沙輕響。

走得遠了，獨自步上桐花高台。

台名桐花，供人登高遠望，以候四時。取其「桐花萬里路，連朝語不息」[1]之意。

梧桐，本是最貞節恩愛的樹木。

昔日舒貴妃得幸於先皇隆慶帝，二人情意深篤。奈何隆慶帝嫡母昭憲太后不滿於舒貴妃招人非議的出身，不許其在紫奧城冊封。隆慶帝便召集國中能工巧匠，在太平行宮築桐花台迎接舒貴妃入宮行冊封嘉禮。直至昭憲太后薨逝，舒妃誕下六皇子玄清，才在紫奧城中加封為貴妃。

偶爾翻閱《周史》，史書上對這位出身讓人詬病卻與帝王成就一世恩愛的傳奇般的妃子的記載只有寥寥數句話，云：「妃阮氏，知事平章阮延年女，年十七入侍，帝眷之特厚，寵冠六宮，初立為妃，賜號舒，十年十月生皇子清，晉貴妃，行冊立禮，頒赦。儀制同后。帝薨，妃自請出居道家。」不過寥寥幾筆，已是一個女子的一生。然而先帝對她的寵愛卻在桐花台上彰顯一角。桐花台高三丈九尺，皆以白玉石鋪就，瓊樓玉宇，棟樑光華、照耀瑞彩。台邊緣植嘉木棠棣與梧桐，繁蔭盛然。遙想當年春夏之際，花開或雅潔若雪，或輕紫如霧，花繁穠艷，暗香清逸。舒貴妃與先帝相擁賞花，呢喃密語，是何等旖旎曼妙的風光。

我暗暗喟歎，「桐花萬里路，連朝語不息」，是怎樣的恩愛，怎樣的濃情密意。大周四朝天子，窮其一生只鍾愛一妃的只有隆慶帝一人。然而若帝王只鍾情一人，恐怕也是後宮與朝廷紛亂迭起的根源吧。

也許帝王，注定是要雨露均沾施於六宮粉黛的吧。

淒楚一笑，既然我明瞭如斯，何必又要徒增傷感。

斯人已去，當今太后意指桐花台太過奢靡，不利於國，漸漸也荒廢了。加之此台地勢頗高，又偏僻，平日甚少有人來。連負責灑掃的宮女內監也偷懶，扶手與台階上積了厚厚的落葉與塵灰，空闊的檯面上雜草遍生，當日高華樹木萎靡，滿地雜草野花卻是欣欣向榮，生機

勃勃。

我黯然，再美再好的情事，也不過浮雲一瞬間。

清冷月光下見台角有小小繁茂白花盛放，籐蔓青碧葳蕤，蜿蜒可愛。花枝纖細如女子月眉，花朵悄然含英，素白無芬，單薄花瓣上猶自帶著純淨露珠，嬌嫩不堪一握。不由心生憐愛，小心翼翼伸手撫摸。

忽而一個清朗聲音徐徐來自身後：「妳不曉得這是什麼花嗎？」

心底悚然一驚，此地偏僻荒涼，怎的有男子聲音突然出現。而他何時走近我竟絲毫不覺。強自按捺住驚恐之意，轉身厲聲喝道：「誰？」

看清了來人才略略放下心來，自知失禮，微覺窘迫，他卻不疾不徐含笑看我：「怎麼婕妤每次看到小王都要問是誰？看來的確是小王長相讓人難以有深刻印象。」

我欠一欠身道：「王爺每次都愛在人身後突然出現，難免叫人驚惶。」

他微笑：「是婕妤走至小王身前而未發覺小王，實在並非小王愛藏身婕妤身後。」

臉上微微發燙，桐花台樹木蔥鬱，或許是我沒發覺他早已到來。

「王爺怎不早早出聲，嬪妾失禮了。」

他如月光般的目光在我臉上微微一轉，「小王見婕妤今日大有愁態，不似往日，所以不敢冒昧驚擾。不想還是嚇著婕妤，實非玄清所願。」他語氣懇切，並不似上次那樣輕薄。月光清淡，落在他眉宇間隱有憂傷神色。

我暗暗詫異，卻不動聲色，道：「只是薄醉，謝王爺關懷。」

他似洞穿我隱秘的哀傷，卻含一縷淡薄如霧的微笑不來揭穿。只說：「婕妤似乎很喜歡台角小花。」

「確實。只是在宮中甚少見此花，很是別緻。」

他緩步過去，伸手拈一朵在指間輕嗅：「這花名叫『夕顏』[2]。的確不該是宮中所有，薄命之花宮中的人是不會栽植的。」

我微覺驚訝：「花朵亦有薄命之說嗎？嬪妾以為只有女子才堪稱薄命。」

他略略凝神，似有所思，不過須臾淺笑向我：「人云此花卑賤只開牆角，黃昏盛開，翌朝凋謝。悄然含英，又闃然零落無人欣賞。故有此說。」

我亦微笑：「如此便算薄命嗎？嬪妾倒覺得此花甚是與眾不同。夕顏？」

「是夕陽下美好容顏的意思吧。」話音剛落，聽他與我異口同聲說來，不覺微笑：「王爺也是這麼覺得？」

今晚的玄清與前次判若兩人，靜謐而安詳立於夏夜月光花香之中，聲音清越宛若天際彎月，我也漸漸的放鬆了下來，伸手拂了一下被風吹起的鬢髮。

他信手扶在玉欄上，月下的太平行宮如傾了滿天碎鑽星光的湖面，萬餘燈盞，珠罩閃耀，流蘇寶帶，交映璀璨。說不盡那光搖朱戶金鋪地，雪照瓊窗玉作宮。

只覺得那富貴繁華離我那樣遠，眼前只餘那一叢小小夕顏白花悄然盛放。

「聽聞這幾日夜宴上坐於皇兄身畔歌唱的安美人是婕妤引薦的。」他看著我，只是輕輕的笑著，唇角勾勒出一朵笑紋，清冷得讓人覺得淒涼，「婕妤傷感是否為她？」

心裡微微一沉，不覺退開一步，髮上別著的一枝金鑲玉蝶翅步搖振顫不已，冰涼的鬚翅和圓潤珠珞一下一下輕輕碰觸額角，頰上浮起疏離的微笑，「王爺說笑了。」

他微微歎息，目光轉向別處，「婕妤可聽過集寵於一身亦同集怨於一身。帝王恩寵太盛則如置於炭火其上，亦是十分辛苦。」

我垂下頭，心底漸起涼意，口中說：「王爺今日似乎十分感慨。」

他緩緩道：「其實有人分寵亦是好事，若集三千寵愛於一身而成為六宮怨望所在，玄清真當為婕妤一哭。」

我低頭思索，心中感激向他致意：「多謝王爺。」

「其實婕妤冰雪聰明，小王的話也是多餘。只是小王冷眼旁觀，婕妤心境似有走入迷局之像。」

我垂下眼瞼，他竟這樣體察入微，淒微一笑，「王爺之言嬪妾明白。」

他的手撫在腰間長笛上，光影疏微，長笛泛起幽幽光澤：「婕妤對皇兄有情吧。」我臉上微微一紅，還不及說話，他已說下去：「皇兄是一國之君，有些事也是無奈，還請婕妤體諒皇兄。」他悠悠一歎，復有明朗微笑綻放唇際，「其實清很慶幸自己並非帝王之身，許多無奈煩擾可以不必牽縈於身。」

我忍俊不禁：「譬如，可以多娶自己喜歡的妻妾而非受政事影響。」我復笑，「王爺美名遍天下，恐怕是很多女子的春閨夢裡人呢。」

他啞然失笑，金冠上翅鬚點點晃動如波光，繼而肅然，道：「清只望有一心人可以相伴，不求嬌妻美妾如雲。」見我舉袖掩住笑容，道：「婕妤不信清所言？清私以為若多娶妻妾只會使其相爭，若真心對待一人必定要不使其傷心。」

我聞言微微黯然失神，他見狀道：「不知為何，對著婕妤竟說了許多不會對別人說的胡話。婕妤勿放在心上。」

我正色道：「果如王爺所言乃是將來六王妃之幸。嬪妾必當祝福。」略停一停，「今日王爺所言對嬪妾實有裨益。嬪妾銘記於心。」

他清俊的面容上籠上了一層疏薄的笑容，唇齒間銜了清淡的一抹憂鬱，像秋末鴛鴦瓦上

一層雪似冷霜，沾染了溫暖的感傷氣質，「婕妤不必致謝。其實清身為局外之人實是無須多言。只是——不希望皇兄太過寵愛婕妤而使婕妤終有一日步上清母妃的後塵，長伴青燈古佛之側。」他的目光迷離，彷佛看著很遠的地方，背影微微的有如蕩漾的水波紋動。

我說不出安慰的話。突然被他深藏的痛苦擊中，身上激靈靈一涼——原來，這其中曲折多端。舒貴妃似乎並非自願出家呢。即使身負帝王三千寵愛，也保不住他往生後自己的安全。

宮闈女子鬥爭，不管妳曾經有過多少恩寵，依舊是一朝定榮辱，成王敗寇。

然而前塵舊事，知道得多於我並無半分益處。

我走近一步，輕聲道：「王爺。若哀思過度，舒太妃知道恐怕在佛前亦不能安心。請顧念太妃之心。」

月光照射在玄清翩然衣袂上，漾射出一種剔透的光澤。

他靜默，我亦靜默。風聲在樹葉間無拘穿過，漱漱入耳。

瞬間相對而視。忽然想起一個曾經看到過的詞「溫潤如玉」。不錯，便是「溫潤如玉」。

只那麼一瞬間，我已覺得不妥，轉頭看著別處。台上清風徐來，鬢髮被吹得飛拂，也把他碧水色青衫吹得微微作響。夜來濕潤的空氣安撫著清涼的肌膚，我慢慢咀嚼他話中深意，良久，他語氣遲遲如迷濛的霧：「夕顏，是只開一夜的花呢——就如同不能見光不為世人所接受的情事吧。」

內心頗驚動，隱隱不安。銀線繡了蓮花的袖邊一點涼一點暖的拂在手臂上，我說不出話來。

宮闈舊事，實在不是我該知道的。然而，舒貴妃與先帝的情事世人皆知，冒天下之大不

的愛情想來也是傷感而堅持的吧。

不知玄淩對我之情可有先帝對舒貴妃的一分。

抬頭見月又向西偏移幾分，我提起裙角告辭，「出來許久恐怕宮女已在尋找，先告辭了。」

走開兩步，聽他道：「前次唐突婕妤，清特致歉。」他的聲音漸漸低下去：「溫儀生辰那日是十年前母妃出宮之日。清一時放浪形骸不能自持，失儀了。」

心裡有模糊的絲絲溫暖，回首微笑：「不知王爺說的是何時的事，嬪妾已經不記得了。」

他聞言微微一愣，微笑在月色下漸漸歡暢，「諾！清亦不記得了。」

楊妃色曳地長裙如浮雲輕輕拂過蒙塵的玉階。我踏著滿地輕淺月華徐徐下台，身後他略帶憂傷的吟歎隱約傳來，不知歎的是我，還是在思念她的母妃。

「白露濡兮夕顏麗，花因水光添幽香，疑是若人兮含情睇，夕顏華兮芳馥馥，薄暮昏暗總朦朧，如何窺得兮真面目。」[3]

夕顏，那是種美麗憂傷的花朵。有雪子一般的令人心碎的清麗和易凋。

這是個濺起哀傷的夜晚，我遇見了一個和我一樣心懷傷感的人。

我低低歎息，這炎夏竟那麼快就要過去了呢，轉眼秋要來了。

註釋：

(1)「桐花萬里路，連朝語不息」：出自《子夜歌》。形容情人之間的恩愛與親密。

(2)夕顏：其實是葫蘆花，多開牆邊角落，夕開朝謝，傳說為薄命花。

(3)出自紫氏部《源氏語物》

三十三、溫儀

悄然回到宴上，歌舞昇平，一地濃醉如夢。每個人都沉浸在自己的專注裡，浣碧悄聲在我耳邊憂心道：「小姐去了哪裡？也不讓奴婢跟著，有事可怎麼好。」

我道：「我可不是好好的。只是在外面走走。」

浣碧道：「小姐沒事就好。」

陵容一曲清歌唱畢，玄凌向我道：「什麼事出去了這樣久？」

「臣妾不勝酒力，出去透了透風。」我微笑，「臣妾看見一種叫夕顏的花，一時貪看住了。」

他茫然：「夕顏？那是什麼花？」復笑著對我說，「庭院中紫薇開得甚好，朕已命人搬了幾盆去妳的宜芙館。唔，是紫薇盛放的時節了呢。」

我欠身謝恩。

紫薇，紫薇，花色紫紅婀娜，燦然多姿。可是眼下，卻是小小夕顏襯我的心情。

曹婕妤含笑道：「皇上對婕妤很好呢。」

我淡然一笑：「皇上對六宮一視同仁，對姐姐也很好啊。」

曹婕妤婉轉目視玄凌，目似含情脈脈：「皇上雨露均沾，後宮上至皇后下至臣妾同被恩澤。」曹婕妤向玄凌舉杯，先飲助興，贏得滿堂喝彩。

她取手絹輕拭唇角，忽而有宮女神色慌張走至她身旁，低聲耳語幾句。曹婕妤臉色一

變，起身匆忙告辭。玄凌止住她問：「什麼事這樣驚惶？」

她勉強微笑：「侍女來報說溫儀又吐奶了。」

玄凌面色掠過焦急：「太醫來瞧過嗎？」

「是。」曹婕妤答：「說是溫儀胎裡帶的弱症，加上時氣溽熱才會這樣。」說著眼角微現淚光，「原本已經見好，不知今日為何反覆。」

玄凌聽完已起身向外出去。曹婕妤與皇后、華妃匆匆跟在身後奔了出去。只餘眾人在當地，旋即也就散了。

陵容出來與我一同回宮。

她低了頭慢慢思索了一會兒道：「姐姐不覺得有些蹊蹺嗎？」

「妳說來聽聽。」

「吐奶是嬰兒常有之事，為何溫儀帝姬這樣反覆。若是說溽熱，溫儀帝姬和曹婕妤居住的煙雨齋是近水之處啊。」

我心中暗暗稱是，道：「溫儀帝姬已滿週歲，似乎從前並未聽說過有吐奶的症狀。的確來勢突然。」

「不過，」陵容微微一笑，又道：「或許只是嬰兒常見症狀，好好照顧便會好轉吧。」

我淡淡道：「但願曹婕妤與華妃能好好照顧帝姬。」

陵容垂目，面有慼慼之色，「為一己榮寵，身為母妃這樣也未免太狠心。」

心底不免憐惜小小粉團樣可愛的溫儀，不知此時正在身受如何苦楚，搖頭輕聲道：「不要再說了。」

心下交雜著複雜難言的恐懼和傷感。聽宮中老宮人說，先朝懷煬帝的景妃為爭寵常暗中

掐襁褓幼子身體，使其哭鬧引起皇帝注意，後來事發終被貶入冷宮囚禁。

母親原本是世間最溫柔慈祥的女人，在這深宮之中也深深被扭曲了，成為為了榮寵不惜視兒女為利器手段的蛇蠍。

自己的兒女尚且如此，難怪歷代為爭儲位而視他人之子如仇讎的比比皆是，血腥殺戮中通往帝王寶座的路途何其可怖。

我下意識地撫摸平坦的小腹，漸漸後悔當時不該為了避寵而服食陰寒藥物。如今依舊無懷孕徵兆，恐怕要生育也是極困難的事了。然而若要生子，難免又要與人一番惡鬥糾纏。慮及心中所想，我實在笑不出來，勉強轉了話題對陵容道：「只怕今晚有許多人難以入眠了。」

陵容甜笑依舊：「難說，怕不只是今晚而已。」

一語中的，玄凌在曹婕妤處宿了一晚之後便接連兩日宿在華妃處，連溫儀帝姬也被抱在華妃宮中照料。宮中人皆贊華妃思過之後開始變得賢德。

皇后對此只作不曉，她在抱著松子和我對弈時淡漠道：「華妃日漸聰明了呢，曉得假借人手了。」

我落下一子，淺淺笑，「皇后娘娘能洞穿華妃伎倆，可見她的功夫不能與娘娘您相抗衡，也算不得多少聰明。」

皇后妙目微闔，露出滿意的笑容。懷中松子「喵嗚」一聲，目中綠光驟亮，輕巧跳了下去，撲向花盆邊一個絨毛球。牠去勢凌厲，將絨毛球撲在爪下扯個稀爛，拋在一邊。復又露出溫順優雅的微笑。

我忍住心中對松子的厭惡與害怕，轉頭不去看牠。

皇后停下手談，靜靜看著這一過程，微笑道：「這東西也知道撲球了。」

然而溫儀帝姬吐奶的情形並沒有好轉。

次日清晨跟隨皇后與眾人一同去探望溫儀帝姬。平日富麗堂皇的慎德堂似乎被愁雲籠罩。曹婕妤雙目紅腫，華妃與玄凌也是愁眉不展，太醫畏畏縮縮站立一旁。

溫儀似乎剛睡醒，雙眼還睜不開，精神似乎委頓。

保姆抱著輕輕哄了一陣，曹婕妤又拿了花鼓逗她玩。華妃在一旁慇勤道：「前幾天進的馬蹄羹本宮瞧帝姬吃著還香，不如再去做些來吃，大家也好一起嘗一嘗。」

玄凌道：「也好，朕也有點餓了。」

不過一會兒，馬蹄羹就端了上來。

其實是很簡單的一道甜點，用馬蹄粉加綿糖和滾水煮至雪白半透明狀，再加些密瓜、桃子和西瓜的果肉進去，很是開胃。

溫儀尚且年幼，她那碗中就沒放瓜果。曹婕妤就著保姆懷中一杓一杓小心餵到她口中，不時拿絹子擦拭她口角流下的涎水，見到她吃得香甜，疲倦面容上露出溫柔笑顏。

我與陵容對視一眼，暗道如此溫柔細心的母親應該不會為爭寵而對親生孩子下手，未免是我與陵容多心了。

皇后見狀微笑道：「本宮瞧帝姬吃著香甜，看來很快就會好了。」

曹婕妤聞言顯出感激的神色，道：「多謝皇后關懷。」

才餵了幾口，乳母上前道：「小主，到給帝姬餵奶的時候了。」

說著抱過溫儀側身給她餵奶。

小小一個孩子，乳母才餵完奶汁，不過片刻就見乳白奶汁從口中吐出，很快鼻中也如泉湧般噴瀉而出，似一道小小的白虹，連適才吃下的馬蹄羹也一同吐了出來。溫儀小而軟的身子承受不住，幾乎要窒息一般顫慄，嗆得啼哭不止，一張小臉憋得青紫。曹婕妤再忍不住，「哇」一聲哭了出來，從乳母手中搶過孩子，豎抱起來將臉頰貼在溫儀小臉上，手勢溫柔輕拍她的後背。

華妃亦流淚，伸手要去抱溫儀。曹婕妤略略一愣，並沒有立即放手，大有不捨之意。華妃這才悻悻放手。

一時間人仰馬翻。

玄凌聽得女兒啼哭登時大怒，上前兩步指著太醫道：「這是怎麼回事，治了三天也不見好。發更加厲害了！」

太醫見龍顏震怒，嚇得慌忙跪在地上砰砰叩首道：「微臣……微臣也實在是不知。照理來說嬰兒吐奶大多發生在出生一兩月間，因幽門細窄所致。如今帝姬已滿週歲……」他使勁拿袖子擦拭額上汗水。

玄凌怒喝：「廢物！無用的東西！連嬰孩吐奶也治不好。」

皇后忙勸慰道：「皇上勿要生氣，以免氣傷身子反而不好。讓太醫細細察看才是。」

太醫連連磕頭稱是。想了片刻道：「微臣反覆思量恐是帝姬腸胃不好所致，想是服食了傷胃的東西。微臣想檢看一下從帝姬吐奶嚴重之日起至今吃過的東西。」

玄凌不假思索道：「好。」

紫檀木長桌上一一羅列開嬰兒的食物，太醫一道道檢查過去並無異樣，臉色越來越灰

暗，如果食物也沒有問題的話，就只能說明他這個太醫醫術不精，恐怕不只是從太醫院離職那麼簡單了。

眾人站在皇后身後，一時間難免竊竊私語。

直至太醫端起剛才溫儀吃了一半的馬蹄羹仔細看了半日，忽然焦黃面上綻露一絲歡喜神色，瞬間鄭重臉色立即跪下道：「微臣覺得這羹有些毛病，為求慎重，請皇上傳御膳房嘗膳的公公來一同分辨。」

玄凌聞得此話臉色就沉了下去，軒軒眉道：「去傳御膳房的張有祿來。」

不過片刻張有祿就到了，用清水漱了口，先用銀針試了無毒，才用杓子舀一口慢慢品過。只見他眉頭微蹙，又舀了一杓嘗過，回稟道：「此馬蹄羹無毒，只是並非只用馬蹄粉做成，裡面摻了木薯粉。」

玄凌皺眉道：「木薯粉，那是什麼東西？」

太醫在一旁答道：「木薯又稱樹薯、樹蕃薯、木蕃薯，屬大戟科，木薯為學名。是南洋進貢的特產，我朝並無出產。木薯磨粉可做點心，只是根葉有毒須小心處理。」

皇后驚愕道：「你的意思是有人下毒？」

太醫搖頭道：「木薯粉一般無毒，只是嬰兒腸胃嬌嫩，木薯粉吃下會刺激腸胃導致嘔吐或吐奶，長久以往會虛弱而亡。」又補充道：「木薯粉與馬蹄粉顏色形狀皆相似，混在一起也不易發覺。」

剛吃馬蹄羹的妃嬪登時驚惶失措，作勢欲嘔，幾個沉不住氣的嗚嗚咽咽地就哭出來了。

太醫忙道：「各位娘娘小主請先勿驚慌。微臣敢斷定這木薯粉無毒，用量也只會刺激嬰

兒腸胃，對成人是起不了作用的。」眾人這才放心。

玄凌臉色鐵青，「御膳房是怎麼做事的，連這個也會弄錯？」

張有祿磕頭不敢言語，華妃道：「御膳房精於此道，決計不會弄錯，看來是有人故意為之。」

玄凌大怒：「好陰毒的手段，要置朕的幼女於死地嗎？」

眾人面面相覷，一時間誰也不敢多言。

曹婕妤悲不自禁，垂淚委地道：「臣妾無德，若有失德之處理還請上天垂憐放過溫儀，臣妾身為其母願接受任何天譴。」

華妃冷笑一聲，拉起她道：「求上天又有何用，只怕是有人搗鬼，存心與妳母女過不去！」說罷屈膝向玄凌道：「請皇上垂憐曹婕妤母女，徹查此事。也好肅清宮闈。」

玄凌眼中冷光一閃，道：「查！立即徹查！」

此語一出，還有誰敢不利索辦事。很快查出馬蹄羹的服用始於溫儀嚴重吐奶那晚，也就是夜宴當日。而溫儀這幾日中都用服用此羹，可見問題的確是出於混在羹中的木薯粉上。當御膳房總管內監查閱完領用木薯粉的妃嬪宮院後面色變得蒼白為難，說話也吞吞吐吐。終於道：「只有甄婕妤的宜芙館曾經派人在四日前來領過木薯粉說要做珍珠圓子。此外再無旁人。」

眾人的目光霎時落在我身上，周圍鴉雀無聲。

我忽覺耳邊轟然一響，愕然抬頭，知道不好。只是問心無愧，也不去理會別人，只依禮站著，道：「四日前臣妾因想吃馬蹄糕就讓侍女浣碧去領取，她回來時的確也帶了木薯粉要

為臣妾製珍珠圓子。」

「那麼敢問婕妤，木薯粉還在嗎？」

略一遲疑，心想隱瞞終究是不好，遂坦然道：「想必還沒有用完。」

玄淩追問道：「只有甄婕妤宮裡有人領過，再無旁人嗎？」

內監不敢遲疑，道：「是。」

玄淩的目光有意無意掃過我的臉龐，淡淡道：「這也不能證明是甄婕妤做的。」

忽然宮女中有一人跪下道：「那日夜宴甄婕妤曾獨自外出，奴婢見小主似乎往煙雨齋方向去了。」

玄淩驟然舉眸，對那宮女道：「妳是親眼所見嗎？」

那宮女恭謹道：「是，奴婢親眼所見，千真萬確。」

又一宮女下跪道：「小主獨自一人，並未帶任何人。」

矛頭直逼向我，言之鑿鑿似乎的確是我在馬蹄粉中投下了木薯粉加害溫儀。

馮淑儀驚疑道：「若此羹中真混有木薯粉，剛才甄婕妤也一同吃了呀，只怕其中有什麼誤會吧？」

秦芳儀不屑道：「方才太醫不是說了嗎，這麼一點是吃不死人的哪。她若不吃……哼！」馮淑儀略顯失望，無奈看我一眼。

華妃冷眼看我，道：「還不跪下嗎？」

曹婕妤走至我身畔，哭泣道：「姐姐為人處事或許有失檢點，無意得罪了婕妤。上次在水綠南薰殿一事，姐姐只是一時口快並不是有意要引起皇上與妹妹的誤會。若果真因此事而見罪於婕妤，婕妤可以打我罵我，但請不要為難我的溫儀，她還是襁褓嬰兒啊。」說著就要

向我屈膝。

我一把扯住她，道：「曹姐姐何必如此說，妹妹從未覺得姐姐有何處得罪於我。水綠南薰殿一事姐姐也不曾讓我與皇上有所誤會，又何來記恨見罪一說。」我頓一頓，反問道：「難道是姐姐認為自己做了什麼對不住妹妹的事嗎，妹妹竟不覺得。」

曹婕妤一時說不話來，只拉著我袖子哀哭不已。

皇后道：「曹婕妤妳這是做什麼，事情還未查清楚這樣哭哭啼啼成何體統。」

華妃出聲道：「本宮看並非沒有查清楚，而是再清楚不過了。皇后這樣說恐怕有蓄意袒護甄婕妤之嫌？」

華妃這樣出言不遜，皇后並不生氣，只徐徐道：「華妃妳這是對本宮說話該有的禮制嗎？還是僅以妃位就目無本宮。」

華妃臉色也不好看，倔強道：「臣妾並非有意冒犯，只是憐惜帝姬所受之苦，為曹婕妤不平。」說著向玄凌道：「還請皇上做主。」

玄凌道：「縱然關懷溫儀帝姬也需尊重皇后，畢竟她才是後宮之主。」言畢看我，「妳要說什麼儘管說。」

我緩緩跪下，只仰頭看著他，面容平靜道：「臣妾沒有做這樣的事，亦不會去做這樣的事。」

「那麼，那晚妳是獨自出去去了煙雨齋嗎？」

「臣妾的確經過煙雨齋外，但並未進去。」

華妃漠然道：「當日宮中夜宴，煙雨齋中宮女內監大多隨侍在扶荔殿外，所餘的僕婦也偷閒多在聚酒打盹，想來無人會注意妳是否進入煙雨齋廚房。但是宮中除御膳房外只有妳宜

芙館有木薯粉一物，而且有宮女目睹妳去往煙雨齋方向，妳去之後帝姬就開始發作，恐怕不是『巧合』二字就能搪塞得過去的吧。」

我不理會她，只注視著玄凌神色，道：「雖然事事指向臣妾，但臣妾的確沒有做過。」

華妃冷冷道：「事到如今，砌詞狡辯也是無用。」

我道：「華妃娘娘硬要指責嬪妾嬪妾亦無話可說，只求皇上皇后明鑒。臣妾絕非這等蛇蠍心腸的人。」說罷俯首以額觸碰光潔堅硬的地面。

玄凌道：「妳且抬頭。妳既然說沒有，那麼那晚妳離席之後可有遇見什麼人可以證明妳沒有進入煙雨齋，也就可證明與此事無干。」

心念一動，幾乎要脫口而出那晚遇見玄清的事。抬頭陡然看見曹琴默傷心面容，水綠南薰殿一事洶湧奔上心頭。喉頭一哽，又見玄凌目光中隱然可見的關懷與信任，若他不相信我不想維護我，大可把我發落至宮獄慢慢審問，或是如眉莊一般囚禁起來加以懲治。

若是讓玄凌知道我與其他男子單獨說話，雖然那人是他弟弟，恐怕也是不妙，何況玄凌必要問我與玄清說了什麼，我與玄清的話或多或少涉及當年宮中舒貴妃與先帝的舊事，倘若被有心的人聽去傳到太后耳中，只怕更是尷尬。再召玄清來對質的話豈非鬧得宮內宮外人盡皆知，於我和玄清都是有百害而無一利。

況且玄凌曾因曹琴默幾句挑撥而疑心過我當日仰慕的是玄清，再提舊事只會失去玄凌對我的信任。而他對我的信任是我唯一可以保全自己和脫罪的後盾。一旦失去，華妃的欲加之罪也會被坐實為我真正的罪名，到時才是真正的悲慘境地。

轉瞬間腦海中已轉過這無數念頭，於是決定緘口不語，俯首道：「臣妾並沒有遇見什麼人，但不知還有誰看見臣妾並未進入煙雨齋。」說著一一目視周圍嬪妃宮女。

卻見陵容自人群中奔出，至我身邊跪下，泫然對玄凌道：「臣妾願以自身性命為甄婕妤擔保，婕妤絕不會做出如此傷天害理的事情。」說罷叩首不已。

一旁恬貴人露出厭棄的神色，小聲咕噥，「一丘之貉。」

皇后溫言道：「安美人妳先起來，此事本宮與皇上自會秉公處理。本宮也相信甄婕妤是皇上身邊知書達理第一人，不至如此。」

華妃道：「知人知面不知心，皇后娘娘切勿被人蒙蔽才好。」說著睨我一眼。

此刻皇后已沒有平時對華妃的寬和忍讓，針鋒相對道：「本宮看並非本宮受人蒙蔽，倒似華妃先入為主太過武斷了。」

玄凌森然道：「朕要問話，你們的話比誰都多，一個個都出去了才清淨！」

見玄凌如此態度，皇后當即請罪，眾妃與宮人也紛紛跪下請求玄凌息怒。

玄凌向我道：「妳再好好想想，若想到有誰可以證明妳並沒有去過煙雨齋的就告訴朕。」

雙膝在堅硬的大理石地板上跪得生疼，像是有小蟲子一口一口順著小腿肚漫漫地咬上來。地面光滑如一面烏鏡，幾乎可以照見我因久跪而發白的面孔。汗珠隨著鬢角髮絲「滴答」輕響滑落於地，濺成不規則的圓形。

我再三回想，終於還是搖頭。我知道玄凌一意想要幫我，可是我若以身邊宮女為我佐證，只怕也會讓人說她們維護我，反而讓她們牽累其中。並且當日的確無人跟隨於我，若被揭穿說謊，只會坐實我加害帝姬的罪名，恐怕還會多一條欺君罔上，到時連玄凌都護不了我。

玄凌長久吁出一口氣，默然片刻道：「如此朕只好先讓妳禁足再做打算。」

腦中有些暈眩，身子輕輕一晃已被身邊的陵容扶住。

他牢牢看著我，「妳信朕，朕會查清此事。必不使一人含冤，這是妳跟朕說過的。」

心頭一暖，極力抑住喉間將要溢出的哭聲，仰頭看他衣上赤色蟠龍怒目破於雲間，道：

「是。臣妾相信。」

三十四、端妃月賓

才要謝恩，身後有虛弱的女子聲音縹緲浮來：「當夜甄婕妤是與本宮在一起。」聞言一驚，本能地轉過頭去看。竟是被左右侍女攙扶著立於慎德堂外的端妃。微微發懵，急促間轉不過神來。

端妃徐徐進來顫巍巍要行禮，玄凌道：「不是早說過要妳免禮的嗎。」復又奇道：「妳怎麼出來了？太醫不是叮囑過不能受暑熱不宜外出嗎？」說話間已有宮女搬了花梨木大椅來請她坐下。

端妃道：「才來不久，見堂中似有大事，一時駐足未敢進來。」

皇后唏噓道：「端妃，好些日子不見，妳可好些了嗎？」

端妃坐於帝后下手，欠身恭順道：「本該日日來向皇上皇后請安，奈何身子不濟實在慚愧。今日一早就聽聞溫儀帝姬不適，放心不下所以急著來看看。」復又微笑對玄凌：「幸好臣妾來了，否則恐怕這慎德堂就要唱《竇娥冤》了。」

玄凌道：「端妃適才說當夜與甄婕妤一起，是真的嗎？」

端妃淡淡微笑，娓娓道來：「是夜臣妾遙遙見婕妤獨自出扶荔殿似有醉意，一時不放心便與侍女同去看顧，在翻月湖邊玉帶橋遇見婕妤，一同步行至臣妾的雨花閣，相談甚歡，聊了許久。」她的笑似蒼白浮雲，轉首對身邊侍女道：「如意。」

名喚「如意」的宮女跪道：「是。當夜娘娘與小主在雨花閣講論佛經，很是投契。後來

小主說時辰不早才匆匆回扶荔殿。」

皇后含笑道：「如此說來溫儀帝姬的事就與甄婕妤不相干了。」

華妃嫣然轉眸，望住端妃道：「端妃姐姐來得真巧，真如及時雨一般。」說著似笑非笑，雙眉微挑，「聽聞姐姐一直不適所以養病於宮中，怎麼那晚興致那麼好竟不顧太醫諄囑夜行而出呢？」

端妃微顯赧色，不疾不徐道：「久病之人的確不宜外出。但長閉宮中久之亦煩悶不堪，那夜聽聞宮中有宴會，想來不會驚擾他人，所以帶了宮女出來散心。」說完溫和淺笑看我，「不想本宮與甄婕妤如此有緣。」

我再不伶俐也知道端妃是幫我，只是不曉得她為什麼會這樣突兀地幫我，摸不清來龍去脈。然而容不得我多想，隨即微笑道：「是。嬪妾也是如此覺得。」

「哦？」華妃雙眼微餂，長長的睫毛在雪白粉面上投下一對鴉青的弧線，睫毛上所穿的金珠似乎不堪重負，密密閃爍纍纍光芒，只覺得耀目分明，奢華異常。她道：「那麼本宮倒有一疑問，適才婕妤為何不說出曾經與端妃相遇的事呢？也不用白白受這麼些罪了。」

端妃才要說話，忽然一嗆咳嗽不止，連連喘息，只滿面通紅指手向我。

我立即會意，不卑不亢道：「臣妾本不該隱瞞皇上皇后，只是當日端妃娘娘外出本不想讓人知道，以免傳入皇上皇后耳中使皇上皇后擔憂，反倒誤了娘娘的一片心。所以當日娘娘與臣妾相約此事不讓旁人知曉。誰料會牽扯進帝姬一事，臣妾心想皇上聖明、皇后端慧，必定會使水落石出，還臣妾一個清白，況且臣妾不想失信於端妃娘娘，是而三緘其口。」

華妃還想再說什麼，端妃已緩過氣來，緩緩道：「怎麼華妃妹妹不信嗎？」

華妃道：「並非妹妹多疑，只是覺得姐姐似乎與甄婕妤很相熟呢。」

端妃淡淡一笑，「本宮與婕妤之前只有兩面之緣，初次相見也是在溫儀週歲禮上。華妃這麼說是意指本宮有意維護嗎？」說著傷感搖頭，「本宮病軀本不宜多事，何必要做謊言袒護一位新晉的婕妤。」

眾人見端妃孱弱之態而在華妃面前如此傷感，不由隱隱對華妃側目。華妃無言以對，只好道：「本宮並未作此想，端妃姐姐多心了。」

玄凌不顧她二人妳言我語，起身走至我面前，伸手拉我起來，「尾生長存抱柱信(1)，朕的婕妤不遜古人。」

心底暗暗鬆出一口氣，大理石地極堅硬，跪得久了雙腿早失了知覺。咬牙用手在地上輕輕按了一把，方搭著玄凌的手掙扎著站起來，不想膝蓋一軟，斜倚在了他懷裡。

眾目睽睽之下不由大是窘迫，臉「騰」地一下滾滾的熱了起來。華妃微一咬牙，別過臉去不再看。皇后微笑道：「先坐下，等下讓太醫好好瞧瞧，夏天衣裳單薄，別跪出什麼毛病來。」說著瞥眼看華妃。

連忙有慇勤宮女放一把椅子在端妃身旁請我坐下。見我無恙坐好，玄凌才放開我手。

端妃轉眸環視立於諸妃身後的宮女，咳嗽幾聲面色蒼白，緩緩道：「華妹妹不信本宮的話也有理，剛才本宮在堂外似乎聽見有宮女說當夜見婕妤前往煙雨齋方向，不如還是再澄清一下比較好，以免日後再為此事起糾葛。不知皇上和皇后意下如何？」

皇后道：「自然是好。」說著語中頗有厲色，「剛才是哪兩個人指證甄婕妤？自己出來罷。」

迅即有兩名宮女「撲通」跪於地上，花容失色俯身於地。皇后道：「你們倆都是親眼見甄婕妤進入煙雨齋的嗎？」

一宮女道：「奴婢是見婕妤往煙雨齋方向去，至於有無進去……似乎……似乎？」
「什麼叫似乎？簡直是『莫須有』。」又看向另一宮女，「妳呢？」
她把頭磕得更低，慌張道：「奴婢只是見婕妤獨自一人。」
皇后不理她們，只說：「皇上您看呢？」
玄凌露出厭惡神色，「皇后看著辦。只一條，不許縱容了宮人這種捕風捉影的惡習。」
皇后吩咐身側江福海道：「拉下去各自掌嘴五十，以儆效尤。」
窗外很快傳來清脆響亮的耳光聲和宮女哭泣的聲音，華妃只作充耳不聞，轉過頭來瞬間睫毛一揚，飛快目視曹婕妤，旋即又若無其事垂眸端坐。
曹婕妤懷抱溫儀羞愧上前道：「方才錯怪婕妤妹妹，實在抱歉。」
我只是搖頭：「不必。身為人母姐姐也是關心則亂。」
華妃勉強訕笑道：「剛才誤會婕妤，是本宮關心帝姬才操之過急，還請婕妤不要見怪。」
我微笑正視她：「怎會。娘娘一片心意嬪妾瞭然於心。」華妃被我噎住，又無從反駁，只得道：「婕妤明白就好。」
氣氛仍然有些僵硬，端妃倚在椅上對玄凌輕笑道：「臣妾那日遙遙聽見扶荔殿有美妙歌聲，很是親切耳熟，不知是誰所歌？」
玄凌微微一愣，皇后已搶先說道：「是新晉的安美人。難怪妳遠遠聽著耳熟，這幾日在宮中歌唱的都是她。」說著喚陵容上前向端妃請安。
端妃拉著她的手細細看了一會兒，道：「長得很清秀。恭喜皇上又得佳人。」
玄凌微笑頷首，我暗暗納罕，以前一直以為端妃柔弱，不想卻是心思細密、應對從容，

但是於恭維話上卻來來去去只一句「恭喜皇上又得佳人」，賀完我又賀陵容，當真毫無新意。

玄凌親自送我回宜芙館方才回水綠南薰殿處理政務。

小坐片刻，估摸著端妃走得雖慢也該經過宜芙館前鏡橋了，遂帶了槿汐慢慢走出去。果見端妃坐在肩輿上慢慢行來。

依禮站於一旁等肩輿過去。端妃見我，喚一聲「停」，搭著宮女的肩下轎道：「很巧。不如婕妤陪本宮走走。」

依言應允。一路桐蔭委地，鳳尾森森，漸行漸遠，四周寂靜只聞鳥鳴啾啾。貼身侍女遠遠跟隨，我半扶著端妃手臂，輕聲道：「多謝娘娘今日為嬪妾解圍。只是……」

她只是前行，片刻道：「妳無須謝本宮，本宮要幫妳自有本宮的道理。」

我疑惑看她，「娘娘信嬪妾是清白的？」

她的笑容淡薄如浮雲，溫文道：「我見妳獨自從桐花台方向而來經過我宮門口，細算時辰就曉得不會是妳。」

我道：「那日匆忙竟未瞧見娘娘向娘娘請安，真是失禮，望娘娘恕罪。」

「無妨。本宮只是聽見歌聲動人，才在宮門外小駐片刻仔細聆聽。」她噓歎，復而淺笑：「安美人的歌聲真年輕，叫本宮覺得這時間竟流逝得這樣快。」

我笑道：「娘娘正當盛年美貌如花，怎也感歎時光呢。」

她微笑：「哪裡還美貌呢？」說著目光牢牢鎖在我面龐上。

我被她瞧得不好意思，輕喚：「端妃娘娘。」

她定定神，方溫柔道：「婕妤才是真正美貌，難怪皇上那麼喜歡妳。」

我謙道：「娘娘取笑了。」

她扶著一竿修竹歇在湖邊美人靠上，「那日見婕妤神色匆匆，卻有憂愁之色，不知道何故？」我略一遲疑她已道：「婕妤不願說也不要緊。本宮雖然平時不太與人來往，但宮中之事也略有耳聞，並非一無所知。」

我無心把玩著裙上打著同心結的絲條，遙望湖光山色，半湖的蓮花早已是綠肥紅瘦，有凋殘之意。我只是默默不語。

端妃眼睛裡是一片瞭然的雲淡風清，一頭烏黑的長髮高髻挽起，步搖在鬢角上亦是生冷的祖母綠顏色，淡薄光暈，「婕妤何須如此傷感。本宮本是避世之人，有些話原本不需本宮來說。只是婕妤應該明白，古來男子之情，不過是『歡行白日心，朝東暮還西』(2)而已，何況是一國之君呢？婕妤若難過，只是為難了自己。」

未免心底不服，問：「難道沒有專一只愛一人的皇帝？」

端妃一口氣說了許多，氣喘吁吁，臉上依然撐著笑容：「先帝鍾愛舒貴妃到如斯地步，還不是有太后和諸位太妃，又有這許多子女。君心無定更勝尋常男子，妳要看得開才好。否則只會身受其苦。」

我道：「是。娘娘之言句句在理。嬪妾明白。」

端妃道：「在理不在理是其次，婕妤明白才好。」

端妃良久不再說話，專心看湖中大小紅鯉優游。我亦折一枝青翠楊柳在手把玩，拂了長長的柳枝挑撥水中若游絲樣的儂儂水草，糾纏成趣。端妃留神看著小鯉魚尾隨大鯉魚身後游行，不覺語氣有憐惜之意，靜靜道：「溫儀帝姬很是可愛，可惜卻是命途多舛。」

我聽她說得奇怪，少不得微笑道：「端妃娘娘何出此言？帝姬雖然體弱，但也是金枝玉葉，有神佛護佑。」

端妃略顯悵然，驟然微露厭棄神色：「滿天神佛只曉得享受香火，何來有空管一管世人疾苦。何況若是小鬼為難，只怕神佛也保不住妳。」

我暗自咋舌，不想端妃看似柔弱，性子卻如此剛硬，不由對她漸生好感。

她繼續說：「曹琴默這個孩子本是生不下來的，她懷的不是時候。生產時又是早產，胎位不正，幾乎陪上了一條性命。所以皇上對這孩子格外憐愛。」她歎氣，「這宮裡的孩子看似尊貴，其實三災八難的比外頭的孩子多多了。」

我知道端妃多年無子，於子嗣問題上特別敏感，勸慰道：「娘娘宅心仁厚，平日也該多多保養，玉體康健才能早日為皇上誕下皇子與帝姬。」

端妃苦澀一笑：「承婕妤吉言。只是本宮恐怕沒有這個福氣了。」

我聽得說得傷感，不覺大異，道：「娘娘正當盛年，何苦說這樣不吉的話。」

她仰首望天，幽幽道：「如得此願，月賓情願折壽十年。」說罷轉首淒楚，容色在明亮日光下單薄如一張白紙，「恐怕本宮就算折壽半生，亦不能得償所願了。」

或許她身有暗疾不適宜懷孕，不免暗自為她惋惜。

她再不說下去，向我道：「此事是針對婕妤而來，婕妤善自保重。本宮可以護妳一時卻不能事事如此。」

我道：「是。謝娘娘費心周全，嬪妾有空自當過來拜訪娘娘。」

她搖頭，許是身體不適，聲音愈加微弱，「不必。病中殘軀不便見人。何況……」她婉轉看我一眼，輕輕道：「本宮與婕妤不見面只會多有裨益。」

我雖不解，然而深覺端妃為人處事別有深意，亦出其不意。遂頷首道：「是。」

說話間端妃喘氣越來越急促，身邊的宮女忙上前摸出個瓷瓶來餵她吞下兩粒墨黑藥丸，陪笑向我道：「回稟婕妤小主，娘娘服藥的時辰快到了。」

我半屈膝道：「那嬪妾就不打擾了。恭送娘娘。」

她勉強微笑點頭，掙扎著扶了小宮女的手上了肩輿一路而去了。

註釋：

(1) 尾生抱柱：尾生是講求信義的典範，「尾生與女子期於橋下。女子不來，水至不去。尾生抱柱而死。」——《史記·蘇秦列傳》

(2) 出自《子夜歌》。全文如下：儂作北辰星，千年無轉移。歡行白日心，朝東暮還西。形容男子負心薄倖。

三十五、密合香

溫儀帝姬的事在三天後有了結果。御膳房掌管糕點材料的小唐出首說自己一時疏忽弄混了兩種粉料才致使帝姬不適。

消息傳來時我正與陵容繃了雪白真絲綃在黑檀木架上合繡一幅雙面繡。雙面繡最講究針功技巧與繡者的眼力心思，要把成千上萬個線頭在繡品中藏得無蹤無影，多一針，少一針，歪一針，斜一針都會使圖案變形或變色。

繡的是春山遠行圖，上百種綠色漸欲迷人雙眼，看得久了，頭微微發暈。透過湖綠縐紗軟簾，落了一地陰陰的碧影。簾外槿汐帶著宮女正在翻曬內務府送來的大匹明花料子，攪得那影子裡細細碎碎的粉蝶兒花樣跳躍閃動，光影離合，似要凝住這夏天最後的天影時光。我站起來揉了揉酸澀的後頸，喝了一口香薷飲道：「妳怎麼看？」

陵容對著陽光用心比著絲線顏色，嘴角含了一抹淺淡笑意，「這才是華妃娘娘說的巧合吧。」

我輕笑，「說話怎麼愛拐彎抹角了。」

陵容放下手中絲線，抿嘴道：「是。遵姐姐之命。」遂慢裡斯條道：「皇上要徹查，小唐就出首了，只是有人不想讓皇上再查下去而指使的棋子。」然而她又疑惑，「只是……皇上以玩忽職守罪懲治了小唐，杖斃了。」

我捧了香薷飲在手，看著簾外宮女忙碌的身影，淡淡道：「當然要杖斃，再查下去就是

宮闈醜聞，鬧到言官和太后耳中事小，在臣民眼中恐怕是要墮了皇家威儀。」我輕輕咀嚼口中香薷，徐徐道：「咱們都明白的原委皇上怎麼會不明白。只是暫時動她不得。」

見陵容似迷茫不解，遂伸指往西南方向的窗紗上一戳，陵容立即會意，低聲歎道：「皇上身為天子竟也有這許多無奈。」

我微一蜷指，抿一抿鬢髮，一字一字道：「狡兔死，走狗烹。我只等著慕容氏鳥盡弓藏那一日。」

陵容默然片刻，揀一粒香藥葡萄在口中慢慢嚼了，道：「陵容只是覺得姐姐辛苦。」

我道：「榮華恩寵的風口浪尖之上怎能不辛苦。」

陵容拍一拍手笑道：「不過皇上這幾日對姐姐真的是非常好。」她靜一靜，「其實皇上對姐姐是很好的。」

這一句入耳，轉而想起前日下午與玄淩閒坐時的話。

他把我托在膝蓋上一同剝菱吃，鬢角廝磨，紅菱玉手，兩人軟洋洋說話，何等風光旖旎。

我貼在他耳邊軟軟道：「四郎為何相信嬛嬛是清白的？」

他正剝著紅菱，想是不慣做此事，剝得甚是生疏，雪白果肉上斑駁是沒弄乾淨的深紅果皮。他道：「妳是四郎的嬛嬛，身為夫君朕怎會不信妳。」

心上暖洋洋的舒服，假意嗔道：「只為這個？難怪諸妃老說四郎偏心我，看來不假呢。」

他擱下手中的菱角，認真道：「嬛嬛不會做這樣的事情。」說著抓著我的手道：「那妳挖出朕的心來看一看，是偏著妳呢還是偏著旁人？」

我滿面紅暈，啐一口道：「還一國之君呢，說話這樣沒輕沒重，沒的叫人笑話。」

他但笑不語，剝了一個完整的菱角放我嘴裡，道：「好不好吃？」

皺著眉勉強囫圇吞下去道，「好澀，剝得不乾淨。」掌不住又笑道：「四郎手握乾坤，哪裡做得慣這樣的事。小小菱角交予嬛嬛處置就好。」說著連剝數枚都是剝得皮肉光潔，放在他掌中。他笑道：「甘香爽脆，清甜非凡。還是妳的手巧。」

我微笑，「這是江南的水紅菱，脆嫩鮮爽、滿口清香。自然不同尋常。」說話間玄凌又吃了幾枚，慢慢閉目回味，「這紅菱的滋味清而不膩，便和妳的琴聲妳的舞一般。」

我「噗嗤」笑出聲，「貪得無厭，得隴望蜀。古人的話真真不錯。剝了菱給你又想著要讓我彈琴起舞。」

他也不禁微笑：「做什麼舞呢？朕平白想一想妳也不許。」遂道：「妳要跳朕還不許，跳了一身汗的多難受。」

我「啊」一聲道：「別人是『冰肌玉骨，自清涼無汗』[(1)]，皇上取笑臣妾是個水做的汗人兒呢。」故意轉了身再不理他，任由他千哄萬哄，方回眸對他笑一笑。

我回想須臾，忽然覺得這個時候怎麼也不該沉默回想，總要說點什麼才對，否則竟像是冷落了陵容向她炫耀什麼似的。於是帶著笑顏道：「皇上對妹妹也是很好的。」

陵容忽然露出近乎悲傷的神氣，恍惚看著繡架上百種眼花繚亂的綠色絲線，一根一根細細撸順了。我瞧著她的神氣奇怪，玄凌對她亦好，身為寵妃她還有何不滿。然而陵容心思比旁人敏感，終不好去問。半晌方見她展顏道：「姐姐怎麼忽然想繡這個勞什子了，費好大的

功夫，勞心勞神。」

我上前靜靜看了一歇，撫摸光滑繡料道：「真是費功夫的事呢。然而越費功夫心思的事越能考驗一個人的心智與耐力。」

陵容道：「姐姐說話總那麼深奧。刺繡與心智又有何干？陵容不懂。」

我換了茶水給她，重又坐下舉針刺繡，溫和道：「有時候，不懂才是福氣呢。最好永遠都不懂。」

陵容微笑，換了話題道：「姐姐心血來潮要繡雙面繡，也不知得費多少日子的功夫，再過幾日就要回鑾怕是要勞師動眾呢。」

我只顧著低頭刺繡，頭也不抬道：「別說一架繡架，就是我要把宜芙館門前的殘荷全搬去了太液池，又有誰敢當我的面說個『不』字？」

陵容笑著拍手道：「是是是。只怕姐姐要把翻月湖併去了太液池，皇上也只會說是好主意。」

我掌不住笑：「妳怎麼也學得這樣油嘴滑舌。」

繡了一陣，手上開始出汗，怕弄污了絲線的顏色，起身去洗手。見室外浣碧仔細挑著這一季衣裳的花色，碧綠衣裙似日光下裊裊凌波的一葉新荷翠色。耳垂上我新贈她的小指大的珍珠耳環隨著她一舉一動晃如星輝。猛然間想起什麼事，彷彿那一日在慎德堂的波折詭異裡憶起了一絲半星明亮的曙光，而那曙光背後是如何的殘酷與濃黑，竟教我一時間不敢揭開去看上一眼。終於還是耐不住，若是真的，我何異於在枕榻之畔容他人同眠，更似懸利刃於頭頂，危如累卵。深深吸一口氣，朝外喚道：「浣碧——」

浣碧聞聲進來，道：「小姐，是要換茶水和果子嗎？」

我打量她兩眼，微笑道：「上次妳不是去御膳房領了木薯粉要做珍珠圓子麼，去做些來當點心吧。」

浣碧微微一愣道：「小姐怎麼忽然想起來吃這個了？上次的事後奴婢覺得穢氣，全拿去丟了。」

「哦。這麼巧。我還想著這味道呢。」我道，「那也罷了，隨便去做些什麼來吧。」別過頭去問陵容：「有皇上今日新賞的栗子糕，再來一碗八寶甜酪好不好？」

陵容溫順道：「姐姐拿主意就是。」

與陵容吃過點心也就散了。看著宮女內監們打點了一會兒回鑾時的包袱細軟，覺得精神好了些，復又去繡花。

平靜，這樣的平靜一直維持到了回鑾後的中秋節。

循例中秋都要紫奧城中度過。回鑾的日子便定在了八月初五。回鑾時后妃儀仗已不同來時，眉莊的車被嚴加看管，輕易不能下車；華妃的翠羽青鸞華蓋車輦緊隨於皇后鳳駕之後，威風耀目，一掃來時的頹唐之氣。慤妃、馮淑儀與欣貴嬪之後是我與曹婕妤並駕齊驅，陵容尾隨其後。連著兩日車馬勞頓才回了紫奧城，雖是坐車，卻也覺得疲憊，幸而棠梨宮中已經準備得妥妥當當，草草洗漱了一番就迷糊睡過去了。

中秋節禮儀縟繁，玄凌在外賜宴朝臣，晚間後宮又開家宴，皇后操辦得極是熱鬧，皇長子予漓與淑和、溫儀兩位帝姬承歡膝下，極是可愛。

按儀制，家宴開於後宮正門第一殿徽光殿，諸王與內外命婦皆在。太后似乎興致很好，竟也由幾位太妃陪著來了。太后南向升寶座，諸位太妃分坐兩側相陪。殿南搭舞台，戲舞百

技並作。帝后率妃嬪、皇子、帝姬進茶進酒，朝賀太后千秋萬歲。

賀畢，各自歸位而坐。朝賀的樂曲在一遍又一遍地奏著，樂隊裡的歌工用嘹亮的響遏行雲的歌喉，和著樂曲，唱出祝壽祝酒的賀辭。

太后作為這龐大、顯赫、高貴家族的最尊貴的長輩，自然能享受到任何人都無法體會的榮光和驕傲。這是我第一次見到在心目想像了無數次的太后。雖然我的位次與太后寶座相距甚遠，卻不能抑制我對傳聞中太后的敬仰和渴慕。眾說紛紜的傳聞使我在心裡為太后畫出了個嚴肅、盛勢的宮廷第一貴婦的輪廓，但當真見到她時，那種平和沉靜的氣度卻叫我覺得有些錯愕。因是家宴，太后的禮服華貴卻不隆重，一身青金色華服紋飾簡單、清爽大氣，頭髮上只以翡翠和南珠妝飾，臉上也是淡淡妝容。太后並不十分美艷，許是念多了佛經的緣故，有著一股淡淡的高華疏離的氣度，令人見而折服。既身為這個王朝最高貴的女人，她理應過著凡人難以企及的優越生活，但不知為何她的面容卻有著淺淺的憔悴之色，想是禮佛太過用心的緣故。

太后見座下十數位妃嬪，很是欣慰的樣子，對玄凌道：「皇帝要雨露均沾，才能使後宮子嗣繁衍。」又對皇后道：「妳是後宮之主，自然要多多為皇帝操持，不要叫他有後顧之憂。」帝后領命，太后又與帝后賞月說了會話，皇后雖是她親侄女，卻也只是客氣而疏離的態度，並不怎麼親近，也證實了向來太后不疼惜皇后傳言的真實。

因汝南王遠征西南，只有王妃賀氏在座，太后遂笑道：「妳家王爺不在，妳可要好好保重身子，照顧世子。」說著命人拿東西賞賜她。賀妃聞言躬身謝過太后關心。太后又和藹向玄汾道：「聽說汾兒很爭氣，詩書騎射都很好。哀家這個做母后的也放心。」回頭對順陳太妃與莊和太妃道：「你們教養的兒子很好。」順陳太妃因出身卑微，平陽王玄汾一直由莊

和太妃撫養，如今聽太后如此說，欣慰得熱淚盈眶。

因玄清自舒貴妃離宮之後一直由太后撫養，太后見了他在更是親厚，拉了他在身邊坐下笑道：「清兒最不讓哀家放心。何時大婚有個人來管住你就好了，也算哀家這麼多年對你母妃有個交代了。」

玄清一笑：「母后放心，兒臣有了心儀之人必定會迎娶了給母后來請安。只是兒臣的心儀之人很是難得。」

太后微笑對玄凌道：「皇帝也聽聽這話。滿朝文武家的淑女清兒你自己慢慢揀選，再不成，只要是好的，門楣低一些也沒什麼。」

玄清只是微笑不語，玄凌道：「母后別急，或許明日就有他的心儀之人了也未可知。」

太后無奈微笑：「但願如此，也只好由得他了。」

太后漸漸有了疲倦之色，便先回宮。幾位太妃似乎對太后很是敬服，見太后有倦色，馬上也陪同太后一起回宮。家宴就由帝后主持。

席位按妃嬪位分由高至低，我與玄凌隔得並不近，遠遠見他與皇后並肩而坐，明黃織錦緞袍更顯得他面如冠玉，有君王風儀。

我微微含笑朝他，他顯然是見到了，亦含笑向我，目光眷戀如綿，迢迢不絕。大庭廣眾之下，我不覺紅了臉，含羞低頭飲了一盅酒。

再抬頭玄凌已在和皇后說話，卻見玄清趁著無人注意朝我的方向略略舉杯示意，與他會心一笑，舉起面前酒杯仰頭飲下。

席間玄凌頻頻目視於我，吩咐李長親自將自己面前的菜色分與我，多是我平日愛吃的一些。雖然按制不能說話，卻也是情意綿綿。不由心情愉悅。

好不容易家宴結束，中秋之夜玄凌自然是宿在皇后的昭陽殿，嬪妃各自回宮安寢。坐於轎輦之上，剛才的酒意泛上來，臉頰滾滾的燙，身上也軟綿綿起來。支手歪了一會兒，抬頭見天上月色極美，十五的月亮團團如一輪冰盤，高高的懸在那黑藍絨底般的夜空上，明亮皎潔。月華如水，映在裙上比目玉珮上，更是瑩瑩溫潤。比目原是成雙之魚，又是如此月圓之夜，我卻隻身一人，對影成雙，聽得太液池中鷺鷥划水而過的清冷之聲，不覺生了孤涼之感。那皎潔月色也成了太液池浮著漂萍菱葉的一汪黯淡水色。

自宴散後返回瑩心堂，流朱、浣碧服侍我換下了吉服，又卸了大妝，將臉上脂粉洗得乾乾淨淨，我不自覺的摸一摸臉，道：「臉燙得厲害，今晚的確是喝的多了些。」

流朱抿嘴笑道：「酒不醉人人自醉。皇上席間好生眷顧小姐，連新近得寵的安美人也不能分去了半分。」

我嗔道：「不要胡說。」

浣碧微微一怔，微笑如初：「是嗎？」

流朱接口道：「妳沒有去自然沒有看見，華妃氣得眼都直了。」說著彎腰咯咯笑起來，「也要氣氣她才好，省得她不曉得小姐在皇上心中的份量，日日那麼囂張。」

我瞪她一眼道：「胡咀什麼！雖是在自己宮裡也得謹慎著點兒。」

流朱這才收斂，低眉答了聲「是」。

浣碧抱著我的禮服輕輕撫平掛起，道：「皇上待我們小姐從來都是很好的。」

聞言心頭微微一暖，卻又淡淡蘊起微涼。

才換過寢衣，聽得門外有腳步聲響，以為是小連子在外上夜，遂道：「也不早了，去關

上宮門歇息吧。」

卻是李長的聲音，恭敬道：「叨擾小主安睡，是奴才的不是。」

見是他，不由納罕這麼晚他還來做什麼，忙客氣道：「還不曾睡下。公公這麼晚有什麼事嗎？」

他道：「皇上有一物叫奴才務必轉交小主，希望小主良夜好夢。」

說著含笑遞與槿汐交到我手上，是一個木盒製做得非常精緻紫檀描金木盒。盒口開啟處貼著一張封條，上邊寫著一個大大的「封」字，旁邊題有御筆親書五個小字：「賜婕妤甄氏」。

李長只是陪笑站著道：「請婕妤小主一觀，奴才也好回去覆命。」

微微疑惑，打開一看，只覺得心頭跳得甚快，眼中微微一熱，一時不能自已，盒中赫然是一枚銀色絲條的同心結，結子紋路盤曲迴旋，扣與扣連環相套，編織得既結實又飽滿，顯然是精心編製的。旁邊一張小小絹紙上寫著兩行楷書：腰中雙綺帶，夢為同心結。這是梁武帝蕭衍《有所思》一詩中的兩句，見他親筆寫來，我不自覺的微笑出來，片刻方道：「請公公為我謝過皇上。」

李長只是笑：「是。恭喜小主。」說著同槿汐等人一同退了出去。

月色如欲醉的濃華，透過冰紋的窗紗似乳白輕霧籠於地面，我握了同心結在手，含笑安然睡去。

早起對著鏡子慢慢梳理了長髮，只見鏡中人眉目如畫，臉上微露憔悴之色，但雙眸依舊燦燦如星，似兩丸黑水銀，顧盼間寶光流轉不定。

盤算著玄凌已經在我這裡歇了三晚，想來今晚會去陵容處。由眉莊的事起，幾乎一直落於下風。本以為有陵容的得寵，華妃等人並不敢把我怎樣，如今看來靠人不如靠己，是該好好謀劃了。

絞一綹頭髮在手，陷入沉思之中。忽從鏡中見身後窗外有碧綠衣裳一閃，幾乎以為是自己花了眼。遂喝道：「誰在外頭鬼鬼祟祟的？」

卻是浣碧轉身進來，笑吟吟如常道：「皇上讓花房的公公送了幾盆新開的紫菊『雙飛燕』和『剪霞綃』來。奴婢是想問問小姐是否現在就要觀賞，又怕驚擾了小姐。」

我對菊花其實並不不怎麼喜愛，總覺得它氣味不好，但是眉莊卻喜歡得很。去年的秋天她正當寵，想來玄凌賞她的名貴菊花也不計其數，堂前堂後盛開如霞似雲，連她所居的堂名也叫作「存菊堂」。

心下黯然，今年的菊花依然盛開，而眉莊的榮寵卻煙消雲散了。

昔日風光無限的存菊堂今日已成了階下囚的牢籠，眉莊被禁閉其中，只剩下「存菊堂」的堂號空自惹人傷感。

我心中一動，看浣碧一眼，只若無其事道：「妳去教人擱在廊下好好養著，我等下去看。」想了想又道：「昨日皇上賞下來的首飾不錯，妳挑些好的去送給安美人、馮淑儀和欣貴嬪。再轉告馮淑儀，說我明晚過去陪她說話。」

浣碧應了是，輕盈旋身出去。

我望著她裊裊身影消失在簾外，驟然心思貫通，計上心來，陷入無盡的思量之中。

晚間玄凌沒來我宮中，便帶了槿汐、品兒去和煦堂拜訪曹婕妤。想是去的突然，曹婕好

很是意外。因有日前溫儀帝姬的事，她總是有些難掩的不自然。

我只是親切握了她手，道：「妹妹很想念帝姬，特意過來看看。曹姐姐不會是不歡迎吧。」

見我說的客氣，她忙讓著我進去，命宮女捧上香茗待客，道：「怎麼會。日夜想著妹妹能夠過來坐坐，只是怕妹妹還氣我糊塗。」

我與她一同坐下，微笑接過宮女奉上的茶，徐徐吹散浮起的泡沫，道：「曹姐姐這樣說倒是叫妹妹難為情。那日的事只是一場誤會。妹妹就是怕曹姐姐還耿耿於懷，特意過來與姐姐解開心結。大家共同侍奉皇上，原該不分彼此才好。怎能因小小誤會傷了彼此的情分呢。」

曹婕妤連連點頭道：「正是這個話。」說著拉我的手撫弄，眼角綻出一點濕潤的光，「我雖癡長妳幾歲，卻是個糊塗人，那天聽了那起子混帳東西的混帳話，竟白白叫妹妹受了這樣天大的委屈，著實該打。」說著作勢就要打自己。

我忙按住她的手，道：「姐姐再這樣就是要趕妹妹走了。都是那些個宮女多嘴多舌，平白害的咱們姐妹生分了。原不干姐姐的事，姐姐只是關心帝姬而已，關心則亂嘛。」

曹婕妤感歎道：「沒想到這麼大個宮裡竟是妹妹最明白我。我統共只有溫儀一個女兒，自然是心肝寶貝的疼，她又是個三災八難的身子，難不得我不操心。如此竟中了別人的計冤枉了妹妹。」

我微笑道：「過去的話就別再提了。今日突然過來看姐姐真是冒昧，姐姐別見怪才好。」說著命品兒把東西端上來，一件一件指著道：「這是我親手繡的幾件肚兜給帝姬用，妹妹針線不好，這只是一點心意，姐姐別嫌棄才好。」又道：「這些料子是織造所新進上來

的，姐姐自然不缺這些，只是裁著衣服隨意穿吧。」、「這些水粉胭脂是閒來的時候崔順人親手製的，用來搽臉很是細膩紅潤，竟比內務府送來的好，姐姐也不妨試試。」

我說一樣東西，曹婕妤便贊一通，兩人很是親熱，竟如從未有過嫌隙一樣。她看過一回，拿起我送給溫儀帝姬的肚兜愛不釋手的翻看，嘖嘖道：「妹妹的手真巧，那翟鳳繡的竟像能飛起來一樣，那花朵兒一眼看著能聞出香味來。」說著讓乳母抱了溫儀出來比著穿上肚兜，讚歎不已，似乎對我沒有一絲防備之心。

我微笑看著眼前一切，抱了一會兒溫儀，才拉過曹婕妤悄悄的說：「這些不過是些尋常之物，妹妹還有一物要贈與姐姐，只是這裡不太方便，可否去內室？」

曹婕妤想了一想就答應了，與我一同進入內室。內室很是陰翳涼爽，層層疊疊的薄紗帷幕無聲垂地。床榻上放著玫瑰紫織錦薄被，榻前案幾上聳肩粉彩花瓶裡疏疏插著幾枝時新花卉，並不如何奢華。我從袖中取出小小一只琺琅鑲金匣子，鄭重道：「請姐姐務必收下此物。」

曹婕妤見我如此鄭重微微吃驚，道：「妹妹這是做什麼。」便按我坐下，接過匣子打開一看。她的神色在匣子打開的剎那變得驚異和不能相信，道：「這麼貴重的禮物，我可萬萬不能收下。妹妹還是拿回去吧。」

我堅決道：「妹妹本有話求姐姐。姐姐如此一說，不是拒絕妹妹嗎？」

曹婕妤小心放下匣子，柔和道：「妹妹有什麼話儘管說，姐姐能幫的自然不會推辭。」

我收斂笑容，含泣道：「華妃娘娘高貴典雅，妹妹內心是欽服已極，只是不知怎麼得罪於娘娘，竟叫娘娘誤會於我，使妹妹不得親近娘娘風華。」說罷嗚嗚咽咽哭了起來，「妹妹獨自在這深宮之中孤苦萬分。現在沈常在被禁足，妹妹更是孤零零一個了。還望姐姐垂

憐。」

曹婕妤一臉驚異，安慰道：「妹妹這是怎麼說的。妹妹備受皇上寵愛，又與安美人情同姐妹，怎的說出這話來。」

我垂淚道：「妹妹哪裡有什麼寵愛，不過是皇上瞧著新鮮才多過來兩日，怕過不了幾日還是要拋在腦後，安妹妹也是個不伶俐的。眼見這皇上越來越寵愛她，不知妹妹我將來要置身何地。」

曹婕妤聽完眼圈也紅了，歎氣道：「妹妹這話說得我傷心，做姐姐的不也是這樣的境況。雖說還有個孩子，卻也只是個帝姬，頂不得事的。」

我忙道：「華妃娘娘很信任姐姐，還望姐姐在娘娘面前多多美言幾句，能得娘娘一日的照拂，妹妹就感激不盡了。」說著拿起絹子默默擦拭臉頰淚痕。

曹婕妤勸慰了我一會兒道：「妹妹有這份心娘娘必然能知曉。只是這禮物還是拿回去吧，姐姐會盡力在娘娘面前說合的。」

我感泣道：「若如此妹妹願為娘娘和姐姐效犬馬之勞。」復又打開匣子放在曹婕妤面前，「這一匣子蜜合香是皇上所賜，聽說是南詔的貢品，統共只有這麼一匣子。還望姐姐不嫌棄，收下吧。」

曹婕妤忙道：「此物實在是太珍貴了。妹妹這樣平白送人只怕外人知道了不好。」

我微笑，「姐姐若肯幫我就比什麼都珍貴了，我怎會在姐姐面前吝惜一匣子香料呢。何況這是皇上私下賞我的，並不曾記檔。」略停一停又道：「此蜜合香幽若無味，可是沾在衣裳上就會經久彌香，不同尋常香料。妹妹福薄，姐姐笑納就是。」我又補充一句：「可別叫旁人曉得才好。」

辭。

如此推卻幾番，曹婕妤也含笑收下了，擱在內室的妝台上。又聊了許久，我才起身告

回了瑩心堂，舉袖一聞，身上已沾染了若有若無的蜜合香味道，只是這香氣幽微，不仔細聞也不易發覺，不由微笑浮上嘴角。

小連子進來道：「小主剛走，曹婕妤宮裡的音袖就把小主送的東西全悄悄丟了出去。」這本是意料中事，她哪裡會真心收我送的東西。我意不在此，挑眉道：「連香料也扔了嗎？」

小連子糊塗道：「什麼香料，並沒見啊。」

我微微一笑，「知道了。沒你的事了，下去吧。」

槿汐道：「小主那麼確定曹婕妤會收下您送的蜜合香？」

與曹婕妤說了許久的話，口乾舌燥，我端起青花纏枝的茶盞，一氣飲下半盞，長長的指甲昨夜剛用鳳仙花染就了，鮮妍明麗晃在眼前，我狀似漫不經心的一掠，方停了目光，悠悠地道：「她久在華妃之下半點也不敢僭越，我瞧她吃穿用度都恪守本分，連內室也是如此，就曉得她從未用過這樣名貴的香料。何況蜜合香的確難得，除了皇后這樣不愛香氣的人，哪有女子會拒絕呢？就算她對我再有戒心，亦不捨得扔了這香料的。」我擱下茶盞一笑：「放不下榮華富貴的人，終究成不了大氣候。」

槿汐道：「小主胸有成竹，奴婢也就放心了。」說著笑：「奴婢跟著小主快一年了，猜度人心精細之處實在叫奴婢欽服。」

我淡淡道：「拿什麼猜度人心呢，不過就是說話前多思量一會子罷了。」我微微冷笑，

「人心？那是最難猜度的，以我這點微末道行要猜度是可以，猜準就難了。」

槿汐陪笑道：「小主只消能猜準皇上的心意就儘夠了。」

我愛惜指甲，取了護甲套上，輕輕端詳著金護甲上鑲嵌著的一顆珍珠道：「在這後宮裡，要想升，必須猜得中皇上的心思；但要想活，就必須猜得中後宮其他女人的心思。」說著看槿汐：「安排下去的事都佈置好了嗎？」

槿汐道：「是。奴婢與小允子、小連子安排得妥妥當當，再無旁人知曉。」

我淺淺而笑：「那就好，別辜負了我那一匣子蜜合香，當真是寶貝呢。」

註釋：

(1) 出自宋朝蘇軾《洞仙歌》詞。此句描寫的是後蜀孟昶寵妃花蕊夫人的神仙姿態，馨香風度。相傳原是孟昶所作，東坡為之後續。

三十六、意難平

次日清早起來梳妝，浣碧幫我梳理好髮髻，從盛放著首飾的木盤裡挑了枝珍珠蓮花步搖，長長的碎玉和珍珠鑲成一朵朵盛開的蓮花，又以黃玉為蕊，碧色水晶為葉，精巧無比，浣碧方要為我簪入髻中，我已經擺首，「步搖原是貴嬪以上方能用的，上次皇上賜我已是格外施寵。今日非節非宴的太過招搖。皇上雖寵愛我，也不能太過僭越了。」

浣碧只得放下，揀了枝蝶花吊穗銀髮簪別上，道：「小姐也太小心了。皇上對安美人的眷顧不如小姐，安美人還不是成日家花枝招展，珠玉滿頭。」

我從鏡子裡留意浣碧的神色，微笑道：「安美人再珠玉滿頭，卻也沒有越過她的本分，偶爾珠飾華麗些也算不了什麼。」說罷微微收斂笑意：「這話別再說了，叫愛搬弄是非的人聽去了還以為我是見不得安美人得寵呢。」

浣碧道了「是」，想想終究不服氣，小聲道：「她不算是頂美的，家世也算不得好。怎麼皇上那麼喜歡她，就為了她歌聲好聽嗎？」

我對鏡描摹如柳細眉，徐徐道：「承恩不在貌，也無關家世，只看皇上是否中意。要不然也是枉然。」說著睨了她一眼，道：「怎麼今天說話總冒冒失失的。謹慎妥貼是妳的長處，好好的揣著，可別丟了。」

浣碧低頭抿嘴一笑，不再說下去，只說：「皇上早吩咐了要過來和小姐一同用早膳。小姐也該打扮得鮮艷些才是。」

我回首打量她幾眼，見她穿著櫻桃色軟羅琵琶衣，用雪白光綢配做襯裡，淺一色的珠光粉紅長裙，一雙霧碧色鞋子微露衣外，頭上也是點藍點翠的米珠銀花，配一副碎玉金耳環，恰到好處地襯出黑亮的柔髮和俊俏的臉。清秀之外倍添嬌艷。仔細一看已發現有不妥，故意略過不去提醒，只不動聲色淺笑道：「妳今日打扮得倒鮮艷。」

浣碧只是笑：「小姐忘了嗎？今日是小姐入宮一年的日子，所以奴婢穿得喜慶些。」復又道：「這些衣裳都是小姐上月為奴婢新做的，很合身呢。」

我這才恍然記起，原來我入宮已經一年了。日子過得還真是飛快，轉眼間我已經由一個默默無聞的貴人成了皇帝身邊的寵妃。

流水樣的時光從指間淅淅而去，收穫了帝王的寵愛，也憑添了無數輾轉犀利的心事，在心尖生長如芒鋒。平和無爭的心境早已是我失去了的。

幾乎無聲地歎了口氣。

流朱在一旁接口道：「怪道皇上一早過來陪小姐用早膳呢，原來是小姐入宮一年的日子。怕是午膳和晚膳都要在咱們這裡用吧。」

我道：「用膳也罷了。只怕……」

「小姐只怕什麼？」流朱問。

「沒什麼。」我不欲再說下去，只道：「去看看小廚房的小菜做的怎麼樣，我囑咐過他們要弄得精緻可口。」

說話間玄凌已經走了進來，道：「才下朝。朕也餓了，今兒有上好的的風醃果子狸，朕已經讓人給妳的小廚房送去了，叫他們配上粥，咱們一塊兒吃。」

槿汐便率人收拾了桌子，又侍候玄凌喝了一碗鮮豆漿，我才陪著他坐下。一時小廚房送

了細米白粥來，八樣小菜，素什錦、鹵雞脯、糟鵪鶉、脆醃黃瓜、胭脂鵝肝、炸春卷、香熏蘿蔔、風醃果子狸、梅花豆腐、油鹽炒枸杞芽兒，另外配了四樣點心，倒是滿滿一桌子。

玄淩看著菜式道：「很精緻，看著就有胃口。」

我恬靜微笑：「皇上喜歡就好。」

見他心情不錯，胃口也好，桌上的菜色色都動了不少，遂笑道：「皇上似乎心情很好，是有什麼喜事嗎？」

他微微一愣，方才笑道：「西南戰事連連告捷，汝南王率軍重奪了安兆、幽並六州，慕容一家出力不少。」

原本嘴角蘊著愉悅笑意，聞到此處，心下漸漸有些微涼意，只隱隱覺得他要說的不只這些，必定是與華妃有關。於是作欣喜狀舉起喝殘的半碗粥道：「皇上天縱英明，運籌帷幄。當真是大喜。臣妾以粥代酒相賀。」說著作勢舀了一杓粥喝下，對他粲然一笑。

他拉一拉我的手，忍不住笑：「這個小鬼頭，以為這樣就逃得了喝酒嗎？」

我帶著淺淡笑容相迎，悄聲道：「皇上可不許強人所難啊。」

笑語一晌，果然他談到了他要說的，說之前，他刻意留意了一下我的神色，他的湛湛雙目，掠過一絲不忍和愧疚，「如今回了紫奧城，又剛忙完了中秋，諸事煩瑣，恐怕皇后心力不支。朕的意思是想讓華妃從旁協助一二，妳覺得如何？」他的話說得輕而緩，像是怕驚到了我，卻一直刺進我心裡去，輕輕地，卻又狠狠的銳利。

我微微一怔，彷彿是不能相信，溫儀帝姬的事過去才幾天，他明知華妃這樣撇不開嫌疑，竟然來與我說要恢復她協理六宮職權的話。

不是不能體諒他在國事上的苦心，只是他的心思太叫人寒心。

他意欲在我素淨容顏上找到一絲半分的不悅與憤怒。我極力克制住這樣的表情不讓它出現在我的臉頰上，一徑只是微笑，似乎在認真傾聽他的話語。心中暗想，連我都是這樣不悅和震驚，不知皇后聽到了心裡是個什麼樣子。

目光犀利往他面上一掃，轉瞬我已轉過臉，調勻呼吸，亦將蓄著的淚意和驚怒忍下，才對他一笑，道：「皇后娘娘是怎麼個意思？」

玄凌的語氣有些凝滯，「朕還沒對皇后說。先來問問妳。」

我淺笑道：「皇上體恤娘娘，自然沒什麼不好。」

他忙道：「華妃做事有時的確是急躁。朕本想屬意於妳，奈何妳入宮不久，資歷尚淺。端妃病弱，愨妃庸懦，也就華妃還能相助一二。」玄凌的目光輕輕投注，含著些許歉意。

面容猶帶微笑，得體地隱藏起翻騰洶湧的委屈和怨氣。我抿嘴思量片刻，緩緩道：「皇上的心意是好的，娘娘想來也不會有異議。只是皇上想過沒有，慕容氏前線剛告捷，皇上立刻恢復了華妃協理六宮之權。知道的自然是說皇上體恤良將功臣，不知道的恐怕忽略了皇上指揮英明，只說是皇上仰仗著慕容家才有勝仗可打，所以迫不及待重用華妃以做籠絡。」心高氣傲，當皇帝的最怕別人說其無用，更怕臣子功高震主。這一針刺下去力道雖狠，卻想來有用。我小心觀察他的神色變化，繼續道：「是有那起子糊塗人愛在背後嚼舌，皇上也別往心裡去。」我略停一停，見他隱約有怒色在眉心，繼續道：「只是一樣，汝南王已得高功，此刻必然喜不自勝。汝南王與慕容一族有千絲萬縷的聯繫，若皇上此刻授權於華妃，恐怕汝南王一時忘形反而於戰事不利。」

他雙目微閉，面色沉靜如水，隱隱暗藏驚濤。一針見血，我曉得這話他是聽進去了。忙跪下垂淚道：「臣妾一時糊塗，竟妄議朝政，還請皇上恕罪。」說著俯首於地。我一跪下，

滿屋子宮女內監唬得呼啦啦跪了一地。

「滴答滴答」的銅漏聲像是擊在心上，聽著時間一點點在耳邊流過。靜默無聲。

他扶起我，道：「無妨。朕早說過許妳議政。」繼而感歎，「只怕這宮裡除了妳，沒人敢這麼直截了當與朕分析利弊。」

我適時將淚水浮至眼眶，只含著倔強著不肯落下來，盈盈欲墜，道：「臣妾今日說著話並非妒嫉華妃娘娘。而是希望皇上能權衡利弊，暫緩恢復娘娘協理六宮之權，一則以平物議，二則不損皇上天威，三來等節慶時再行加封，便可名正言順，六宮同慶。」

我早已盤算的清楚，節慶加封須是大節慶，中秋已過，接下來便是除夕，新歲不宜加封，就得等到元宵。誰知到時是怎樣的光景，先避了這一關，再慢慢謀劃。

玄淩望向我，目中微瀾，泛著淡淡溫情，細細思量須臾，道：「難為妳想得這樣周全。這樣也好，只是辛苦了皇后。」

我道：「皇上無須擔憂皇后。皇后於六宮事務也是熟稔，還有女史相助，想來也不至於有什麼差池。皇上放心就是。」見他「唔」一聲表示贊同，我再度試探於他，道：「其實沈常在當初為惠嬪時皇上還是屬意於她，有意讓她學習六宮事務以便將來幫皇后周全瑣事。只是現在可惜了……」

提到她玄淩似乎有些不快，只說：「讓她好好靜心修德才是。」

我不便再說下去，見他說了許久沒有再動筷，正想吩咐佩兒再去上一盞杏仁茶來，不想浣碧眼疾手快，已經手捧了一盞茶放在玄淩面前，輕聲道：「皇上請用。」

驚疑之下心中陡地一冷，她果然走上前來了。浣碧一雙手襯著青瓷茶盞更顯得白，玄淩不禁抬頭看浣碧一眼，不由微笑出聲，「打扮得是俊俏，只是紅裙綠鞋，未免俗氣。」

浣碧聞言大是窘迫，一時呆呆地臉色緋紅道：「奴婢名叫浣碧，所以著一雙綠鞋。」

我心下明白，浣碧欲得玄凌注意，故而選了顏色衣裳來穿，又特意配了碧綠鞋子來加深玄凌注意，反而忘了紅綠相配的顏色忌諱。微微自得，於是溫和道：「罷了。我昨日新選了一匹湖藍綢緞，妳拿去做一身新衣裳換下這紅裙吧。」說著又對眾人道：「今日小廚房菜做得好，你們也拿去分了吃吧。」

眾人齊齊謝過，浣碧紅了臉躬身退下。玄凌再不看她，只說：「妳對下人倒是好。」

「她們在宮中為奴為婢本就辛苦，我若再不對她們好，實在是太可憐。一旦奴才心有怨恨，主子們吩咐下去的事也不會好好做成，於人於己都沒有好處啊。」我笑盈盈道出自己的本意：「何況不過一匹緞子罷了。浣碧是臣妾陪嫁的侍女，將來還要為她指一門好親事的。皇上覺得如何？」

玄凌道：「妳的侍女妳自己看著辦就好。難為妳這麼體貼她們。」他微笑注目於我道：「看妳這樣寬和懂得馭下，朕實在應該讓妳協理六宮才是。」

我只是保持著得體的微笑，道：「臣妾資歷淺薄，怎能服眾，皇上說笑了。」說著低啐一口，低聲在他耳邊笑道：「體貼她們這話聽著肉麻，難道臣妾對皇上不夠體貼嗎？」說著心裡微微發酸，強撐著笑容道：「華妃娘家慕容氏有功，皇上也多陪陪她才好。」

他卻道：「想陪著妳都難。戰事告捷，還有許多事要部署，只怕這些天都出不了御書房了。」

心頭略鬆，道：「皇上勞苦國事，千萬要保重身子才好。」

一頓飯吃得辛苦，胭脂鵝肝在嘴裡也是覺得發苦沒有味道，卻不能在玄凌面前失了神色，要不然就算籌謀了什麼也不便周全行事，決不能因一時氣憤而因小失大。只一味顯出賢

惠溫良的神色，為他布菜，與他說笑。才心知在宮中「賢惠」二字是如何的辛苦難捱，為保全這名聲竟連一分苦楚也不能說，不能露。感慨之餘不免佩服皇后的功底，與華妃之間似乎華妃佔盡機鋒，可是無論贏與輸，她幾乎從不表現在臉色上，總是一副淡定的樣子。而這淡定之下，是怎樣的悲慟與酸楚，要在日復一日的清冷月光裡磨蝕和堅定成淡漠的雍容……

正想著，玄淩夾幾根油鹽炒枸杞芽兒在我碗中，溫柔笑道：「這個味道不錯，妳也嘗嘗。」

我含笑謝過，望著這幾根油鹽炒枸杞芽兒，一時心中翻覆，如打翻了五味瓶兒一般說不出的難受。彷彿自己就是那幾根油鹽炒枸杞芽兒，被油炒，被鹽漬，幾經翻騰才被入了味兒，被置放在這精細的刻花鳥獸花草紋蓮瓣青瓷碗中，做出一副正得其所的姿態。

好不容易用完了早膳，李長來稟報說內閣眾臣已在儀元殿御書房相侯良久。見他匆匆去了，方才沉著臉回到瑩心堂，慢慢進了西裡間。

槿汐曉得我不高興，遂摒退了眾人，端來一杯茶輕聲道：「小主喝點茶順順氣……」

我微一咬牙，作勢要將茶碗向地上摜去，想一想終究是忍住了，將茶碗往桌子上重重一擱，震得茶水也濺了出來。我怒道：「很好。一個個都要欺到我頭上來了！」

槿汐陪笑道：「不怪小主生氣。溫儀帝姬的事過去沒多久，皇上就要恢復華妃娘娘協理六宮之權，未免太叫人寒心了些。」

我深深地吸氣，心中淒涼帶著深重的委屈和驚怒，卻另有一種愴然的明澈：帝王家本是如此，我又何必期求於他。

我默不作聲只是出神，右手無名指和小指上戴的金護甲「嗤啦嗤啦」劃著梨花木的桌面，留下淡淡的白色跡子。忽然「篤」敲了一下桌面，冷冷道：「恕不得皇上這件事辦得叫

人寒心，華妃家世雄厚，又有軍功，絕對不可小覷了。眼前是對付過去了，只怕將來還要舊事重提。」我恨恨，「如今就敢冤我毒害帝姬，將來有了協理六宮的權力，還不知道是個什麼情形，只怕是要死無葬身之地了。」

槿汐垂目看著自己腳尖，道：「西南戰事愈勝，恐怕這件事提得越厲害。這是遲早的事，小主得早早準備起來，才能有備無患。」槿汐神色恭謹的答：「原本眉莊小主得幸時皇上曾有意讓她學著六宮事務，只是一來華妃娘娘壓制得緊，二來眉莊小主那麼快就出了事，這事兒也就擱下了。」

我緊緊抿著嘴聽她說完話，道：「眉莊是咱們一起進宮這些人裡最早得寵的，皇上自然另眼相看。可惜我得寵的晚資歷不夠，陵容就更不用提，出身更是不好。才剛妳也聽見了，皇上的口風裡竟還沒有要放眉莊出來的意思……」

槿汐默默思索道：「外人倒也罷了，只怕家賊難防。小主別怪奴婢多嘴，今日早膳上浣碧姑娘未免太伶俐了些。」

我冷眼瞧著她，道：「妳也瞧出來了。」

槿汐一點頭，「或許是奴婢多心了也是有的。」

我怔怔出了會神，終於端起茶碗呷了口茶，慢慢道：「並不是妳多心，倒是難為妳這樣精細，別的人怕是還蒙在鼓裡。」我抑不住心底翻騰的急怒，冷冷一笑，秋陽隔著窗紗暖烘烘照在身上，心口卻是說不出的寒冷與難過。竟然是她，浣碧，存了這樣的心思。我對她這樣好，視如親生姐妹，她竟然這樣按捺不住，這樣待我！「這蹄子……」我沉吟著不說下去。

槿汐想了想，小心道：「那匹湖藍綢緞小主還要賞給浣碧姑娘嗎？」

我怒極反笑：「賞。自然要賞。妳再把我妝台上那串珍珠項鏈一併給她。皇上擺明了沒把她放入眼裡，我倒要瞧瞧這蹄子還能生出什麼事來！」

槿汐躬身道：「是。」

我又道：「我估摸著水綠南薰殿曹琴默生事多半是這蹄子走漏的風聲，恐怕連這次溫儀帝姬的事也少不了她的干係。那木薯粉可不是她自作主張拿回來的嗎？」

槿汐低頭默默歎氣：「真是人心難測，小主對浣碧姑娘這麼好，浣碧姑娘又是小主的家生丫頭，自小一塊兒，竟不想是這個樣子。如今只不知道她偷偷相與的是華妃娘娘還是曹婕好？」

我慢慢摩挲著光潔的茶碗，尋思片刻道：「我瞧著華妃不會直接見她，多半是通過曹婕好。畢竟曹婕好還沒有和我撕破臉。」我幽幽望向窗外高遠的碧藍天空，竟和我入宮那一日一樣的藍，一樣的晴朗，連那南飛的大雁也依稀是舊日的那些大雁，不由低低歎息，「這丫頭……原本也是冤孽，只是她的心未免也太高了，白白辜負了我為她的一番打算。」頓了頓又囑咐：「妳拿東西去時別露了聲色，咱們要以靜制動。」

槿汐道：「奴婢明白，只是小主已經明白還要與浣碧姑娘朝夕相對裝作不知，小主未免捱得辛苦。」

我望著窗紗上浮起絢爛彩色的陽光，不由道：「辛苦？只怕來日的辛苦更是無窮無盡呢。」秋陽近乎刺目，刺出眼中兩行清淚，和著方才在玄凌面前的強顏歡笑，釀成了種種不堪的委屈，忍耐著蒸發在裊裊如霧的檀香輕煙裡。

初秋的陽光溫暖不遜夏日，紗窗裡漏下的明光錦繡，映著身上的綾羅珠翠和屋中的寶器琳琅，拂了燦爛一身光影，語法襯得一腔心事晦暗不明。往事倒影如潮，歷歷湧到心頭，在

即將到來的風雨爭鬥之前，於清冽似碧的茶水中，驟然看到玄清雲淡風輕的笑，彷彿他依然指著一株小小開白花的夕顏笑問：「妳不曉得這是什麼花嗎？」我心中是記得的，那小小白花蕩漾出的漣漪，浮泛在我心頭。是那樣一個溫潤如玉的少年，在一個繁華的夏末星夜，目睹了我的隱藏的寂寞和哀傷。

玄凌的忙碌果然是真的，西南的戰事成為他最關注的事，全國的糧草軍用在他的安排下也有條不紊運往戰地，他的臉色總是疲倦，而疲倦之中，亦有欣喜。

我如常去儀元殿請安，卻在殿外見到恬貴人一張落寞臉色，見了我行過禮，忽然瞥見身後流朱手中的食盒，雙眸幽幽一晃，淡笑道：「婕妤姐姐費心，妹妹看不用勞煩去這一趟了，皇上有事不見人呢。」

我淡淡「哦」一聲，微笑道：「有勞恬妹妹告知。」輕緩的腳步卻未停下，裙裾輕移，一直向儀元殿走，只留下恬貴人驚詫目光於身邊掠過。

卻是李長親自迎出來，「小主來了。皇上正在等著小主呢。」我無心去理會身後恬貴人會是怎樣的表情。人情如我，亦知是無法周全所有人的，我只能周全自己。

也不去打擾他，默默取一塊他所中意的龍涎香，置於錯金螭獸香爐中，點燃之後，那霧白輕煙便帶出了縷縷幽香，含蓄而不張揚。他喜歡在如斯清幽中應對繁複國事。我亦喜歡。如今的我，已經可以出入御書房請安。

他給我這樣的特權，讓我的地位在後宮如雲的女子間越發尊崇。

午後的陽光疏疏落落，淡薄似輕溜的雲彩，浮在地面上，是春閨少女一個幽若的夢。我將香爐捧到窗前，玄凌正埋首書案，聞香抬頭，見我來了微微一笑，復又低頭。

然而我心裡明白，華妃之事帶來的委屈和怨氣並未因這樣的靜謐而消退。我猶帶微笑，得體地隱藏起不想也不該顯露在他面前的情緒，對著他笑靨如花，溫婉中帶一些天真。這樣的我，他最喜歡。

而這樣的我，這樣的靜謐時光，適合我的衣袖不動聲色地帶起後宮的風雲雷動，於溫婉中震懾和壓制我的敵人。

此刻的他撫著一張精工畫作的地圖，山川江河，風煙疆土，久久凝視，目光定格於西南一帶，一瞬間變得犀利如鷹。他靜靜道：「朕將收復西南。嬛嬛，」他的目光專注於我，卻有豪情萬丈，「祖父手中失去的疆土，終於要在朕手中奪回來。」

我停下手中的動作，笑容如三春枝頭的花朵，無限歡愉，「嬛嬛真心為四郎高興。」

他握著我的手漸漸有力，一字一字道：「撤開西南，還有赫赫對我朝虎視眈眈，年年意圖進犯，也是心腹大患。朕有生之年必定平除此患，不教朕的子孫再動干戈，留一個太平盛世給他們。」

我不覺震動，這樣一個玄凌，是我未曾見過的。卻也為他的心願所感，反握住他的手，微笑道：「嬛嬛希望可以陪著四郎創下這太平盛世。」

他凝望我，深深點頭，眼中有堅毅神色，「嬛嬛。朕要妳一直在朕身邊，妳也一定會一直在朕身邊。朕的太平盛世裡不可以沒有妳。」他的眼神太深，我微微有些害怕，卻也是感動，再抬頭那深深的眼神裡似乎噙著一弧清愁，轉瞬已經不見。

幾乎疑心是自己看錯了，那樣的神情不該出現在這樣的語氣裡，我無端迷惑起來，卻百思不得其解。也許，真的是我看錯了。

安靜停了一歇，方覺察到，心中原來密密交織著渺茫的歡喜和迷惘。

明媚的光影被疏密有致的雕花窗格濾得淡淡的，烙下一室「六合同春」的淡墨色影子，拂過他看我時的眼神，那原本略顯犀利剛硬的眉眼頓時柔和下來，無端添了幾分溫柔。

我只柔聲道：「皇上對著奏章許久，也該歇一歇啦。」說著從食盒中取出用細瓷碟裝的四色點心，百合酥、籐蘿餅、蜜餞櫻桃、梨肉好郎君，再取風乾的桂花細細灑入杯盞中，便是一盞沁人肺腑的花茶。

他擁我入懷，清綿的呼吸絲絲縷縷在耳畔：「今夜留在這裡好不好？」

我微笑出聲：「也是。還省了一趟鳳鸞春恩車的來回，皇上好打算呢。」這樣天真無忌的調笑，不過是仗著他的寵愛和憐惜。而在他眼中，我的言行都是可愛可憐的。

我輕輕埋首於他懷中，臉色緩緩淡漠下來。

到底意難平！

三十七、刀影

如是幾日過去，忽一日黃昏靜好，見天色漸漸暗下來，悄悄喚了流朱與浣碧進內堂，手腳利索地幫我換上浣碧的宮女裝束，又把髮髻半挽，點綴絹花遮去大半容顏。見她們一臉迷惑的樣子，環顧見四周無人，方悄聲耳語道：「我要去存菊堂見眉莊小主。」

流朱驚訝道：「怎麼突然要去？皇上不是說無詔不許任何人去見眉莊小主嗎？」

浣碧亦勸：「小姐不要去罷。這樣匆忙間什麼準備也沒有。」

我自顧自扣著衣襟上的紐子，道：「此刻不是正在準備嗎？浣碧妳是我的家生丫鬟，宮裡見過妳的人不是很多，印象自然不深刻，我便自稱是妳由槿汐帶著去存菊堂送吃食。那邊我已經打點好，只等入夜看守的侍衛交班時矇混進去。自然是萬無一失的。」

流朱還是不放心，「小姐。萬一被發現可是欺君的大罪，不是削減俸祿就可以打發的了的。何況您眼下聖眷正隆，實在不必去冒這個險啊。」

我對鏡檢視狀容，見形貌不同於往日，只消低頭走路，應當不會讓人發覺。遂道：「聖眷隆與不隆我都是要去一趟的。今晚皇上已經選了安美人侍寢，那是再好不過的機會。」我回頭對浣碧道：「妳一個人在內堂待著，別叫人見了妳。流朱去堂上把著風，不許任何人進內堂。我叫槿汐同我出去。」

說話間已走至門外，不顧流朱浣碧二人驚愕神色，悄然轉了出去。

槿汐早已在外邊候著，只作是帶了宮女出去，走至垂花儀門外，聽見有侍衛陪笑對槿汐道：「姑姑出去哪。哎呦，這不是浣碧姑娘嗎？姑姑與姑娘同出去，必是小主有要緊的事囑咐了去辦。」

槿汐道：「正是呢，趕著要出去。」

侍衛忙忙讓道，討好著道：「是是。奴才們就不礙著姑姑和姑娘了。」

走出幾丈遠，方與槿汐對視一眼，忍不住微笑，道：「看來我扮得挺像。」

槿汐亦微笑，「浣碧姑娘的身量原和小主有些像的。若細細考究起容貌來，姑娘的眼睛與小主最像。」

我臉色微微一沉，只說：「許是處得久了的緣故吧。」

槿汐大概是覺得失言了，不敢再說下去，默默前行了一段路，幾轉出了永巷又進了上林苑，幾座假山環抱之間是小小兩間屋子，原是給嬪妃更衣小憩用的場所。槿汐低聲道：「奴婢陪小主進去換衣服吧。允公公在裡頭候著呢。」

我歎一口氣，「但願今天的事只是我白費心機。」見槿汐恭謹不語，只諄諄道：「妳去罷。小心行事。」

旋即換了衣裳出來，已是往日的嬪妃本色，只鬢髮半垂遮住臉容，頭上珠花素淨些，更像是家常串門子的衣服。

起身扶了小允子的手往偏僻路上走，穿過茂密竹林，便是馮淑儀的昀昭殿的後門，早有人接應在那裡，逕直進了馮淑儀的偏殿，連半個意料之外的人也沒瞧見，方安心了不少。隔著紗簾見馮淑儀獨自坐著低頭拿著一件小衣襬弄，盈盈笑道：「姐姐好興致呢。」

馮淑儀聞聲唬了一跳，忙忙抬起頭來，見是我才笑著起身迎接道：「怎麼悄無聲息就來

了，倒嚇了我一跳。」

我挑簾俏生生走上前道：「用了晚膳就到處閒逛，正好經過姐姐的昀昭殿後頭就想進來瞧瞧姐姐，不想到驚擾了妳。」

她與我一同坐下，寧和微笑道：「哪裡是驚擾呢。也是無事，做了件小裙想送與淑和帝姬。妳瞧瞧如何？」

我仔細拿著看了，馮淑儀正要喚人進來奉茶，我忙攔住道：「不忙。我與姐姐好好說說話罷。那些奴才們一進來，反而掃了我們說話的興致。」

馮淑儀想了想道：「也是。我也嫌他們在就拘束得很。不像是我拘束了他們，反倒像她們拘著了我。真真是好笑。」

風吹過殿後的竹葉颯颯如急雨，我微笑道：「姐姐就是這樣好靜。」

與馮淑儀靜靜坐了閒話一陣，天色慢慢暗了下來。估摸著瑩心堂裡的動靜，雖然萬事俱備，卻不知道華妃與曹婕妤是否會鑽這個空子，不免暗暗有些擔心。

對面的馮淑儀安靜端坐，絮絮地說著帝姬與皇長子的一些瑣事。這些孩子間的趣事，慢慢撫平我略微不安的心境。我注目於她，她的確是個端莊和氣的女子，五官清秀，一顰一笑皆是貞靜之態，聰慧和美麗都是不顯眼的，再留心也不過是尋常大家閨秀的氣質，是家常的那種隨和與親切。

后妃之中，她從不出挑，也不刻意爭寵，偶然雙目顧盼間流露出一絲靈動之色，也很快低了頭，泯然於眾人之中。我忽然想，她大概就是這樣一個不去輕易招惹是非的人，靜靜在後宮一隅生存、生活，湮沒於妃嬪們花樣百出的爭奇鬥艷之間。

儘管她入宮有年，位分僅次於妃，但她那一列，亦有陸昭儀、李修容與她並列，又有緊

隨其後的欣貴嬪。玄凌待她，說不上寵，但頗為禮遇，遠出於早已失寵的陸昭儀、李修容等人。大抵這樣不惹人關注的女子，總是能夠溫文而雅地打動人，有保護自己安全的鋒芒而不銳利，不引起旁人的挑釁之意。

我兀自微笑，然而在這後宮之中，許多人是隱藏了鋒芒的，就如我眼前這個人一樣。若她真正一無是處，沒有半分防身之技，又如何能在華妃之下穩居這淑儀之位多年。

殿外忽然有嘈雜的聲音，似乎有許多人一同闖了進來，呼喝聲不斷。卻不是朝馮淑儀的昀昭殿這裡來，似乎是往旁邊的存菊堂去了。

嘴角勾出一縷不易察覺的微笑，果然來了。口中只道：「似乎有什麼大事呢？」

馮淑儀倒是鎮靜，有管事的姑姑含珠進來回稟道：「華妃娘娘來了。似乎說是婕妤小主身邊的槿汐姑姑剛才想帶人傳遞東西進去給眉莊小主，起了什麼誤會呢。」

馮淑儀驚疑望著我，道：「是妳身邊的人。」

我只淡然道：「是我遣了槿汐去送些東西，想必也不是什麼了不得的事。我先不出去，若見了我，只怕事情更說不清楚。」

馮淑儀知道我與華妃之間的關節，道：「且不忙出去拜見。想必這會子華妃娘娘也無心理會我們。等看看事情的變化再出去才好。」

與馮淑儀並立於窗前靜聽窗外的動靜。是芳若的聲音，恭恭敬敬道：「槿汐此來只是想托奴婢把一些日用與吃食轉交給沈常在，因東西不少，所以帶了兩個棠梨宮的奴婢一同拿到外室，並未見到小主，向小主請安。」

槿汐亦謙卑，「如芳若姑姑所言，奴婢只是奉我家小主之命送些東西過來，並未違背皇上旨意與眉莊小主相見。」

華妃軟綿綿的笑語中機鋒不掩，「不是說槿汐妳帶了兩個人過來嗎？怎麼現下只有妳和身邊這一個？還有一個呢？莫不是忙於正事沒空來見本宮。」

槿汐的聲音略微慌張，「這……那是棠梨宮中的宮女品兒，奴婢先讓她回去了。」

華妃乾笑一聲道：「是嗎？那本宮也不必和你們在這裡廢話了。本宮聽聞有人私入存菊堂探望禁足的宮嬪，於宮規聖旨不合，所以特意過來查一查。」

芳若只是好言相勸，「眉莊小主禁足，皇上有旨看管，又怎會有人進去與小主私會呢？」

華妃冷笑一聲，故意揚高了聲音道：「那可未必。這宮裡恃寵而驕的人不少，保不準就有人吃了熊心豹子膽呢。」

我面上微微變色，華妃也未免太目中無人了，當面背後都是這樣出言相譏。

馮淑儀看我一眼，道：「華妃似乎是疑心妳在存菊堂裡頭呢，不如現在出去解釋清楚也好。」

我只沉靜隱於窗後，道：「不用急，現在出去，華妃娘娘的威風可要往哪裡擺呢？若不讓她進去搜一搜，恐怕這樣聽了空穴來風就誣賴我的事還有下次呢。」

馮淑儀靜默片刻道：「華妃娘娘最近行事似乎十分急進，反而失了往日的分寸。」

我噙一縷微笑在嘴角，淡淡道：「往日的分寸又是怎樣的分寸呢？比之今日也只是以五十步笑百步。昔日她坐擁一切，今日要急於收復失地，難免急進，亦是人之常情。」心裡卻暗暗疑惑，華妃縱然急進，但是曹琴默為人謹慎又心思細膩，儘管我故意放了浣碧去密報，又怎會讓華妃來得這樣快。她是華妃的左膀右臂，難道沒有為她好好留神？還是她們太信任浣碧了。總是隱隱覺得其中有關節不妥之處，難道，竟是曹琴默故意縱了華妃浩浩而

來？或許她也並不想華妃那麼快起勢。猛地身上一激靈，從前想不通的地方驟然明瞭。

如果利用溫儀帝姬陷害我的事不是由曹琴默親自所為，那麼就是華妃主謀。以往日看來，曹琴默對這個唯一的女兒很是疼愛，誰肯傷害自己的親生女兒來奪寵，但是溫儀帝姬並非華妃親生，她自然不會真心疼惜。回憶起當日在慎德堂種種，竟是有蛛絲馬跡可尋，只是我當日渾然不覺。只怕她們之間就此生了嫌隙也未可知。

我冷然一笑，如此看來，這一局倒是更加錯綜複雜了呢。

然而這一切也不過是我的揣度，眼下只關注眉莊的事，曹琴默與華妃的瓜葛等日後再好好計較。

殿外的紛爭漸漸激烈，槿汐與芳若只是跪著不敢放華妃進去。我向含珠努一努嘴，她是宮裡經久的姑姑了，什麼陣勢沒有見過，立刻屈一屈膝告退，匆匆從後門向皇帝的儀元殿跑去。

馮淑儀只是點頭含笑：「婕妤妹妹似乎喜歡看戲。」

我微笑向她：「人在看戲，戲也在看人。此時坐於台下觀望，或許不用多久就已身在戲中了。」

馮淑儀聲音放得低，語不傳六耳：「妹妹的戲總是能大快人心，妳我同唱一齣，我雖上不了檯面，必然也為妹妹敲一敲邊鼓拉一拉絲絃，妹妹以為如何？」

我笑：「如此多謝姐姐了。」

她低低歎一聲，似乎聽不出語氣的抑揚頓挫，只出神望著窗外，「我曾經有過一次封妃的機會，妹妹知道嗎？」她的聲音漸漸低迷：「恐怕這輩子，有她一日，我就只能是以偏妃終老了。」

我的話語雖低，卻是清晰得字字入耳：「姐姐放心。四妃之位猶是虛懸，從一品夫人也是虛位以待。姐姐仁厚必有封妃之日。」

她的笑容似乎有安定之意，只是如常的平和安寧，「有妹妹這句話，我有什麼不放心的呢？妹妹將來的榮寵貴重，恐怕是我望塵莫及的。」

我的笑意凝滯在靨上，淡淡地道，「但願如姐姐所言。」

馮淑儀與我交好的確不假，除了眉莊與陵容，史美人固然是藉機奉承，淳常在又年幼，能說上半句知心話的也就只有馮淑儀了。

屈指算著玄凌過來的時間，外頭突然安靜了下來，原本爭執的兩方呼啦啦跪了下來請安接駕。

我會意一笑，方施施然跟於馮淑儀身後出去。

我滿面笑容屈膝請安，玄凌伸手扶了我一把，「妳也在這裡？」

我道：「正在和淑儀娘娘說話解悶兒呢。」說著向華妃欠身施禮，盈盈堆滿笑意：「娘娘金安。」

華妃驟然見我，臉孔霎時雪白，幾乎倒抽了一口冷氣，不由自主道：「妳怎麼在這裡？」

我恭敬道：「娘娘沒聽清嬪妾回皇上的話嗎？嬪妾在與淑儀娘娘做伴呢。」

她幾乎不能相信，目光瞬時掃過槿汐，望向存菊堂，適才的驕色蕩然無存。

槿汐向我道：「小主叫奴婢好找，原來悄沒聲息來了淑儀娘娘這裡。奴婢只好先把小主吩咐的東西送來給眉莊小主。」

我笑吟吟向華妃道：「方才在馮淑儀殿裡聽得好大的陣仗，還以為出了什麼大事，竟嚇得我不敢出來，當真是失禮了。」說著以手撫胸，像是受了什麼驚嚇似的。

玄凌的目光如常的溫和，只是口氣裡隱藏著漫不經心似的冷淡：「華妃不在宓秀宮，在這裡做什麼？」

華妃強自鎮定，道：「臣妾聽聞有人擅闖存菊堂探視禁足妃嬪，所以特來一看。」

玄凌淡淡瞧著她，「有皇后的手令嗎？」

華妃更是窘迫，微微搖頭，口氣已帶了幾分僵硬，「臣妾急著趕來，並沒有來得及求皇后手令。」

玄凌的目光已經有了森然的意味，冷冷道：「朕禁足沈常在時曾經下令，非朕的旨意任何人不許探視沈氏，妳也忘了嗎？」他略頓一頓，「那麼妳搜宮的結果呢？」

華妃額頭的冷汗涔涔下來，「掌事宮女芳若阻攔，臣妾還未一看究竟。」

玄凌微微一笑，卻不去看華妃，只對芳若道：「很好，不愧是朕御前的人。」

芳若直直跪著，大聲道：「奴婢謹遵皇上旨意，不敢有違。」華妃的神色瞬間一冷，硬撐著腰身站得端正。

玄凌這樣對芳若說話，分明是掃了華妃極大的面子。

馮淑儀出列打圓場道：「華妃娘娘向來做事果決，必是有了證據才來的。不如還是進存菊堂查上一查，一來娘娘不算白跑了一趟，二來事情也有個交代。皇上意下如何？」

我婉轉看了馮淑儀一眼，她果然是一個聰明人，曉得如何推波助瀾。盈盈拜倒道：「沈常在身受囚禁之苦，若還背上違抗聖旨私相授首是罪名，臣妾也實在不忍得。還請皇上派人入存菊堂查一查，以還沈常在清白。」

玄凌不假思索道：「既然如此喧嘩，自然要查。沈常在雖然戴罪禁足，卻也不能白白教她受辱。」說著喚李長：「妳帶著幾個得力的小內監進去好生瞧一瞧。」

李長應聲去了，大約半炷香時間才出來，恭謹道：「只沈常在與她貼身侍女在內，並無旁人了。」

華妃臉色愈加蒼白，腳底微微一軟，幸好有宮女連忙扶住了。華妃顫巍巍跪下道：「臣妾惶恐，誤聽人言才引來如此誤會。萬望皇上恕罪。」

玄凌只是仰頭站著，冷淡道：「朕一向知道後宮流言紛爭不斷，但妳協理六宮多年，竟然無視朕的旨意，還不分青紅皂白就要搜宮，未免太叫朕失望。」

華妃如何禁得住這樣重的話，忙不迭以首叩地，連連謝罪。

玄凌的眉頭不自覺地蹙起來，失望道：「朕原本以為妳閉門思過之後已經改過，不想卻是益發急躁了，竟連以前都不如。」他的語氣陡地一轉，冷冷道：「朕本想復妳協理六宮之權，今日看來，竟是大可不必了。」

華妃聞言身子一抖，幾乎是不可置信地看著玄凌，眼神中的不忿與驚怒幾乎要壓抑不住。轉瞬間目光狠狠逼視向我。我不由一凜，卻不肯示弱，只含了一抹幾乎不可覺的得意弧度回視於她。

玄凌不耐煩道：「妳好好回妳自己宮裡去罷，別再生那麼多事來。」華妃重重叩首，聲音嚦嚦發顫：「多謝皇上恩典。」

玄凌正要拂袖而去，回頭又補充一句，「不許再去見溫儀帝姬，沒的教壞了朕的女兒。」華妃委屈與震怒交加，幾乎要哭出來，好容易才忍住。我別過頭不去看她，心裡稍稍有了痛快的感覺。

眉莊啊眉莊，妳在存菊堂裡聽著，自然也能欣慰一些吧。

正要送玄凌出去，馮淑儀忽然道：「臣妾有一言進於皇上。」

玄凌點頭道：「淑儀妳說。」

馮淑儀道：「臣妾想如今沈常在禁足存菊堂，臣妾掌暢安宮主位，自然要為皇上分憂。臣妾想既然已在宮中，沈常在又只是禁足，不知能否請皇上撤去一半守衛，一則實在無須耗用宮禁戍衛，二則暢安宮中住有數位嬪妃，這麼多守衛在此，不僅不便，也教人看著心內不安。」我感激地望著她，她卻只是安寧的神態，如關心一個普通的妃嬪。

玄凌略想一想，道：「好罷。只是人在妳宮裡，妳也要費心照應。」

馮淑儀欣然道：「臣妾允命。」

我送玄凌走出儀門，他輕輕握一握我的手道：「還好沒有牽連到妳。」

我搖頭，「臣妾不會自涉險境，也不願違背皇上的旨意。」他的眼神微微溫和，我靠近他身邊道：「皇上忙於國事，臣妾已讓人準備了參湯，送去了儀元殿，皇上回去正好可以喝了提神。」

他微笑，「總是妳最體貼。」

我臉上一紅，屈膝恭送他上了明黃車輦去了。

身後華妃眼圈微紅，目光凌厲如箭，恨然道：「本宮一時疏忽，竟中了妳的計！」

我只是行禮如儀，「娘娘的話嬪妾不懂。嬪妾只曉得娘娘或許不是疏忽，娘娘是聰明人，應該聽過三國裡楊修聰明反被聰明誤的故事。娘娘您說是嗎？」

華妃緊握手指，冷冷道：「很好，妳倒是很會擺本宮一局。本宮沒有早早扳倒妳，實在是本宮的錯，怨不得別人。」

我微笑如和美的春風拂面，說話時耳墜上的一顆藍寶石點點碰著脖頸，「娘娘說笑了。後宮中大家同為姐妹服侍皇上，怎麼娘娘說起扳倒不扳倒這樣冷人心腸的話來。要是被皇上聽到，又要生氣了呢，也失了娘娘該有的風度啊。」

華妃一時語塞，她的貼身宮女眼見不好，忙勸道：「時辰不早，請娘娘先回宮安歇吧。」

我不容她分說，不再想和她多說半句，道：「恭送娘娘。」

三十八、浮舟

御前的人辦事最是利索。等我從馮淑儀處離開時，戍守存菊堂的侍衛只剩了剛才的一半。

槿汐扶著我的手慢慢出去，見夜色已深，又故意繞遠路走了一圈，方又回到上林苑假山後的屋子，換了宮女衣裳，悄悄跟在槿汐旁邊返回存菊堂。

其時正是兩班侍衛交班的時候，適才被華妃那麼一鬧騰，多數人都是筋疲力盡了，加上玄凌撤走了一半侍衛，剩下的人也懈怠許多。芳若早已按照吩咐，將我送給眉莊的吃食分送給守夜的侍衛，那些食物裡加了一定份量的蒙汗藥，不過多時，那些侍衛都已經睡意朦朧了。

悄悄掩身進去，芳若和小連子已經在裡頭候著，小連子低聲道：「小主沒有猜錯，小主走後不久，她便從後堂偏門往曹婕妤宮裡去了。」

呼吸一窒，雖然早已猜到是她，但一朝知曉，那股驚痛、憤怒和失望交雜的情緒還是洶湧而來，直逼胸口。我悶聲不語，想是臉色極難看，小連子見了大是惶恐，問：「小主，要不要奴才先去把她扣下。」

我努力抑住翻騰的氣息，靜一靜道：「不用。你只囑咐他們要若無其事才好。」

小連子一愣，道：「是。」

我道：「你先回去吧。她的事我會親自來審。」

小連子躬身退下，「奴才已經把船停在荷叢深處，小主回來時應當不會惹人注意。」

我點點頭，見他走了，方一把握住芳若的手臂道：「姑姑，多謝妳。」

芳若眼中隱有淚光，「小主這樣說豈不是要折殺奴婢了。奴婢自府邸起伏侍小主，能為小主盡力也是應當的。」說著引我往內堂走。

存菊堂是向來走得極熟的了，穿堂入室，如同自己宮裡一般。因著玄凌的寵愛，去年的今時，此處便開滿各色菊花，黃菊有金芍藥、黃鶴翎、金孔雀、側金盞、鶯羽黃；白菊有月下白、玉牡丹、玉寶相、玉玲瓏、一團雪、貂蟬拜月、太液蓮。紫菊有碧江霞、雙飛燕、剪霞綃、瑙盤、紫羅繖。紅菊有美人紅、海雲紅、繡芙蓉、胭脂香、錦荔枝、鶴頂紅。淡紅色的有佛見笑、紅粉團、桃花菊、西施粉、玉樓春，色色皆是名貴的品種。如雲似霞的菊花叢中，眉莊頰上是新為人婦的羞澀微笑，揉進滿足的光芒，柔聲道：「皇上待我——也算是有心了。」真真是人比花嬌。

然而光陰寸短，不過一年時間。菊花凋零了又開，而昔日的盛景已不復於存菊堂中。

宮女的鞋鞋底很薄，踏在落葉荒草上有奇異的破碎觸感，入秋時分，草木蕭疏之氣隱隱衝鼻。月色下草木上的露水沾濕了宮鞋。因為眉莊失寵，合宮的奴婢也都巴不得偷懶，服侍得越發懈怠，以致雜草叢生、花木凋零，秋風一起，這庭院便倍顯冷落淒涼。只剩了一輪秋月，如新眉般向繁茂的雜草遍灑清輝。

再轉已入了內室，見眉莊站立門口，遠遠便向我伸出手來，眼中一熱，一滴淚幾乎就要墜下，忙快跑幾步上前，牢牢與她握住了雙手。

眉莊的手異常的冰冷。我還未說話，眼前一片模糊，眼淚滾滾落下來啜泣不已。眉莊亦是嗚咽，仔仔細細瞧了我一回，方才勉強笑道：「還好。還好。芳若傳話進來總說妳很好，我還不信。現在看來，我也放心了。」

我強撐起笑容道：「我沒有事。就怕妳不好。」

言語間芳若已退出去把風，眉莊的身量失去了往日的豐盈，一雙手瘦嶙嶙緊握我的手和我一同走進內室。

進去一看，不由一怔，已覺空氣中浸滿了一種腐朽的味道。眉莊見我的神氣，幽悲一笑道：「這裡早已不是昔日的存菊堂了。」

我仍是不免吃驚：「話雖如此但妳尚有位分，宮中竟然凋敝如此，那些奴才未免太過分！」

眉莊伸手一枝枝點燃室內紅燭，道：「華妃勢盛，那些奴才哪一個不是慣會見風使舵的，一味的拜高踩低作踐我。若不是有芳若暗中周全，恐怕我連今日也捱不到了。」說著一滴淚墜下，正巧落如燃燒的燭火間，「嗤」一聲輕響，滾起一縷嗆人的白煙。

那燭火想來是極劣質的，燃燒時有股子刺鼻的煤煙味，眉莊禁不住咳嗽起來，我忙扶她坐下，衾褥帳帷顏色晦暗曖昧，連茶壺也像是不乾淨的樣子。我仔細用絹子擦拭了碗盅，方倒了一杯出來，對著燭光一看，慶幸雖不是什麼好茶但也勉強能喝。

見眉莊一飲而盡，我才慢慢道：「妳別急。我必定向皇上求情盡早放妳出來。」這話說得沒有底氣，我難免心虛。玄凌什麼時候放眉莊，我卻是連一點底都沒有。然而如今，只好慢慢寬慰於她，但求能夠疏解她鬱悶的心結。

眉莊只是冷笑，似乎不置可否。

一彎下弦月照著窗，似蒙昧珠光四散流瀉，堂外的草木荒疏氣味緩緩湧進。燭火一跳一躍，幽滅不定間散發蠟油的刺鼻氣味，紅淚一滴一滴順勢滑落於燭台之上，似一聲幽怨的歎息，映著沾染了凋敗灰塵的重重錦繡帷簾，似我和眉莊此刻荒涼的心境，幽迷在昏暗的光線

中。

半日，眉莊似乎心緒平復了些，才靜靜道：「我聽芳若說妳沒有因為我的事受牽連，我才稍稍放心。幸而現在有陵容，妳也不算孤掌難鳴了。」她略頓一頓，怔怔望著窗外因無人打理而枯萎的滿地菊花，片刻才回轉神來，淡淡問道：「皇上很喜歡陵容嗎？」

我一時微愣，隨即道：「算不得特別好。但也遠在曹婕妤之流之上。」

眉莊淡淡「嗯」一聲，「那也算很不錯了。只是陵容膽小怕事，雖然得寵，但是有什麼事還得妳來拿主意。」

我答應了，見她身形消瘦，不由道：「不要生那起子奴才的氣，到底保重自己要緊。今日妳可聽見外面的動靜了。也算為妳出了一口氣。」

眉莊點頭道：「聽見了。只是她未必這麼好對付。」

我不由歎氣，「也只能走一步算一步罷了。」

我的目光漸漸往下，落在她依舊平坦的小腹上，終於忍不住問道：「當日妳懷孕，究竟是怎麼一回事？」

眉莊淒然一笑：「人人都說我佯孕爭寵，難道妳也這麼以為？」眉莊下意識地撫摸著平坦的腹部道：「以我當日的恩寵何必再要假裝懷孕費盡心機來爭寵？」

我淡定道：「妳自然不必出此下策，以妳當日之寵，有孕也是遲早的事。又何苦多此一舉。」

眉莊幽幽歎了一口氣，道：「妳明白就好。」

「姐姐，她們故意讓妳以為自己懷孕，得到一切風光與寵愛，然後再指證妳佯孕爭寵。」我歎口氣，將所猜測的說與她聽：「恐怕從江太醫給妳的方子開始，到他舉薦劉畚都

是有人一手安排的。正是利用了妳求子心切才引君入甕，再用一招釜底抽薪適時揭破。」

眉莊道：「她們一開始就布了此局，只待我自投羅網。」她緊緊攥住手中的帕子，「也全怪我不中用！」兩行清淚從她哀傷悲憤的眼眸中直直滴落，「直到茯苓拿了沾血的衣褲出來，我還不曉得自己其實並沒有身孕。」眉莊的指甲已留得三寸長，悲憤之下只聞得「喀」一聲輕響，那水蔥似的指甲齊齊斷了下來，我唬了一跳，眉莊眼中盡是雪亮的恨色，「她們竟拿皇嗣的事來設計我！」

想起眉莊聽聞懷孕後的喜不自勝，我不由黯然。她是多麼希望有一個孩子，安慰冷清夜裡的寂寞，鞏固君王的恩寵和家族的榮耀。

我安慰道：「事已至此，多少也是無益。妳可曉得，連我也差點著了她們的道兒。本還想再扶持華妃協理六宮，若非我今日引她入局，恐怕日後我與陵容都是岌岌可危了。」

「我在裡頭聽得清楚。」眉莊淒惶道：「我已經不中用了，但願不要連累你們才好。」說罷側身拭淚道：「能救我脫離眼下的困境是最好，如若不能也千萬不要勉強。妳一人獨撐大局也要小心才是，萬萬不能落到我這般地步……」

我心口一熱越發想哭，怕惹眉莊更傷心，終於仰面強忍住。

昏寐的殿內，古樹的枝葉影影的在窗紗上悠然搖擺，好似鬼魂伸出的枯瘦手爪。秋蟲的嗚叫在深夜裡越發孤淒清冷，直觸的心頭一陣陣淒惶。

我極力道：「皇上……他……」然而我再也說不下去。玄凌對眉莊的舉止，未免太叫我寒心。兔死狐悲，唇亡齒寒啊！我終於抑制不住心底對前塵往事的失望與悲哀，緩緩一字一字道：「皇上……或許他的確不是妳我的良人……咱們昔年誠心祈求的，恐怕是成不了真了。」

「良人？」眉莊冷笑出來，幾近刺耳，「連齊人的妻妾都曉得所謂『良人』是女子所要仰望終身的……」眉莊緊咬嘴唇，含怒道：「他……他何曾能讓妳我仰望依靠！」眉莊的聲音愈見淒楚，似乎沉溺在往事的不堪重負裡，「昔年我與妳同伴閨中，長日閒閒，不過是期望將來能嫁得如意郎君，從今後與他春日早起摘花戴，寒夜挑燈把謎猜，添香並立觀書畫，歲月隨影踏蒼苔[1]。縱然我知道一朝要嫁與君王，雖不敢奢望俏語嬌聲滿空闈，如刀斷水分不開，也是指望他能信我憐惜我。」

眉莊的聲音因為激動而哽咽，她的字字句句如烙在我心上，生生逼出喉頭的酸楚，這些話，是昔年閨閣裡的戲語，亦是韶齡女子最真摯的企盼……

我勉強含淚勸道：「妳放心，她們陷害妳的事我已著人去查，想必很快就會有結果，妳耐心些。等真相水落石出那一日，皇上必定會好好補償妳，還妳清白的。」

眉莊哀傷的笑容在月光下隱隱有不屑之意，「補償？這些日子的冤和痛，豈非他能補償得了的。把我捧於手心，又棄如蔽屣，皇上……他當真是薄情，竟然半分也不念平日的情分！」

心頭有茫然未可知的恐懼襲來，只是茫茫然說不出來，只覺得一顆心在眉莊的話語中如一葉浮舟顛簸於浪尖，終於漸漸沉下去，沉下去……

眉莊只凝望我的神色，道：「或許這話妳今朝聽來是刺心，可是落魄如我，其中苦楚妳又如何明白？」她略停一停，復道：「這昔日尊榮今日潦倒的存菊堂倒叫我住著想得明白，君恩——不過如是。」她看著我愈加複雜難言的神情，淡淡道：「不過皇上對妳是很好的，不至於將來有我這一日。只是妳不必勸我，出去也只是為了保全我沈氏一族。皇上……」她冷冷一笑，不再說下去。

我欲再說，芳若已來叩門，低聲在外道：「請小主快些出來，侍衛的藥力快過，被發現就不好辦了。」

我慌忙拭一拭淚，道：「好歹保重自身，我一定設法相救於妳。」

眉莊緊一緊我的手，「妳也保重！」

門外芳若又催促了兩聲，我依依不捨地叮囑了兩句，只好匆忙出去了。

秋日的夜色隨著薄的霧氣蔓延於紫奧城的層層殿宇與宮室之中，彷彿最隱秘的一雙手，在黑夜裡探尋這這深宮裡每一個陰冷或繁華的角落或樓閣裡的秘密與陰謀，隨時隨地，叫人不知所措。

我輕悄避開宮中巡夜的侍衛，來到小蓮子預先幫我安排好小舟的地方，沿著曲折石徑潛入藕花深處。

小小的一隻不繫舟，在我上船時輕微搖晃漾開水波。只覺舟身偏重，一時也不以為意，只解開了繫舟的繩子。正要划動船槳，忽然聽見有成列的侍衛經過時靴底磔磔的聲響。一時慌亂，便往狹小的船艙裡躲去。

忽地腳下軟綿綿一滑，似乎踏在了一個溫熱的物事上，我大驚之下幾乎叫不出聲來，那物事卻「哎呦」大喚了一聲。

是個男人的聲音！並且似乎熟悉，我還來不及出聲，已聽得岸上有人喝道：「誰在舟裡？」

一顆心幾乎要跳出腔子，蓬蓬狂竄於胸腔之內。我閉目低呼，暗暗叫苦——萬一被人發現，今日所布下的功夫就全然白費了，連眉莊也脫不了干係！

然而黑暗逼仄的船艙裡有清亮的眸光閃過，似是驚訝又似意外，一隻手緊緊摀住了我的嘴，探出半身與艙外，懶懶道：「誰在打擾本王的好夢？」

聲音不大，卻把岸上適才氣勢洶洶的聲音壓得無影無蹤，有人陪笑著道：「卑職不曉得六王爺在此，實在打擾，請王爺恕罪。」

玄清似乎不耐煩，打一個哈欠揮手道：「去去。沒的攪了本王的興致。」

玄清向來不拘慣了，無人會介意他為何會深夜在此，何況他太液池上的鏤月開雲館是他的舊居，每來後宮拜見太后，不便出宮時便住在那裡，遠離了嬪妃居處。

岸上的人好像急急去了，聽了一會兒沒有動靜，他方道：「出來吧。」

我「嗚嗚」幾聲，他才想起他的手依然捂著我的嘴，慌忙放開了。我掀開船艙上懸著的簾子向外一瞧，臉上卻是熱辣辣地似要燒起來。

他好像也不自在，微微窘迫，轉瞬發現我異常的裝束卻並不多問，只道：「我送妳回去。」

我不敢說話，忙忙點頭，似乎要借此來消散自己的緊張和不知所措。

他用力一撐，船已徐徐離岸丈許，漸漸向太液池中央劃去。慢慢行得遠了，一顆狂跳的心方緩緩安穩下來。

紫奧城所在的京都比太平行宮地勢偏南，所以夏日的暑氣並未因為初秋的到來而全部消退。連太液池的荷花也比翻月湖的盛開得久些。然而終究已經是近九月的天氣，太液池十里荷花瀰漫著一種開到極盛近乎頹敗的靡靡甜香，倒是荷葉與菱葉、蘆葦的草葉清香別緻清郁。十里風荷輕曳於煙水間，殿閣樓台掩映於風霧中，遠處絹紅宮燈倒影水中，湖水綺艷如同流光，四處輕漾起華美軟緩的波谷，我如同坐於滿船星輝中徜徉，恍然間如幻海浮嵯，不

由陶醉其間。

見舟尾堆滿荷花，我微覺疑惑，出言問道：「已是八月末的時節，連蓮蓬也不多了，為何還有這許多新開荷花可供王爺採摘？」

他徐徐划動船槳，頎長身影映在湖水中粼粼而動，蕭蕭肅肅如松下風，散漫道：「許是今夏最後一攏荷花了。小王夜訪藕花深處，驚動鷗鷺，才得這些許回去插瓶清養。」

我仰視清明月光，「王爺喜歡荷花？」

「予獨愛其出淤泥而不染，濯清漣而不妖。」他溫文笑言。

流水潺湲流過我與他偶爾零星的話語，舟過，分開於舟側的浮萍復又歸攏，似從未分開一樣。

我見已經無人，便從船艙中鑽出，坐在船頭。我的鼻子甚是靈敏，聞得有清幽香氣不似荷花，遂問道：「似乎是杜若的氣味？只是不該是這個季節所有。」

玄清道：「婕妤好靈的鼻子，是小王所有。」他瞻視如鉤彎月，清淺微笑似剪水而過的一縷清風，帶起水波上月影點點如銀，「山中人兮芳杜若[2]，屈原大夫寫的好《山鬼》。」

我掩袖而笑壓住心底些微吃驚，「王爺似乎有了意中人？」他但笑不語，手上加勁，小舟行得快了起來。

見玄清意態閒閒，划槳而行，素衣廣袖隨著手勢高低翩然而動，甚是高遠。不由微笑道：「如斯深夜，王爺乘不繫舟泛波太液池上，很是清閑雅適哪。」

他亦報以清淡微笑，回首望我道：「莊子云『飽食而遨遊，泛若不繫之舟，虛而遨遊者也』[3]。清飽食終日，無所事事，富貴閒人一個，只好遨遊與興。」忽而露出頑色：「不意今日能與美同舟。竟讓小王有與西施共乘，泛舟太湖之感。」

比。」

我略略正色，「若非知曉王爺本意，嬪妾必然要生氣。請王爺勿要再拿嬪妾與西施相比。」

玄清輕漠一笑，大有不以為然之色，「怎麼婕妤也同那些俗人一般，以為西施是亡國禍水？」

我輕輕搖頭，曼聲道：「西施若解亡吳國，越國亡來又是誰？」

他不解，「婕妤若如此通情達理，又何故說剛才的話。」

輕攏荷花，芳香盈盈於懷，「范蠡是西施愛侶。西施一介女兒身，卻被心愛之人親手送去吳國為妃，何等薄命傷情。縱然後來摒棄前嫌與之泛舟太湖，想來心境也已不是當日苧羅村浣紗的少女情懷了吧。綺年玉貌被心上人范蠡送與敵國君王為妃，老來重回他身邊，可歎西施情何以堪。」

他略一怔忡，清澈眼眸中似有流星樣的驚歎劃過，唇角含笑，眼中滿是鎖不住的驚喜，「史書或歎西施或罵吳王，從無人責范蠡。清亦從未聽過如此高論。」他忽然撒開船槳一鞠到底：「婕妤妙思，清自歎弗如。」

他突如其來的舉動使得小舟輕晃，我一驚之下忙抓住船舷，只覺不好意思：「嬪妾只是以己度人，閨閣妄言，王爺見笑。」

許是船身搖晃的緣故，忽然有東西自他懷中滑落，落在我裙裾之上，他渾然未覺，只是侃侃道：「果如婕妤所言，范蠡不及夫差。至少夫差對西施是傾心以待。」

我點頭喟歎，「是。夫差是傾一國之力去愛一個女人。是愛，而非寵。若只是寵，他不會付出如斯代價，只是於帝王而言，這太奢侈。」

他似襟懷掩抑，感歎道：「寵而不愛，這是對女子最大的輕侮。」

心中突地一動，他說從未聽過我這般言論。而他的話，我又何曾聽別人說過，豁然間似乎胸腔之中大開大合，眉莊的話與他的話交雜在一起澎湃如潮，怔怔地說不話來。

宮中女子只求皇帝的恩寵可保朝夕，又有誰敢奢求過愛。縱使我曾抱有過一絲奢望，亦明白弱水三千我並不是玄凌那一瓢。

他驀地轉頭，目光似流光清淺掠過我臉龐，「婕妤似乎心有所觸，是肺腑之慨。」

蘭舟凌波，劃入藕花深處，清風徐來，月光下白鷺在粼粼的波光中起起落落，偶爾有紅鯉出水濺起水花朵朵。我沉默以對，片刻復又如常微笑：「王爺多心了，嬪妾只是就事論事，也是感歎西施紅顏命薄。」

我不曉得，為什麼有時候他說的話總叫我觸動到說不出話來。微微低頭，見湖水濃滑若暗色的綢無聲漾過，身上穿著的宮女裙裝是素淨的月白色，映著流波似的月光隱隱生藍。有素雅一色落於裙上，卻見一枚鎖繡納紗的衿纓[4]兀自有柔和光澤。

銀絲流蘇，玳瑁料珠，顯見是男子所佩的物事，應該是眼前那個人的。本當立即還給他，不知怎的乍然按捺不住好奇心。見他重取了船槳划行並不注意，便悄悄打開一看。衿纓輕若無物，幾朵杜若已被風乾，似半透明的黃蝶，依舊保留高貴姿態，幽幽香氣不絕如縷。我會心微笑，杜若是高潔的香花。

正要收起衿纓還他，見有柔軟一片紅色收於袋底，隨手摸索出來對著月光一看，幾乎要驚得呆在當地。素白掌心上輕飄一抹正是我除夕當夜掛於倚梅園梅樹上的那枚小像！小允子手巧，小像容態笑貌纖毫畢現。任何人只消仔細一看都曉得是我。太意外！茫茫然幾乎不知所措。只覺得腦中縷縷響起《山鬼》之調，迷迷茫茫似從彼岸而來，隔著虛幻的迷津洪渡，只反覆詠歎一句他剛才所說的「山中人兮芳杜若」。

他只管撐舟前行，偶爾讚歎月光如銀，良辰美景。我竟然感到心虛，一瞬間辨不清方才與我高談闊論的那人是不是細心收藏了我的小像與杜若一併珍藏的那人。直到髮髻上那枝鏨金玫瑰簪子滑落砸在手臂上，才疼得恍然醒神過來。鏨金玫瑰簪子是日前玄凌所賜珠寶中的一件，我瞧著手工好，款式也別緻，便別在了髮髻上，連換作宮女服色也不捨得摘下。誰想它打磨的這樣光滑，頭髮一鬆幾乎受不住。乍然一見這簪子，立時想起自己是玄凌寵妃的事實，倉促間迅速決定還是裝作不知最好。極力鎮定收拾好心緒，把杜若與小像放於衿纓中收好，才平靜喚他，「王爺似乎掉了隨身的衿纓。」

他接過道一聲「多謝」，隨即小心翼翼放入懷中，全然不在意我是否打開看過。彷彿我看與不看都是不要緊的事，他只管珍愛這衿纓之中的物事。

我徒然握緊裙上金線芙蓉荷包下垂著的比目玉珮，生生地硌著手也不覺得。只是癡癡惘惘一般出神。

他是何時得到的，怎麼得到的，我全然不曉得，費心思量亦不得其法。只是覺得這樣放在他身邊一旦被人發現是多麼危險的事。可是見他貼身收藏，卻也不忍說出這話。

雲淡風輕的他載著滿腹心事的我，他彷彿是在說著一件和自己無關的事，「此枚衿纓是清心愛之物，若然方才遺失，必是大憾。」

我這才聽見他說話，自迷茫中醒轉，道：「王爺言重了。一枚衿纓而已。」歎息低微得只有自己能聽見，我勉聲道：「既是心愛之物，王爺不要再示於人前，徒惹是非無窮。」

他還未及說話，小舟已到棠梨宮後小小渡口。我拾裙而上告辭，想起一事，轉首含笑欠身：「有一事請求王爺。」

「但說無妨。」

「嬪妾於行宮內曾偶遇小小麻煩，幸得貴人相助解圍。只是無論王爺聽說任何關於太平行宮夜宴當晚的事，都不要對任何人說起曾與嬪妾相遇說話，就如今晚一樣。王爺如應允，乃是嬪妾大幸。」

他雖不解其中意，仍是微笑應允，「諾。小王只當是與婕妤之間一個小小秘密，不說與第三人知。」他又道：「能與婕妤暢談是小王之幸，如清風貫耳。日後有幸，當請婕妤往小王的清涼台一聚，暢言古今，小王當為之浮三大白。」

我道：「月有陰晴圓缺，人亦講求緣分定數。有些事隨緣即可，有些事王爺多求也是無益。盛夏已過，清涼台過於涼爽，嬪妾就不前往叨擾了。」

他有一剎那的失神，左手不自覺按住適才放衿纓的所在，轉而澹然道：「清涼台冬暖夏涼，如有一日婕妤覺得天寒難耐，亦可來一聚，紅泥小火爐願為婕妤一化冰寒霜凍。」他垂下眼眸，下裳邊緣被湖水濡濕，有近乎透明的質感，聲音漸次低了下去，也似被湖水濡濕了一般，「清也盼望，永遠沒有那一日。」

內心有莫名的哀傷與感動，彷彿冬日裡一朝醒來，滿園冰雪已化作百花盛開，那樣美好與盛大，卻錯了季節，反而叫人不敢接受，亦不能接受。

我不會不記得，我的夫君是天下至尊。而他，是我夫君的手足。

註釋：

(1) 借用越劇《紅樓夢》選段中幾句，為寶玉設想的與黛玉的婚後生活，兩情融洽。

(2) 出自《莊子·列禦寇》：「飽食而遨遊，泛若不系之舟，虛而遨遊者也」。意指不拴欖繩之船，逍遙自在，令人神往。

(3) 山中人兮芳杜若：出自屈原《山鬼》，意思是我所思慕的人就像杜若般芳潔。是表達情意的詩句。

(4) 衿纓：即編結的香囊，男子佩帶的小荷包。

三十九、浣碧

小連子與槿汐早已守候在渡口轉彎處，見玄清立於渡口與我一同回來，一時也驚住了，終究是槿汐機警，默默施了一禮，方扶了我往棠梨宮走。

我悄聲道：「剛才你們倆除了我誰也沒有見到。」

槿汐輕聲道：「是。奴婢只是從馮淑儀處接小主回宮。」

小連子緊隨身後，一同進了棠梨宮。

眾人都被小允子打發在飲綠軒裡，我悄無聲息回到內堂，換過安寢的衣服，方覺得口渴難耐。才要說話，小允子已經斟了一盅茶來，我喝了一口便推開，想了想道：「去換些別的來。」

小允子陪笑道：「小廚房有燕窩預備著呢，小主要不要用些？」

我點點頭，「叫浣碧拿進來。」

小允子一愣，遲疑片刻，終究不敢多問，便讓浣碧拿了燕窩來。

浣碧端了燕窩進來，見我好端端地坐著，不由面色微微一變，作關切狀道：「小姐此行可順利？這麼晚回來倒叫奴婢好生擔心。」

我心頭煩惡，逼視她片刻，浣碧微微低下頭好似心虛不敢看我，我「咯」一聲笑道：「何止順利，簡直是痛快。」

浣碧抬頭略微驚愕道：「皇上放了眉莊小主出來了嗎？」

「並沒有。」我的視線橫掃過她的面容，一字一字道：「皇上斥責了華妃，連溫儀帝姬也不許她見。」我悠悠歎息了一句：「原本皇上還要復她協理六宮之權呢，現在啊——只怕自身難保了呢。」

「皇上斥責了華妃娘娘？」

我閒閒地道：「是啊。誰叫她觸怒了皇上呢。華妃未免心太高了，浣碧妳說是不是呢？」

浣碧一時窘迫，勉強笑道：「奴婢也不曉得華妃娘娘的心高不高，只是皇上的聖意想來是不會有錯的。」

我微微側目，槿汐和小允子、小連子一齊退了出去。房中只剩下我和浣碧，她的聲音一如往昔，輕聲道：「小姐。」說著垂手侍立一旁。我冷冷地盯著她，浣碧不自覺地身子微微一動，問：「小姐怎麼這樣看著奴婢？」

倏然收回目光，忽而展顏一笑：「我讓他們出去，也是為了周全妳的顏面。浣碧，這些日子妳勞心勞力，吃苦不少啊。真是難為妳啦。」

浣碧盯著地面，小聲道：「小姐怎的這樣說，倒叫奴婢承受不起。」

我站起身，徐徐在她身邊繞了兩圈，忽地站在她面前，伸手慢慢撫上她的面頰，歎道：「其實仔細看妳和我還是有些像的。」頓一頓道：「只是有些人有些事面和心不和，縱使是從小一起長大的人竟也會知人知面不知心，真是叫我心寒啊。」

浣碧面色一凜，強笑道：「小姐這麼說奴婢不懂。」

聲音陡地透出冷凝，「很好啊！吃裡扒外的事我身邊已經有過了，不想這次竟是妳。」

我一向待她親密和睦，從不曾這樣疾言厲色過，浣碧唬得慌忙跪下，叫道：「小姐！」

我理也不理，繼續道：「當日在水綠南薰殿曹婕妤曾以皇上借六王之名與我相見挑撥，當時我就懷疑是我身邊親近的人透漏的消息。只是還未想到是妳。那日與我同去的是流朱，前後始末她知道的最多，她的性子又不及妳沉穩，有時心直口快一些，我想許是她與宮女玩笑時說漏了嘴也未可知。誰想今日我前腳才出棠梨宮，後腳就有人去通風報信。我倒不信，華妃怎會好端端地知道我要去存菊堂，可見是我身邊的人故意洩露了消息。」

浣碧神色漸漸平復下來，仰頭看我道：「曉得小主要去探眉莊小主的並不只是奴婢一人，小姐何以見得是浣碧？還是小姐對浣碧早存了偏見？」

我微微一笑，「妳的確是小心掩飾痕跡。可惜妳疏忽了一件事——」

「什麼？」

「妳記不記得前些日子皇上賜了我一匣子南詔進貢的蜜合香。此香幽若無味，可是沾在衣裳上就會經久彌香，不同尋常香料。因此十分珍貴。皇上統共得了這一匣子全賜予了我。我卻全轉贈了曹婕妤，親眼見她放在內室之中。」我看了一眼浣碧漸漸發白的臉，用護甲的光面輕輕摩挲掉她額上細密的汗珠，「我記得我出門前是囑咐妳留在內堂不許出去的。」我略停一停，慢慢道：「若如妳所說並未對我有異心又怎會出入她的內室，妳身上怎會沾上了蜜合香的氣味？」

浣碧張口結舌地看著我，虛弱地道：「奴婢沒有——」

「我故意讓流朱在外堂守著，就是知道妳會從後堂的偏門出去，難道妳沒有覺得可疑嗎？我竟讓妳一人留在堂內。」我道：「妳若還不肯承認大可以聞聞自己身上有沒有蜜合香的氣味。」

浣碧的面孔浮起驚惶的表情，猶豫著拉起自己的衣袖子細細的聞了又聞，臉色漸漸變得

雪白。

我含笑道：「這香味一旦沾上就數日不褪，並且香氣幽微，不易察覺。」說罷止了笑容，冷然道：「妳還不說實話嗎？」

浣碧聞言臉上霎時半分血色也無，仰天道：「罷了。罷了。誰叫我中了妳的計！」

我道：「我也不過是疑心罷了。我身邊的事妳和流朱、槿汐知道的最清楚。雖然槿汐在我身邊不過一年，流朱有時未免急躁，但是對我都是赤膽忠心。只有妳和我是有些心病的。可是我也摸不準到底是不是妳，所以只好來試上一試。」我輕輕一笑：「誰知妳竟然沒有沉住氣，枉費我多年以來對妳的調教了。」

浣碧無語，只是苦笑：「的確是我的命數不好。妳要怎樣都由得妳罷。」

「不過我還是要謝謝妳，若不是妳去通風報信，今日我怎能這樣輕易將倒華妃。沒了她，我也能安生一陣子了。」

浣碧的聲音幾乎疑惑，顫聲道：「妳……」

我微笑：「自然是多虧了妳。只怕華妃現在恨妳入骨，以為是咱們主僕聯手呢。」我看她幾眼：「妳倒還真是個能幹的。」

浣碧呆呆地，盯著我半晌方道：「妳心計之深，我自愧不如。」

我直直看著她良久，聲音放的柔緩，歎道，「我素來是讚妳沉穩的，如今的情形看來妳終究還是差了些兒。一意求成、行事又不大方，這個樣子怎麼叫我放心把妳嫁入官宦人家？將來為人正室，怎麼去彈壓那些不安分的妾室？」

浣碧一時反應不過來，怔怔道：「妳……妳要把我嫁入官宦人家為人正室？」隨即搖頭：「妳不過是想讓我在妳身邊幫妳一輩子罷了，何曾為我好好打算呢？又何必再拿話來諷

刺我。」

我道：「為妳的打算我一早就有，不用說我，便是爹爹也好好為妳打算了的。只是咱們不說，妳便以為我不為妳打算過嗎?縱使妳再能助我也是要嫁為人婦生兒育女的，即便是流朱，將來她若要嫁人我也必為她尋一門好親事，何況是妳。妳也未必太小覷我了。」

她近乎癡怔，疑惑道：「真的嗎？」

我作訝異狀，反問她，「不然妳待怎樣?難道去做妾，去嫁給平民草戶？入宮前爹爹慎重交代我一定要為妳找個好人家，我是鄭重其事答應了的。這也是我為什麼要帶妳入宮的原因，要是留在甄府，頂多將來配個小廝嫁了，豈不委屈妳一世。」我不禁傷感，「妳所作所為所求的不就是一個名分嗎？」

浣碧似乎不能完全相信，又似是被感動了，失聲喚道：「小姐。」

我彎腰扶她起身，低聲歎道：「這裡沒有人，還要叫我『小姐』麼，妳該我叫我一聲『長姊』才是。」

浣碧眼中瑩瑩泛起淚光，我道：「妳不肯叫嗎?其實長久以來我對妳如何妳很清楚，妳我之間的心病也算不得我和妳的心病，不過是上一輩人的事了。」我拉著她坐下，「我知道妳委屈多年，雖是爹爹親生，可是族譜沒有妳的名字，取名也不能行『玉』字一輩，甚至妳娘的牌位也不能進祠堂供奉香火。可是浣碧啊，爹爹不疼妳嗎?妳雖然名義上是我的婢女，可我對妳從來如姐妹一般的啊。」

浣碧略一沉吟，咬一咬嘴唇道：「可是我……只要一想到我娘，想到我自己……不！只要我與妳一樣成為妃嬪，爹爹就可以光明正大的認我、我娘的靈位就可以名正言順的甄氏祠堂了。」她昂然抬頭，道：「妳可以任著性子嫌棄名字中的『玉』字俗氣棄而不用，卻不

知道這一個『玉』字是我一輩子都求而不得的。」

「妳以為一切就這樣簡單嗎？一旦妳成為妃嬪，後宮爭寵被人揭發出妳娘是罪臣之女，妳可知道是什麼後果，不僅甄氏一族會被妳連累，爹爹私納罪臣之女的罪名就足以讓他流放三千里之外，爹爹一把年紀了哪裡禁得起這樣的折騰？妳又於心何忍？」我停一停道：「且不說別人，妳以為投靠了曹婕妤就有人幫妳，高枕無憂嗎？說到底妳是我這裡出去的人。其實曹婕妤根本就是利用妳，要不然她不會在水綠南薰殿當著我的面提起妳告密的內容。妳別不信，看麗貴嬪就知道，一旦妳沒有了利用價值，妳的下場比只會麗貴嬪更慘！更何況經過今日一事，妳以為華妃和曹婕妤還會信妳嗎？」

浣碧的汗涔涔下來，雙唇微微哆嗦，我繼續道：「這還不算，萬一妳我姐妹有一日也要面臨爭寵，妳叫爹爹眼看著姐妹相爭，傷心難過嗎？何況憑妳如今這些微末功夫，要如何與我抗衡？白白為他人做嫁衣裳而已！妳怎糊塗至此。」

浣碧羞愧低眉，囁嚅道：「我並不想與妳相爭。」她聲音淒楚：「小姐，我並不是故意要陷害妳。皇上那麼喜歡妳就算知道妳去看眉莊小主也不會深責於妳，頂多將妳禁足十天半月……我……皇上眼中只有妳，只消妳消失一段時日，皇上必定會發現我寵愛我……」她遲疑片刻，「我們共同侍奉皇上不好嗎？這是榮耀祖先和門楣的事啊。」

「妳是我妹妹，共同侍奉皇上自然沒有什麼不好。」我看她一眼，問道：「浣碧，妳告訴我，妳喜不喜歡皇上？」

浣碧凝神想了想，用力搖了搖頭。

我感傷道：「妳以為嫁了皇上就有了名分了嗎？說到底也不過是個妾。」我拿起絹子拭淚道：「妳娘生前是連個妾的名分也不能有，難道妳做女兒的就是要告訴母親亡靈妳只能做

個妾？何況妳又不喜歡皇上，終其一生和一個自己不愛的男人同居同起，忍受他因為別的女人對妳的責難和冷落，因為他而和別的女人相爭，為他誕育子女，縱使他可以給妳榮華富貴可是下一刻就會身處冷宮，妳願意嗎？妳是背叛我而得榮寵，縱使有華妃相護，後宮中人會瞧得起妳嗎？皇上會瞧得起妳嗎？」

浣碧的容色一分分黯淡下去，說不出話來。紅燭輕搖，她的影子亦映在牆上輕晃。一個眼花看過去，竟像是在顫抖一般。

我又道：「這是其一。而妳又能保證皇上一定會喜歡妳嗎？依照如今看來，皇上對妳似乎並無特別好感啊，妳要爭寵似乎是十分辛苦。」

我篤定的看一看窗外明麗夜色，彎腰扶她起身，柔聲道：「其實我早已為妳打算好，如果我一直得皇上寵愛，將來必定為妳指一門好的婚事，妳也可以自己擇一個喜歡的人白頭偕老。皇帝寵妃身邊的紅人自然是要嫁與好人家為妻的。到時我會讓妳認爹爹為義父，從甄府出嫁，妳娘的牌位自然可入甄氏祠堂，妳的名字亦會入族譜。妳的心願也可了了。這樣豈不是最好的結局。」我垂眸歎氣，「也怪我，若我早早把我的打算告訴了妳，也不會有今日的差池了。」

浣碧仰頭看著我，眼中有酸楚、感愧的霧氣氤氳，漸漸浮起雪白淚花，一滴淚條然落在我手臂上，溫熱的觸覺。浣碧垂淚喚我：「長姊。」

我亦落淚，道：「妳這一聲『長姊』，可曉得我是盼了多少年才聽到呢。」

浣碧撲在我懷中：「我誠然不知長姊是這樣的心待我，才犯下大錯。」又嗚咽流淚：「這些日子來確是妹妹糊塗，以致長姊困擾。妹妹知錯，以後必定與長姊同心同德。」

我吁一口氣道：「玉姚懦弱，玉嬈年幼，哥哥又征戰沙場。家中能依靠的只有我們姐

妹。妳我之間若受奸人挑撥，自傷心肺，那麼甄門無望矣。」

浣碧失聲哭泣道：「浣碧辜負長姊多年教誨，還請長姊恕我無知淺見。」

我親手攙了她起來，道：「妳娘親的事未曾與華妃她們提起吧，若是已被她們知曉，只怕日後多生事端，甄門會煩擾無盡。」

浣碧搖頭道：「我不曾和她們提起。數月前娘親生日，曹婕妤見我獨自於上林苑角落哭泣以為是妳責打委屈了我，才藉故和我親近。我只是想借助她和華妃引得皇上注意，並不是存心要陷害長姊的。再說娘親的事事關重大，我不敢和她們說起。」

我點頭，「妳不說就是萬幸。」又道：「妳想求的她們未必能給妳，而我是妳長姊，我一定會。」

循循又問了些華妃與曹婕妤與她來往的事，才換了槿汐進來房中上夜陪伴。

四十、閒庭桂花落

小連子和小允子對我這樣輕巧放過浣碧很是不解，連槿汐亦是揣測。然而浣碧愈加勤謹，小心伏侍，他們也不能多說什麼。

終於有一日，槿汐趁無人在我身旁，問道：「小主似乎不預備對浣碧姑娘有所舉動。」她略略遲疑，道：「恐怕她在小主身邊終究還是心腹之患。」

彼時秋光正好，庭院滿園繁花已落。那蒼綠的樹葉都已然被風薰得泛起輕朦的黃，連帶著把那山石上的厚密青苔都染上一層淺金的煙霧。去年皇后為賀我進宮而種下的桂花開得香馥如雲，整個棠梨宮都是這樣醉人的甜香。我正斜躺在寢殿前廊的橫榻上，身上覆一襲紅若朝霞的軟毛織錦披風，遠遠看著流朱浣碧帶著宮女在庭院中把新摘下的海棠果醃漬成蜜餞。

我低頭飲下桂花酒，徐徐道：「若我要除去她，大可借華妃的手。只是她終究是我身邊的人，自小一同長大的情分還是有的。」見槿汐只是默默，我又道：「我的事她知道太多，若是趕盡殺絕反而逼她狗急跳牆。如今我斷她後路，又許她最想要的東西，想來鎮得住她。」

槿汐道：「小主既有把握，奴婢也就安心了。」

我淺淺微笑，「誠然，我對她也並非放一百二十個心。她只以為當日的事被我拆穿是因為蜜合香的緣故，卻不曉得我早已命人注意她行蹤。如今，小連子亦奉命暗中注意她，若她再有貳心，也就不要怪我無情了。」

槿汐無聲微笑：「奴婢私心一直以為小主太過仁善會後患無窮，如今看來是奴婢多慮了。」

我微笑看她：「槿汐。若論妥帖，妳是我身邊的第一人。只是我一直在想，妳我相處不過年餘，為何妳對我這樣死心塌地。」

槿汐亦微笑，眸光坦然：「小主相信人與人之間的緣分嗎？奴婢相信。」

我失笑，「這不失為一個好理由。」我回眸向她：「每個人都有自己做事為人的理由，只是不管什麼理由，妳的心是忠誠的就好。」

我微微打了個呵欠，自從華妃被玄凌申飭，馮淑儀日漸與我交好，身後又有皇后扶持，我與陵容的地位漸漸坐穩。然而華妃在宮中年久，勢力亦是盤根錯節，家族勢力不容小覷。一時間宮中漸成犄角相對之勢。勢均力敵之下，後宮，維持著表面的平靜與安穩。

只是眉莊的事苦無證據，劉畚久尋不得，眉莊也不能重獲自由，好在有我和馮淑儀極力維護，芳若也暗中周全，總算境況不是太苦。

秋風初涼的時節，雖然一襲輕薄的單衣不能阻止清瑟的涼意輕拂，亦是美好的。只是那涼的觸覺並不是瑟縮的冷，而是一種暑熱消退後久違的輕快和舒暢，連呼吸亦是貪戀的，深深的吸氣後暖在胸腔裡，溫暖著帶些清涼。滿院桂子開得濃，那清甜香馥如雨漸落，綿綿嬈嬈似情人的手溫柔撫摸在鬢角臉頰，叫人不願甦醒。怡怡然臥在西窗下，髮如烏亮的軟綢輕散四開，無數細小甜香的的桂子就這樣如蝶輕輕棲落在髮間。

小睡片刻，內務府總管姜忠敏親自過來請安。黃規全被懲處後姜忠敏繼任，一手打點著內務府上下，他自然明白是得了誰的便宜，對棠梨宮上下一發的殷勤小心，恨不得掏心窩子來報答我對他的提拔。

這次他來，卻是比以往更加興奮，小心翼翼奉了一副托盤上來，上面用大紅錦緞覆蓋住。我不由笑：「什麼了不得的東西，這樣子小心端著。」

他喜眉喜眼的笑：「皇上特意賜予小主的，小主一看便知。」

鎏金的托盤底子上是一雙燦爛錦繡的宮鞋，直晃得眼前寶光流轉。饒是槿汐見多識廣，也不由呆住了。

做成鞋底的菜玉屬藍田玉的名種，翠色瑩瑩，觸手溫潤細密，內襯各種名貴香料，鞋尖上綴著一顆拇指大的合浦明珠，圓潤碩大令人燦爛目眩，旁邊又夾雜絲線串連各色寶石與米珠精繡成鴛鴦荷花的圖案。珠寶也罷了，鞋面竟是由金錯繡縐的蜀錦做成，蜀錦向來被讚譽「貝錦斐成，濯色江波」，更何況是金錯繡縐的蜀錦，蜀中女子百人繡三年方得一匹，那樣奢華珍貴，一寸之價可以一斗金比之。從來宮中女子連一見也不易，更不用說用來做鞋那樣奢侈。

我含笑收下，不由微笑：「多謝皇上賞賜。只是這蜀錦是哪裡來的，我記得蜀中的貢例錦緞二月時已到過，只送了皇后與太后宮中，新到的總得明年二月才有。」

姜忠敏叩首道：「這才是皇上對小主的殊寵啊。清河王爺離宮出遊到了蜀中，見有新織就花樣的蜀錦就千里迢迢讓人送了來，就這麼一匹，皇上就命針工局連日趕製了出來。」

我「哦」了一聲，才想起清河王自那日太液池相遇後便離宮周遊，算算日子，也有月餘了。也好，不然他時常出入宮中，總會叫我想起那枚矜纓，想起那份我應該迴避的情感，雖然他從未說起過。

只是我害怕，害怕這樣未知而尷尬的情感會發生。

所以，我寧願不要瞧見。不止《山鬼》，甚至連屈原的《離騷》、《九歌》與《湘夫

人》等等也束之高閣。

但願一切如書卷掩於塵灰之中，不要再叫我知道更多。然而終究不免懷想，蜀中巴山的綿綿夜雨是怎樣的情景，而我只能在宮闈一角望著被局限的四方天空，執一本李義山的詩詞默默臆想。

轉瞬已經微笑起身，因為看見姜忠敏身後踏步進來的玄凌，他的氣色極好，瞧我正拿了那雙玉鞋端詳，笑道：「妳穿上讓朕瞧瞧。」

我走回後堂，方脫下絲履換上玉鞋。玄凌笑：「雖然女子雙足不可示於夫君以外的人，妳又何必這樣小心。」

我低頭笑：「好不好看？」

他讚了一回，「正好合妳的腳，看來朕沒囑咐錯。」

我抬頭：「什麼？」

他將我攏於懷中，「朕命針工局的人將鞋子做成四寸二分，果然沒錯。」

我側頭想一想，問道：「臣妾似乎沒有對皇上說過臣妾雙足的尺寸。」

他駭笑，「朕與妳共枕而眠多日，怎會不曉得這個。」他頓一頓，「朕特地囑咐繡院的針線娘子繡成鴛鴦……」他停住，沒有再說下去。

我旋首，風自窗下入，空氣中清霜般的涼意已透在秋寒之中，身子微微一顫，已經明瞭他對我的用心。

不是不感動的。自探望眉莊回來後，有意無意間比往日疏遠他不少。他不會沒有覺察到。

他輕吻我的耳垂，歎息道：「嬛嬛，朕哪裡叫妳不高興了是不是？」

窗外幾棵羽扇楓葉漸漸凝聚成一抹酒醉似的濃重的紅，再遠，便是望不透的高遠如璧的藍天。我低聲道：「沒有。皇上沒有叫臣妾不高興。」

他眼神中略過一絲驚惶，似乎是害怕和急切，他握住我的手：「嬛嬛，朕說過妳和朕單獨在一起的時候可以喚朕『四郎』，妳忘記了嗎？」

我搖頭，「嬛嬛失言了。嬛嬛只是害怕。」

他不再說話，只緊緊摟住我，他的體溫驅散了些許秋寒，溫柔道：「妳別怕。朕曾經許妳的必然會給妳。嬛嬛，朕會護著妳。」

輾轉憶起那一日的杏花，枕畔的軟語，御書房中的承諾，心似被溫暖春風軟軟一擊，幾乎要落下淚來。

終於還是沒有流淚，伸手挽住他修長溫熱的頸。

或許，我真是他眼中可以例外一些的人。如果這許多的寵裡有那麼些許愛，也是值得的。

待到長夜霜重霧朦時，我披衣起身，星河燦燦的光輝在靜夜裡越發分明，似乎是漫天傾滿了璀璨的碎鑽，那種明亮的光輝幾乎叫人驚歎。玄凌溫柔擁抱我，與我共剪西窗下那一對煒煒明燭。他無意道：「京都晴空朗星，六弟的書信中卻說蜀中多雨，幸好他留居的巴山夜雨之景甚美，倒也安慰旅途滯困。」

我微笑不語，只依靠在玄凌懷抱中。何當共剪西窗燭，卻話巴山夜雨時，那是詩裡的美好句子。玄凌靜默無語，安靜擁抱住我，投下一片柔和的陰影，與我的影子重合在一起，似乎是一個人一般。一剎那，我心中溫軟觸動，不願再去想那沾染了杜若花香、或許此時正身處巴山夜雨裡的蕭肅身影，只安心地認為：或許玄凌，他真是喜歡我的。

這一年的冬天來得特別晚，直到十二月間紛紛揚揚下了幾場大雪才有了寒冬的感覺。大雪綿綿幾日不絕，如飛絮鵝毛一般。站在窗口賞了良久的雪景，眼中微微暈眩，轉身向玄凌道：「四郎本是好意，要在棠梨宮中種植白梅，可惜下了雪反而與雪景融為一色，看不出來了。」

他隨口道：「那有什麼難，妳若喜歡紅梅朕便讓人去把倚梅園的玉蕊檀心移植些到妳宮中。」他停筆抬頭道：「嗳嗳！妳不是讓朕心無旁騖地謄寫嗎？怎麼反倒說話來亂朕的心。」

我不由失笑，道：「哪裡有這樣賴皮的人，自己不專心倒也罷了，反倒來賴人家。」

他聞言一笑，「若非昨夜與妳下棋輸了三著，今日也不用在此受罰了。」

我軟語道：「四郎一言九鼎怎能在我這個小女子面前食言呢。」我重又坐下，溫軟笑道：「好啦，我不是也為你裁製衣裳以作冬至的賀禮嗎？」

他溫柔撫摩我的鬢髮，「食言倒也罷了，只為妳親手裁衣的心意朕再抄錄三遍也無妨。」

我吃吃而笑，橫睨了他一眼：「這可是妳自己說的啊，可別反悔。」

整整一個白日，他為我謄抄歷代以來歌詠梅花的所有詩賦，我只安心坐於他身邊，為他裁製一件冬日所穿的寢衣。

堂外扯絮飛棉，綿綿無聲的落著。服侍的人都早早打發了出去，兩人相伴而坐，地下的赤金鏤花大鼎裡焚著百和香，幽幽不絕如縷，靜靜散入暖閣深處。百和香以沉水香、丁子香等二十餘味香料末之，灑酒軟之，白蜜和之而製成，專供冬月使用。細細嗅來，有醉人的暖

香。再加上地炕暖爐的熱氣一烘，越發使閣中暖洋清香如置身三春的上林苑花海之中。

百和香的使用始於三國時代，幾經流傳製法已經失散，宮中也很是少見，棠梨宮中所用的皆是來自陵容處。陵容的父親安比槐在為官之前曾經經營香料生意，得了很多炮製薰香的秘方。陵容曉得我素來愛香，便時時來我宮中一同研討，相談甚歡。幾經試驗，才重新做出一張製作百和香的方子。

暖閣中向南皆是大窗，糊了明紙透進外面青白的雪光，照得滿殿明亮。我有他靜靜相對，安靜得聽得見炭盆裡上好的紅羅炭偶然「嗶剝」一聲輕響，汩汩冒出熱氣，連窗外雪花紛飛的聲音亦是清晰入耳。

閣中地炕籠得太暖，叫人微微生了汗意，持著針線許久，手指間微微發澀，怕出汗弄污了上用的明黃綢緞，便喚了晶清拿水來洗手。

側頭對玄凌笑說，「寢衣可以交由嬛嬛來裁製，只是這上用的蟠龍花紋我可要推了去。嬛嬛的刺繡功夫實在不如安美人，不如讓她來繡，好不好？」

玄凌道：「這個矯情的東西，既然自己應承了下來還要做一半推脫給別人做什麼。朕不要別人來插手。」

我吃吃道：「我可把醜話說在前頭了，若是穿著針腳太粗了不舒服可別怪嬛嬛手腳粗笨。」

我就著晶清的手拿毛巾擦拭了，又重新絞了帕子遞給玄凌擦臉，他卻不伸手接過，只笑：「妳來。」

我只好走過去，笑道：「好啦，今天我來做皇上的小宮女服侍皇上好不好？」

他撐不住笑：「這樣頑皮。」

他寫了許久，髮際隱隱沁出細密汗珠，我細細替他擦了，道：「換一件衣裳好不好，這袍子穿著似乎太厚了。」

他握一握我的手抿嘴笑：「只顧著替妳謄寫竟不曉得熱了。」

我不由耳熱，看一眼晶清道：「有人在呢，也不怕難為情。」晶清極力忍住臉上笑意，轉過頭裝作不見。他只「嗤」的一笑，由小允子引著去內堂換衣裳了。

我走至案前，替玄淩將抄寫完的整理放在一旁。正低著頭翻閱，忽然聽見一陣清脆的笑聲咯咯如銀鈴已到了門邊。

正要出去看個究竟，厚重的錦簾一掀，一陣冷風伴著如鈴的笑聲轉至眼前。淳兒捧一束紅梅在手，俏生生站於我面前，掩飾不住滿臉的歡快與得意，嚷嚷道：「甄姐姐，淳兒去倚梅園新摘的紅梅，姐姐瞧瞧歡喜不歡喜？」

她一股風似的闖進來，急得跟在身後追進來的槿汐臉都白了，她猶自不覺，跺腳縮手呵著氣道：「姐姐這裡好暖和，外頭可要凍壞人了。」

我不及示意她噤聲，玄淩已從內堂走了過來。淳兒乍見了玄淩嚇了一跳，卻也並不害怕。杏仁大的眼珠如浸在白水銀中的兩丸黑水銀，骨碌一轉，已經笑盈盈行禮道：「皇上看臣妾摘給姐姐的梅花好不好？」

因是素日在我宮中常見的，淳兒又極是天真爽朗。玄淩見是她，也不見怪，笑道：「妳倒有心。妳姐姐正念叨著要看紅梅呢，妳就來了。」說著笑：「淳常在似乎長高了不少呢。」

淳兒一側頭，「皇上忘了，臣妾過了年就滿十五了。」

玄凌道：「不錯，妳甄姐姐進宮的時候也才十五呢。」

我道：「別只顧著說話，淳兒也把身上的雪撣了去罷，別回頭受了風寒，吃藥的時候可別哭。」說著槿汐已經接過淳兒摘下的大紅織錦鑲毛斗篷。只見她小小的個子已長成不少，胭脂紅的暖襖襯得身材姣好，衣服上的寶相花紋由金棕、明綠、寶藍等色灑線繡成，只覺得她整個人一團喜氣，襯著圓圓的小臉，顯得十分嬌俏。

她並不怕玄凌，只一味玩笑，玄凌也喜她嬌憨天真。雖未承幸於玄凌，卻也是見熟了的。

淳兒一笑，耳垂上的玉石翡翠墜子如水珠滴答的晃，「姐姐不是有個白瓷冰紋瓶嗎，用來插梅花是最好不過的。」一邊說一邊笑嘻嘻去拿瓶子來插梅花。

淳兒折的梅花或團苞如珠，或花開兩三瓣，枝條遒勁有力，孤削如筆，花吐胭脂，香欺蘭蕙，著實美觀。三人一同觀賞品評了一會兒，淳兒方靠著炭盆在小杌子上坐下，面前放了各色細巧糕點，她一臉歡喜，慢慢揀了喜愛的來吃。

我陪著玄凌用過點心，站在他身邊為他磨墨潤筆。閣中暖洋，他只穿著家常孔雀藍平金緞團龍的衣裳，益發襯得面若冠玉，彷佛尋常富貴人家的公子，唯有腰際的明黃織錦白玉扣帶，方顯出天家本色。我亦是家常的打扮，珍珠粉色的素絨繡花小襖，鬆鬆梳一個搖搖欲墜的墮馬髻，斜挽一枝赤金扁釵，別無珠飾，亭亭立於他身側，為他將毛筆在烏墨中蘸得飽滿圓潤。玄凌自我手中拿了筆去，才寫兩三字，抬頭見我手背上濺到了一點墨汁，隨手拿起案上的素絹為我拭去。那樣自然，竟像是做慣了一般。

我只低眉婉轉一笑，也不言語。

淳兒口中含了半塊糖蒸酥酪，另半塊握在手中也忘了吃，只癡癡瞧著我與玄凌的神態，

半晌笑了起來，拍手道：「臣妾原想不明白為什麼總瞧著皇上和姐姐在一起的樣子眼熟，原來在家時臣妾的姐姐和姐夫也是這個樣子的，一個磨墨，一個寫字，半天也靜靜的不說話，只瞧得我悶得慌……」

聽她口無遮攔，我不好意思，忙打斷道：「原來妳是悶得慌了，怪我和皇上不理妳呢。好啦，等我磨完墨就來陪妳說話。」

淳兒一揚頭，哪裡被我堵得住話，兀自還要說下去，我忙過去倒了茶水給她：「吃了那麼多點心，喝口水潤一潤吧。」

那邊廂玄凌卻開了口，「嬛嬛妳也是，怎不讓淳兒把話說完。」只眉眼含笑看著淳兒道：「妳只說下去就是。」

我一跺腳，羞得別過了頭不去理他們。淳兒得了玄凌的鼓勵，越發興致上來，道：「臣妾的姐姐和姐夫雖不說話卻要好的很，從不紅臉的。臣妾的娘親說這是……這是……」她想的吃力，直憋紅了臉，終於想了起來，興奮道：「是啦，臣妾的娘親說這叫『閨房之樂』。」

我一聽又羞又急，轉頭道：「淳兒小小年紀，也不知哪裡聽來的渾話，一味的胡說八道。」我嗔怪道，「皇上您還這樣一味地寵著她，越發縱了她。」

淳兒不免委屈，噘嘴道：「哪裡是我胡說，明明是我娘親說的呀。皇上您說臣妾是胡說嗎？」

玄淩笑得幾乎俯在案上，連連道：「當然不是。妳怎麼會是胡說，是極好的話。」說著來拉我的手，「朕與婕好是當如此。」

他的手極暖，熱烘烘的拉住我的手指。我微微一笑，心內平和歡暢。

四十一、巴山夜雨時

這以後的第三日，常在方淳意承幸。乾元十三年十二月初九，常在方氏進良媛，美人史氏進貴人，賜號「康」。我的氣勢亦隨之水漲船高，漸漸有迫近華妃之勢。

自我稱病，淳兒與史美人都奉旨遷出棠梨宮避病。我身體安好後，玄凌也無旨意讓她們搬回。偌大的棠梨宮只住著我一人，長久下去也不像樣子。如今二人都已晉位，淳兒又是個單純的性子，我便思量著讓淳兒搬回西配殿居住，方便照應。至於史美人，我對她實在沒有多少好感，加上她失寵三年後竟又得了晉封，又予賜號之榮，一時沾沾自喜，愈發要來趨奉，當真是煩不勝煩。

於是回過皇后，讓淳兒搬來與我同住。本來玄凌便時常留駐棠梨宮，淳兒的入住意味著她將有更多的機會見到皇帝，這更是羨紅了不少人的眼睛。

玄凌憐愛淳兒稚氣未脫，嬌憨不拘，雖不常寵幸她，卻也不認真拿宮規約束她。皇后與馮淑儀等人向來喜歡淳兒，如今她得幸晉封，倒也替她高興。玄凌也只由著她性子來，不出格即可。一時間倒把陵容冷淡了幾分。

然而陵容似乎也並不在意恩寵多少，除卻眉莊禁足的遺憾，我們幾人的情分倒是更加好了。

這樣平和的光景一直延續了幾十日，再次見到玄清，已經是乾元十三年的最後一日，除

夕。此日是闔宮歡宴的日子。

去年的今日，是我真正意義上遇見玄凌的那一日，為避開他夜奔於被冰雪覆蓋的永巷。想到此節，我沾染酒香的唇角不自覺的微笑出來。

玄清周遊於蜀地的如斯幾月，正是我與玄凌情意燕婉的時候，縱然玄凌對眉莊薄情，但是對我，仍是很好，很好。

玄清剛從蜀地歸來。明澈的眉目間帶著巴山蜀水的僕僕風塵和未及被京都的煙華鼎盛洗淨的倦色，亦被他平和的談吐化作了唇齒間的一抹溫文。此刻，他攬酒於懷，坐於太后身邊款款向眾人談著蜀中風景，劍閣梓潼的古棧道、李冰的都江堰、風光峻麗的秦嶺、難於上青天的蜀道、石刻千佛巖的壯觀、杜甫的浣花居所……

那是我於書中凝幻神思的情節，他的口齒極清爽，娓娓道來令人如臨其境。

眾人都被他的述說吸引，連酒菜也忘了去動。我卻聽得並不專心，偶爾入耳幾句，更多的是想起書中描繪的句子，對比著他對真實風景的描述。

其實他坐於太后身側，與我隔得極遠，銷金融玉的富貴場所，他的見聞於宮中女子是一道突如其來的清流，大異於昔年的閨閣生活與今日的鉤心鬥角。

太后雖然聽得頗有興味，然而見風流淚的痼疾自入冬以來一再發作，視物也越加模糊，急得玄凌一再吩咐太醫院的御醫隨侍於太后的頤寧宮。可憐溫實初剛治完護國公又馬不停蹄趕去了太后宮中服侍。太后不便久坐，看完了煙花也就回去了。

太后一走便少了許多拘謹，玄凌召了我坐於他身側，道：「妳最愛聽這些，剛才隔了那麼遠怕是聽不清楚。不如讓老六再說一次。」說著睨眼帶笑看玄清：「你肯不肯？」

玄清微微看我一眼，微笑道：「皇兄要博美人一笑，臣弟何吝一言。」

我卻擺手，「臣妾適才聽得清楚，不勞王爺再重新述過了。王爺還是照舊講下去吧。」

玄清端然坐了，說起因秋雨羈留巴山的情景，「原本秋雨纏綿十數日，難免心頭鬱結。不想巴山夜雨竟是如此美景，反而叫臣弟為此景多流連了幾日。」他款款而言：「峨嵋的『洪椿曉雨』似雨不見雨，蒼翠濕人衣；漓江的濛濛細雨又多似霧輕籠，嘉州南湖的雨是微雨欲來，輕煙滿湖，而西子之雨是水光瀲灩晴方好，山色空濛雨亦奇。唯有巴山夜雨卻似故人心腸，徘徊窗宇，若非傾訴離愁，便是排解愁懷。」

我微笑欠身：「王爺可有對雨於西窗下剪燭火，尋覓古人情懷。」

他的目光留駐於我面上不過一瞬，隨即已經澹然笑道：「共剪西窗燭才是賞心樂事，小王一人又有何趣。不若臥雨而眠，一覺清夢。」

我抿嘴點頭，「王爺好雅興。只是如此怕是體味不到義山所說『何當共剪西窗燭，卻話巴山夜雨時』的情趣了。」

他略略收斂笑容，「義山在巴山有錦瑟可以思念，小王亦有詩酒解憂。」他的目光微微一凜，道：「小王不解共剪西窗，卻可入夢仿莊生夢蝴蝶。」

我舉袖掩唇對著玄凌一笑，玄凌道：「莊生曉夢迷蝴蝶，不知是莊生迷了蝴蝶，還是蝴蝶故意要迷莊生？」

我微微低頭，復又舉眸微笑，眼中一片清淡，「蝴蝶也許並不是故意要入莊生的夢。」

玄清並不看我，接口道：「也許是莊生自己要夢見蝴蝶。」

玄凌頗感興趣的看他：「怎麼說？」

玄清只以一語對之，「日有所思，夜有所夢而已。」

玄凌不由撫掌，大笑道：「原來莊生思慕蝴蝶。」

玄清只是淡淡一笑，彷彿事不關己，「窈窕淑女，君子好逑。或許蝴蝶就是莊生心目中的淑女。皇兄以為如何？」

玄凌飲下一杯酒，「自幼讀史論文，父皇總說你別有心裁。」說著看我：「妳對詩書最通，妳意下如何？」

我只是微笑到最大方得體，「蝴蝶是莊生的理想，淑女為君子所求。」我輕輕吟誦，「關關雎鳩，在河之洲。卻是求之不得，輾轉反側。」我淺淺笑：「理想之於人，也許不如現實能夠握在手中一般踏實。」

玄清的神色有一瞬的尷尬和黯然，很快只是如常。我的心「咚咚」的跳，生怕一句話說得失了輕重反而弄巧成拙。

我只是要提醒他，如此而已。或許，他根本不需要我的提醒，他那樣聰明，從我語氣就可了然一切。可是如果不這樣做，我的心裡總是無法完全安定。

現在的我，和玄凌很好，即使我只是他所寵愛的女人之一。可是，他對我的心，並非輕佻。

我只希望，安全地過我自己在宮中的生活。

我清楚明白，他的人生，和我完全不同。我的命運，已經被安排為成為後宮諸多女子中的一名；我的歲月，便是要在這朱紅宮牆脂粉隊伍中好好地活下去；而我的人生，只是要延著這樣一條漫漫長路一路煢煢而行，直到我精疲力竭、直到我被命運的眷顧拋棄、直到我終於被新的紅顏淹沒。等待我的，永遠只有兩條路，得寵，或者，失寵。

而他，他的人生太過精彩，彷彿錦繡長卷，才剛剛展露一角，有太多太多的未知和可能，遠非我可以比擬。

並且，我的生活中戰亂已經太多，對於他這樣一個意外，尤其是一個美好的意外，太危險，我寧可敬而遠之。

安全，對我而言，才是最重要的。

皇后和靖微笑：「後宮之中論才當屬甄婕妤第一，唯有她還能與六王對答如流。若換了本宮，當真是要無言以對了。」

馮淑儀亦笑，「當真呢，說實話，臣妾竟聽不明白王爺和婕妤妹妹說的是什麼。什麼蝴蝶呀莊生呀淑女呀，臣妾真是聽得一塌糊塗。」

玄凌的手在桌帷下輕輕握我的手，道：「他們在談論《莊子》和《詩經》。」

我溫婉向他笑，「皇上英明。」

皇后側臉對身後把盞的宮女道：「皇上和王爺、甄婕妤談論良久想必口乾，去把甄婕妤準備的酒滿上吧。」

宮女依言上前斟酒，杯是白璧無瑕的玉石，酒是清冽透徹的金黃。

我先敬玄凌，敬過皇后，再敬玄清。玄清並不急於喝酒，凝神端詳，輕輕地嗅了嗅，轉而看向皇后。

「是桂花酒。」玄凌說，「朕與婕妤一同採摘今秋新開的桂花，釀成此酒。」

玄凌在人前對我用這樣親密的語氣，我微覺尷尬，隱隱覺得身後有數道凌厲目光逼來，於是徐徐道：「取江米做酒，酒成取初開的桂花蕊，瀝乾露水浸酒，再加入少許蜜糖。入口綿甜，味甘而不醉人。」我以此來舒緩尷尬，「製法簡單，且此酒不會傷身。王爺若喜歡，可自行釀製。」

座下的曹婕妤忽然寧媚一笑，道：「家宴之上桂花酒清甜固然很好，可是各位王爺在

座，若是以茅台、惠泉、大曲或是西域的葡萄酒等招待自然就更好了，想必風味更濃。」言下之意，我準備的酒怠慢了諸王與命婦，無法體現皇家應有的風度。

有人的目光中暗暗浮起譏諷和輕蔑，只等著瞧我的好戲。我只是一如往常的寧和微笑，道：「西南戰事未平，自太后與皇上起節儉用度以供軍需，後宮理當與太后皇上共進退，以皇上親手製成的桂花酒代替名貴酒種遍示親貴，不僅示皇上節儉用度之心，而且更顯皇室親厚無間。」

曹婕妤謙和的笑：「妹妹真是善解人意，體貼周全。」

我燦然笑道：「姐姐過獎了，若論善解人意，體貼周全，妹妹怎麼及得上姐姐呢？」我忽然看住汝南王妃賀氏，道：「王爺博力於戰場為國殺敵，真是我大周的驕傲。想必嬪妾命人送去的桂花酒應該到了吧。」

賀氏欠身道：「多謝婕妤小主。酒已到，王爺分送諸將士，諸將都感激皇上與婕妤心繫將士，士氣大增哪。」

我道：「有勞王妃費心了。邊地寒苦，此酒不會醉人耽誤戰事，卻能增暖驅寒。八月桂花香，也一解將士們思鄉之苦吧。」

賀氏道：「正是。」

玄清忽然道：「為敬皇上天縱英明，為敬將士英勇殺敵，願諸位共飲此杯。」說著起身仰頭一飲而盡，以袖拭去唇邊酒跡，大聲道：「好酒！」此語一出，氣氛大是緩和，復又融洽了起來。

我見機目示皇后，皇后盈盈起身舉杯：「臣妾領後宮諸位妹妹賀皇上福壽延年，江山太平長樂。」

於是又把酒言歡，好不熱鬧。

百忙中向玄清投去感激的一瞥，謝他如此為我解圍。他只是清淡一笑，自顧自喝他的酒。

玄淩附近我耳邊道：「朕何時命妳送酒去慰勞諸將。」

我回眸微笑向他：「皇上操勞國事，難道不許臣妾為皇上分憂嗎？」我微微一頓，聲音愈發低，幾乎微不可聞，「軍心需要皇上來定，恩賜也自然由皇上來給。無須假手於人。」

他維持著表面的平靜神色，嘴角還是不自覺的上揚，露出滿意的微笑。桌帷下的手與我十指交纏。

有若四月風輕輕在心頭吹過，我微微一顫，面泛緋色微笑低首。

然而並沒有完結，恬貴人忽然道：「婕妤姐姐提倡節儉，那自然是很好的。可是聽聞姐姐有一雙玉鞋以蜀錦繡成，遍綴珠寶，奢華無比啊。不知妹妹能否有幸一觀？」

玄淩睨她一眼，慢慢道：「朕記得朕曾賜妳珠寶，也是名貴奢華的。」

話音未落，正吃完了糕點的淳兒拍了拍手道：「那是皇上喜歡婕妤姐姐才賜給她的啊，自然是越貴重奢華越好。既然皇上喜歡又有什麼不可以，皇上您說是不是呢？」

淳兒一派天真，這樣口無遮攔，我急得臉色都要變了。一時間眾人都是愕然，然而要堵別人的嘴，沒有比這個理由更好更強大了。也虧得只有淳兒，別人是萬萬不會說這樣的話的。

玄淩愛憐地看著淳兒，「朕最喜歡妳有什麼說什麼。」淳兒聞言自然是高興。

恬貴人臉上青白交加，訕訕地不知道說什麼好。偏偏淳兒還要追問一句：「恬貴人妳說是不是？」

恬貴人礙著在御前，淳兒的位分又在她之上，不好發作，只得道：「方良媛說得不錯。」

我暗暗嗔怪地看了淳兒一眼，暗示她不要再多說，她卻不以為意，只朝我嬌俏一笑，又埋頭於她的美食之中。

我只好苦笑，這個淳兒，當真是拿她一點辦法也沒有，偏偏玄凌還這樣寵著她。只是這樣不知忌諱，只怕於她，沒有半分好處。

我暗暗搖頭。

可是我的勸告，淳兒似乎一直沒有聽進去。有著玄凌的憐愛和我的保護，她什麼都不怕，也不會想到去怕。

家宴結束後嬪妃依次散去。玄凌獨宿於儀元殿中，明日初一，等待他的是繁瑣的祭天之禮和闔宮拜見太后的禮儀。

夜深人靜，暖閣外的綿綿的雪依舊漱漱的下。我蜷臥於香軟厚實的錦被中，槿汐睡夢中輕微的呼吸聲緩緩入耳。太靜的夜，反而讓人的心安定不下來。

西窗下那一雙燭火依舊燦燦而明，我與玄凌曾經在此剪燭賞星。何當共剪西窗燭——我忽然想起，適才在晚宴上與我話巴山夜雨的人，卻是玄清。

然而西窗近在眼前，巴山卻在迢迢千里之外。我只抓住眼前的，捨近求遠，我不會。

四十二、嫁娶不須啼

大年初一的日子，每個宮苑中幾乎都響著鞭炮的聲音。或許對於長久寂寞的宮妃和生活無聊的宮女內監而言，這一天真正是喜慶而歡快的。

早起梳妝，換上新歲朝見時的大紅錦服，四枝頂花珠釵。錦服衣領上的風毛出的極好，油光水滑，輕輕拂在臉頰上茸茸的癢，似小兒呵癢時輕撓的手。

起身出門，佩兒滿臉喜色捧了大紅羽紗面白狐狸裡的鶴氅來要與我披上。鶴氅是用鶴羽捻線織成面料裁成的廣袖寬身外衣，顏色純白，柔軟飄逸，是年前內務府特意送來孝敬的。

我深深地看一眼喜滋滋的佩兒，淡淡道：「妳覺得合適嗎？」她被我的神情鎮住，不知所措地望著槿汐向她求助。

槿汐自取了一件蜜合色風毛斗篷與我披上，又把一個小小的平金手爐放於我懷中，伸手扶住我出去。

闔宮朝見的日子，我實在不需要太出挑。尤其是第一次拜見在讓我心懷敬畏的太后面前，謙卑是最好的姿態。

大雪初晴，太后的居所頤寧宮的琉璃磚瓦，白玉雕欄在晨曦映照下熠熠輝煌，使人生出一種敬慕之感，只覺不敢逼視。

隨班站立在花團錦簇的后妃之中，我忽然覺得緊張。這是我入宮年餘以來第一次這樣正式地拜見太后，近距離地觀望她。

內監特有的尖細嗓音已經喚到了我的名字，深深地吸一口氣，出列，行三跪九叩的大禮，口中道：「太后鳳體康健，福澤萬年。」
太后的目光落在我身上，微笑道：「聽說皇上很喜歡妳，抬起頭來我瞧瞧。」
我依言抬頭，目光恭順。
太后的目光微一停滯，身邊的皇后道：「甄婕妤很懂事，性情也和順。」
太后聞言只是略微點頭，「妳叫什麼名字？」
「臣妾甄嬛，初次拜見太后，請太后再受臣妾大禮，臣妾喜不自勝。」說著再拜。
「哦……」太后沉吟著又著意打量我一番。她的目光明明寧和自若，我卻覺得那眼神猶如無往不在，沒來由地覺得不安，紅著臉低垂著頭不知如何是好。
再抬頭太后已經滿面含笑：「很好，這孩子的確很懂事。」
我低頭，柔順道：「臣妾年幼不熟悉宮中規矩，幸好有太后恩澤庇佑，皇上寬厚，皇后與諸位姐姐又肯教導臣妾，才不致失儀。」
太后頷首，「不怪皇上喜歡妳，哀家也很喜歡。」說著命宮女取衣帛飾物賞賜與我。
我叩首謝恩，太后忽然問：「妳會不會寫字？」
微微愕然，才要說話，皇后已經替我回答，「婕妤才情甚好，想來也通書寫。」
太后微微側目視皇后，皇后噤聲不再說下去。
我道：「臣妾略通書寫，只是字跡拙劣，怕入不得太后的眼。」
太后和藹微笑：「會寫就好，有空常來頤寧宮陪伴哀家，替哀家抄寫經文吧。」
我心中喜悅，道：「只要太后不嫌棄臣妾粗笨，臣妾願意盡心侍奉太后。」
太后笑容愈盛，跪在太后身前，她一笑我才看得清楚，本當盛年的太后不知是沒有保養

得宜還是別的緣故，正當盛年的她原來比差不多年紀的女子憔悴許多，眼角皺紋如魚尾密密掃開。許是我的錯覺吧，我竟覺得那被珠玉錦繡環繞的笑容裡竟有一絲莫名的哀傷與倦怠。

從正月十四起，我的心情就一直被期待和盼望所包裹，好不容易到了十五那日清晨，方才四更天就醒了再睡不著，槿汐被我驚動，笑道：「小主這樣早就醒了，天還早呢，甄公子總得要先拜見過皇上，晌午才能過來和小主說話呢。」

我抱膝斜坐在被中，想了想道：「確實還早呢。只是想著自進宮以來就再未見過哥哥，邊疆苦寒，心裡總是掛念得很。」

槿汐道：「小主再睡會兒吧，到了晌午也有精神。」

我答應了「好」，然而心有牽掛，翻覆幾次終究不能睡得香沉。

好不容易到了晌午，忽然聽見外頭流朱歡喜的聲音：「公子來了。」

我剛要起身去迎，槿汐忙道：「小主不能起來，這於禮不合。」我只好復又端正坐下。於是三四個宮女內監爭著打起簾籠，口中說著「小主大喜。」哥哥大步跨了進來，行過君臣之禮，我方敢起身，強忍著淚意，喚「哥哥——」

經年不見，哥哥臉上平添了不少風霜之色，眉眼神態也變得剛毅許多，英氣勃勃。只是眼中瞧我的神色，依舊是我在閨中時的溺愛與縱容。

我與哥哥坐下，才要命人上午膳，哥哥道：「方才皇上已留我在介壽堂一同用過了。」

我微微詫異，「皇上與哥哥一起用的嗎？」

「是。皇上對我很是客氣，多半是因為妳得寵的緣故吧。」

我思索須臾，已經明白過來，只含笑道：「今日是元宵節，哥哥陪我一起吃一碗元宵

吧。」

宮中的元宵做工細巧，摻了玫瑰花瓣的蜜糖芝麻餡，水磨粉皮，湯中點了金黃的桂花蕊。我親自捧一碗放到哥哥面前，道：「邊地戍守苦寒，想必也沒有什麼精緻的吃食，今日讓妹妹多盡些心意吧。」

哥哥笑道：「我也沒什麼，只是一直擔心妳不習慣宮中的生活，如今看來，皇上對妳極好，我也放心了。」

我抿嘴低頭，「什麼好不好的，不過是皇上的恩典罷了。」

閒聊片刻，哥哥忽然遲疑，我心下好生奇怪，他終於道：「進宮前父親囑咐我一件事，要妳拿主意——」卻不再說下去。

我略想一想，掩嘴笑道：「是要給哥哥娶嫂子的事吧，不知是哪個府裡的小姐呢？」

哥哥拿出一張紙箋，上面寫著三五女子的姓名，後面是出身門第與年齡，「父親已經擇定了幾個人選，還得請妳拿主意。」

我微微吃驚，「我並不認識這幾家小姐呀，怎麼好拿主意呢。」

「父親說妹妹如今是皇上身邊的嬪妃了，總得要妳擇定了才好。」

我想一想道：「也對。如是我來擇定，這也是我們甄家的光彩。」說著吃吃的調皮笑：「哥哥心中屬意與誰，妹妹就選誰吧。」

哥哥搖一搖頭，眸光落在我手中的錦帕上，「我並無屬意的人。」他的目光落定，聲音反而有些飄忽，我疑惑著仔細一看，手中的錦帕是日前陵容新繡了贈與我的，繡的是疏疏的一樹夾竹桃，淺淡的粉色落花，四周是淺金的四合如意雲紋綴邊，針腳也是她一貫的細密輕巧。

我心中一驚，驀地勾起些許前塵，淡淡笑道：「哥哥好像很喜歡夾竹桃花呢？」我指著名單上一個叫薛茜桃的女子道：「這位薛小姐出身世家、知書達理，我在閨中時也有耳聞，哥哥意下如何？」

哥哥的笑容有些疏離，「父親要妳來選，我還有什麼異議？」

我定一定神道：「哥哥自己的妻子，怎麼能自己沒有主意？」

哥哥手中握著的銀調羹敲在瓷碗上「叮」一聲輕響，漫聲道：「有主意又怎樣？我記得妳曾經不願意入宮為妃，如今不也是很好。有沒有主意都已是定局，說實話這名單上的女子我一個也不認識，是誰都好。」

我倒吸一口涼氣，正堂暖洋如春，幾乎耐不住哥哥這句話中的寒意。我目光一轉，槿汐立即笑道：「小主好久沒和公子見面了，怕是有許多體己話要說，咱們就先出去罷。」說著帶人請安告退了出去。

我這才微微變色，將手中的帕子往桌上一撂，復笑道：「陵容繡花的手藝越發好了。避暑時繡了一副連理桃花圖給皇上，很得皇上歡心呢。」

哥哥淡淡「哦」了一聲，彷彿並不十分在意的樣子，只說：「陵容小主是縣丞之女，門第並不高，能有今日想來也十分不易。」

我瞧著他的神色才略微放下心來，道：「哥哥剛才這樣說，可是有意中人了？若是有，就由嬛兒去和爹爹說，想必也不是什麼難事。」

略靜了片刻，哥哥道：「沒有。」他頓一頓道：「薛家小姐很好。」他的聲音略微低沉，「茜桃，是個好名字，宜室宜家。」

正說著話，忽然見一抹清秀身影駐足在窗外，也不知是何時過來的。我幾乎疑心是浣

碧，口中語氣不覺加重了三分，道：「誰在外頭？」

忽然錦簾一挑，卻是盈盈一個身影進來，笑道：「本要進來的，誰曉得槿汐說甄公子也在，想囑咐人把水仙給放下就走的，誰知姐姐瞧見我了。」說著道：「經久不見，甄公子無恙吧？」

哥哥忙起身見禮，方才敢坐下。

我見是陵容，心裡幾乎是一驚，想著剛才的話若讓她聽見，免不了又要傷心，不由臉上就有些訕訕的不好意思。眼中卻只留意著他們倆的神色是否異常。

陵容卻是如常的樣子，只是有男子在，微微拘謹些而已，哥哥也守著見嬪妃的禮節，不敢隨便抬頭說話，兩人並看不出有異。

只是這樣拘謹坐著，反而有些約束，一時間悶悶的。錦羅簾帳中，熏了淡淡的百和香，煙霧在鎏金博山爐花枝交纏的空隙中裊裊糾纏升起，聚了散了，誰知道是融為一體了，還是消失了，只覺得眼前的一切看的並不真切。

我只好開口尋了個話頭道：「哥哥要不要再來一碗湯圓，只怕吃了不飽呢。」

哥哥道：「不用了。今日牙總是有些疼痛，還是少吃甜食罷。」

「那哥哥現吃著什麼藥，總是牙疼也不好。」

哥哥溫和一笑，「妳不是不曉得，我雖然是個男人，卻最怕吃苦藥，還是寧可讓它疼著吧。」

陵容忽然閉目輕輕一嗅，輕聲道：「配製百和香的原料有一味丁子香，取丁香的花蕾製成，含在口中可解牙疼，不僅不苦而且餘香滿口，公子不妨一試。」

哥哥的目光似無意從她面上掃過，道：「多謝小主。」

陵容身子輕輕一顫，自己也笑了起來，「才從外頭進來，還是覺得有些冷颼颼的。」說著問候了哥哥幾句，就告辭道：「陵容宮裡還有些事，就先告退了。」

我見她走了。方坐下輕輕舀動手中的銀杓，堅硬的質地觸到軟軟的湯團，幾乎像是受不住力一般。我只是微笑：「哥哥喜歡薛家小姐就好，不知婚禮要何時辦，嬛兒可要好好為哥哥賀一賀。」

哥哥臉上是類似於歡喜的笑，可是我並不瞧得出歡喜的神情。他說：「應該不會很快吧。三日後我就要回邊地去，皇上准我每三月回來述職一次。」冬日淺淺的陽光落在哥哥英健的身姿上，不過是淡淡的一圈金黃光暈。

我無法繼續關於哥哥婚事的談話，只好說：「皇上都已經和你說了嗎？」

他聽得此話，目光已不復剛才是散淡，神色肅峻道：「臣遵皇上旨意，萬死不辭。」

我點頭，「有哥哥這句話，我和皇上也放心了。汝南王與慕容氏都不是善與之輩，你千萬要小心應對。」我的語中微有哽咽，「不要再說什麼萬死不辭的話，大正月裡的，你存心是要讓我難過是不是？」

哥哥寵溺地伸手撫一撫我的額髮，「這樣撒嬌，還像是以前的樣子，一點也沒有長大。好啦，我答應妳，一定不讓自己有事。」

我「噗嗤」笑出聲來，「哥哥要娶嫂子了，嬛兒還能沒長大嗎？」我微微收斂笑容，拿出一卷紙片遞與哥哥，「如有意外，立刻飛鴿傳此書出去，就會有人接應。」

哥哥沉聲道：「好。」

雖是親眷，終究有礙於宮規不能久留。親自送了哥哥至垂花門外，忍不住紅了眼圈，只掙扎著不敢哭。哥哥溫言道：「再過三個月說不定咱們又能見面了。」他覷著周圍的宮女內

監，小聲道：「這麼多人，別失了儀態。」

我用力點點頭，「我不能常伴爹娘膝下承歡，還請哥哥多多慰問爹娘，囑咐玉姚、玉嬈要聽話。」我喉頭哽咽著說不下去，轉身不看哥哥離去的背影

折回宮時忽然看見堂前階下放著兩盆水仙，隨口問道：「是陵容小主剛才送來的嗎？」

晶清恭謹道：「是。」

我微一沉吟，問道：「陵容小主來時在外頭待了多久？」

晶清道：「並沒有多久，小主您就問是誰在外頭了。」

我這才放心，還是怒道：「越發出息了，這樣的事也不早早通報來。」

晶清不由委屈，「陵容小主說不妨礙小主和少爺團聚了，所以才不讓奴婢們通傳的。」

見我雙眉微蹙，終究不敢再說。

然而我再小心留意，陵容也只是如常的樣子，陪伴玄凌，與我說話，叫我疑心是自己太多心了。

日子過得順意，哥哥回去後就向薛府提親，婚事也就逐漸定下來了。

四十三、珠胎

到了二月裡，天也漸漸長了。鎮日無事，便在太后宮中服侍，為她抄錄佛經。冬寒尚未退去，殿外樹木枝條上積著厚厚的殘雪，常常能聽見樹枝斷裂的輕微聲響。

清冷的雪光透過抽紗窗簾，是一種極淡的青色，像是上好鈞窯瓷薄薄的釉色，又像是十七八的月色，好雖好，卻是殘的。

清明的雪光透過明紙糊的大窗，落下一地十五六的月色似的雪白痕跡，雖是冷寂的色彩，反倒映得殿中比外頭敞亮許多。

許是因為玄淩的緣故，太后對我也甚好，只是她總是靜靜的不愛說話。我陪侍身邊，也不敢輕易多說半句。

流光總是無聲。

很多時候，太后只是默默在內殿長跪念誦經文，我在她身後一字一字抄錄對我而言其實是無趣的梵文。案上博山爐裡焚著檀香，那爐煙寂寂，淡淡縈繞，她神色淡定如在境外，眉宇間便如那博山輕縷一樣，飄渺若無。

我輕輕道：「太后也喜歡檀香嗎？」

她道：「理佛之人都用檀香，說不上喜歡不喜歡。」她微微舉眸看我，「後宮嬪妃甚少用此香，怎麼妳倒識得。」

「臣妾有時點來靜一靜心，倒比安息香好。」

太后微笑：「不錯。人生難免有不如意事，妳懂得排遣就好。」太后的眼睛不太好，佛經上的文字細小，她看起來往往吃力。我遂把字體寫的方而大，此舉果然討她喜歡。

然而許是太后性子冷靜的緣故，喜歡也只是淡淡的喜歡。只是偶爾，她翻閱我寫的字，淡淡笑道：「字倒是娟秀，只是還缺了幾分大氣。不過也算得上好的了，終究是年紀還輕些的緣故。」不過輕描淡寫幾句，我的臉便紅了，窘迫得很。我的字一向是頗為自矜的，曾與玄凌合書過一闋秦觀的《鵲橋仙》。他的耳語呵出的氣拂在耳邊又酥又癢：「嬛嬛的字，如插花舞女，低昂芙蓉；又如美女登台，仙娥弄影；又若紅蓮映水，碧沼浮霞。」[(1)]

我別過頭吃吃而笑：「哪裡有這樣好，皇后能左右手同時書寫，嬛嬛自愧不如。」他淡淡出神，只是一笑帶過，「皇后的字是好的，只是太過端正反而失了韻致。」於是笑盈盈對太后道：「皇后的字很好呢，可以雙手同書。」

太后只是淡漠一笑，靜靜望著殿角獨自開放的臘梅，手中一顆一顆捻著佛珠，慢裡斯條道：「梅花香自苦寒來。再好的字也要花功夫下去慢慢地練出來，絕不是一朝一夕所得。皇后每日練字下的功夫不少。」

我忽地憶起去皇后宮中請安時，她的書案上堆著厚厚一疊書寫過的宣紙，我只是吃驚：「這樣多，皇后寫了多久才寫好？」

剪秋道：「娘娘這幾日寫得不多，這是花了三日所寫的。」

我暗暗吃驚，不再言語。皇后並不得玄凌的寵幸，看來長日寂寂，不過是以練字打發時光。

太后道：「甄婕好的底子是不錯。」她微闔的雙目微微睜開，似笑非笑道：「只是自承

寵以來恐怕已經很少動筆了吧。」

我不覺面紅耳赤，聲音低如蚊蚋，「臣妾慚愧。」

然而太后卻溫和笑了，「年輕的時候哪能靜得下性子來好好寫字，皇上寵愛妳難免喜歡妳陪著，疏忽了寫字也不算什麼。皇上喜歡不喜歡，原不在字好不好上計較。」

太后待我不錯，然而這一番話上，我對太后的敬畏更甚。有時玄凌來我宮中留宿，我也擇一個機會婉轉勸他多臨幸皇后，他只是駭笑，「朕的嬛嬛這樣大方。」

我只好道：「皇后是一國之母，皇上也不能太冷落了。」

天氣漸漸暖和起來，人也不再畏畏縮縮地犯懶不願動彈，肯到處去走走了。這日早起去給皇后請安，甫進宮門便聽見殿中笑語喧嘩聲不斷，似是十分熱鬧融洽。

皇后見我進來，笑著招手道：「妳也來了，正說得熱鬧呢。」

我忙忙笑道：「可不是呢，姐姐們笑得高興，可就遠遠把臣妾招來了。」

我見皇后座下東首座位上是華妃，西首位子上是馮淑儀，各自下手都坐著一溜嬪妃。陵容彷彿又瘦了一圈兒，湮沒在諸多容光錦繡的妃嬪中，毫不起眼。我行至她身邊，關切問：「近來妳身子總不大好，今日可有些精神了？」

陵容道：「多謝姐姐掛念，好的多了——」話猶未完，連接著咳嗽了兩聲，轉過臉去擤一擤鼻子，方不好意思笑道：「叫姐姐見笑了，不過是風寒，竟拖延了那麼久也不見好。」她說話時鼻音頗重，聲音已經不如往日清婉動聽。

為著感染了風寒，陵容已有大半月不曾為玄凌侍寢，倒是淳兒，心直口快的單純吸引了玄凌不少目光。

淳兒笑嘻嘻道：「甄姐姐只顧著看安姐姐，也不理我，我也是妳的妹妹呀。」

我不由笑道：「是。妳自然是我的妹妹，在座何嘗不都是姐妹呢。好妹妹，恕了姐姐這一遭吧。」一句話引得眾人都笑了起來。

淳兒拉著衣袖比給我看，道：「我近日又胖啦，姐姐妳瞧，新歲時才做的的衣裳，如今袖口就緊了。」

我忍著笑，掰著手指頭道：「是啊。早膳是兩碗紅稻米粥、三個焦圈糖包；午膳是燉得爛熟的肥雞肥鴨子；還不到晚膳又用了點心；晚膳的時候要不是我拉著妳，恐怕那碗火腿燉肘子全下妳肚子去了，饒是這樣還嚷著餓，又吃了宵夜。」我極力忍著笑得發酸的腮幫子，道：「不是怕吃不起，只是妳那肚子撐得越發滾圓了。」

淳兒起先還怔怔聽著，及至我一一歷數了她的吃食，方才醒悟過來，羞紅了臉跺腳道：「姐姐越發愛笑話我了。」低下頭羞赧地瞧著自己身上那件品紅織金打彩的錦袍道：「不過姐姐說的是，我可不能再這樣吃了，皇上說我的衣裳每兩個月就要新做，不是高了，就是胖了。我還真羨慕安姐姐的樣子，總是清瘦的。」

皇后笑道：「胖些有什麼要緊，皇上喜歡妳就是了。妳安姐姐怕是還羨慕妳能吃得下呢。」說著看陵容道：「身子這樣清總不太好，平時吃著藥也要注意調理才是。」

正說著話，一旁含笑聽著的恬貴人眉頭一皺，扭過頭去用帕子摀住嘴乾嘔了幾下。眾人都是一愣，皇后忙問道：「怎麼了?可是早膳吃了不乾淨的東西？還是身子大不舒服？」

恬貴人忙站起來，未說話臉卻先紅了起來。只見恬貴人身邊的宮女笑嘻嘻地回道：「貴人小主不是吃壞了東西，是有喜了⋯⋯」

話音未落，恬貴人忙含笑斥道：「不許混說！」

我的心忽地一沉，只是愕然。這樣猝不及防的聽聞，回首看著皇后，皇后也是一驚，旋即笑逐顏開道：「好，好！這是大喜事，該向皇上賀喜了。」

我心中大震，轉瞬已經冷靜地站了起來，面帶喜色，說道：「臣妾等也向皇后娘娘賀喜。」轉頭又對恬貴人含笑道：「恬妹妹大喜。」

我這一語，似乎驚醒了眾人，也不得不起身道喜，眾人紛紛相賀。然而，在這突兀的歡笑聲中，各人又不免思慮各自的心思。

一旁靜默的慤妃忽然道：「可是當真？太醫瞧過了沒？」

恬貴人微微一震，知道是因為上次眉莊的緣故，含羞點點頭，道：「太醫院兩位太醫都來瞧過了。」說著略停了一停，冷冷一笑道：「妹妹不是那起為了爭寵不擇手段的人，有就是有，無就是無，皇嗣的事怎可作假。」說著轉臉向我道：「婕妤姐姐妳說是不是？」

我心頭大惱，知道她出語諷刺眉莊，只礙著她是有身子的人，地位今非昔比，只好忍耐著，微微一笑道：「的確呢。果然是妹妹好福氣，不過三五日間就有喜了。」

身邊的淳兒「哧」的一笑，旁人也覺了出來，嫉妒恬貴人懷孕的大有人在，聽了此話無不省悟過來——玄凌對恬貴人的情分極淡，雖然初入宮時頗得玄凌寵愛，但恬貴人因寵索要無度，甚至與同時入宮的劉良媛三番五次的起了爭執，因而不過月餘就已失寵，位分也一直駐留在貴人的位子上，自她失寵後，玄凌對她的召幸統共也只有五六次。

然而我心頭一酸，她不過是這樣五六次就有了身孕，而我佔了不少恩寵，卻至今日也無一點動靜，不能不說是福薄命舛。

出了殿，清冷的陽光從天空傾下，或濃或淡投射在地面的殘雪之上，卻沒有把它融化，反而好似在雪面上慢慢地凝結了一層水晶。驟然從溫暖的殿閣中出來，冷風迎面一撲，竟像

是被刀子生冷的一刮，穿著的襖子領上鑲有一圈軟軟的風毛，風一吹，那銀灰色長毛就微微拂動到臉頰上，平日覺得溫軟，今朝卻只覺得刺癢難耐。

槿汐扶住我的手正要上軟轎，身後曹婕妤嬌軟一笑，仿若七月間的烈日，明媚而又隱約透著迫人的灼熱，「姐姐愚鈍，有一事要相詢於妹妹。」

我明知她不好說出什麼好話來，然而只得耐心道：「姐姐問便是。」

曹婕妤身上隱隱浮動蜜合香的氣味，舉手投足皆是溫文雅致，她以輕緩的氣息問道：「姐姐真是為妹妹惋惜，皇上這麼寵愛妹妹，妹妹所承的雨露自然最多，怎麼今日還沒有有孕的動靜呢？」她低眉柔柔道：「恬貴人有孕，皇上今後怕是會多多在她身上留心，妹妹有空了也該調理一下自己身子。」

我我胸中一涼，心中發恨，轉眼瞥見立於曹婕妤身邊的華妃面帶譏諷冷笑，一時怔了一怔。本來以為華妃與曹婕妤之間因為溫儀帝姬而有了嫌隙，如今瞧著卻是半分嫌隙也沒有的樣子，倒叫我不得其解。

來不及好好理清她們之間的糾結，已經被刺傷自尊，冷冷道：「皇上關懷恬貴人本是情理中事。妹妹有空自會調理身子，姐姐也要好好調理溫儀帝姬的身子才是，帝姬千金之體可不能有什麼閃失啊。」說著回視華妃，行了一禮恭敬道：「曹婕妤剛才言語冒犯娘娘，嬪妾替姐姐向娘娘謝罪，娘娘別見怪才好啊。」

華妃一愣：「什麼？」

我微笑，鄭重其事道：「曹姐姐適才說嬪妾所承雨露最多卻無身孕，這話不是藉著妹妹的事有損娘娘嗎，多年來嬪妃之中，究竟還是娘娘雨露最多啊。是而向娘娘請罪。」

曹婕妤驚惶之下已覺失言，不由驚恐地望一眼華妃，強自鎮靜微笑。華妃微微變色，卻

是忍耐不語，只呵呵冷笑兩聲，似乎是自問，又像是問我：「本宮沒有身孕嗎？」

曹婕妤聽華妃語氣不好，伸手去拉她的衣袖子，華妃用力將她的手一甩，大聲道：「有孕又怎樣，無孕又怎樣？天命若顧我，必將賜我一子。天命若不眷顧，不過也得一女罷了，聊勝於無而已。」說著目光凌厲掃過曹婕妤面龐。

曹婕妤臉上一陣紅一陣白，終究沒有再說話。

我靜靜道：「娘娘說得有理。有無子息，得寵終歸是得寵，就算母憑子貴，也要看這孩子合不合皇上的心意。」說罷不欲再和她們多言，拂袖而去。

次日，欣喜的玄凌便下旨晉恬貴人杜氏為從五品良娣，並在宮中舉行筵席慶賀。

杜良娣的身孕並未為宮廷帶來多少祥瑞，初春時節，一場嚴重的時疫在宮中蔓延開來，此症由感不正之氣而開始，最初始於服雜役的低等宮女內監，開始只是頭痛，發熱，接著頸腫，發頤閉塞，一人之病，染及一室，一室之病，染及一宮。宮中開始遍燃艾葉驅疫，一時間人人自危。

註釋：

(1)唐代韋續對衛夫人書的讚譽。

四十四、時疫

太后與皇后、諸妃的焚香禱告並沒有獲得上天的憐憫，太醫院的救治也是杯水車薪，解不了燃眉之急，被時疫感染的人越來越多，死去敵人也越來越多。玄凌焦急之下，身子也漸漸瘦下去。

棠梨宮中焚燒的名貴香料一時絕跡，到處瀰漫著艾葉和蒼朮焚燒時的草藥嗆薄的氣味，宮門前永巷中遍灑濃烈的燒酒，再後來連食醋也被放置在宮殿的各個角落煮沸驅疫。

然而不幸的是，禁足於存菊堂的眉莊也感染了可怕的時疫。

當我趕到馮淑儀的昫昭殿時，馮淑儀已經十分焦急，拉著我的手坐下道：「昨日還好好的，今早芳若來報，說是吃下去的東西全嘔了出來，人也燒得厲害，到了午間就開始說胡話了。」

我驚問：「太醫呢？去請了太醫沒有？」

馮淑儀搖頭道：「沈常在被禁足本就受盡冷落，時疫又易感染，這個節骨眼上哪個太醫敢來救治？我已經命人去請了三四趟，竟然沒有一個人過來，妳說如何是好？」

芳若急得不知怎麼才好，聲音已經帶了哭腔：「奴婢已經盡力了，本想去求皇上，可是他們說皇上有事，誰也不見；太后、皇后和幾位娘娘都在通明殿祈福，連個能拿主意的人都沒有。」

我轉頭便往存菊堂走，馮淑儀一見更慌了神，急忙拉我道：「妳瘋了——萬一染上時疫

可怎麼好！」

我道：「不管是什麼情形，總要去看了再說。」說著用力一掙便過去了，馮淑儀到底忌憚著時疫的厲害，也不敢再來拉我。

我一股風地闖進去，倒也沒人再攔著我，到了內室門口，芳若死活不讓我再進去，只許我隔著窗口望一眼，她哭道：「常在已經是這個樣子，小主可要保重自己才好，要不然連個能說話的人也沒有了。」

我心頭一震，道：「好，我只看一會兒。」

室內光線昏暗，唯有一個炭盆冒著絲絲熱氣，昔年冬日她為我送炭驅寒，今年卻是輪到我為她做這些事了。簾幕低垂，積了好些塵灰，總是灰撲撲地模糊的樣子，只見簾幕後躺著個那個身影極是消瘦，不復昔日豐腴姿態。眉莊像是睡得極不安穩，反覆咳嗽不已。

我心中焦灼不忍再看，急急轉身出去，撂下一句話道：「勞煩姑姑照顧眉莊，我去求皇上的旨意。」

然而我並沒有見到玄凌，眼見著日影輪轉苦候半日，出來的卻是李長，他苦著臉陪笑道：「小主您別見怪，時疫流傳到民間，皇上急得不行，正和內閣大臣們商議呢。實在沒空接見小主。」

我又問：「皇上多久能見我？」

李長道：「這個奴才也不清楚了。軍國大事，奴才也不敢胡亂揣測。」

我情知也見不到玄凌，去求皇后也是要得玄凌同意的，這樣貿貿然撞去也是無濟於事。狠一狠心掉頭就走，扶著流朱的手急急走出大段路，見朱影紅牆下並無人來往，才惶然落下淚來——眉莊、眉莊、我竟不能來救妳！難道妳要受著冤枉屈死在存菊堂裡嗎？

正無助間，聞得有腳步聲漸漸靠近，忙拭去面上淚痕，如常慢慢行走。

那腳步聲卻是越來越近，忽地往我身後一跪，沉聲道：「微臣溫實初向婕妤小主請安。」

我並不叫他起來，冷笑道：「大人貴足踏賤地，如今我要見一見妳可是難得很了。今日卻不知道是吹了什麼好風了。」

他低頭，道：「小主這樣說，微臣實在不敢當。但無論發生什麼事，還請小主放寬心為上。」

我別過臉，初春的風微有冷意，夾雜著草藥的氣味，吹得臉頰上一陣陣發緊的涼。我輕聲道：「溫大人，是我傷心糊塗了，你別見怪。先起來吧。」

溫實初抬頭，懇切道：「微臣不敢。」

我心頭一轉，道：「溫大人是不是還要忙著時疫的事無暇分身？」

「是。」

我靜一靜道：「如果我求溫大人一件事，溫大人可否在無暇分身時盡力分身助我。我可以先告訴大人，這件做成了未必有功，或許被人發現還是大過，會連累大人的前程甚至是性命。可是做不成，恐怕我心裡永遠都是不安。大人可以自己選擇幫不幫我。」

「那麼敢問婕妤小主，若是微臣願意去做，小主會不會安心一些？」

我點頭，「你若肯幫我，我自然能安心一些，成與不成皆在天命，可是人事不能不盡。」

他不假思索道：「好。為求小主安心，微臣盡力去做便是。但請小主吩咐。」

我低低道：「存菊堂中的沈常在身染時疫，恐怕就在旦夕之間。我請你去救她，只是她

是被禁足的宮嬪……」

他點一點頭，只淡淡道：「無論她是誰，只要小主吩咐微臣都會盡力而為。」說著躬身就要告退，我看他走遠幾步，終於還是忍不住，道：「你自己也小心。」

他停步，回首看我，眼中浮起驚喜和感動的神色，久久不語。我怕他誤會，迅速別過頭去，道：「大人慢走。」

眉莊感染時疫，戍守的侍衛、宮女唯恐避之不及，紛紛尋了理由躲懶，守衛也越發鬆懈。芳若便在夜深時偷偷安排了溫實初去診治。

然而溫實初只能偷偷摸摸為眉莊診治，藥物不全，飲食又不好，眉莊的病並沒有起色，正在我萬分焦心的時候，小連子漏夜帶了人來報，為我帶來了一個好消息。

我連夜求見玄凌，當御書房緊閉的鏤花朱漆填金門扇在沉沉夜色裡嘎然而開的時候，那長長的尾音叫我心裡沒來由的一緊——此事成與不成，關係著眉莊能否活下去。

正要行下禮去，玄凌一把拉住我道：「什麼事？這樣急著要見朕？」

我沉默片刻，眼光一掃四周，玄凌道：「你們不用在這裡伺候了，朕與婕妤說會兒話。」

李長立時帶了人下去，玄凌見已無人，道：「妳說。」

我伸手擊掌兩下，須臾，候在門外的小連子帶了一個人進來。這人滿面塵霜，髮髻散亂，滿臉鬍碴，衣衫上多是塵土，只跪著渾身發抖。

我冷冷剜他一眼，道：「皇上面前，還不抬頭嗎？」

玄凌不解的看我一眼，我只不說話。那人激靈靈一抖，終於慢慢抬起頭來，不是劉畚又

是誰！

玄凌見是他，不由一愣，轉瞬目光冷凝，冷冰冰道：「怎麼是你？」

劉畚嚇得立即伏地不敢多言。

我望住玄凌，慢慢道：「臣妾始終不相信沈常在會為了爭寵而假懷皇嗣，所以暗中命人追查失蹤了的劉畚，終於不負辛苦在永州邊境找到了他，將他緝拿回京城。」我靜靜道：「當日或許知情的茯苓已經被杖殺。劉畚為沈常在安胎多時，內中究竟想必沒有人比他更明白。」

玄凌靜默一晌，森冷對劉畚道：「朕不會對你嚴刑逼供，但是你今日說的話若將來有一日被朕曉得有半句不實，朕會教你比死還難受。」

劉畚的身子明顯一顫，渾身瑟瑟不已。

我忽然溫婉一笑，對劉畚道：「劉大人自可什麼都不說。只是現在不說，我會把你趕出宮去，想來你還沒出京城就已經身首異處了吧。」

劉畚的腦袋俯著的地方留下一灘淡淡的汗跡，折射著殿內通明的燭光熒熒發亮。我不自覺的以手絹掩住口鼻，據說劉畚被發現時已經混跡如乞丐以避追殺，可想其狼狽倉皇。如今他嚇出一身淋漓大汗，那股令人不悅的氣味越發刺鼻難聞。

我實在忍不住，隨手添了一大杓香料焚在香爐裡，方才覺得好過許多。

劉畚的嗓子發啞，顫顫道：「沈容華是真的沒有身孕。」

玄凌不耐煩，「這朕知道。」

他狠命叩了兩下頭道：「其實沈常在並不知道自己沒有身孕。」他仰起頭，眼中略過一道暗紅驚懼的光芒：「臣為小主安胎時小主的確無月事，且有頭暈嘔吐的症狀，但並不是喜

脈，而是服用藥物的結果。但是臣在為小主把脈之前已經奉命無論小主是什麼脈象，都要回稟是喜脈。」

玄凌的目中有冰冷的寒意，凝聲道：「奉命？奉誰的命？」

劉畚猶豫再三，吞吞吐吐不敢說話。我冷笑兩聲，道：「她既要殺你，你還要替她隱瞞多久？要咽在肚子裡帶到下面做鬼去嗎？」

劉畚惶急不堪，終於吐出兩字：「華、妃。」

玄凌面色大變，目光凝滯不動，盯著劉畚道：「你若有半句虛言——」

劉畚拚命磕頭道：「臣不敢、臣不敢。微臣自知有罪。當日華妃娘娘贈臣銀兩命臣離開京城避險說是有人會在城外接應。哪知道才出臣就有人一路追殺微臣，逼得微臣如喪家之犬啊。」

我與玄凌對視一眼，他的臉色隱隱發青，一雙眼裡，似燃著兩簇幽暗火苗般的怒意。我曉得他動了大怒，輕輕揮一揮手命小連子安置了劉畚下去，方捧了一盞茶到玄凌手中，輕聲道：「皇上息怒。」

玄凌道：「劉畚的話會不會有不盡不實的地方。」

我曼聲道：「皇上細想想，其實沈常在當日的事疑點頗多，只是苦無證據罷了。現在回想起來，如果沈常在真的幾日前來紅，那麼那染血的衣褲什麼時候不能扔，非要皇上與皇后諸妃都在的時候才仍，未免太惹眼了。還有沈常在曾經提起姜太醫給的一張有助於懷孕的方子，為什麼偏偏要找時就沒了。若是沒有這張方子沈常在這樣無端提起豈非愚蠢。」我一口氣說出長久來心中的疑惑，說得急了不免有些氣促，我盡量放慢聲息：「皇上恐怕不信，其實臣妾是見過那張方子的，臣妾看過，沒什麼不對勁的地方。」

他的聲音裡透著涼森森的寒意，道：「華妃——很好！那張可以證明沈常在清白的方子大抵是被偷了，只怕和那個叫茯苓的宮女也脫不了干係。」他慢慢放低了聲音，露出些許悔意：「朕當日一時氣憤殺了她，若是細細審恐怕也不至今日。」

我低聲道：「皇上預備怎麼辦？」

他並不接話，只是歎：「是朕冤枉了沈氏——放她出來吧，復她的位分。」

我淒惶道：「只怕一時放不出來。」

他驚問：「難道她……」

我搖頭，「眉姐姐並沒有尋短見。只是禁足後憂思過度身子孱弱，不幸感染了時疫，如今還不知道是什麼樣子。」說到最後，已禁不住悲涼之意嗚咽不已。

他愣了片刻，「朕只是禁足，她也未免太想不開了。」

我泣道：「皇上禁足降罪於眉姐姐並不是極大的懲罰，可是宮裡哪一個人不是看著皇上您的臉色行事，皇上不喜歡姐姐於是那些奴才更加一味地作踐她。」

他微微吸一口涼氣，道：「朕即刻命太醫去為沈容華診治，朕要容華好好活下去。」說著就要喚李長進來。

我拉住玄凌的衣袖道：「請皇上恕臣妾大不敬之罪。臣妾見沈容華病重，私下已經求了一位太醫去救治了。」

玄凌回首顧我，問：「真的？」

我點頭，「請皇上降罪於臣妾。」

他扶我起來，「若不是妳冒死行此舉，恐怕朕就對不住沈容華了。」

我垂淚擺首，「不干皇上的事，是奸人狡詐，遮蔽皇上慧眼。」我心中不悅玄凌當日的

盛怒，然而他是君王，我怎能當面指責他。

他被「奸人」二字所打動，恨然道：「華妃竟敢如此愚弄朕，實不可忍。」走至門前對殿外守候的李長道：「去太醫院傳旨，殺江穆煬、江穆伊二人。責令華妃——降為嬪，褫奪封號。」然而想了一想，復道：「慢著——褫奪封號，降為貴嬪。」

李長一震，幾乎以為是聽錯了，褫奪封號於后妃而言是極大的羞辱，遠甚於降位的處分。李長不曉得玄凌為何動了這樣大的怒氣，又不敢露出驚惶的神色，只好拿眼睛偷偷覷著我，不敢挪步。

我原聽得降華妃為嬪，褫奪封號，轉眼又成貴嬪，正捺不住怒氣，轉唸唸及西南戰事的要緊，少不得生生這口氣嚥下去。又聽見玄凌道：「先去暢安宮，說朕復沈氏容華位分，好好給她治病要緊。」

李長忙應了一聲兒，利索地帶了幾個小內監一同去傳旨。

及至無人，玄凌的目光在我臉上逗留了幾轉，幾乎是遲疑著問：「嬛嬛，劉畚不是妳故意安排了的吧？」

我一時未解，「嗯？」了一聲，看著他問：「什麼？」

他卻不再說下去，只是乾澀笑笑，「沒什麼？」

我忽地明白，腦中一片冷澈，幾乎收不住唇際的一抹冷笑，直直注目於他，「皇上以為是臣妾指使劉畚誣陷華妃娘娘？」我心中激憤，口氣不免生硬，「皇上眼中的臣妾是為爭寵不惜誣陷妃子的人嗎？臣妾不敢，也不屑為此。臣妾若是指使劉畚誣陷華妃營救沈容華，大可早早行此舉，實在不必等到今日沈容華性命垂危的時候了。」我屈膝道：「皇上若不相信臣妾，李公公想來也未曾走遠，皇上大可收回旨意。」

他的臉色隨著我的話語急遽轉變，動容道：「嬛嬛，是朕多疑了。朕若不信妳，就不會懲處華妃。」

我心頭難過不已，脫口道：「皇上若信臣妾，剛才就不會有此一問。」

他的臉色遽地一沉，低聲喝道：「嬛嬛！」

我一慟，驀然抬頭迎上他略有寒意的眼神。我淒楚一笑，彷彿嘴角酸楚再笑不出來，別過頭去緩緩跪下道：「臣妾失言……」

他的語氣微微一滯，「妳知道就好，起來罷。」說著伸手來拉我。

我下意識的一避，將手籠於袖中，只恭敬道：「謝皇上。」

他伸出的手有一瞬間的僵硬，歎息近乎無聲，「慕容貴嬪服侍朕已久，體貼入微。素來雖有些跋扈，可是今日，朕……真是失望。」

我默然低首，片刻道：「臣妾明白。」

他只是不說話，抬頭遠遠看天空星子。因為初春夜晚料峭的寒冷，他唇齒間順著呼吸有蒙昧的白氣逸出，淡若無物。

絹紅的宮燈在風裡輕輕搖晃，似淡漠寂靜的鬼影，叫人心裡寒浸浸的發涼他終於說：「外頭冷，隨朕進去罷。」

我沉默跟隨他身後，正要進西室書房。忽然有女人響亮的聲音驚動靜寂的夜。這樣氣勢十足而驕縱威嚴的聲音，只有她，華妃。

我與玄凌迅速對視一眼，他的眼底大有意外和厭煩之色。我亦意外，照理李長沒有那麼快去慕容世蘭處傳旨，她怎那麼快得了風聲趕來了，難道是劉畚那裡出了什麼紕漏。正狐疑著，李長一溜小跑進來，道：「回稟皇上，華……慕容貴嬪要求面聖。」

玄凌懶得多說，只問：「怎麼回事？」

李長低頭道：「奴才才到暢安宮宣了旨意，還沒去太醫院就見慕容貴嬪帶了江穆煬、江穆伊兩位太醫過來，要求面聖。」他遲疑片刻，「慕容貴嬪似乎有急事。」

玄凌道：「你對她講了朕的旨意沒有？」

李長道：「還沒有。慕容貴嬪來得匆忙，容不了奴才回話。」

玄凌看我一眼，對李長道：「既還沒有，就不要貴嬪、貴嬪的喚，你先去帶他們進來。」

李長躬身去了，很快帶了他們進來，華妃似乎尚不知所以然，滿臉喜色，只是那喜色在我看來無比詭異。

玄凌囑了他們起身，依舊翻閱著奏折，頭也不抬，神色淡漠道：「這麼急著要見朕有什麼事？」

華妃並沒有在意玄凌的冷淡，興沖沖道：「皇上大喜。臣妾聽聞江穆煬、江穆伊兩位太醫研製出治癒時疫的藥方，所以特意帶兩位太醫來回稟皇上。」

玄凌不聽則已，一聽之下大喜過望，忽地站起身，手中的奏折「嗒」地落在桌案上，道：「真的嗎？」

華妃的笑容在滿室燭光的照耀下愈發明艷動人，笑吟吟道：「是啊。不過醫道臣妾不大通，還是請太醫為皇上講述吧。」

江穆伊出列道：「夫四時陰陽者，萬物之終始也，死生之本也。逆之則災害生，從之則苛疾不起。風、寒、暑、濕、燥、火六淫從口鼻而入，邪氣『未至而至』、『至而不至』、『至而不去』、『至而太過』均可產生疫氣，侵犯上焦肺衛，與五內肺腑相沖相剋，而為時

疫。疫氣升降反作，清濁相混。邪從熱化，則濕熱積聚於中，蘊伏熏蒸；邪從寒化，則寒濕驟生，脾胃受困而不運。脾陽先絕，繼之元氣耗散而致亡陽。若救治不及，可因津氣耗損而致亡陰亡陽。」[1]

他囉嗦了一堆，玄凌不耐，擺手道：「不要掉書袋，揀要緊的來講。」

江穆煬聽江穆伊說的煩亂，遂道：「時疫之邪，自口鼻而入，多由飲食不潔所致而使脾、胃、腸等臟器受損。臣等翻閱無數書籍古方研製出一張藥方，名時疫救急丸。以廣藿香葉、香薷、檀香、木香、沉香、丁香、白芷、厚樸、木瓜、茯苓、紅大戟、山慈菇、甘草、六神曲、冰片、簿荷、雄黃、千金子霜製成。性溫去濕，溫肝補腎，調養元氣。」

玄凌「唔」了一聲，慢慢思索著道：「方子太醫院的各位太醫都看過了覺得可行嗎？」

江穆煬道：「是。已經給了幾個患病的內監吃過，證實有效。」

玄凌的臉上慢慢浮出喜色，連連擊掌道：「好！好！」

正說話間，華妃低聲「唉呦」一句，身子一晃，搖搖欲墜。我站於她身後，少不得扶她一把。華妃見是我，眼中有厭惡之色閃過，不易察覺地推開我的手，強自行禮道：「臣妾失儀——」

近旁的宮人攙扶著華妃要請她坐下，華妃猶自不肯。玄凌問道：「好好的，哪裡不舒服嗎？」

江穆伊見機道：「娘娘聽說微臣等說起古書中或許有治療時疫的方子，已經幾日不睡查找典籍了。想是因此而身子發虛。」

此時華妃面色發白，眼下的一層烏青，果然是沒有好好休息。玄凌聞言微微一動，過來扶住華妃按著她坐下道：「愛妃辛苦了。」

華妃牽住玄凌衣袖，美眸中隱現淚光，「臣妾自知愚鈍，不堪服侍皇上，只會惹皇上生氣。」她的聲音愈低愈柔，綿軟軟地十分動人，「所以只好想盡辦法希望能為皇上解憂。」她輕輕拿絹子擦拭眼角淚光，全不顧還有兩位太醫在。玄凌看著不像樣子，喚了幾個內監來道：「跟著江太醫去，先把藥送去沈容華的存菊堂，再遍發宮中感染時疫的宮人。」

江穆煬與江穆伊當此情境本就尷尬無比，聽聞這句話簡直如逢大赦，趕忙退下。

華妃一怔，問道：「沈容華？」

玄凌淡淡然道：「是。朕已經下旨復沈氏的位分，以前的事是朕錯怪她了。」

華妃愕然的神色轉瞬即逝，欠身道：「那是委屈沈家妹妹了，皇上該好好補償她才是。」說著向我笑道：「也是甄婕妤大喜。姐妹一場終於可以放心了。」

我淡淡微笑，直直盯著她看似無神的雙眸，「多謝華妃娘娘關懷。」

華妃橫睨了我一眼，聲音愈發低柔嫵媚，聽得人骨子裡發酥：「臣妾不敢求皇上寬恕臣妾昔日魯莽，但請皇上不要再為臣妾生氣而傷了龍體。臣妾原是草芥之人，微末不入流的。可皇上的身子關係著西南戰事，更關係著天下萬民啊。」

玄凌歎氣道：「好啦。今日的事妳有大功，若此方真能治癒時疫，乃是天下之福。朕不是賞罰不明的人。」華妃聞言哭得更厲害，幾乎伏在了玄凌懷中。玄凌也一意低聲撫慰她。

我幾乎不能相信，人前如此盛勢的華妃竟然如此婉媚。只覺得無比尷尬刺心，眼看著玄凌與華妃這樣親熱，眼中一酸，生生地別過頭去，不願再看。

我默默施了一禮無聲告退，玄凌見我要出去，嘴唇一動，終於沒有再說什麼。只是依舊懷抱著華妃，柔聲安慰她。柔軟厚密的地毯踩在足下綿軟無聲，我輕輕掩上殿門。外頭候著的李長急得直搓手，見我出來如同逢了救星一樣，忙道：「小主。這……皇上要處置兩位江

太醫和華妃娘娘的旨意要不要傳啊。」見我面色不好，忙壓低了聲音道：「這話本該奴才去問皇上的，可是這裡面……」他輕輕朝西室努了努嘴：「還請小主可憐奴才。」

我低聲道：「看這情形是不用你跑一趟了。若再要去，也只怕是要加封的旨意呢。」

我突然一陣胸悶，心頭煩惡不堪，逕自扶了流朱的手出去。夜風呼呼作響刮過耳邊，耳垂上翡翠耳環的繁複流蘇在風裡瀝瀝作響，珠玉相碰時發出刺耳的聲音。有那麼一剎那，我幾乎只聽見這樣的聲音。而不願再聽見周圍的動靜。

誠然他是對的，或者說，他從沒有錯。他必須顧慮他的天下與勝利。但是他即使都是對的，我依然可以保持內心對他所為的不滿，儘管我的面容這樣順從而沉默。

翌日玄凌來看我時只對我說了一句：「朕要顧全大局。」

我手捧著一盞燕窩，輕輕攪動著道：「是。臣妾明白。」

我看見他眼下同樣一圈烏青心裡暗暗冷笑，據說華妃昨晚留宿在了儀元殿東室侍寢，想來他也沒有睡好了。

後宮之中，女人的前程與恩寵是在男人的枕榻之上，而男人的大局也往往與床笫相關。兩情繾綣間，或許消弭了硝煙；或許我不知該不該這樣說，了結了一樁默契的交易。

果然玄凌連著打了幾個呵欠。最後他自己也尷尬了，道：「妳放心。如今用人之際沒有辦法。沈容華的事朕沒有忘記，亦不會輕輕放過。」

我淡淡微笑道：「皇上龍體安康要緊，臣妾沒有什麼不放心的。」

連著好幾日，玄凌再沒有踏足我的棠梨宮。淳兒陪我在上林苑中慢慢踱步看著新開的杏花。那花開得正盛，燦爛若流霞輕溢橫飛，彷彿連天空也被它映得紅了。我依舊是舊時的衣

著，湖水綠的衣裳雖襯春天，而今看來卻與這粉色有些格格不入了。

淳兒嘟著嘴道：「皇上好些日子沒來了，不會是忘了姐姐和我吧。」淳兒摘了一朵杏花兀自比在鬢邊，朝我笑嘻嘻道：「好不好看？」

我掐一掐她的臉，笑：「忘記了我也不會忘了妳呀，小機靈鬼兒。」

淳兒到底把花插在了鬢邊，走一步便踢一下那地上的落花，輕輕笑道：「皇上不來也好，來了再自在到底也有好多規矩束著，好沒意思。」

我忙去捂她的嘴，「越發瘋魔了，這話可是能亂說的嗎？小心被人聽去治妳個欺君之罪。」

淳兒忙四處亂看，看了一會兒發覺並沒其他人，方拍著胸口笑道：「姐姐嚇唬我呢。咱們去看杜良娣吧，她的肚子現在有些圓起來了呢。」

我點點頭，與她同行而去。

其時風過，正吹得落紅繽紛如雨，恍若雨水搖落，瞬間打濕了我的心情。我仰頭看著那滿天杏花，暗暗想道，又是一年春來了。

註釋：

(1)摘自《素問·四氣調神大論》，略加改動

四十五、誰家花開驚蜂蝶

心情不好，連著飲食也清減了不少，只是懨懨地沒有胃口，那幅春山圖沒繡了幾針就覺得膩煩無比，隨手擱了就去伏到榻上躺著。

聽見夜半冷雨敲窗，淅淅瀝瀝的惱人，便沒有睡好。早上起來益發難過，似有什麼東西堵在了胸口一般，浣碧服侍我更衣時嚇了一跳，道：「小姐要不要去請太醫來瞧瞧，這臉色不大好呢。」

我掙扎著起身道：「不必，想是這兩天忽冷忽熱地著了涼，這時候去請太醫來耽擱了給皇后請安不說，難免要給人閒話說我裝腔作勢。等給皇后請安回來喝一劑熱熱的薑湯就好了。」

浣碧有些擔心地瞧著我道：「那奴婢多叫兩個人陪著小姐出去。」

起來便往皇后宮中請安，不料今日玄凌也在，請過安坐下，閒話了一晌，玄凌見眾人俱已來齊，方指著華妃道：「宮中疫情稍有遏止之相，華妃功不可沒。著今日起復華妃協理後宮之權。」這話聽在我耳中心口越發難過，只是緊緊握住手中茶盞，暗暗告誡自己絕對、絕對不能發作。

華妃盈盈起身道：「謝皇上。」

她的氣色極好，很是潤澤，彷彿是知道玄凌要復她權位，打扮得也異常雍容嫵媚，豔光四射。玄凌道：「華妃妳要恪守妃子本分，好好協助皇后。」

一句話如石擊心，幾乎咬住了嘴唇，我不願見到的，終於來了。前番諸多心血，竟是白費了。我強忍住心頭氣惱，隨眾人起身相賀華妃，皇后亦淡淡笑道：「恭喜華妃妹妹了。」

華妃甚是自得，顧盼間神采飛揚。然而皇后話音未落，玄凌卻已含笑看著馮淑儀道：「淑儀進宮也有五六年了吧？」頓一頓道：「淑儀馮氏性行溫良，克嫻內則，久侍宮闈，敬慎素著，冊為正二品妃，賜號『敬』。」

突然之間被冊妃，馮淑儀不由愣了片刻，玄凌道：「怎麼高興傻了，連謝恩也忘了。」

馮淑儀這才省悟過來，忙屈膝謝恩，玄凌又道：「冊妃的儀式定在這月二十六。敬妃妳與華妃是同一年入宮的，也是宮裡的老人兒了。妳要好好襄助華妃，與她一同協理後宮，為皇后分憂。」

馮淑儀向來所得寵愛不多，與華妃不可相提並論。如今乍然封妃，又得協理後宮的大權，這樣的意外之喜自然是喜不自勝。然而她向來矜持，也只是含蓄微笑，一一謝過。

如此一來，華妃的臉上便不大好看。我轉念間已經明白，我入宮時間尚淺，自然不能封妃與華妃抗衡，玄凌為怕華妃勢盛，故而以馮淑儀分華妃之權，制衡後宮。

我於是笑盈盈道：「恭賀敬妃娘娘大喜。」這句話，可比剛才對華妃說的要真心許多。

恭送了玄凌出去，眾人也就散了。華妃重獲權位，少不得眾人都要讓著她先走。

我坐於軟轎之上，抬轎子的內監步履整齊，如出一人。我心頭喜憂參半，喜的是馮淑儀封妃，憂的是華妃復位，來勢洶洶，只怕馮淑儀不能抵擋。

心裡這樣五爪撓心的煩亂著，連春日裡樹梢黃鶯兒的啼叫也覺得心煩，便道：「去存菊堂看沈容華。」

小允子嚇了一條，忙打著千兒道：「恕奴才多嘴，容華小主尚未痊癒，咱們還是不去的

好。何況小主您早起就不大舒服，不如先回宮休息吧。」

我道：「我沒有事。再說怕什麼呢，多多焚了艾草就是。那些宮人們不也在服侍著嗎？」

小允子陪笑道：「話是這麼說，可小主千金之體……」見我冷著臉，終究不敢說下去，於是掉了頭往存菊堂走。

馮淑儀封為敬妃，雖然聖旨還未正式下來，但是玄凌口諭已出，一時後宮諸人都在她的昫昭殿賀喜，一旁的存菊堂更顯得冷清。我進去時裡頭倒也安靜整齊，已收拾成舊日雅致的模樣，頹唐之氣一掃而空，幾個小宮女在爐子上燉著藥，濃濃的一股草藥氣，見我來了忙起身請安。

走進去卻是芳若在裡頭伏侍，白苓與采月陪在下首。我微笑道：「聽說皇上特意讓姑姑在這裡伏侍到眉姐姐病癒，可辛苦姑姑了。」

芳若笑著答道：「小主這樣說奴婢可承受不起。」說著往床榻上一指，「容華小主今日好多了呢，小主來得可巧。」

我道：「是嗎？」也不顧小允子使勁兒使眼色，便在床前坐下道：「姐姐今兒好多了。」

眉莊氣色比那日好了許多，半睜著眼勉強向我微笑，我怕她生氣，故意略去了華妃復位的事不說，只揀了高興的話逗她開心。

眉莊靜靜聽了一晌，我微笑道：「馮淑儀成了馮敬妃，妳也好了，如今又是容華了。」

眉莊的笑容極度厭倦，用手指彈一彈枕上的花邊道：「是不是容華有什麼要緊，和常在又有什麼區別，不過一個稱謂罷了。我真是累……」

我想著她病中灰心，又在禁足時受了百般的委屈，難免有傷感之語，故而寬慰道：「姐姐的氣色好多了，不如也起來走走罷。外頭時氣倒好，空氣也新鮮。」

眉莊只是懶懶的，「我也懶得去外頭，見了人就煩。倒是這裡清清靜靜的好。」

正說話間，溫實初進來請脈問安，冷不防見我在，倒是有些尷尬，進退不是。我笑道：「溫太醫生分了，從前見我可不是這個樣子。我還沒多謝你，眉姐姐的病全虧你的妙手回春。」

溫實初道：「小主的吩咐微臣本就該盡力盡心。何況微臣不敢居功，都是太醫院各位賢能尋的好藥方，微臣才能在兩位小主面前略盡綿力。」

我微笑：「溫太醫的好脈息太醫院盡人皆知，大人又何必過於謙虛呢。」

他笑著謙過，坐下請了眉莊的手請脈。眉莊的五根指甲留得足有三寸長，尚有金鳳花染過的淺紅痕跡，芳若過來覆了一塊絲帕在眉莊手腕上。

溫實初的手才一搭上，眉莊的臉微微一紅，落在略有病色臉上又被緋紅的床帳一映，竟像是昏迷時異樣的潮紅一般。眉莊抬起另一隻手撫順了鬢髮道：「你進來也不先通報一聲，我這樣蓬頭垢面的真是失禮了。」

這一來連溫實初也不好意思抬頭了，不免輕輕咳嗽了兩聲掩飾過去，道：「小主是病人，原不計較這個，何況皇上本就吩咐了讓微臣隨時進來候診的。」他終究不安：「是微臣疏忽了。」

眉莊見他這樣，便道：「也罷了。前些日子病得這樣重，什麼醜樣子你都見過了。」

我掩口笑道：「姐姐縱然是病了，也是個病美人。西施有心痛病，可是人家東施也還巴巴地要效顰呢。可見美人不分病與不病都是美的。」

眉莊笑得直喘氣，溫實初也紅了臉。我忙笑道：「我這位容華姐姐最是端莊矜持注重儀容的了，按理說太醫請脈咱們是要在帳幔後頭的，只是一來這病是要望聞問切才好，二來到底太醫照顧姐姐這些日子了，也算是熟識的。咱們就不鬧那些虛文了。」

溫實初問了幾句飲食冷暖的事，道：「只吃清粥小菜雖然清淡落胃，終究也沒什麼滋養，況且小主妳的腸胃不大好，更要好好調理才是。」

眉莊道：「油膩膩的總是吃不下，也沒什麼胃口。」

溫實初溫言道：「藥本是傷胃的東西，但是胃口不好，這藥吃下去效力也不大。」他想一想道：「微臣給小主擬幾個藥膳吧。」說著看著我道：「婕妤小主的精神也不大好，不如拿參鬚滾了烏雞吃，最滋陰養顏的，又補血氣。」

眉莊倦容上有了一絲若有若無的笑意：「這樣小家子氣，用棵山參就好了，又不是吃不起，巴巴的要那些參鬚做什麼。」

溫實初陪笑道：「容華小主有所不知，婕妤小主一向血虛，山參補的是氣虛，兩者不同。如今又是春日裡、比不得冬天，一棵山參下去，且不說壞了烏雞的味道，小主的身子也受不了啊。但是『氣為血之帥』、『血為氣之母』，二者密不可分，用些參鬚反倒有調理之效。」

眉莊道：「你說的倒是有理。那你瞧瞧我，該吃些什麼？」

溫實初道：「枸杞子、薏苡仁、山藥健脾益氣，玫瑰花蕾熬了粳米粥可緩和肝氣鬱結和胃痛，小主是很適宜的。」

我道：「多謝你費心了。」

眉莊宛轉望我一眼，咳嗽了兩聲方淡淡笑道：「妳呀總是讓人肯為妳費心的，溫太醫說

是不是？」

溫實初只說：「微臣分內的事罷了。」說著告退了出去，方走至門外，伸手把半開的窗掩上了，對采月道：「這幾日風還是涼，早起晚間都別開著，妳家小主禁不起，中午開上透透氣就好了。」

采月笑著道：「大人真是比咱們還細心。如今算過了明路了皇上特指了您來替我們小姐診治，前些日子可是不小的折騰呢。」

溫實初亦笑，回頭道：「婕妤小主再三吩咐了要好好照顧的，敢不盡心嗎？」

我聽著他們說話，回頭見眉莊怔怔地倚在枕上不說話，我以為她說了半天話累著了，伸手替她掩一掩被角想勸她睡下。眉莊看我道：「妳的氣色卻不好，是怎麼了？」

我忙掩飾道：「沒有什麼，夜裡沒睡好罷了。」

眉莊歪著身子道：「沒睡好的情由多了，妳不肯說也算了。我雖在井裡坐著，外邊是什麼樣天氣也不是全然不知，那一位這幾日怕是風光無限呢。只是到底自己的身子妳也該保重著點。」說著略頓一頓，「聽說陵容身上也不大好？」

我不想她多著惱，於是說：「風寒而已，也不是特別要緊。」

眉莊道：「雖說時疫已經不那麼要緊，可風寒也不能掉以輕心，她以歌喉得幸，傷了嗓子就不好了。」

我道：「我叮囑著她小心也就是了。只是送去的藥不知有多少了，也不見好，只怕和她素日身子弱有關。」

我見她神情有些倦怠，也不便久坐，便要告辭。眉莊道：「妳去吧，沒事也不必常來，過了病人的病氣就不好了。我也怕見人，心裡頭總是煩。」

我想一想笑道：「也好，妳好好養著。下次就是妳來看我不必我再來看妳了。」

我走至外院，見溫實初正在指點宮女調配藥材，見我出來，忙躬身行了一禮，我朝他使一使眼色，慢慢扶了流朱走了出去。果然沒過多久，見他匆匆跟出來了，我微笑道：「剛才說話不方便，有勞大人你這一趟了。」我慢慢收斂了笑容，正色道：「江穆煬、江穆伊兩人擅長的是嬰婦之科，怎麼突然懂得了治療時疫之術，且擅長如此。難免叫人疑惑。還說是華妃連夜幫忙翻的醫書——華妃律例文章還懂些，若論醫道只怕她要頭疼死。」

溫實初尋思片刻，慢慢道：「若微臣說這治療時疫的方子大半出自微臣的手筆，小主信嗎？」

我道：「我信。你有這個能耐。只是這方子為何到了他們手中？」

他道：「微臣只寫出大半，因未想全所以不敢擅用，只收在了太醫院的箱屜裡，又忙著照看沈容華——只怕他們看見了順手牽羊。他們想來也補了些藥材進去，只是不擅長，這方子未免製得太凶了些。所以我給沈容華用的是溫補一些的。」

我點頭道：「妳沒有錯，這個時候他們有大功，想來你說出去也沒人信，反而說你邀功心切。你放心，這事我自有理論。」我微微一笑，「既然方子大半出自你手就好辦了。鳥盡弓藏，只怕大人你的好時候就要來了。」

過了幾日去皇后宮裡請安，鳳儀宮庭院之中多種花木，因著時氣暖和，牡丹芍藥爭奇鬥妍，開了滿院的花團錦簇。尤其是那牡丹，開得團團簇簇，如錦似繡，多是「姚黃」、「魏紫」、「二喬」之類的名品。

眾人陪著皇后在廊廡下賞花，春暖花開，鳥語花香，眾嬪妃軟語嬌俏，鶯鶯瀝瀝說得極

是歡快。

華妃復起，敬妃被封，杜良娣有孕，三人自然風頭大盛，非旁人可及。其中尤以杜良娣最為矜貴。自然，人人都明白矜貴的是她的肚子，然而日後母憑子貴，前途便是不可限量。

皇后獨賜了杜良娣坐下，又吩咐拿鵝羽軟墊墊上，皇后笑吟吟道：「妳有四個月的身孕了，要格外的小心才好。」

杜良娣謝過了，便坐著與眾人一同賞花。我與杜良娣站得近，隱約聞得她身上淡淡的脂粉香氣甚是甜美甘馥，遂微笑向她道：「這香氣倒是好聞，似乎不是宮中平日用的。」

杜良娣輕笑，掩飾不住面上自得驕矜之色，道：「婕妤姐姐的鼻子真靈，這是皇上月前賞賜給我的，太醫說我有孕在身，忌用麝香等香料做成的脂粉，所以皇上特意讓胭脂坊為我調製了新的，聽說是用茉莉和磨夷花汁調了白米英粉製成的，名字也別緻，叫做『媚花奴』，既不傷害胎兒又潤澤肌膚，我很是喜歡呢。」

她洋洋說了這一篇話，多少有些炫耀的意思，我如何不懂，遂笑道：「這樣說來果真是難得的好東西呢，皇上對杜妹妹真是體貼。」

杜良娣道：「姐姐若是喜歡，我便贈姐姐一些吧。」

我淡淡笑道：「皇上獨給了妹妹的東西，做姐姐的怎麼好意思要呢？」

杜良娣丟了一個金橘給侍女去剝，口中道：「那也是，到底是皇上一片心意不能隨意送了，姐姐如此客氣，妹妹也就不勉強姐姐收下了。」

我心頭不快，口中只是淡然應了一聲，身邊的欣貴嬪耐不住性子，冷笑了一聲道：「既然是皇上的心意，杜良娣妳就好好收著吧，頂好拿個香案供起來，塗在了臉上風吹日曬的可不是要把皇上的心意都曬化了。」說著全不顧杜良娣氣得發怔，扯了我就走，一邊走一邊口

中嘟囔：「誰沒有懷過孩子，本宮就瞧不得她那輕狂樣兒。」

我忙勸道：「欣姐姐消一消氣吧，如今人家正在風頭上，妳何苦要跟她治氣呢？」

皇后看見欣貴嬪嘟囔，問道：「欣貴嬪在說什麼呢？」

旁邊愨妃聽得我與欣貴嬪說話，忙岔開了道：「日頭好的很，不若請皇后把松子也抱出來曬曬太陽吧。」

皇后微笑道：「愨妃妳倒是喜歡松子那隻貓，來了成日要抱著。甄婕妤向來是不敢抱一抱的。」說著命宮女繪春去把松子抱了出來。

我微笑道：「臣妾實在膽小，讓皇后娘娘見笑。不過松子在愨妃娘娘手裡的確溫馴呢。」

皇后也笑：「是呢。想這狸貓也是認人的。」

愨妃陪笑道：「娘娘說笑哪，是娘娘把貓調教的好才是，不怕人也不咬人。」

轉眼繪春抱了松子出來，陽光底下松子的毛如油水抹過一樣光滑，敬妃亦笑：「皇后娘娘的確妙手，一隻貓兒也被您調養的這樣好，那毛似緞子一樣。」

繪春把狸貓交到愨妃手中，敬妃道：「我記得愨妃姐姐早年也養過一隻貓叫『墨綢』的，養得可好了，只是後來不知怎麼就沒了，姐姐很會待這些小東西。」說著奇道：「這貓兒怎麼今天不安分似的，似乎很毛躁呢。」

愨妃伸手撫摩著松子的扭動的背脊笑道：「難怪牠不安分，春天嘛。」說著也不好意思，忙道：「我原也是很喜歡的，後來有了皇長子，太醫就叮囑不能老養著了，於是放走了。」愨妃說話時手指動作，指甲上鎏金的甲套鏤空勾曲，多嵌翡翠，在明晃晃的陽光下十分好看。

我微笑道：「別人養貓兒狗兒的，敬妃姐姐卻愛養些與眾不同的呢，前次我去敬妃姐姐的昀昭殿，一進去嚇了一跳，敬妃姐姐的大水晶缸裡竟養了隻老大的烏龜呢。」

敬妃笑著道：「我不過是愛那玩意兒安靜，又好養，不拘給牠吃些什麼罷了。我原也不能費心思養些什麼，手腳粗笨的也養不好。」

我道：「敬妃姐姐若說自己手腳粗笨的，那妹妹我可不知道說自己什麼好了。敬妃姐姐把自己說的這樣不堪，我是比姐姐粗笨十倍的人，想來就只有更不是了。」眾人說得熱鬧，聞言皆忍不住笑了起來。

華妃本在看著那些芍藥正有趣，聽得這邊說話，朝我輕輕一哼道：「馮淑儀還沒有正式封妃呢，婕妤妳便這樣敬妃敬妃地不住口的喚，未免也慇勤太早了。」她一笑，斜斜橫一眼馮敬妃道：「又不是以後沒日子叫了，急什麼？」說著掩口吃吃而笑。

庭院中只聞得她爽利得意的笑聲落在花朵樹葉上颯颯地響，我正要反駁，奈何胸口一悶，眼前一陣烏黑，金星亂轉，少不得緩一口氣休息。敬妃轉臉不言，其餘妃嬪也止了笑，訕訕地不好意思。

皇后折了一朵粉紅牡丹花笑道：「華妃妳也太過較真兒了。有沒有正式封妃有什麼要緊──只要皇上心裡頭認定她是敬妃就可以了。妳說是不是？」

華妃臉色一硬，仰頭道：「是便是，不是便不是。有福氣的自然不怕等，只怕有些沒福氣的，差上一時一刻終究也是不成。」

皇后卻也不生氣，只笑吟吟對敬妃道：「今日已經二十三了，不過兩三日之間的事便要冊封，妳自己也好準備著了。」又對華妃道：「敬妃哪裡是沒福的呢，她與華妃妳同日進宮，如今不僅封妃，而且不日就要幫著妹妹妳協理六宮事宜，妹妹有人協助那也是妹妹的

福。本宮更是個有福的，樂得清閒。」話音剛落，眾人連聲贊皇后福澤深厚。

華妃也不接話，只冷冷一笑，盯著皇后手中那朵粉紅牡丹道：「這牡丹花開得倒好，只是粉紅一色終究是次色，登不得大雅之堂。還不若芍藥，雖非花王卻是嫣紅奪目，才是大方的正色呢。」華妃此語一出，眾人心裡都是「咯登」一下，又不好說什麼。此時華妃頭上正是一朵開得正盛的嫣紅芍藥壓鬢，愈發襯的她容色艷麗，嬌波流盼。

眾人皆知，粉紅為妾所用，正紅、嫣紅為正室所用，此刻華妃用紅花，皇后手中卻是粉色花朵，尊卑顛倒，一時間鴉雀無聲，沒有人再敢隨意說話。

皇后拿一朵花在手扔也不是不扔也不是，大是為難，華妃卻甚是自得。我淡淡道：「臣妾幼時曾學過劉禹錫的一首詩，現在想在念來正是合時，就在皇后和各位姐姐面前獻醜了。」

皇后正尷尬，見我解圍，隨口道：「妳念吧。」

我曼聲道：「庭前芍藥妖無格，池上芙蕖淨少情。唯有牡丹真國色，花開時節動京城。」

詩未念完，皇后已經釋然微笑，信手把手中牡丹別在衣襟上，「好個牡丹真國色！尊卑本在人心，芍藥花再紅終究妖艷無格，不及牡丹國色天香。」見華妃臉上隱有怒氣，遂笑道：「今日本是賞花，華妃妹妹怎麼好像不痛快似的。可別因為多心壞了興致啊。」

華妃強忍怒氣，施了一禮轉身要走，不料走得太急，頸中一串珍珠項鏈在花枝上一勾，「嘩啦」散了開來，如急雨落了滿地。那珍珠顆顆如拇指一般大小，渾圓一致，幾乎看不出有大小之別，十分名貴。

華妃猶不覺得，身後曹婕妤「哎呀」一聲方才知覺了轉過身來，正巧踏到起來為她讓路

的杜良娣的裙裾，杜良娣站立不穩，腳下一滑正好踩上那些散落的珍珠，直直地滑了出去，口中沒命的失聲尖叫起來。敬妃一迭聲喊：「還不快去扶！」忙忙地有機靈的內監扶住，自己卻被撞的不輕。

眼看皇嗣無恙，幸好避過一劫，皇后與敬妃都鬆了一口氣。我一顆心蓬蓬地跳個不止，一瞥眼望去，慤妃只自顧自站在一旁安靜梳理松子的毛，彷彿剛才的一團慌亂根本沒有發生一般。

我心下狐疑不安，皇后撫著心口道：「阿彌陀佛！幸好杜良娣沒有事。」話還未說完，忽然慤妃厲聲一叫，手中的松子尖聲嘶叫著遠遠撲了出去，眾人還沒弄清是怎麼回事，已見松子直直地撲向杜良娣方向。那狸貓平日養得極高大肥壯，所以去勢既凌厲力道又大，猙獰之態竟無人敢去攔截。

本來珍珠散落滿地，早有幾個嬪妃滑了跌倒，庭院中哭泣叫喚聲不斷，亂成一團，內監宮女們攙了這個又扶那個，不知要怎麼樣才好。

松子竄出的突然，眾人一時都沒反應過來，連杜良媛自己也是嚇呆了。我只曉得不好，原本就站在一旁角落，此時更要避開幾步。忽然身後被誰的手用力推了一把，整個人只覺得重重一撲向外跌去，直衝著杜良娣的肚子和飛撲過來的面目猙獰的松子。我嚇得幾乎叫不出聲來，杜良娣也是滿臉驚恐。她微隆的腹部近看起來叫人沒來由的覺得聖潔。我心底一軟，忽然想那裡面會是個怎樣可愛的孩子。來不及細想，我一橫心，身子一掙，斜斜地歪了過去，「砰」地一下重重落在地上，很快一個身子滾落在我手臂上，真重，痛……臉頰似被什麼尖銳的東西刮到了，火辣辣地疼。我疼得幾乎要落下淚來，只得死命咬牙忍住，與此同時，驚呼聲盈滿了我的耳朵……

四十六、貴嬪

壓在我手臂上的身子很快被人扶了起來，無數人真心或是假意的關切著問那個身子的載屬杜良娣道：「怎麼樣？有傷著哪裡沒有？」急急忙忙又有人跑了出去請太醫。一群人擁著她起來噓寒問暖，幾乎無人來問我是否受傷。我俯在地上，泥土和青草的氣味充盈了我的鼻子，清楚看見微白的草根是潤白的色澤，滿地落花殷紅如血。掙扎著想要起來，手臂疼得像要斷了一般，實在起不來。敬妃和淳兒忙趕過來，一邊一個小心翼翼扶了我起來坐下。淳兒急得眼淚落了下來，哭道：「甄姐姐妳沒什麼吧？」

我伸手一摸臉頰的痛處，竟有一縷血絲在手，猩紅的顏色落在雪白指尖上有淡漠的一絲腥氣，不由也害怕了起來。我向來珍視自己容顏，如今受損，雖然不甚嚴重，卻也不免心裡焦痛。

敬妃亦難過，仔細看了一回悄聲道：「像是剛才被松子抓的。幸而傷得不深，應該不打緊。唉，妳若是傷著半點兒那可怎麼好？」

怎麼好？我微微苦笑，如今的我在別人眼裡，只是一個不自量力與華妃爭寵而落敗失寵的嬪妃，又會有什麼要緊。

手臂上的痛楚疼得我冷汗直冒，明媚的春光讓我眼前金星亂晃，好不容易才說出三個字，「不礙事。」

淳兒嚇得臉也白了，扯著我衣袖道：「姐姐妳別嚇我。」

袖子一動，手臂立時牽著痛起來，敬妃見我臉色雪白，忙喝止了淳兒，淳兒嚇得一動也不敢亂動，只哭喪著臉乖乖站在我身邊。

皇后生了大氣，一邊安頓著杜良娣好生安慰，一邊喝止諸妃不得喧嘩。轉身才見我也斜坐著，忙喚了人道：「甄婕妤也不大好，與杜良娣一起扶進偏殿去歇息，叫太醫進來看。」

好容易躺在了偏殿的榻上，才覺得好過些。進來請脈的是太醫院提點章彌，皇后生怕杜良娣動了胎氣，著急叫了他過去，略有點無奈和安撫地看我一眼。我立刻乖覺道：「請先給良娣妹妹請脈吧，皇嗣要緊。」

皇后微露讚許之色。章彌靜靜請脈，杜良娣一臉擔憂惶急的神色，神氣卻還好。周圍寂靜無聲，不知是擔憂著杜良娣的身孕還是各懷著不可告人的鬼胎。我強忍著手臂上的劇痛，聽著銅漏的聲音「滴答」微響，窗外春光明媚，我斜臥在榻上，眼前暈了一輪又一輪，只覺得那春光離我真遠，那麼遙遠，伸手亦不可及。耳邊響起章彌平板中略帶欣喜的聲音：「良娣小主沒有大礙，皇嗣也安然無恙。當真是萬幸。只是小主受了驚嚇，微臣開幾副安神的藥服下就好。」

皇后似乎是鬆了一口氣，連念了幾句佛，方道：「這本宮就放心了，要不然豈非對不起皇上和列祖列宗，那就罪過了。」

旁邊眾人的神情複雜難言，須臾，秦芳儀才笑了道：「到底杜妹妹福氣大，總算沒事才好。」諸人這才笑著與杜良娣說話安慰。

皇后又道：「那邊甄婕妤也跌了一跤，怕是傷了哪裡，太醫去看下吧。」

章彌躬身領命，仔細看了道：「小主臉上的是皮外傷，敷些膏藥就好了。只是手臂扭傷了，得好好用藥。」他又坐下請脈。陽光隔著窗欞的影子落在他微微花白的鬍子有奇異明昧

的光影，他忽地起身含笑道：「恭喜小主。」
淳兒急得嚷嚷道：「妳胡說些什麼哪，甄姐姐的手傷著了妳還恭喜！」
我怔了一怔，隱約明白些什麼，不自禁地從心底裡瀰漫出歡喜來，猶豫著不敢相信，問道：「妳是說——」
他一揖到底，「恭喜小主，小主已經有了近兩個月的身孕了。」我又驚又喜，一下子從榻上坐起來，手上抽地一疼。我忍不住疼的喚了一聲，皇后喜形於色地嗔怪我道：「怎麼有身子的人了反而這樣毛毛躁躁了。」說著問太醫：「當真嗎？」
章彌道：「臣從醫數十年，這幾分把握還是有的。只是回稟皇后，婕妤小主身子虛弱，適才又跌了一跤受驚，胎像有些不穩。待臣開幾方安胎榮養的方子讓小主用著，再靜靜養著應該就無大礙了。」
皇后含笑道：「那就請太醫多費心了。本宮就把甄婕妤和她腹中孩兒全部交託於你了。」
章彌道：「微臣必定盡心竭力。」
皇后溫和在我身邊坐下，「章太醫的醫術是極好的，妳放心吧。」
我微笑道：「皇后悉心照拂臣妾感激不盡。」
敬妃含笑道：「這就好了。今日虛驚一場，結果杜良娣無恙，甄妹妹又有了喜脈，實在是雙喜臨門。」
皇后連聲道：「對對對。敬妃，妳明日就陪本宮去通明殿酬謝神恩。慤妃、華妃也去。」
慤妃靜穆一笑算是答應了，華妃笑得十分勉強，道：「臣妾這兩日身子不爽快，就不過

去了。」

皇后面露不悅，忽然聽得一個虛弱的聲音道：「本宮的身子不好，華妃的身子怎麼也不爽快了。」

華妃被人截了話頭登時沉下臉回首去看，道：「本宮以為是誰——端妃娘娘的步子倒是勤快。」

眾人聞聲紛紛轉頭，卻見是端妃過來了，她並不理華妃的話。皇后笑道：「真是稀客，妳怎麼也來了？今日果真是個好日子呢，瞧著妳氣色還不錯。」

端妃勉強被侍女攙扶著行了一禮，道：「都是托娘娘的洪福。太醫囑咐了要我春日裡太陽底下多走走，不想才走至上林苑裡，就聽見娘娘這裡這樣大動靜。臣妾心裡頭不安，所以一定要過來看看。」

皇后道：「沒什麼，不過虛驚一場。」

皇后顧忌著端妃是有病的人，雖與她說笑卻並不讓她走近我與杜良娣，端妃亦知趣，不過問候了兩聲，也就告辭了。

我向端妃欠身問好，她也只是淡淡應了。我留意著她雖與皇后說話並不看我，但側身對著我的左手一直緊緊蜷握成拳，直到告辭方從袖中不易察覺地伸出一個手指朝我的方向一晃，隨即以右手撫摸胸前月牙形的金項圈，似乎無意地深深看了我一眼。

我正覺得她奇怪，低頭一思索旋即已經明白。

端妃前腳剛出去，後腳得了消息的玄凌幾乎是衣袍間帶了風一般衝了進來，直奔我榻前，緊緊拉住我的手仔細看了又看，目光漸漸停留在我的小腹。他這樣怔怔看了我半天，顧不得在人前，忽然一把摟住我道：「真好！嬛嬛——真好！」

我被他的舉止駭了一跳，轉眼瞥見皇后低頭撫著衣角視若不見，華妃臉色鐵青，其他人也是神色各異。我又窘又羞，急忙伸手推他道：「皇上壓著臣妾的手了。」

半月不見，玄淩有些瘦了。他急忙放開我，見我臉上血紅兩道抓痕，猶有血絲滲出，試探著伸手撫摩道：「怎麼傷著了？」

我心頭一酸，側頭遮住臉上傷痕，道：「臣妾陋顏，不堪面見皇上。」

他不說話，又見我手臂上敷著膏藥，轉頭見杜良娣也是懨懨地躺著。皺了皺眉頭道：「這是怎麼了？」

他的語氣並不嚴厲，可是目光精銳，所到之處嬪妃莫不低頭噤聲。杜良娣受了好大一番驚嚇，見玄淩進來並不先關懷於她，早就蓄了一大包委屈。現在聽得玄淩這樣問，自然是嗚咽著哭訴了所有經過。

玄淩不聽則已，一聽便生了氣。他還沒發話，慤妃、華妃等人都已紛紛跪下。玄淩看也不看她們，對皇后道：「皇后怎麼說？」

皇后平靜道：「今日之事想來眾位妹妹都是無心之失。」皇后略頓一頓，看著華妃出言似輕描淡寫：「華妃嗎，珍珠鏈子不牢也不能怪她。」

玄淩軒一軒眉毛，終於沒有說什麼，只是淡淡道：「珍珠鏈子？去打發了做鏈子的工匠永遠不許再進宮。再有斷的，連脖子一起砍了。」

華妃並不覺得什麼，跪在她身邊的慤妃早嚇的瑟瑟發抖，與剛才在庭院中鎮靜自若的樣子判若兩人。慤妃帶著哭腔道：「臣妾真的不是故意的，當時臣妾手指上的護甲不知怎的勾到了松子的毛，想是弄痛了牠，才讓牠受驚起來差點傷了杜良娣。」慤妃嗚咽不絕：「松子抓傷了臣妾的手背所以臣妾抱不住牠、讓牠掙了出去，幸虧甄婕妤捨身相救，否則臣妾的罪

過可就大了。」說著伸出手來，右手上赫然兩道血紅的爪印橫過保養得雪白嬌嫩的手背。

玄淩漠然道：「松子那隻畜生是誰養的？」

皇后一驚，忙跪下道：「臣妾有罪。松子是臣妾養著玩兒的，一向溫馴，今日竟如此發狂，實在是臣妾的過錯。」說著轉頭向身邊的宮人喝道：「去把那隻畜生找來狠狠打死，竟然闖下這樣的彌天大禍，斷斷不能再留了！」

慤妃嚇得一聲也不敢言語，只聽得松子淒厲的哀叫聲漸漸聽不得了。玄凌見皇后如此說，反倒不好說什麼了，睨了慤妃一眼道：「妳雖然也受了傷，但今日之禍與妳脫不了干係，罰半年俸祿，回去思過。」慤妃臉色煞白、含羞帶愧，低頭啜泣不已。

皇后歎氣道：「今日的事的確是迭番發生令人應接不暇。可是甄婕妤妳也太大意了，連自己有了身孕也不曉得，還這樣撲出去救人。幸好沒有傷著，若是有一點半點不妥，這可是關係到皇家命脈的大事啊。」

我羞愧低頭，皇后責罵槿汐等人道：「叫你們好生服侍小主，竟連小主有了身孕這樣的大事都糊里糊塗。萬一今天有什麼差池，本宮就把你們全部打發去暴室服役。」

皇后甚少這樣生氣，我少不得分辯道：「不關她們的事，是臣妾自己疏忽了。身子犯懶只以為是春困而已，月事推延了半月，臣妾向來身子不調，這也是常有的。何況如今宮中時疫未平，臣妾也不願多叨擾了太醫救治。」我陪笑道：「臣妾見各位姐姐有身孕都噁心嘔吐，臣妾並未有此症狀啊。」

曹婕妤笑吟吟向我道：「人人都說妹妹聰明，到底也有不通的時候。害喜的症狀是因各人體質而已的，我懷著溫儀帝姬的時候就是到了四五個月的時候才害喜害得厲害呢。」

華妃亦笑容滿面對玄凌道：「皇上膝下子嗣不多，杜良娣有孕不久，如今甄婕妤也懷上

了，可見上天賜福與我大周啊。臣妾賀喜皇上。」

華妃說話正中玄凌心事，果然玄凌笑逐顏開。欣貴嬪亦道：「臣妾懷淑和帝姬的時候太醫曾經千叮萬囑，前三個月最要小心謹慎，如今婕妤好好靜養才是，身上還受著傷呢。」

眾人七嘴八舌，諸多安慰，唯有慤妃站立一旁默默飲泣不止。皇后道：「還是先送婕妤妹妹回宮吧，命太醫好生伺候。」

玄凌對皇后道：「今日是二十三了，二十六就是敬妃冊封的日子。朕命禮部同日冊婕妤甄氏為莞貴嬪，居棠梨宮主位，皇后也打點一下事宜吧。」

皇后微笑看著我道：「這是應該的，雖然日子緊了些，但是臣妾一定會辦妥，何況還有華妃在呢，皇上放心吧。」總算華妃涵養還好，在玄凌面前依舊保持淡淡微笑。

玄凌滿意微笑，攙了我的手扶起道：「朕陪妳回去。」

斜臥在榻上，看著玄凌囑咐著槿汐她們忙東忙西，一會兒要流朱拿茶水來給我喝，一會兒要浣碧把枕頭墊高兩個讓我靠著舒服，一會兒又要晶清去關了窗戶不讓風撲著我，一會兒有要讓小允子去換更鬆軟的雲絲被給我蓋上。直鬧的一屋子的人手忙腳亂，抿著嘴兒偷笑。

我推著他道：「哪裡就這樣嬌貴了?倒鬧得人不安生。」

他拍一拍腦門道：「朕果然糊塗了，妳養胎最怕吵了。」便對槿汐、小允子等人道：「你們都出去罷。」

我忙道：「哎，你把她們都打發走了，那誰來伏侍我呢。」

他握著我的手輕輕一吻，柔聲道：「朕伏侍妳好不好？」

我笑道：「皇上這是什麼樣子呢，不知道的人還以為是臣妾輕狂呢。」我扶正他適才因

奔跑而有些歪斜的金冠，道：「皇上也不是第一次聽說妃嬪懷孕了，怎麼還高興成這樣？現成還有個杜良娣呢。」

他抱著我的肩膀道：「咱們的孩子，豈是旁人可以比的？」他輕輕揉著我受傷的手臂：「妳這人也真是傻，即便妳沒孩子，這樣撲去救杜良娣傷著了身子可怎麼好？」

我遠遠望著桌上供著的一插瓶的一束桃花，花開如夭，微笑道：「臣妾並不是去救她，臣妾是救她腹中皇上的骨肉。」

他感動，緊緊抱我於懷中，他刺癢的鬍渣輕輕摩挲著我的臉頰，他輕聲道：「傻子！她即使有著孩子，在朕心中也不能和妳相較。」

我低下頭，水紅滑絲錦被上繡著青紅捻金銀絲線燦爛的鳳棲梧桐的圖樣，鳳棲梧桐，宮中的女子相信這是夫妻同心相依的圖樣。密密麻麻，耀目的顏色眼得久了刺得眼睛發酸。杜良娣不能與我相較，那麼，華妃呢？

玄凌靠得愈近，身上「天宮巧」的氣味愈濃，我的房中素來熏香，卻也遮不住他身上濃烈的香味。「天宮巧」，那是華妃最愛用的名貴脂粉，別無他人。

我靜靜屏息，盡量不去聞到他身上華妃的氣味。

他渾然不覺，聲音愈發溫柔，「朕知道妳這些日子為了華妃的事叫妳受委屈了。」

我散漫微笑，「臣妾委屈什麼呢，皇上晉馮淑儀為妃，臣妾是明白的。」

他道：「妳是聰明人，若昭是個明白人，她自然知道是因為什麼，朕對她很放心。」

我道：「敬妃姐姐對我很好，她的性子又沉穩，臣妾也很安心。」

正說著，槿汐端了燕窩進來，玄凌親自把盞餵給我喝，道：「如今妳是貴嬪了，按規制該把瑩心堂改成瑩心殿，只是妳有著身孕，暫時是忌諱動土木的。」

我慢慢飲了幾口。道：「這樣住著就很好，只把堂名改成殿名就是了，如今國庫不比平日，能儉省就儉省著吧。有用的地方多著，臣妾這裡只是小事。」

「西南戰事節節勝利，妳兄長出力不少，殺敵悍勇、連破十軍，連汝南王也畏他幾分。等戰事告捷，咱們的孩子也出世了，朕就晉妳為莞妃，建一座新殿給妳居住。」

我微笑搖頭：「棠梨宮已經很好，臣妾也不希罕什麼妃位，只想這樣平安過下去，和皇上，和孩子。」

「妳和咱們的孩子，朕會保護你們。」他吻著我的額髮，「妳放心。朕已經調派西南大軍的右翼兵馬歸妳兄長所用，以保無虞。總算他還沒有辜負朕的期望，能在汝南王和慕容氏羽翼下有此成就。」

我點點頭，「臣妾哥哥的事臣妾也有所耳聞，這正是臣妾擔心的。哥哥他……似乎一上戰場就不要性命。」

他想了想道：「這也是朕欣賞他的地方。只是妳甄家只有他一脈，朕著他早日回朝完婚吧。」他在我耳邊低語：「妳什麼都不要怕，只要好好地養著把平平安安孩子生下來。」

我輕輕用手撫摸著平坦的小腹，他的手大而溫暖，覆蓋在我的手上。我幾乎不能相信，這樣意外和突然，一個小小的生命就在我腹中了。

我慢慢閉上眼睛，終究，他是我腹中這個孩子的父親，終究，他還是在意我的。我無奈而安慰地倚靠在他肩上，案幾上一枝桃花開的濃夭正艷。

他吻的氣息越來越濃，耳畔一熱，我推他道：「太醫囑咐了，前三個月要分外小心。」

他臉有一點點紅，我很少見他有這樣單純的神氣，反而心下覺得舒暢安寧。他起身端起桌上的茶壺猛喝了一氣，靜了靜神朝我笑道：「是朕不好，朕忘了。」他忽然愣了一愣，聲

音裡有一絲淡默的欣慰和傷懷：「嬛嬛，這些日子，朕都沒有見妳這樣笑過了。」

我抬頭，終於還是低下，慢慢道：「華妃娘娘明艷絕倫，皇上還記得臣妾的笑是什麼樣的嗎？」我再捺不住這些日子的委屈，眼中緩緩落下一滴淚來。

他靜默片刻，親手拭去我眼角淚痕，柔聲堅定道：「朕不會再教妳傷心了。」我點點頭，傷不傷心原也由不得他，只是，他有這樣的心意也罷了。

我不好意思：「這些日子臣妾不能服侍皇上了，皇上也不能老這樣陪著臣妾，不如去別的娘娘那裡留宿吧。」

他依舊抱著我道：「朕再不擾妳了，只靜靜陪著妳好不好？」

我亦享受此刻的平靜安寧，膩了一會兒，想起端妃臨走前的暗示，終於笑了笑道：「杜良媛今日也受了不小的驚嚇，皇上也該去看看她才是。」

他想了想，道：「好罷，朕明日再來看妳。」

夜漸漸深了，傍晚下過了雨，晚上倒有了乳白輕霧似的月色。後堂裡只燃了一點如豆的煮火，與從玉色窗紗裡漏進來的清亮月華交織成淺淺的明暗色澤。庭院中幾本梨花開得如月光一般皎潔明亮，映滿窗紗。

果然三月春色，人間芳菲，連在深夜也不遜色。槿汐在燈下靜靜陪著我道：「娘娘，奴婢已經依照您的吩咐開了角門，只是端妃娘娘真的會過來嗎？」

我道：「這個麼，我也不知道，原本也只是我的揣度罷了。」我微笑看槿汐：「她若不來，咱們看看月亮也是好的。」

槿汐笑：「娘娘心情很好呢。」

我微笑：「我晉為貴嬪，掌一宮事宜，妳在我身邊伏侍，也要升任正五品溫人，不是皆大歡喜嗎？」

槿汐道：「奴婢是托娘娘與小皇子的福。」

我道：「才一個多月大，哪裡知道是帝姬還是皇子呢？」

槿汐伸手用挑子挑亮燭火，「皇上嘴上雖不說，心裡是巴不得想要個皇子的，如今的皇長子又……」她不再說下去，看我道：「娘娘今日這樣撲出去救杜良娣，奴婢的心都揪起來了，實在太險了，您與杜良娣又不交好。」我知道她話裡的疑問。

我慢慢捋著衣襟上繁複的繡花，尋思良久道：「如果我說是有人推我出去的，妳信嗎？我猜著推我那人的本意是要讓我去撞上杜良娣的肚子，杜良娣小產，那麼罪魁禍首就是我。」我微微冷笑，「一箭雙鵰的毒計啊！」

槿汐聞言並不意外，似在意料之中的瞭然，「後宮爭鬥，有孕的妃嬪往往成為眾矢之的，今日是杜良娣，明日也許就是娘娘您。」

我撫摸著手腕上瑩然生光的白玉手鐲，淡淡自嘲道：「只怕今晚，為了我的身孕會有很多人睡不著呢。」

槿汐恭順道：「沒有娘娘的身孕，她們也會為了杜良娣的身孕睡不著呢。」

正說著話，忽然聽到外頭小允子小聲道：「娘娘，來了。」

我看了槿汐一眼，她起身便去開門，只聽門「吱呀」一聲微響，閃進來兩個披著暗綠斗篷的女子，帷帽上淡墨色的面紗飄飄拂拂的輕軟，乍一看以為是奉命夜行的宮女，其中一人鬢上一枝金雀兒祖母綠珠花上綴著小指大的兩顆南珠，輕輕的晃著面紗。我便微笑道：「端妃娘娘果然守約。」

那人把面紗撩開，露出病殃殃一張臉來，淡淡笑道：「本宮真是不中用，披香殿到這裡的路並不遠，卻走了這樣久。」

我忙讓著她坐下，示意小允子在外面守著，她見我並不卸妝穿寢衣，點了點頭，道：「貴嬪聰慧，明白本宮的意思。」

我道：「嬪妾也只是猜度罷了，娘娘以手指月，舉手作一，所以嬪妾猜測娘娘是要在一更踏月來訪，故而秉燭相候。」我待她飲過茶水休息片刻，方道：「娘娘深夜來訪，不知可是為了白日的事？」

她抿嘴不語，我知道她在意槿汐在旁，遂道：「此刻房中所在的人不是嬪妾的心腹，便是娘娘的心腹，娘娘直言就是。」

她微微沉思，拿出一根留著兩顆珍珠的細細的雪白絲線放在我面前，道：「請貴嬪仔細瞧一瞧。」

我不知道她想說什麼，對著燭火拿了絲線反覆看了幾遍，疑惑道：「似乎是華妃今日所戴的鏈子？」話一出口，心下陡然明白，串珍珠項鏈的絲線多為八股或十六股，以確保能承受珠子的重量，華妃今日所戴的珠鏈尤其碩大圓潤，至少也要十六股的絲線穿成才能穩固，可是眼前這根絲線只有四股，我心中暗暗吃驚，於是問：「娘娘是在皇后宮中的庭院所得嗎？」

端妃似笑非笑道：「不錯，人人都忙著看顧杜良媛與妳，這東西便被本宮拾了來。」她輕抿一口茶水，徐徐道：「華妃真是百密一疏了。」

我軒一軒眉，淡漠道：「難怪華妃的珍珠鏈子被花枝一勾就斷了。她果然是個有心人啊。」

絲線上所剩的兩顆珍珠在燭光下散發清冷的淡淡光澤，我想著今日皇后庭院中的凶險，如果杜良娣真的踩著這些散落的珍珠滑倒，後果真是不堪設想……我下意識地去撫摸自己的小腹，如今我的腹中亦有一個小生命在呼吸生長，以己度人，豈不膽戰心驚……

我不由感激端妃，懇切道：「多謝娘娘提點。」

她的目光柔和落在我腹部，神色變得溫軟，半晌唏噓道：「本宮一來是提醒妳，二來……妳腹中稚子無辜，孩子是母親的心血精華，本宮看著也不忍心，算是為這個孩子積福罷。」

我心中感動，端妃再避世冷淡，可是她對於孩子是真正的喜愛，哪怕是她所厭惡的曹婕妤之流所生的溫儀帝姬，也並無一絲遷怒。我端然起身，恭恭敬敬對她施了一禮，「嬪妾多謝娘娘對腹中孩兒的垂憐。」

端妃眼眶微微一紅，旋即以手絹遮掩，平靜道：「既然說了，本宮不怕再告訴妳一件事，聽聞此珠鏈是曹婕妤贈予華妃的。」

我默然思索片刻，覺得連維持笑容也是一件為難的事，護甲的鉤子磨得極尖銳，我輕輕勾著桌布上的花邊，道：「曹琴默是比華妃更難纏的人。此人蘊鋒刃於無形，嬪妾數次與她交鋒都險些吃了她的暗虧。」

端妃輕笑：「華妃若是猛虎，曹琴默就是猛虎的利爪，可是在妳身上她終究也沒佔到多少便宜不是？」端妃倏然收斂笑容，正色道：「只要知道鋒刃在誰手中，有形與無形都能小心避開，只怕身受其害卻連對手都不知道是誰，才是真正的可怖。」

話說得用力，端妃臉色蒼白中泛起潮紅，極力壓抑著不咳嗽出聲，氣益發喘得厲害，端妃身邊的侍女立即倒了丸藥給她服下。

我問道：「娘娘到底是什麼病，怎麼總是不見好？嬪妾認識一位太醫，脈息極好，不如引薦了為娘娘醫治。」

端妃稍微平伏些，擺手道：「不勞貴嬪費心。本宮是早年傷了身子，如今藥石無效，只能多養息著了。」

見她如此說，我也不好再勸。送了端妃從角門出去，一時間我與槿汐都不再說話，沉默，只是因為我們明白所處的環境有多麼險惡，刀光劍影無處不在。

槿汐服侍我更衣睡下，半跪在床前腳踏上道：「娘娘不要想那麼多，反而傷神，既知是華妃和曹婕妤，咱們多留心、兵來將擋也就是了。」

我靠在軟枕上道：「端妃當時不在庭院中，所以只知其一，難道我也可以不留心嗎？」

槿汐微微詫異，道：「娘娘您的意思是……」

「華妃斷了珠鏈差點滑倒了杜良娣，好容易沒有摔倒，可是慤妃手中的松子又突然作亂撲了出來，難道不奇怪嗎？當然貓在春天難免煩躁些，可是松子是被調教過的，怎麼到了她手上就隨意傷人了呢？」

槿汐為我疊放衣裳的手微微一凜：「娘娘的意思是……」

我垂下頭，道：「慤妃是后妃之中唯一有兒子的……」

槿汐道：「可是素日來看，慤妃娘娘很是謹小慎微，只求自保。」

我歎一口氣道：「但願是我多慮吧。我只是覺得皇上膝下子嗣荒蕪，若真是有人存心害之，那麼絕不會是一人所為。」我想了一想，道：「妳覺得端妃如何？其實她避世已久，實在不必蹚這淌渾水。」

槿汐把衣裳折起放好，慢慢道：「奴婢入宮已久，雖然不大與端妃娘娘接觸，但是奴婢

覺得端妃娘娘不像有害娘娘的心思，但是端妃娘娘也絕不是一個可以輕易招惹的人。」

我側身睡下，「的確如此，所以我對她甚是恭敬，恪守禮節。我也知道，後宮中人行事都有自己的目的，端妃幫我大約也是與華妃不和的緣故吧。」

槿汐道：「是。」說著吹滅燭火，各自睡下，只餘床前月華疏朗，花枝影曳。

四十七、舒痕膠

次日一早剛給皇后請安，皇后便笑吟吟命人按住我道：「皇上已經說了，不許妳再行禮，好好坐著就是。」我只得坐下，皇后又道：「今早皇上親自告訴了太后妳有孕的事，太后高興得很，等下妳就隨本宮一起去向太后請安。」

我低首依言答應。來到頤寧宮中，太后心情甚好，正親自把了水壺在庭院中蒔弄花草，見我與皇后同來益發高興，浣了手一同進去。

我依禮侍立於太后身前，太后道：「別人站著也就罷了，妳是有身子的人，安坐著吧。」

我方告謝了坐下，太后問皇后道：「後日就是冊封的日子了，準備得怎麼樣了？」說著看著我對皇后道：「貴嬪也算是個正經主子了，是要行冊封禮的，只是日子太緊湊了些，未免有些倉促。」

我忙站起來道：「臣妾不敢妄求些什麼，一切全憑太后和皇后做主。」

太后道：「妳且坐著，哀家知道妳是個懂事的，只是雖然倉促，體面是不能失的。」

皇后陪笑道：「母后放心。臣妾已經準備妥當。只是莞貴嬪冊封當日的吉服和禮冠來不及趕製，臣妾便讓禮部拿敬妃過去封淑儀時的吉服和禮冠改制了。」

「嗯。」太后頷首道：「皇后做得甚好，事從權宜又不失禮數。」說著示意身邊服侍的宮女端了一個墊著大紅彩絹的銀盤來，上面安放著一枝赤金合和如意簪，通體紋飾為荷花、

雙喜字、蝙蝠，簪首上為合和二仙，細看之下正是眉莊懷孕時太后所賜的那枝。當日玄凌一怒之下擲了出去，砸壞了簪子一角，如今已用藍寶石重新鑲好。太后招手讓我上前，笑吟吟道：「杜良媛有孕，哀家賜了她一對翡翠香珠的鐲子，如今就把這赤金合和如意簪賜與妳吧。」

我心中「咯登」一下，立即想起眉莊因孕所生的種種事端，只覺得有些不祥。然而怔怔間，太后已把簪子穩穩插在我發間，笑道：「果然好看。」

我忙醒過神來謝恩。耳邊皇后已笑著道：「母后果然心疼莞貴嬪。當年愨妃有孕，母后也只拿了玉珮賞她。」

如此寒暄了一番，太后又叮囑了我許多安胎養生的話，方各自散了回宮。

回到瑩心堂中，正要換了常服，見梳妝台上多了許多瓶瓶罐罐，尤以一個綠地粉彩開光菊石的青玉小盒子最為奪目，我打開一看，卻是一盒子清涼芬芳的透明藥膏，不由問道：「這是什麼？」

槿汐含笑道：「這是玉露瓊脂膏，皇上剛命人送來的，聽說祛疤最好。」有指著一個粉彩小盒道：「這是復顏如玉霜，凝結血痕的。」說著又各色指點著說了一遍，多是治癒我臉上傷痕的的藥物，皆為玄凌所賜。

我對鏡坐下，撫摩著臉上傷痕，幸而昨日松子並沒有直接撞在我身上，減緩了力道，這一爪抓的並不深。只是血紅兩道傷痕橫亙在左耳下方，觸目驚心，如潔白霜雪上的兩痕血污。

槿汐沉默良久，道：「昨日的事奴婢現在想來還是後怕，娘娘有了身孕以後萬事都要小

心才好。」

我「嗯」了一聲，盯著她片刻，槿汐會意，道：「娘娘的飲食奴婢會格外小心照看，昨天皇上已從御膳房撥了一個廚子過來專門照料娘娘的飲食了，絕不會經外人的手。娘娘服的藥也由章太醫一手打點，章太醫是個老成的人，想來是不會有差錯的。」

我這才放心，換了玉色煙蘿的輕紗上衣，配著一條盈盈裊娜的淺桃紅羅裙，賞了一回花便覺得乏了，歪在香妃長榻上打盹兒。睡得朦朦朧朧間，覺得身前影影綽綽似有人坐著，展眸看去，那瘦削的身影竟是陵容。

她微笑道：「看姐姐好睡，妹妹就不敢打擾了。」

春日的天氣，陵容只穿了一襲素淡的暗綠色袍子。近看，才留意到衣上浮著極淺的青花凹紋。髮式亦是最簡單不過的螺髻，飾一枚鑲暗紅瑪瑙的平花銀釵以及零星的銀箔珠花，越發顯得瘦弱似風中搖擺的柔柳，弱不禁風。

她的話甫一出口，我驚得幾乎臉色一變。陵容素以歌聲獲寵，聲音婉轉如黃鸝輕啼，不料一場風寒竟如此厲害，使得她的嗓子破倒如此，粗嘎難聽似漏了音的笛子。

陵容似乎看出我的驚異，神色一黯似有神傷之態，緩緩道：「驚了姐姐了。陵容這個樣子實在不應出門的。」

我忙拉著她的手道：「怎麼風寒竟這樣厲害，太醫也看不好嗎？」

她微微點頭，眼圈兒一紅，勉強笑道：「太醫說風寒阻滯所以用的藥重了些，結果嗓子就倒了。」

我怒道：「什麼糊塗太醫！妳身子本來就弱，怎麼可以用虎狼之藥呢？如今可怎麼好？我現在就去稟明皇后把那太醫給打發了。」說著翻身起來找了鞋穿。

陵容忙阻止我道：「姐姐別去了，是我自己急著要把病看好才讓太醫用重藥的，不干太醫的事。」

我歎氣：「可是妳的嗓子這樣……皇上怎麼說？」

陵容苦笑一下，拂著衣角淡淡道：「風寒剛好後兩日，皇上曾召我到儀元殿歌唱，可惜我不能唱出聲來，皇上便囑咐了我好生休養，又這樣反覆兩次，皇上就沒有再召幸過我。」她的口氣極淡漠平和，似乎這樣娓娓說著的只是一個和自己不相干的人的事。

我驚道：「是什麼時候的事？我竟都不知道。」

陵容平靜道：「不是什麼光彩的事，何必人人都知道呢？」

我不由黯然，「可真是苦了妳了。」

兩人相對而坐良久，各懷心事。陵容忽然笑道：「盡顧著說我的事反倒讓姐姐傷心了，竟忘了今日的來意了。」她起身福一福道：「聽聞姐姐有身孕了，妹妹先向姐姐賀喜。」

我笑道：「妳我之間客氣什麼呢？」

陵容又道：「昨日聽說姐姐受傷了，嚇得我魂也沒了，不知怎麼辦才好。本來立即要趕來看姐姐的，可是我剛吃了藥不能見風，只好捱到了現在才過來，姐姐別見怪。」又問：「姐姐可好些了？」

我正自對鏡梳理如雲長髮，聽她提起昨日的驚嚇，心頭恨恨，手中的梳子「嗒」一下重重敲在花梨木的梳妝台上，留下一聲長長的餘音。陵容忙勸解道：「姐姐別生氣，松子那隻畜生已經被打殺了，聽說杜良娣受了驚嚇，為了洩恨連牠的四隻爪子都給剁了。」

我擱下梳子，道：「我不是恨松子，我恨的是只怕有人使了松子來撲人。」

陵容思索片刻道：「妹妹打聽到來龍去脈之後想了半宿，若不是意外的話必定是有人主

使的，只是我想不明白，眾位娘娘小主們都在，怎麼愨妃手中的松子只撲杜良娣呢，可是杜良娣身上有什麼異常嗎？」

我低頭想了一想，恍然道：「我曾聞得杜良娣身上香味特殊，聽說是皇上月前賜給她的，只她一人所有。」

陵容道：「這就是了。愨妃娘娘擅長調弄貓兒，其他娘娘小主們一旦有了子嗣對皇長子的威脅最大，愨妃娘娘是皇長子生母，自然不會坐視不理。當然這只是妹妹的揣測，可是姐姐以後萬萬要小心。昨日是杜良娣，以後只怕她們的眼睛都盯在姐姐身上了。」

我見她話說的有條有理，不免感歎昔日的陵容如今心思也越發敏銳了，不由深深看了她一眼，點頭應允。

陵容見我這樣看她，有些不好意思，窘道：「妹妹的話也是自己的一點糊塗心思，姐姐有什麼不明白的的呢？倒像妹妹我班門弄斧了。」

我慢慢道：「妳若非和我親近，自然也不會和我說這些話了，怎麼是糊塗呢。」

陵容微一低頭，再抬起頭時已帶了清淡笑容，靠近我反覆查看傷口，道：「已經在癒合了，只要不留下疤痕就沒事了。」

我摸著臉頰上的傷口道：「沒什麼要緊的，太醫已經看過了，皇上也賜了藥下來，想來抹幾天藥就沒事了。」

陵容微微一愣，看了看玄凌賞下的藥膏，道：「皇上賞賜的藥自然是好的，不過一來姐姐有孕不能隨便是什麼藥都用，二來皇上賞的藥有些是番邦進貢的，未必合咱們的體質，姐姐說是不是呢？」

我想了想也是，遂點頭道：「妳說得也有理。」

她從袖中摸出一個小小精緻的琺琅描花圓缽，道：「這盒舒痕膠是陵容家傳的，據說當年吳主孫和的愛妃鄧夫人被玉如意傷了臉就是以此復原的。按照古方以魚骨膠、琥珀、珍珠粉、白獺髓、玉屑和蜂蜜兌了淘澄淨了的桃花汁子調製成。」她如數家珍一一道來：「桃花和珍珠粉悅澤人面，令人好顏色；魚骨膠、蜂蜜使肌膚光滑；玉屑、琥珀都能癒合傷口，平復疤痕，尤以白獺髓最為珍貴，使疤痕褪色，光復如新。」

畫工精美的缽帽上所繪的，是四季花開的勾金圖案。缽中盛的是乳白色半透明膏體，花草清香撲鼻。沾手之處，沁涼入膚。我不覺驚訝道：「其他的也就罷了。白獺髓是極難得的，只怕宮裡也難得。白獺只在富春江出產，生性膽小，見有人捉牠就逃入水底石穴中，極難捕捉。只有每年祭魚的時候，白獺們為爭奪配偶時常發生廝殺格鬥，有的水獺會在格鬥中死去，或有碎骨藏於石穴之中，才能取出一點點骨髓。還得是趁新鮮的時候，要不然就只剩下骨粉了，雖然也有用，但是效力卻遠不及骨髓了。」

陵容含笑聽了，讚道：「姐姐搏聞廣知，說得極是。」接著道：「本來還要加一些香料使氣味甘甜的，只是我想著姐姐是有身子的人，忌用香料，所以多用了鮮花調解氣味，這樣姐姐就不會覺得有藥氣了。」說著遞與我鼻下，「姐姐聞聞可喜歡？」

我輕輕嗅來，果然覺得香氣馥郁濃烈，如置身於上林苑春日的無邊花海之中，遂笑著道：「好是極好的，只是太名貴了我怎麼好收呢？」

陵容按住我的手，關切道：「我的東西本就是姐姐的東西，只要姐姐傷痕褪去我也就心安了。難道姐姐要看著我這樣心不安嗎？」陵容一急，說話的聲音更加嘶啞，粗嘎中有嘶嘶的磨聲，彷彿有風聲在唇齒間流轉。

我聽著不忍，又見她如此情切，只好收了。

陵容又囑咐道：「姐姐臉上有傷，如今春日裡花粉多灰塵大，時疫未清，宮中多焚艾草，草灰飛得到處都是，若不當心沾上了反而不利於傷口凝結，再者這舒痕膠抹上之後也忌吹風。姐姐不若蒙上面紗也好。」

我感激她的情誼，笑著道：「這正是妳細心的地方，太醫也說我臉上的傷口忌諱沾了灰塵花粉的呢。」

陵容的目光有一瞬間的鬆弛，彷彿被撥開了重重雲霧，有雲淡風清的清明，微笑道：「如此就最好了。姐姐好生養著，妹妹先告辭了。」

用了晚膳閒得發慌，才拿起針線繡了兩針春山圖，佩兒過來斟了茶水道：「娘娘現在還繡這個嗎？又傷眼睛又傷神的，交予奴婢來做吧。」

正巧浣碧進來更換案幾上供著的鮮花，忙上來道：「小姐少喝些茶吧，槿汐姑姑吩咐過茶水易引起胎兒不安，少喝為妙。」又道：「不若做些滋養的湯飲？燕窩、蜂蜜、還是清露？」

佩兒臉一紅，嘟囔著拍了一下腦袋道：「瞧奴婢糊塗忘記了，姑姑是叮囑過的。姑姑還吩咐了小廚房做菜不許放茴香、花椒、桂皮、辣椒、五香粉這些香料，酒也不許多放，還忌油炸的。」

我微笑道：「槿汐未免太過小心了，一點半點想來也無妨的。」

浣碧換了蜂蜜水，仔細放得溫熱才遞與我道：「小姐承幸快一年了才有孩子，不止皇上和太后寶貝得不得了，咱們自己宮裡也是奉著多少的小心呢，只盼小姐能平平安安生下小皇子來。」浣碧又笑道：「小姐好好養神才是，左手又傷著了，這些針線就交予宮人們去做

吧。何況繡這個也不當景呀。」我聽她說得懇切，想起自我訓誡她以來果然行事不再有貳心，小連子暗中留意多時也未覺得她有不妥，於是我慢慢也放心交代她一些事去做，不再刻意防範。

繡春山圖原本是為了歷練心境力求心平氣和，如今也沒那個心境了，遂道：「不繡這個也罷了，只是老躺著也嫌悶得慌。」

浣碧抿嘴一笑道：「小姐若嫌無趣，不如裁些小衣裳繡些花樣，小皇子落地了也可以穿呀。」

流朱在一旁也湊趣道：「是呢，如今是該做起來了，等到小姐的肚子有六七個月大了身子就重了，行動也不方便了哪。」

我被她們說得心動，立刻命人去庫房取了些質地柔軟的料子來，看著幾個人圍坐燈下裁製起衣裳來。

起早聞得窗外鶯啼嚦嚦，淳兒就過來看我，與她一同用了早膳，便對坐著閒話家常。

淳兒道：「聽說姐姐臨盆的時候，娘家的母親就可以進宮來陪著，是真的嗎？」

我道：「是呢。到八個月的時候皇上就有恩旨了。」

淳兒低低地歎了一口氣，她素來沒什麼心眼，更不用說心事，整日裡笑呵呵地玩鬧像個半大的孩子，如今突然學會了歎氣，倒叫我分外訝異。淳兒掰著指頭道：「我已經好久沒見到娘親了，姐姐倒好，娃娃在肚子裡大了就能見著娘親了。」

我見她眼巴巴地可憐，不由觸動情腸，想起家中父母養育之恩，心裡頭也是發酸。淳兒比我小了兩歲，在家又是幼女，十三歲進宮至今不得見家人一面，難怪是要傷心了。

槿汐見我與淳兒都有黯然之色，怕我難過，忙過來開解道：「淳小主將來像我們娘娘一樣有孕了不也能見到夫人了嗎？小主在宮裡過得好，夫人在府裡也能放心不是嗎？」槿汐微笑道：「而且宮裡的吃食可是外頭哪裡也比不上的呢？」說著笑瞇瞇命品兒端了熱騰騰的牛乳菱粉香糕來。

淳兒沒瞧見也就罷了，一見好吃的食指大動，哪裡還顧得上歎氣。我其實真羨慕淳兒這樣單純的性格，只要有的好吃的，便什麼煩惱也抛到九霄雲外去了。書中常說心思恪純，大抵就是說淳兒這樣性子的人吧。想得多，總是先令自己煩擾。

我微笑對她道：「聽妳那裡的宮女翠雨說妳喜歡吃菱粉香糕，我就讓小廚房給妳準備了，又兌了牛乳進去，格外鬆軟一些，妳吃吃看喜歡嗎？」

淳兒一疊聲應了，風捲殘雲吃了一盤下肚，猶自戀戀不捨舔著指頭，道：「可比我那裡做得好吃多了。」

我憐惜地看著她，笑道：「妳若喜歡，我讓小廚房天天給妳預備著——只一樣，不許吃撐肚子。」

淳兒笑瞇瞇答允了。盯著我的小腹呆呆地看了會兒，小心翼翼地摸著我的腹部問：「甄姐姐，真的有個小孩子在妳肚子裡嗎？」

我笑道：「是呀，還是個很小很小的孩子呢，牙齒和手都沒有長出來呢。」

淳兒愣一愣，「這樣小啊！」忙不迭把手上的護甲摘了下來。

我笑：「妳這是做什麼？」

淳兒托著腮道：「這個小孩子還這樣小，我怕護甲尖尖的傷了他呀。」

我笑的幾乎要把水噴出來，好容易止住了笑，道：「怎麼會呢？妳這樣喜歡他，我把他

給妳做外甥好不好？」

淳兒長長的睫毛一撲搧，雙眼靈動如珠，高興道：「真的嗎？我可以做他姨娘嗎？」說著忙忙地從脖子上掏出一塊膩白無瑕的羊脂白玉珮來，道：「那我先把定禮放下啦，以後他就得叫我姨娘了！」

我道：「是呢，禮都收下了，可不能賴了。」我摸著肚子道：「孩兒你瞧你姨娘多疼你，你還沒個影子呢，禮都送來了。」

淳兒伏在我肚子上道：「寶貝呀寶貝，你可要快快的長，等你長大了，姨娘把最好吃的點心都給你吃，翠玉豆糕、栗子糕、雙色豆糕、豆沙卷、荔枝好郎君、瓏纏桃條、酥胡桃、纏棗圈、纏梨肉，那可都是天底下最好吃的東西，姨娘全都讓給你吃，絕不和你搶，你就吃成個胖寶貝吧。」

我接口道：「還有呢，你姨娘以後還要生好多寶貝孩兒給你做伴呢，你高不高興？」

淳兒一跺腳，笑罵道：「姐姐不害羞，拿我當笑話呢。」說著一挑簾子便跑了。

我以為她跑得沒影兒了，不想她又探了半個頭進來，臉脹得通紅，遲疑了半天才很小聲地問：「我生七八個小孩兒陪姐姐的孩兒躲貓貓，夠嗎？」

我再也忍不住笑，一下子失手把盛著蜂蜜水的碗合在了自己裙子上，一身一地的淋漓，槿汐素來端方，也含著笑上來替我換衣裙，小允子笑得蹲在了地上，流朱揉著肚子，其他人都轉了身捂著嘴笑。我強忍笑著道：「夠了夠了，再多咱們也管不了了。」

淳兒見我們如此情態，知道自己說的話不對，不由臉上更紅，一撒手又跑了。

晌午日頭晴暖，遂斜倚在西暖閣窗前的榻上看書打發辰光，身上蓋著一襲湖綠色華絲薄

被，身下臥著絲絨軟毯洋洋生暖，湖水色秋羅銷金帳子被銀鉤勾著，榻上堆了三四個月白緞子繡合歡花的鵝絨枕頭，綿軟舒服。看了半歇書半瞇著眼睛就在床上睡了，一覺睡得香甜，醒來已是近晚時分，隱約聽得外頭小連子和人說話的聲音，像是溫實初的聲音。此時閣中並無一人，窗戶半掩半開，帶了花香的晚風自窗外廊下徐徐朗朗吹來，吹得帳子隱隱波動如水面波瀾，銷金花紋綿聯如閃爍的日光。我懶得起來，依然斜臥在榻上，只是轉身向窗而眠，聽著外頭的說話。

只聽得小允子道：「怠慢大人了，我家娘娘正在午睡，尚未醒來呢。不知大人有什麼事？」

溫實初道：「不妨事，我且在廊下候著就是。本是聽聞娘娘有喜，特意過來請安的。」

小允子道：「那有勞大人在這裡等候，奴才先告退了」。

窗外有片刻的安靜，本來有昏黃天光照耀窗下，忽然聽見有輕微的腳步聲靠近，只覺得窗前一暗，我微微睜開雙眸，見溫實初的身影掩映窗前，隔著兩重窗紗和紗帳無限傾神注目於我，默默無言。

如鴉翅的睫毛覆蓋之下，恍惚我還是睡著，他也以為我猶在沉睡之中。須臾，他的手無聲伸上窗紗，他並未靠近，也未掀起窗紗窺視我睡中容顏，只是依舊默默站立凝望於我，目光眷戀——其實隔著銷金的帳子，他並不能清楚看見我。

我略覺尷尬，又不便起身開口呵斥，總要留下日後相見相處的餘地。他待我，其實也是很好。入宮年餘來，若無他的悉心照拂，恐怕我的日子也沒有這樣愜意。

只是我不願意於「情」字上欠人良多，他對我投以木瓜的情意我卻不能、也不願報之以瓊瑤。自然要設法以功名利祿報之，也算不枉費他對我的效力。

只是，他也應該明白，宮闈榴花如火雖然照耀了我的雙眸也點燃了他的眼睛，但紅牆內外，雲泥有別，他再如何牽念，終究也是癡心妄想了。何況我的心意是如何，他在我入宮前就十分清楚了。冷人心肺的話實在無須我再說第二遍。

於是重新翻身轉換睡姿，背對著他，裝作無意將枕邊用作安枕的一柄紫玉如意揮手撞落地下。「匡啷」一聲玉石碎裂的聲音，他似乎是一驚，忙遠遠退下。聽得槿汐匆忙進入暖閣的聲音，見我無礙安睡，於是收拾了地上碎玉出去。

許久，聽得外頭再無動靜，遂揚聲道：「是誰？」

進來卻是浣碧回話，扶著我起身，在身後塞了兩個鵝絨枕頭，道：「小姐醒了。才剛溫實初大人來過了。」

我假裝詫異道：「怎麼不請進來？」

浣碧陪笑道：「原要進來給小姐請安的，可是以為小姐還睡著，存菊堂那邊又有人過來傳話，說請平安脈的時候到了，請溫大人過去呢。」

我道：「這也是。皇上指了溫太醫給沈容華醫治，他是擔著責任的，不能輕易走開。」

我又問：「他來有什麼事嗎？」

浣碧從懷中取出兩張素箋道：「溫大人聽說小姐臉上傷了，特意調了兩張方子過來，說是萬一留下了傷疤，按這個調配了脂粉可以遮住小主臉上的傷。」

我接過看了，一曰珍珠粉，乃是紫茉莉種子搗取其仁，蒸熟製粉；又一曰玉簪粉，是將玉簪花剪去花蒂成瓶狀，灌入普通胡粉，再蒸熟製成玉簪粉；旁邊又有一行小字特地註明，珍珠粉要在春天使用，玉簪粉則要在秋天使用，另外用早晨荷葉上的露珠與粉調和飾面，效果更佳云云。另一張寫著是藥丸的方子，採選端午時節健壯、旺盛的全棵益母草，草上不能

有塵土。經過曝曬之後，研成細末過篩，加入適量的水和麵粉，調和成團曬乾。選用一個密封好的三層樣式的黃泥爐子，以旺火鍛燒半個時辰後，改用文火慢慢煨製，大約一日一夜之後，取出藥丸待完全涼透，用瓷缽研成細末備用。研錘也很講究，以玉錘最佳，鹿角錘次之——玉、鹿角都有滋潤肌膚、祛疤除瘢之功效。

我又問：「問沈容華安好了嗎？」

浣碧脆聲道：「問了。溫大人說小主安好，只是還不能下床，需要靜養。」復又笑：「小姐只說別人，自己也是一樣呢。」

我一一看過方子，含笑道：「勞他老這樣記掛著，等晚間命小連子照樣去抓藥配了來。」

浣碧應允了「是」，方才退下了。

三月二十六，歷書上半年來最好的日子，我與馮淑儀同日受封。早晨，天色還沒有亮，瑩心殿裡已經一片忙碌。宮女和內監們捧著禮盒和大典上專用的的儀仗，來往穿梭著，殿前的石道，鋪著長長的大紅色氆氌，專為妃嬪冊封所乘的翟鳳玉路車，靜靜等候在棠梨宮門前。

我端坐在妝台前，剛剛梳洗完畢，玄凌身邊的內監劉積壽親自送來了冊封禮上所穿戴的衣物和首飾。依照禮制，冊封禮上皇后梳凌雲髻，妃梳望仙九鬟髻，貴嬪梳參鸞髻，其餘宮嬪梳如意高髻，宮人梳奉聖髻。我便梳成端莊謙和的參鸞髻。

奉旨為我梳髻的是宮裡積年的老姑姑喬氏，她含笑道：「娘娘的額髮生得真高，奴婢為那麼多娘娘梳過頭髮，就屬娘娘的高，如今又有了身孕，可見福澤深厚是旁人不能比的。」

宮中的女子都相信，額髮生得越高福氣就越大。我本自心情舒暢，聽她說的討喜，越發歡喜，便讓人拿了賞錢賞她。

所戴簪釵有六樹，分別是金鑿紅珊瑚福字釵一對，天保磬宜簪一對，最出彩的是一對鎏金掐絲點翠轉珠鳳步搖。步搖本是貴嬪及以上方能用，雖然玄凌早賞賜過我，可是今日方能正大光明地用，步搖滿飾鏤空金銀花，以珍珠青金石蝙蝠點翠為華蓋，鑲著精琢玉串珠，長長垂下至耳垂。天保磬宜簪上精緻的六葉宮花，玲瓏的翡翠珠鈿，垂落纖長的墜子，微微地晃。如此還不夠，髮髻間又點綴紅寶石串米珠頭花一對，點翠嵌珊瑚松石葫蘆頭花一對，方壺集瑞鬢花一對。

待得妝成，我輕輕側首，不由道：「好重。」

流朱在一旁笑嘻嘻道：「如今只是封貴嬪呢，小姐就嫌頭上首飾重了，以後當了貴妃可怎麼好呢？聽說貴妃冊封時光頭上的釵子就有十六枝呢。」

我回頭嗔道：「胡說什麼！」

喬姑姑笑著道：「姑娘說的極是呢！娘娘生下了皇子難道還怕沒有封貴妃那一日嗎？宮裡頭又有誰不知道皇上最疼的就是娘娘呢。」

我只是笑而不答，伸展雙臂由她們為我換上禮服，蕊紅繡刻絲瑞草雲雁廣袖雙絲綾鸞衣拖擺至地，織金刺繡妝花的霞帔上垂下華麗的珍珠流蘇，整件長衣繡一隻極長的七綵鸞鳥圖案，自胸前越肩一直迤邐至裙尾散開如雲。袖口亦有繁複的捻金穿珠刺繡，作成一寸來闊的真珠穿花織繡花邊，微微露出十指尖尖的白皙。腰間繫青紅雙色的華麗綬帶，又在臂上纏上銀朱色的鏡花綾披帛。

這樣對鏡自照，也有了端肅華貴的姿態。

冊貴嬪與往日冊封不同，以往冊封不過是玄凌口諭或是發一道聖旨曉諭六宮即可。貴嬪及以上的妃子在宮中才算是正經的高貴位分，需祭告太廟，授金冊、金印，而正一品四妃的金印則稱之為「金寶」。只是太廟只在祭天、冊後和重大的節慶才開啟。平日妃嬪冊封，只在宮中的太廟祠祭告略作象徵即可。

吉時，我跪於敬妃馮氏身後，於莊嚴肅穆的太廟祠祭告，聽司宮儀念過四六駢文的賀詞，冊封禮正副史戶部尚書李廉箕和黃門侍郎陳希烈取硃漆鏤金、龍鳳文的冊匣，覆以紅羅泥金夾帕，頒下四頁金冊，敬妃為八頁金冊。然後以錦綬小匣裝金印頒下，金印為寶篆文，廣四寸九分，厚一寸二分，金盤鸞紐。敬妃與我三呼「萬歲」，復又至昭陽殿參拜帝后。

皇后穿著廣袖密襟的紫金百鳳禮服正襟危坐於玄凌身邊，袖口與衣領微露一帶金紅綃質中衣的滾邊，杏黃金縷月華長裙卓然生色，雪白素錦底杏黃牡丹花紋的錦綾披帛寧靜流瀉於地，愈加襯得她儀態高貴端莊。

皇后的神色嚴肅而端穆，口中朗聲道：「敬妃馮氏，莞貴嬪甄氏得天所授，承兆內闈，望今後修德自持，和睦宮闈，勤謹奉上，綿延後嗣。」

我與敬妃低頭三拜，恭謹答允：「承教於皇后，不勝欣喜。」

抬頭，見玄凌的明黃色緙金九龍緞袍，袍襟下端繡江牙海水紋，所謂「疆山萬里」，綿延不絕。再抬頭，迎上他和暖如春風的凝望我的眼眸，心頭一暖，不禁相視會心微笑。

四十八、梨花

四月初本是海棠初開的時節，棠梨地氣偏寒，這個時候堂後庭院的梨花恰恰盛開。因著臉頰傷口還未癒合不宜走動，又有了近兩月的身孕，身體越發慵懶，成日憩於榻上，或坐或眠以打發漫長時光。玄淩時來和我做伴，不過是說些有趣的事搏我一笑罷了，為著太醫的叮囑，並不在我宮裡留宿。金玉綾羅各色玩器卻是流水介不斷地送來我宮中，小允子常常玩笑：「皇上的東西再賞下來，別說咱們奴才搬得手軟，就是宮裡也放不下了。」於是揀出特別喜愛的幾樣留著賞玩，把賞賜按位分贈送皇后妃嬪，餘下的特意開了飲綠軒暫時作為儲物的地方。

是日，天氣晴朗明麗，新洗了頭髮還未乾，隨意挽一個鬆鬆的髻，只用一對寸許長的水晶燕子髮釵。用陵容所贈的舒痕膠輕拭傷疤，照舊用鮫綃輕紗蒙了面，鮫綃輕密軟實，可擋風塵，又不妨礙視物清晰，用作面紗再好不過。

我命人把貴妃榻搬至堂後梨樹下，斜坐著繡一件嬰兒所穿的肚兜，赤石榴紅線杏子黃的底色，繡出榴開百子花樣，一針一線盡是我初為人母的歡悅和腹中孩子的殷殷之情。繡了幾針，不自覺地嘴角噙一抹愉悅安心的微笑……

繡的乏了，舉目見梨花盛開如綿白輕盈的雲朵，深淺有致的雪白花朵映著身上華麗的嫣紅羅裙，紅白明艷。有風偶爾吹過，瑩潔的花瓣輕盈落在衣上，像潔淨霜雪覆蓋身體，連心境也是潔淨平和的了。

有了這個小小的未成形的孩子在腹中，內心歡悅柔軟，連穿衣的色澤也選的鮮艷。從前的我喜歡清淡雅致的顏色，如今卻喜歡純粹的紅色，那樣不掩飾的快樂。質地輕柔的絲羅衣袖長長地自貴妃榻流於地下，似被霞光染紅的一道薄霧。

酒能解愁，此時於我卻是助興，我喚槿汐，「去拿酒來——」

槿汐端來「梨花白」，笑吟吟道：「知道娘娘的酒癮上來了，前幾日手上帶傷禁沾酒，如今好了鬆一鬆也不妨——這是去年摘的梨花釀的，埋在青花甕裡到前日正好一年，娘娘嘗嘗罷。」

對著滿目冰清玉潔的梨花飲「梨花白」，實在是非常應景，我舉杯一飲而盡。

槿汐含笑離去，飲我一人自斟自飲，獨得其樂。

宮院寂靜，花開花落自無聲，是浮生裡難得的靜好。幾杯下肚，方才喝得又急，酒勁緩緩湧上身來。慵懶一個轉身，閉目養神。

有輕淺的腳步聲靠近我，是男子的腳步，不用想也知道是他，除了他，後宮還有哪個男子可以長驅直入我宮中。故意不起身迎接，依舊睡著，想看他如何。

他噤聲槿汐的請安，揮手讓她退下，獨自坐與我身畔。輕風徐來，吹落梨花陣陣如雨。恍惚間有梨花正落在眉心。聽他輕輕「咦」了一聲，溫熱的氣息迎面而下，唇齒映在我眉心，輕吻時銜落花瓣無聲。

他掀開我臉頰覆著的面紗，吻自眉心而下蜿蜒至唇，將花瓣吞吐入我口中，咀嚼後的梨花，是滿口宜人的清甜芳香。他低頭吻上裸露的肩胛和鎖骨，隔著花瓣的微涼，鬍渣刺刺得臉上發癢。我再忍不住，睜開眼輕笑出聲：「四郎就愛欺負人家——」

玄凌滿目皆是笑意，刮我的鼻子道：「早知道妳是裝睡，裝也裝不像，眼睫毛一個勁的

發抖。」

我嬌嗔：「知道我是個老實人罷了，四郎也只欺負老實人。」

他仔細瞧我臉上的傷疤，笑：「好像淡了些了。」

我忙用手掩住，轉頭嗔道：「如今變成無鹽、東施之流了，四郎別看。」

玄淩笑道：「朕賜妳的藥膏用了嗎？等過些日子就完好如初了。嬛嬛絕世容光，不知這世上有誰堪相比？」

我心中頓起頑皮之意，笑說：「嬛嬛有一妹妹名叫玉嬈，堪稱國色，絕不在臣妾之下。」

「哦？」玄淩流露出頗有興趣的神色，問道：「還有能和嬛嬛不相上下的人？朕可要看看。」

我假裝情急：「那可不許，四郎見到妹妹姿色，肯定會迫不及待將她納為妃子！到時心中便無嬛嬛了。」

他見我著急，臉上玩味之色更濃：「能讓妳有如此醋意，一定是絕代佳人，看來朕真的要納新妃了。嗯，妳說封妳妹妹做什麼好呢？婕妤？貴嬪？還是立刻封妃吧？」

我實在忍不住，笑得前仰後合，好不容易才止住笑說：「嬛嬛的妹妹今年芳齡七歲，望陛下也能笑納。」

玄淩作出一副恍然大悟的樣子，一把把我抱在膝上，咬著我的耳垂說：「妳這個促狹的小東西！」

我笑著蜷成一團躲他：「別鬧，太醫說要養著不許隨意動呢。」

他把我橫放在貴妃榻上，俯下身將臉貼在我的小腹，流露出認真傾聽的神氣。這樣家常

而溫暖的情景，他只像是一個愛護妻兒的夫君。我情不自禁撫摩他露在衣裳外的一截脖頸。花開靜綿，我想，歲月靜好，大抵就是這個樣子的吧。

我的嘴角不覺含了輕快的微笑，輕輕道：「現在哪裡能聽出什麼呢？」

他忽地起身，打橫將我抱起連轉了幾個圈，直旋得我頭暈，他放聲大笑：「嬛嬛，嬛嬛！妳有了咱們的孩子，妳曉不曉得朕有多高興！」

我「咯咯」而笑，笑聲震落花朵如雪紛飛，一壁芬芳。我緊緊挽住他脖子：「好啦，我也很高興呢。」

他隨手拾起落與枕榻上的梨花花瓣，比在我眉心道：「梨花白透可堪與雪相較，花落眉間恍若無色，可見嬛嬛膚光勝雪。」

我微笑倚在他胸前，抓了一把梨花握在手心，果然瑩淡若無物，遂微笑道：「南朝宋武帝的女兒壽陽公主日間臥於含章殿，庭中紅梅正盛開，其中一朵飄落而下附在她眉心正中，五片花瓣伸展平伏，形狀甚美，宮人拂拭不去，三日之後才隨水洗掉。由此宮中女子見後都覺得美麗，遂紛紛效仿，在額間作梅花狀圖案妝飾，名為『梅花妝』。只是梨花色淡不宜成妝，真是遺憾了。」

玄凌道：「若要成妝其實也不難。」說著牽我的手進後堂，坐於銅花鏡前，比一朵完整的梨花於眉心，取毛筆蘸飽殷紅胭脂勾勒出形狀，又取銀粉點綴成花蕊，含笑道：「嬛嬛以為如何？」

我對鏡相照，果然顏色鮮美，綽約多姿，勝於花鈿的生硬，反而添柔美嫵媚的姿態，遂笑道：「好是好，只是梨花色白，以胭脂勾勒，卻像是不真了。」

他端詳片刻，道：「那朕也無法了，只得如此。只是若真為白色，又無法成妝，可見難

以兩全。」

我微笑：「世事難兩全，獨佔一美已是難得了。」

玄淩亦道：「既然美麗就好，妝容本就擬態而非求真。這個妝，就叫『姣梨妝』如何？」

我顧盼生色，笑容亦歡愉：「四郎畫就，四郎取名，很風雅呢。」

他也是歡喜自得之色，道：「那就命妳念一句帶梨花的詩來助興。」

午後宮門深閉，我凝視窗外梨花，未及多想，信口捻來一句：「寂寞空庭春欲晚，梨花滿地不開門。」(1)

言甫出口，我立時驚覺，難免有些不自在，暗暗自悔失言，君王面前怎能談論這樣自怨自艾的詩句，何況是失寵嬪妃的傷情自況，這樣突兀念來，實在是有些不吉的。

然而玄淩並未覺得，只是道：「是春日的季節，宮門緊閉，梨花又開得多，只是朕與妳相伴而坐，怎能說是寂寞呢？雖然應景卻不應時，該罰。」他轉頭見窗前案几上有一壺未喝完的「梨花白」，遂取來道：「罰妳飲酒一杯。」

我信手接過，笑盈盈飲下一口，看著他雙目道：「宜言飲酒……」

他立刻接口：「與子偕老。」說著挽手伸過，與我交手一同飲下。

他臉上帶笑，問我：「是喝交杯酒的姿勢。」

深宮寂寂，原也不全是寂寞，這寂寞裡還有這樣恬靜歡好的時光。我滿心恬美，適才的酒勁未褪，現又飲下，不覺臉頰發燙，映在鏡中如飛霞暈濃，桃花始開。

我半伏在案上，笑著向他道：「臣妾已經念過詩句，該四郎了。切記要有『梨花』二字啊。」

他想了一想，臉上浮起不懷好意似的笑容，慢慢道：「鴛鴦被裡成雙夜，一樹梨花壓海棠。」(2)

我一聽羞得臉上滾燙，笑著啐他道：「好沒正經的一個人！」

他強忍著笑道：「怎麼？」

「十八新娘八十郎，蒼蒼白髮對紅妝。方算是一樹梨花壓海棠啊。」

他道：「朕願與子偕老，嬛嬛容顏不改，朕鶴髮童顏，不正是蒼蒼白髮對紅妝嗎？」他一把把我高高抱起，輕輕放於床上，我明瞭他的意圖，搖開他的手道：「不許使壞！」

他低頭，笑意愈濃，「才剛拿妳妹妹來玩笑朕，現在看朕怎麼收拾妳這個小壞東西……」

我邊笑邊躲著他道：「噯噯！四郎你怎麼這樣記仇啊？」

他捉住我的雙手擁我入懷，「君子報仇，十年不晚啊。」

錦簾紗幕半垂半卷，正對著窗外潔白月光一般的梨花。點點繁花與柳絮輕綿無聲的糾纏飛舞。我模糊的記得梨花花蕊的樣子，花瓣中間的淡淡紅暈的花心的模樣，如冰玉般清爽宜人的姿態，其實和那一日我與玄凌相遇時的杏花是很像的。

淺金的陽光自花樹枝椏間和緩流過，潔白的花朵開得驚心動魄。窗外風過無聲，梨花飛落無聲，窗內亦是無聲，他的動作輕柔而和緩，生怕傷到腹中幼弱卻蓬勃的生命。暖暖的陽光寂靜灑落，習習清風，花瓣靜放，我在擁抱他身體的一刻幾乎想安然睡去，睡在這春深似海，梨花若雪裡。

是日玄凌下了早朝又過來，我剛服了安胎藥正窩在被窩裡犯懶，房中夜晚點的安息香甘

甜氣味還未褪去，帳上垂著宮樣帳楣，密密的團蝠如意不到頭的繡花，配著茜紅的流蘇綃絲帳，怎麼看都是香艷慵散的味道。

玄凌獨自踱了進來，剛下了朝換過衣裳，只穿一件填金刺繡薄羅長袍，越發顯得目如點漆，器宇軒昂。他見我披頭散髮睡著，笑道：「越發懶了，日上三竿還躺著。」

我道：「人家遵您和太后的旨意好好安養，卻派起我的不是來了。我還閒成日躺著悶得慌呢。」說著作勢起身就要行禮，他忙攔著笑：「算了，還是安靜躺著吧。」

我忍俊不禁，「這可是恍神金口說的，回頭可別說臣妾不是了。」

他捏一捏我的鼻子，踢掉足上的靴子，露出藍緞平金繡金龍夾襪，掀開被子笑嘻嘻道：「朕也陪妳窩一會兒。」

我把一個用玫瑰芍藥花瓣裝的新荷色夾紗彈花枕頭墊在他頸下，順勢躺在他腋下，看著那襪子道：「這襪子好精細的工夫，像是安妹妹的手藝。」

他低頭仔細看了一會，方道：「朕也不記得了，好像是吧。她的針線功夫是不錯的。」

我無言，於是問：「皇上方才從哪裡來？」

他隨口道：「去看了沈容華。」

我微笑：「聽說姐姐身子好些能起床了，一日兩趟打發人來看我。」

他有些詫異：「是嗎？朕去的時候她還不能起身迎駕呢？」

我心下狐疑不定，昨日采月來問安的時候已說眉莊能夠下床走動了，只是不能出門而已。想來為了禁足一事還是有些怨恨玄凌，遂道：「姐姐病情反覆也是有的，時疫本也不易好。」

他「唔」了一聲也不作他言，半晌才道：「說起時疫，朕就想起一件惱人事來。」

我輕聲道：「皇上先別生氣，不知可否說與臣妾一聽。」

他拇指與食指反覆捻著錦被一角，慢慢道：「朕日前聽敬妃說江穆煬、江穆伊兩人醫治時疫雖然頗有見效，但私下收受不少宮女內監的賄賂，有錢者先治，無錢者不屑一顧，任其自生自滅。委實下作！」

我沉思片刻，道：「醫者父母心，如此舉動實在是有醫術而無醫品。臣妾十分瞧不起。」我靜一靜，道：「皇上還記得昔日他們陷害沈容華之事嗎？」

玄凌雙眉暗蹙，卻又無可奈何：「朕沒有忘——只是如今時疫未清，還殺不得。」

我微微仰起身，道：「臣妾像皇上舉薦一人，太醫溫實初。」

他「哦」了一聲，饒有興味道：「妳說下去。」

「溫太醫為姐姐治療時疫頗有見效，而且臣妾聽聞，江穆煬、江穆伊兩人的方子本出自溫太醫之手。」我輕聲道：「皇上細想，江穆煬、江穆伊兩人所擅長的是嬰婦之科，怎麼突然懂得治療疫症，雖說學醫之人觸類旁通，可是現學起來也只能入門而不能精通啊。而溫太醫本是擅長瘟疫體熱一症的。」

玄凌靜靜思索良久，道：「朕要見一見這個溫實初，果然如妳所言，江穆煬、江穆伊二人是斷斷不能留了。」

我伏在他胸前，輕聲道：「皇上說得極是。只是一樣，如今宮中時疫有好轉之相，宮人皆以為是二江的功勞。若此時以受賄而殺此二人，不僅六宮之人會非議皇上過因小失大不顧大局，只怕外頭的言官也會風聞，於清議很不好。皇上以為呢？」

「他們倆到底是華妃的人，朕也不能不顧忌華妃和她身後的人。」他微微冷笑，「若真要殺，法子多的是。必定不會落人口舌。」

身為君王，容忍克制越多，爆發將愈加強大，因為他們的自負與自尊遠遠勝過常人。我目的已達，淺淺一笑，用手遮了耳朵搖頭嗔道：「什麼殺不殺的，臣妾聽了害怕。皇上不許再說了。」

他拍拍我的肩膀：「好啦，咱們不說這個，四月十二是妳十七歲的生日，西南戰事連連告捷，妳又有了身孕，朕叫禮部好好給妳熱鬧一番好不好？」

我婉轉回眸睇他一眼，軟語道：「皇上拿主意就是。」

他又沉思，慢慢吐出兩字，「華妃……」卻又不再說下去。

我心思忽然一轉，道：「皇上這些日子老在華妃處，怎麼她的肚子一點動靜也沒有呢？」

他只沉浸在自己的思索裡，隨口道：「她不會有孩子的。」

我詫異，道：「臣妾聽聞華妃曾經小產，可是為此傷了身子嗎？」

他似乎發覺自己的失言，對我的問詢不置可否，只一笑了之，問了我一些起居飲食。

玄凌靜靜陪了我一晌，又去看杜良娣。我目送他走了，方趿了鞋子披衣起身，槿汐服侍我喝了一盞青梅汁醒神，方輕輕道：「娘娘這個時候挑動皇上殺二江，是不是太急了些。」

我冷笑：「不急了。我已經對妳說過，上次在皇后宮中就有人想推我去撞杜良娣，雖不曉得是誰，可見其心之毒。如今我有身孕，更是她們的眼中釘，肉中刺，時疫一事這姓江的兩人撈了不少好處，在太醫院一味坐大。溫大人又在沈容華那裡，章彌是個老實的，萬一被這姓江的在藥裡作什麼手腳，咱們豈不是坐以待斃。不如早早了結了好。」長長的護甲碰在纏枝蓮青花碗上玎然有聲，驚破一室的靜靄甜香，慢慢道：「其實皇上也忍耐了許久，要不是為著用人之際，早把他們殺了。」

槿汐嘴角蘊一抹淡淡的笑：「敬妃娘娘對皇上的進言正是時候。不過也要江穆煬、江穆伊二人肯中圈套。」

我微笑：「這個自然，像這種貪財之人只要有人稍加金帛使其動心即可。皇上只是暫時忍著他們，這樣得意忘形，實在是自尋死路。」

兩日後，宮外傳來消息，江穆煬、江穆伊兩人在出宮回家途中被強盜殺害，連頭顱也被割去不知所蹤，皇帝念其二人在時疫中的勞苦，為表嘉恤特意賜了白銀百兩為其置辦喪事，又命太醫溫實初接管時疫治療之事。一時間宮內外皆傳當今聖上體恤臣子，仁厚有加。

消息傳來時，我正在窗下修剪一枝開得旁枝過多的杏花，聞言不過淡然一笑。於此，溫實初在這場時疫中功成名就。

註釋：

(1) 出自唐代劉方平《春怨》，全詩為：紗窗日落漸黃昏，金屋無人見淚痕。寂寞空庭春欲晚，梨花滿地不開門。這是一首十分出新的宮怨詩。雖被寵愛過，卻落得萬般淒涼。

(2) 出自宋代蘇東坡嘲笑好友詞人張先的調侃之作。據說張先在八十歲時娶了一個十八歲的小妾，東坡就調侃道：「十八新娘八十郎，蒼蒼白髮對紅妝。鴛鴦被裡成雙夜，一樹梨花壓海棠。」梨花指白頭新郎，海棠指紅妝新娘。之後，「一樹梨花壓海棠」成為老夫少妻的委婉說法。

四十九、芳辰

四月十二日是我的生辰，自玄凌要為我慶生的消息傳出，棠梨宮的門檻幾乎都要被踏破，尊貴如皇后，卑微至最末等的更衣，無一不親自來賀並送上厚禮。華妃固然與我不和，這點面子上的往來也是做得工夫十足，連宮中服侍的尚宮、內監，也輾轉通過我宮中宮人來逢迎。後宮之人最擅長捧高踩低，趨奉得寵之人，況我剛封貴嬪，又有孕在身，自然風光無限。

「春風得意馬蹄疾，一日看盡長安花。」我的得意，大抵如是。

這樣迎來送往，含笑應對不免覺得乏悶勞累，幾次三番想去太液池泛舟散心，流朱與浣碧都攔住了不讓，口口聲聲說湖上風大，受了風寒可不好。想想也是，四月池中不見荷花，唯有有雕欄玉砌起自芳池，再精美也失了天然神色。這樣幾次，我也懶得再出去了。

生辰前一日，玄凌特意親自領了賀禮來，金屑組文茵一鋪，五色同心大結一盤，鴛鴦萬金錦一疋，枕前不夜珠一枚，含香綠毛狸藉一鋪，龍香握魚二首，精金筘環四指，若亡絳綃單衣一襲，香文羅手藉三幅，碧玉膏奩一盒。各色時新宮緞各八匹，各色異域進貢小玩意一。

我到底年輕，君王所給的榮寵尤隆，生活在金堆玉砌中，觸目繁華，虛榮亦不會比別的女子少幾分，這樣從未見過的珍貴之物照耀得我的宮室瑩亮如白晝，心裡自然是欣喜的。而更讓我欣喜的，是玄凌的用心。他欣喜道：「朕很久前讀《飛燕外傳》，很好奇成帝是否真

賜給飛燕這些寶物，朕想成帝給得起飛燕的，朕必定也給得起妳。所以命人去搜羅了來，只為博卿一笑。」

我笑靨甜美如花，俏然道：「這些東西的名字臣妾也只在史書上見過，只以為是訛傳罷了，不想世間真有此物。」

他把絳綃單衣披在我身上，含情道：「明日就穿這個，必然傾倒眾生。」

銀紫色鳳尾圖案的絳綃單衣，一尾一尾的翎毛，在日光下幽幽閃爍著孔雀藍的光澤。光澤幽暗，然而在日光下，必也奪目。我輕笑出聲：「何必傾倒眾生，嬛嬛不貪心，只願傾倒四郎一人而已。」

他佯裝絕倒之狀，大笑道：「朕已為妳傾倒。」

到了夜間清點各宮各府送來的賀禮，槿汐道：「獨清河王府沒有送來賀禮。」

很久以來，我並未再聽到這個名字，也不曾刻意想起。如今乍然聽到，已是和我的生辰有關，我不以為意，繼續臨帖寫字，口中道：「六王灑脫不拘，自然不會在意這些俗禮。」

槿汐亦笑：「奴婢聽聞王爺行事獨樹一幟，不做則已，一做便一鳴驚人，大出人意料之外。」

我取筆蘸墨，回想前事果覺如此，不覺微笑，道：「是嗎？」於是也不過一笑了之。

生辰的筵席開在上林苑的重華殿，此處殿閣輝煌、風景宜人，一邊飲酒歡會一邊賞如畫美景，是何等的賞心樂事。唯一不足的是重華殿離太液池甚遠，無水景可看。

這一日，簡直是我的舞台，周旋於后妃、命婦之間，飛舞如蝶。滿殿人影幢幢，對著我的都只是一種表情，漫溢的笑臉。我無心去理會這笑臉背後有多少是真心還是詛咒。真心的

必能和我一同分享這歡樂，而詛咒的，我的榮光與得意只會讓她們更難受，這於我，已經是對她們一種極好的報復。

冠冕堂皇的祝語說完，便是箜篌琴瑟清逸奏起，舞姬翩然起舞，歌伎擊節而唱，眾人享受佳餚美酒，無一不樂。今日的歌舞美姬皆是新選入宮的，個個不滿十六，面孔嬌小單純，並無妖豔之態，方不喧賓奪主，奪了歌舞的真意。如此穿著整齊的七彩絹衣的妙齡少女歡唱舞蹈，格外地賞心悅目。

這是眉莊病癒後第一次出席這樣盛大的宴會，她的身體恢復得甚好，只是人略微消瘦了一些，容色也更沉靜，如波瀾不驚的一湖靜水，默默坐於席間獨自飲酒。

如今的眉莊，已不是當年意氣風發的得意光景。榮寵僥倖，亦是三十年河東三十年河西般時事遷移，並無穩固之說。想來她亦明白，所以縱使復起，性子也越發內斂低調，像是不願再引人注目。

只有我知道，她內心那股憤懣抑鬱的怒火是如何在熊熊燃燒。

酒至半酣，歌舞也覺得發膩。見過眾人，獨不見清河王玄清在座，亦無人知曉他去向。玄凌也只是付之一笑：「這個六弟又不曉得去哪裡了。」

我亦不願意去留心，他於我，不過是叔嫂之份，縱然唯獨他目睹開解我隱藏的心傷，縱然他有一星半點的不可言說的情意於我，我亦只能裝作無知無覺，如同對待溫實初一般。

山中人兮芳杜若，我並非是山中幽谷間寂寞開放的杜若，而是帝王瑤池天邊一枝被折在手中的海棠。名花有主，何況人哉！都是不可改變的；亦無力、無需去改變。

只是在宮闈紛飛的傷心和失落處，總會輾轉憶起桐花台一角皎潔的夕顏和夏夜湖中最後一季的荷花，那種盛放得太過熱烈而即將頹敗的甜香，彷彿依舊在鼻尖凝固。

神思恍惚間，見眾人的熱鬧間汝南王的正妃賀氏偏坐一隅神色鬱鬱卻一言不發。我迎上前低聲相問：「王妃身子不適嗎？」

她見是我，微顯尷尬，極力壓低聲音道：「妾身失儀，心口疼的毛病又犯了。」

我點頭會意，借口更衣拉了她的手至偏殿無人處扶她歇下。賀妃歉然道：「娘娘芳誕，妾身掃娘娘的興了。」

我含笑，溫和道：「王妃勿要這樣說，誰沒有三災六病呢，吃了藥好了就是了。」又問：「王妃平日是吃天王保心丹嗎？」她點頭稱是。我旋即招手命流朱回去取藥，道：「王妃稍耐片刻，藥馬上就拿來。」說著親自倒了溫水與她服下。

她半是感激半是惶惑，「勞動娘娘玉手，實在不敢當。」

我道：「在外本宮與王妃是君臣，在內卻是至親，哪裡說得上勞動不勞動這樣見外的話呢。王爺征戰在外，王妃應該善自珍重才是。」

我忽然被她眉心吸引，葳蕤一點淺紅，正是與我眉心如出一轍的「姣梨妝」，不由好奇：「宮外也盛行此妝嗎？」

她和靜微笑：「如今宮中與各地都風行以『姣梨妝』為美，不僅可效仿娘娘美貌，亦以此求夫妻和順，可是一段佳話呢。」

我縱然自矜，聽得這樣的話，自然也高興自得的。

很快藥就拿來了，賀氏服下後果然臉色好轉。她微笑道：「常聽說娘娘最得皇上寵幸，不想竟是這樣隨和，難怪皇上這樣喜歡。」汝南王生性狷介陰冷，王妃卻是極和善溫柔的一個人，倒叫我刮目相看。

就這樣絮絮說起，賀妃身子原本壯健，只是生下世子時落下了心口疼的病根，所以纏綿

反覆久不得愈。我也是有身孕的人，說起子嗣一事，不由談得興起，嚦嚦說了許久，兩人十分投緣。

汝南王是華妃身後最強大的勢力，我一向十分忌憚，不料今日機緣巧合得了賀妃的人緣，竟也投趣。然而再投緣，她終究是汝南王的正妃，我的親近便也悄然無聲的隱匿了幾分保留。直到玄凌派人來請，又約定了時常來我宮中閒坐說話，這才散去。

再度入席，有宮人來請：「六王爺在太液池邊備下慶賀貴嬪娘娘芳誕的賀禮，請皇上與娘娘一同觀賞。」

玄凌笑：「老六最心思百出，這次不知又打什麼主意。咱們就同去看看。」

於是眾人眾星拱月往太液吃池邊行走。遠遠見太液池邊圍了高高的錦繡帷幕，隨風輕舞，十分好看。只是帷幕遮住了太液池的景觀，只是華麗而已，實在也瞧不出什麼。

四周異樣的寧靜，我疑惑著看玄凌一眼，他也是十分不解的樣子，只是笑吟吟觀望。忽然天空中多了成千上百只風箏，千彩百色，漫天飛舞，琳琅滿目，令人眼花繚亂、應接不暇。周圍驚叫聲、讚歎聲、歡呼聲此起彼伏，不絕於耳。

玄凌如此為我盡心，我亦心中歡悅。

正自目不暇接觀賞，忽然槿汐上來請安，盈盈道：「娘娘大喜，請放風箏祈福。」說著把線遞到我手中——不過是作個樣子罷了，自然有內監早早扯好了線，我只消牽上一牽即可。笑吟吟一牽，風箏遙遙飛上天去，竟是一個極大的色彩斑斕的翟鳳，文彩輝煌，錦繡耀目。合著我身上銀紫色鳳尾圖案的絳綃單衣，相映成輝。歡聲喝彩盈滿雙耳，我也不覺含笑。

忽而一個清脆的哨聲，圍在太液池周圍的錦繡帷幕「嘩啦」一聲齊齊落地。眼前的景象

太過出人意外，原本被風箏所驚動所有人齊齊都沒有了聲息。如斯美景，大抵是叫人傾心屏息的。

四月的時節，原本連蓮葉也是少見，往日的太液池不過是一潭空曠碧水而已。而此時此刻，碧水間已浮起了滿湖雪白皎潔的白蓮，如一盞盞羊脂白玉，輕浮其上。朝日輝輝，花上清露折射璀璨光芒，美如雲霞燦如錦繡。風荷曲捲，綠葉田田，波光碎影裡倒映著的雙雙人影，亦是不輸花朵的光豔的，何況又有著盛世華章的陪襯。

遠遠舉目，玄清緩緩走來，手中別無器樂，只是以手為扣抵於唇間，吹奏一曲《鳳凰于飛》。鳳凰于飛，和鳴鏗鏘[1]，大約是世間所有女子的夢想。他的吹奏與曲調也是簡單清澈，彷彿上湖上徐徐而來的清風，在寂靜的驚歎裡一轉一轉扣入人心。鳳凰于飛，於他，那是簡單而執著追求的事，於我，那只是一個少女時代綺麗的夢，不適宜在深宮中繼續沉迷下去。在眉莊身上，我已經看到破滅的一角。

他的哨音吹奏漸漸迴環低落，音止時已徐緩踱至我與玄凌身前，朝我的微笑也是清淡無虞，花費的心思已經足夠多，所以賀我的只是再平淡不過的施施然一句：「清以滿湖蓮花恭賀莞貴嬪芳誕。」

我見他如此隆重為我慶生，回轉想起那一日他衿纓中的小像，心下早自不安，然而終究在人前，神色亦是客氣得體，「王爺費心了，本宮很是感謝。」

話音甫落，玄凌爽朗大笑：「朕只是囑托你想新奇點子為莞貴嬪賀生，不想你辦得這樣好，連朕也大為吃驚。」如是他言，我才放心。

玄清的笑甚是溫和，眼中卻是一片疏落：「臣弟不過是個富貴閒人罷了，也只通曉這些。皇兄是知道的，否則也不囑托臣弟去做了。」

玄凌自然笑得得意，我不覺動容，玄清這樣不拘，其實內心也是在意的吧，玉厄夫人的兒子征戰沙場，而自己作為先皇最疼愛的兒子只是寄情於政務之外，於兄長寵妃的生辰上用心。不是不悲涼的。

我的容顏遮蔽在輕薄的鮫綃之後，嘴角噙一抹清淺而懂得的微笑：「只是不知如何在這天氣裡使蓮花開放？」

他望向我，目中泛著一星不易察覺的淡淡溫情：「蓮藕早就埋下，引宮闈外最近的溫泉水至太液池，花可盡開。」

我的眼光拂過他的身影，落在玄凌身上，我說：「多謝皇上。」聲音是歡悅的，笑靨亦是嫵媚。此刻，彷彿我的人生，一切遂意。

謝的是玄凌。自然，我也明白，玄凌不過是一句囑咐，而玄清才是真正用了心思的那個人。今日的風箏也就罷了，而蓮花。驀地記起去年八月末的時候，那一攏開到最末的荷花。

他自然是記得的。

而我並能多說什麼，亦不能做什麼。在旁人眼中，他不過是一個和我只在宮廷宴會時見過的天潢貴胄，種種用心，也不過是因為玄凌。而我所明白和懂得的，別人絕不可以知曉和明白。於是我只是在目光如風的影子一樣掠過他時，淺淺點頭。他亦回望著我，對著滿湖蓮花微笑。

我們毫不相干。

其實我的心底，也是害怕的。我無時無刻不牢記自己的身份，因為牢記，因為在無意間窺破了玄清若有似無的秘密，因為明白我所難以期望的情意，是他可以輕易付與他未知的妻子的。所以悲憫自己，刻意與他隔閡。

玄清不同於溫實初，對於溫實初的感情，因為一直瞭然，一直不放在心上，於我而言不過是如同樹上普通的一片樹葉，知道在哪裡就是了。何時葉落葉生都不甚關心，哪怕有一天他不見了呢。所以無謂害怕，只是不想他浮想太多，於人於己都無好處。

而玄清，他是我夫君的弟弟，日後相見的餘地和機會太多。更因為他懂得我，也懂得不給我困擾。只於我傷懷難禁時，開解一二。如此而已。

他這樣自制與瞭然，反叫我有些惺惺相惜。

今日的玄淩志得意滿，朗朗道：「西南戰事告捷，大軍已經班師回朝。朕自然要論功行賞，大封諸將。」他回頭看我，笑容滿面道：「妳兄長甄珩回朝之日朕便封他為奉國將軍，賜他與薛氏成婚，如何？」這樣的殊榮，我自然是要謝恩。玄淩說得極大聲，在場人人聽見，只是我眼風一轉，已然看見坐於劉慎嬪身邊陵容神色一震，旋即亦只是無聲無息的木然。

也許陵容是能夠明白的吧，她與哥哥之間那些微妙的連我也不可探知的少年情愫終究是要了斷在後宮的四面紅牆之內的。淒淒復淒淒，各自嫁娶，不須哀啼。

心中大是不忍，然而皇后含笑說下去，「妳已是貴嬪，父親又是朝中大員，家中女眷自然也要有封誥，本宮已下了鳳諭，封妳母親為正三品平昌郡夫人。」說話間目光橫掃過華妃精心妝飾的臉龐。

華妃的母親亦是正三品河內郡夫人，華妃曾恃寵向玄淩邀封，請封自己母親為正二品府夫人，那是四妃家眷才有的殊榮，因此皇后一力反對，終究也未能成封。為此華妃大失顏面，才與皇后格格不入。如今我母親這樣輕易得了封誥，她自然更是要怨懟於我了吧。

而於我，這一日的風光與榮耀已經達到極點。

揚首望去，一池滿滿的蓮花，蓮葉接天無窮碧，芙蕖映日別樣潔，水波輕軟蕩漾間，折出萬千靡麗光彩，映出流光千轉百回。

於此，我的人生奼紫嫣紅、錦繡無雙。

鮮花著錦、烈火烹油，好日子大抵就是這樣的。

註釋：

(1) 鳳凰于飛，和鳴鏗鏘：形容夫妻情深意篤。

五十、風箏誤

自從有了這個孩子在腹中，生命的新奇與蓬勃總是叫我歡喜而驚奇，靜日無事，總愛把手放在小腹上，輕輕的，小心翼翼，生怕手的重量也會壓迫到他。漸漸養成這樣習慣的姿勢，半是疼惜半是保護。

春日的陽光自薄如蟬翼的明亮雲絲窗紗照進屋裡，這窗紗輕薄如冰，彷彿凝聚了無數金光，瑩心殿中因這光亮顯得格外寬闊敞亮。日光悠悠照在案幾上汝窯聳肩美人觚裡插著的幾枝新開的淡紅色碧桃花上，那鮮妍的色澤令人見之傾心。

我用過桌上的幾色糕點，隨手撿了卷書看。

淳兒巴在窗台上勾著手探頭看窗外無邊春景。她看了半日，忽然嘟嘴嘟噥了一句：「四面都是牆，真沒什麼好看的。」

她見我也悶坐著，興致勃勃道：「今天日頭這樣好，姐姐陪我去放風箏吧？前兩天姐姐生辰時的風箏我留了兩個好看的呢。」

我把書一擱，笑道：「妳的性子總靜不下來，沒一天安分的。聽說昨兒在妳自己那裡『捉七』(1)還砸碎了一個皇上賞的琺琅畫屏。」

淳兒吐一吐舌頭，「皇上才不會怪我呢。」嬉笑著扭股糖兒似的纏上來道：「姐姐出去散散心也好，老待著人也犯懶，將來可不知我的小外甥下地是不是個懶漢呢？」

我忍俊不禁，瞧著窗外的確是春和景明，便道：「也好，我成日也是悶著。」春色如

畫，我何嘗不想漫步其中，只是傷口怕沾染塵灰，加之杜良娣一事叫我心有餘悸，於是多叫了人跟著，取了面紗覆臉，才一同出去。

在上林苑中選了個空曠的所在，淳兒的風箏放得極好，幾乎不需小內監們幫忙，便飛得極高，想來幼時在家中也是慣於此技的。芳草萋萋之上，只聽得她清脆的笑聲咯咯如風鈴在簷間輕晃。她見風箏飛得高，又笑又嚷，十分得意。

她自然是得意的，得寵的妃嬪中她是最年輕的一個，玄凌對她一向縱容，加之我有孕不宜經常服侍玄凌，為著就近的緣故玄凌也時常在她那裡逗留。近日玄凌還說起，待淳兒滿十六歲時就要冊她為嬪。

我仰首看著晴空中已經如烏黑一點的風箏，想起幼年春天的午後，在家中練習女紅無聊得幾乎要打瞌睡，腦袋像啄米一樣一下一下地晃，哥哥忽然從閨房的軒窗外探進半個腦袋來，笑嘻嘻道：「妹妹，咱們溜出府去放風箏吧？」

春風拂綠了楊柳一年又一年，孩提的時光，總是以匪夷所思的速度從指縫間飛走。似乎只是隨哥哥放了一場風箏，在庭院裡拿鳳仙花染了幾根指甲，在西席夫子眼皮下偷偷打了個盹兒，葡萄架下眼巴巴數著喜鵲看牛郎織女過了七夕，這無憂無慮的歲月便悄然過去了。

而今，我也即將為人母。我含笑看向淳兒，後宮的妃嬪之中，唯有她是這樣明快，如春日明媚燦爛的一道陽光，而我，逐漸隱忍成一彎明月，縱然清亮，也是屬於黑夜的，也是隱晦。

我低手撫摩自己微微有隆起之狀的小腹，其實還是很不明顯的，如果我的孩子有淳兒這樣的活潑明朗也是很好的，只是不要太天真。帝姬也就罷了，若是皇子，天真是絕對不適合的。

這樣含笑沉思著，忽然聽見淳兒驚呼一聲，手裡的風箏現已經斷了，風箏遙遙掙了出去。淳兒發急，忙要去尋，我忙對小利子道：「快跟上妳小主去，幫她把風箏尋回來。」

小利子答應了個「是」忙要跟上，淳兒一跺腳，撅嘴喝道：「一個不許跟著！姐姐，他們去了只會礙手礙腳。」淳兒不過是小孩心性，發起脾氣來卻也是了得，所以幾個宮人只得止步，看著我遲疑。我遠遠看著風箏落下的地方並不很遠，也拗不過她，只得隨了她去，見她拔腳走了，囑咐幾個小內監遠遠跟在後頭去了。

太液池畔遍種楊柳，這時節柳條上綻滿了鵝黃嫩綠的柔葉，連空氣亦被薰成了煙綠。細柳垂入誰中，伴隨清風挑動平靜無瀾的湖面，柳絮紛飛如雪子，一株碧桃花如火如荼倒影池邊。風吹落碎紅入碧波，水光瀲灩間盡是暗香盈袖。遠遠有宮女划著小舟嬉笑優遊，折了柳枝做了花環戴在頭上，笑聲遙遙就傳了過來。我看了一會兒覺得倦了，便在碧桃樹下的長石上坐著歇息。

春光如斯醉人，卻不知這醉人裡有幾多驚心動魄。我陡地憶起那一皇后宮中賞花的險境，在我背後推我出去的那雙手。

事後明察暗訪，竟不知查不出那人的痕跡。也難怪，當時一團慌亂，誰會去注意我的身後是哪雙手一把把我推入危險之中。

然而我並非真的不曉得是誰，事後幾度憶及，衣帶間的香風是我所熟悉，她卻忘卻了這樣的細節。然而我如此隱忍不發，一則是沒有確鑿證據，二則，此人將來恐怕於我頗有用處。

我的餘光忽然捲觸到一抹櫻桃紅的浮影。還未出聲，身邊的槿汐已經恭敬請安：「曹婕好安好。」目光微轉，正好迎面對上那雙幽深狹長的眸子。

曹琴默只著了件銀白勾勒寶相花紋的裡服，外披一層半透明的的淺櫻紅縐紗，只手持著一條月白的手絹，盈盈含笑朝我請下安去：「莞貴嬪金安。」

我伸手虛扶她一把：「曹姐姐起來吧，何須這樣客氣。」

她笑意款款，眉目濯濯，其實她的姿色不過是中上之姿，只是笑意憑添了溫柔之色，這樣素淨而不失艷麗的服色也使得她別有一番動人心處。她微笑道：「不想在這裡遇見貴嬪娘娘。」

我與她一同坐下，示意槿汐等人遠遠守侯，不許聽見我們說話，我笑道：「姐姐與我生疏了呢，還是喚我妹妹吧。」

她見我撇開眾人與她獨坐，笑容若有似無：「妹妹自懷胎以來似乎不大出門，格外小心，現在怎麼放心把人都撇開了呢？」

我雙眸微睞，輕輕笑道：「曹姐姐說笑呢，我怎麼會不放心呢？姐姐與我在一起我要是有什麼閃失自然是姐姐的不是啊，姐姐當然會全力照顧妹妹的。何況……」我微微一笑，目光似無意掃過她，「這裡又不會有人來推我一把。」

曹婕妤微微一愣，竟是毫不變色，笑靨如花道：「妹妹真會說笑，誰敢來推妳一把呢，怕是伸一指頭也不敢啊？」她驚奇道：「難道妹妹什麼時候被人推了一把嗎？」她把手撫在胸口，作受驚狀道：「做姐姐的竟不知道，妹妹告訴皇上了嗎？」

她這樣滴水不漏，有一剎那我竟然以為自己是懷疑錯了人，然而轉念還是肯定，玄凌賞我的東西我私自送給了她，她怎敢再送與別人，蜜合香的味道我是不會聞錯的。

念及此我也不置可否，只如閒話家常一般，閒閒道：「溫儀帝姬近來身體可好？」

她立刻警覺，如護雛的母鳥，道：「貴嬪妹妹費心，溫儀只是有些小咳嗽，不礙事

的。」

我恍若無意般道：「是啊。只要不再遇上弄錯了木薯粉之類的事，帝姬千金之體必然無恙。」

她的神情猛地一凜，不復剛才的鎮靜，訕訕道：「皇上已經處置了弄錯木薯粉的小唐，想來不會再有這樣的事了吧。」

我寧和微笑道：「但願如此吧。如今我也即將為人母，特別能體會身為人母的心情。曹姐姐撫育帝姬也是萬般不易啊，聽說姐姐生帝姬的時候還是難產，驚險萬分呢。」

她微微動容：「為人母的確十分不易，時時事事都要為她操心，她若有一點半點不適，我便如剜心一樣難受，情願為她承擔苦楚。」

我點頭，平視她雙目，「曹姐姐是個極聰明的人，自然知道怎麼養育帝姬。這個不需妹妹多言。只是妹妹叮囑姐姐一句，得人庇佑是好，也要看是什麼人是不是？否則身受其害反倒有苦說不出了。」

她怔一怔，臉色有些不悅，道：「姐姐愚鈍，貴嬪妹妹說的我竟十分不懂。」

我用手絹拂落身上的落花，慢慢笑道：「姐姐既然不懂，妹妹就更不懂了。只是妹妹懂得一樣，華妃娘娘當日搜存菊堂而不得是有人順水推舟，雖不是為了幫我，我卻也領她這一份情。」見她臉色大變，我笑得更輕鬆：「妹妹還懂得一件事，為虎作倀沒有好下場，而棄暗投明則是保全自己和別人最好的法子——姐姐自然懂得良禽擇木而棲。」

她的神色陰晴不定，幾番變化，終於還是如常，「是明是暗到底還是未知之數。」她沉默片刻，似是有遲疑之色，終於吐露幾字道：「妳快去看看吧。」說著匆匆離開了。

我聽得莫名其妙，眼見日色西斜，驀地想起過了這麼久去陪淳兒撿風箏的人卻還一個也

沒回來。其時夕陽如火，映照在碧桃樹上如一樹鮮血噴薄一般，心裡隱隱覺得不祥，立刻吩咐了人四處去尋找。

淳兒很快就被找到了。

入夜時分槿汐回來稟報時滿臉是掩飾不住的哀傷與震驚，我聽得她沉重的腳步已是心驚，然而並未有最壞的打算——頂多，是犯了什麼錯被哪個妃子責打了。

然而槿汐在沉默之後依舊是悲涼的沉默，而旁邊淳兒所居住的偏殿，已經響起宮人壓抑的哭聲和悲號。

我重重跌落在椅上。

槿汐只說了一句，「方良媛是溺斃在太液池中的。找到時手裡還攥著一個破了的風箏。」

我幾乎是呆了，面頰上不斷有溫熱的液體滾落，酸澀難言。叫我怎麼能夠相信，下午還歡蹦亂跳的淳兒已經成為溺斃在太液池中的一具冰涼的沒有生命的屍體，淳兒，她才十五歲！叫我怎能夠相信？怎能夠接受？

不久之前，她還在上林苑放風箏；還鬧著「捉七」玩兒打碎了畫屏；還等著滿十六歲那年歡天喜地地被冊封為嬪；還吃著我為她準備的精巧糕點說著笑話；她還對我說要做我腹中孩兒的姨娘，作為定禮的玉珮還在，她卻這樣突然不在了……

槿汐見我臉色不對，慌地忙來推我，我猶自不肯相信，直到外頭說淳兒的遺體被奉入延年殿了，我直如刺心一般，「哇」地哭出聲來，推開人便往外頭奔去。

槿汐眼見攔我不住，急忙喚人，我直奔到殿門外，小允子橫跪在我面前攔住去路，急得

臉色發白道：「娘娘！娘娘！去不得！皇上說您是有身子的人見不得這個才奉去了延年殿！

娘娘！」

說話間槿汐已經追了出來，死命抱住我雙腿喊道：「娘娘三思，這樣去了只會驚駕，請娘娘顧念腹中骨肉，實在不能見這個！」

夜風刮痛了我的雙眼，我淚流滿面，被他們架著回了寢殿，我再不出聲，只是緊緊握著淳兒所贈的那枚羊脂玉珮沉默流淚。玄凌得到消息趕忙來撫慰我不許我出去，他也是傷心，感歎不已。我反覆不能成眠，痛悔不該與她一起出去放風箏，更不該縱了她一人去撿風箏只讓內監遠遠跟著。玄凌無法，只好命太醫給我灌了安睡的藥才算了事。

玄凌允諾極盡哀榮，追封淳兒為嬪，又吩咐按貴嬪儀制治喪。

勉強鎮定下心神，不顧玄凌的勸阻去延年殿為淳兒守靈。昏黃的大殿內雪白靈幡飛撲飄舞，香燭的氣味沉寂寂地薰人，燭火再明也多了陰森之氣。淳兒宮中的宮人哀哀哭著伏在地上為她燒紙錢，幾個位份比淳兒低的宮嬪有一聲沒一聲的乾哭著。

我一見雪白靈帳帷幕，心中一酸，眼淚早已汩汩地下來。含悲接了香燭供上，揮手對幾個宮嬪道：「你們也累了，先下去吧。」

她們與淳兒本就不熟絡，見她少年得寵難免嫉恨腹誹，只是不得已奉命守著靈位罷了，早巴不得一聲就走了，聽我如此說，行了禮便作鳥獸散。

靈帳中供著淳兒的遺體，因為浸水後的浮腫，她臉上倒看不出什麼痛苦的表情，像是平日睡著了似的寧靜安詳。

我心內大悲，咬著絹子嗚咽哭了出來。夜深，四周除了哭泣之外靜靜的無聲，忽然有個人影膝行到我跟前，抱著我的袍角含悲叩頭：「請娘娘為我家小姐做主。」

我定睛一看，不是淳兒帶入宮的侍女翠雨又是誰？忙拉起她道：「怎麼回事？妳慢慢說！」

翠雨不肯起來，四顧左右無人方大膽道：「回娘娘的話，我家小姐是被人害死的！」

淳兒死得突然，我心中早存了極大的疑惑，對翠雨道：「這話可不是胡亂說的。」

翠雨雙目圓睜，強忍悲憤，狠命磕了兩個頭道：「我家小姐是自幼在湖邊長大，水性極熟的，斷不會溺死。奴婢實在覺得小姐死得蹊蹺！」

原本只一味傷心淳兒的猝死，哭得發昏，漸漸安定下來神志也清明些，始覺得中間有太多不對的地方，召了那日去跟著淳兒的內監來問，都說淳兒撿了風箏後跑得太快，過了知春亭就不見了蹤影，遍尋不著，直到後來才在太液池裡發現了她。

人人都道她是失足落水，如今看來實在大有可疑，我陡然想起曹婕妤那句類似提醒的話，眼前的白蠟燭火虛虛一晃，心裡激靈靈打了個冷戰——她是知道什麼的！

更或許，她在上林苑的出現只是為了拖住我的腳步不讓我那麼快發現淳兒的遲遲未歸。

我心頭大恨，調虎離山——然而也心知責問曹婕妤也是問不出什麼來的。

強按住狂熱的恨意，問翠雨：「妳有什麼證據沒有？」

翠雨瞬間雙眼通紅，終究不甘心，忿忿切齒道：「沒有。」

我黯然，黯然之下是為淳兒委屈和不甘。她才十五歲，如花蕾那樣幼小的年紀，原本是該在父母膝下無憂無慮承歡嬉笑的。

我靜默半晌，努力壓制心中翻湧的悲與恨，扶起翠雨，緩緩吸一口氣道：「現在無憑無據一切都不可妄言，妳先到我宮中伺候，咱們靜待時機。」翠雨含淚不語，終究也是無可奈何。

殿外是深夜無盡的黑暗，連月半的一輪明月也不能照亮這濃重的黑夜與傷逝之悲。巨大的後宮像墳墓一樣的安靜，帶著噬骨的寒意，是無數冤魂積聚起來的寒意。連延年殿外兩盞不滅的宮燈也像是磷火一樣，是鬼魂的不瞑的眼睛。我眼中泛起雪亮的恨意，望著淳兒的遺體一字一字道：「妳家小姐若真是為人所害，本宮一定替她報仇，絕不讓她枉死！」

發喪那日，皇后及各宮妃嬪都來到延年殿。我強忍悲痛取過早已備好的禮服為死去的淳兒換裝。

皇后見我為淳兒換好衣裳，站在我身邊不住掉淚，感歎著輕輕說：「方良媛髫齡入宮，到如今不過才幾年呢？正當好年華又頗得皇上憐惜，怎麼好端端就這樣驟然去了？真當令人痛惜啊！……」

華妃亦歎息：「這樣年輕，真是可惜！……」

華妃，慤妃、敬妃和曹婕妤等人都在抹眼淚。我已經停止了哭泣，冷冷看著遠遠站著殿門一邊抹淚啜泣的華妃，只覺得說不出的厭煩和憎惡。

這時，玄凌的諭旨到了，那是諭禮部、抄送六宮的：「良媛方氏懿範聿修，四德斯備，虔恭蘋藻之訓，式彰珩璜之容。今一朝薨逝，予心軫惜。特進崇禮，以昭素日賢良德慧，故追封為淳嬪……一切喪儀如貴嬪禮。[2]」又命七日後將梓宮移往泰妃陵與先前的德妃、賢妃和早歿的幾個妃嬪同葬。

斯人已逝，玄凌能做的也只有這些了。不斷有位分低微的宮嬪們竊竊私語，為淳兒慶幸：死後哀榮如此之盛，也不枉了！而於我，寧願淳兒沒有這些虛名位分，只要她好好活著。

一個恍惚，好似她依然在我宮中，忽然指著那一樹海棠，歪著頭笑嘻嘻道：「姐姐，我去折一枝花兒好不好？」，那樣鮮活可親。

我知道是她，轉眸逼視華妃，握緊手指，這是我身邊死去的活生生的生命，如果真有任何手腳使淳兒殞命，我一定、一定要全部討回來！

註釋：

(1)捉七：一種閨閣遊戲。

(2)修改自《冊涼王張妃文》。

五十一、花落

西南的戰事終於以大周的勝利告終，收復失去已久的疆土於一個王朝和帝王而言都是極大的榮耀。班師回朝之日，玄凌大行封賞，即是哥哥功成名揚的時候。武將一戰名揚，哥哥被封為奉國將軍，又予賜婚之榮，也算得少年得志。自然，更是汝南王玄濟和慕容一族聲勢最煊赫的時候。

玄濟享親王雙俸，紫奧城騎馬，華妃之父慕容迥加封一等嘉毅侯，長子慕容世松為靖平伯、二子慕容世柏為綏平伯。而華妃生母黃氏也被格外眷顧，得到正二品平原府夫人的封誥，例比四妃之母。而後宮之中華妃亦被冊封為從一品晢華夫人，尊榮安享，如日中天。娘家軍功顯赫，手掌協理六宮的大權，又得玄凌寵愛，這樣事事圓滿，唯一所憾的只是膝下無子而已。

自身體復原以後眉莊漸漸變的不太愛出門，對於玄凌的寵愛亦是可有可無的樣子，非召幸而不見。如今情勢這樣逼人，眉莊再克制隱忍，終於也沉不住氣了。

那日眉莊來我宮中，來得突兀。門外的內監才稟報完她已徑直走了進來，連宮女也沒扶著。我見她臉色青白不定，大異往常，心知她必有話說，遂命所有人出去。

眉莊緊咬下唇，胸口起伏不定，臉色因憤怒和不甘而脹得血紅。

我斟了一盞碧螺春在她面前，柔聲道：「姐姐怎麼委屈了？」

眉莊捧了茶盞並不飲，茶香裊裊裡她的容色有些朦朧，半晌方恨恨道：「華妃——」

我婉轉看她一眼示意，輕聲道：「姐姐，是皙華夫人——」

眉莊再忍不住，手中的茶碗重重一震，茶水四濺，眉莊銀牙緊咬，狠狠唾了一口道：「皙華夫人？只恨我沒有一個好爹爹好兄弟去征戰沙場，白白便宜了賤人！」

我悠悠起身，逗弄金架子上一隻毛色雪白的鸚鵡，微微含笑道：「姐姐勿需太動氣。皙華夫人——這樣炙手可熱，我怎麼倒覺得是先皇玉厄夫人的樣子呢？」

眉莊不解，皺眉沉吟：「玉厄夫人？」

我為鸚鵡添上食水，扶一扶鬢角珠花，慢慢道「玉厄夫人是汝南王的生母，博陵侯幼妹，隆慶十年博陵侯謀反，玉厄夫人深受牽連，無寵鬱鬱而死。」我淡淡一笑：「為了這個緣故，玉厄夫人連太妃的封號也沒有上，至今仍不得入太廟受香火。」

眉莊苦笑：「慕容家怎麼會去謀反？」

我微微冷笑：「何需謀反呢？功高震主就夠了。何況他們不會，保不齊汝南王也不會。」

眉莊這才有了笑容，道：「我也有所耳聞，近幾年來汝南王漸有跋扈之勢，曾當朝責辱文官，王府又窮奢極欲。朝野非議，言官紛紛上奏，皇上卻只是一笑了之，越發厚待。」

我微笑不答，小時候念《左傳》，讀到《鄭伯克段於鄢》，姜夫人偏愛幼子叔段，欲取莊公而代之，莊公屢屢縱容，臣子進言，只說「多行不義必自斃，子姑待之。」等叔段引起公憤，惡貫滿盈，才一舉殺之。雖然後人很是鄙薄莊公這樣對同母弟弟的行徑，然而於帝王之策上，這是十分不錯的。

日前玄凌只作戲言，於汝南王狷狂一事問我意下如何，我只拿了一卷《左傳》將莊公故事朗朗念於他聽，玄凌含笑道：「卿意正中朕懷。」

如今一切烈火澆油，亦只為一句「子姑待之」。

我含笑低首，「潰瘍爛到了一定的程度，才好動刀除去。由著它發作好了，爛得越深，挖得越乾淨。」見眉莊微微沉思，於是顧左右而言他：「姐姐近來彷彿對皇上很冷淡的樣子。」

眉莊淡漠一笑：「要我怎樣婉媚承歡呢？皇上對我不過是招之即來，揮之則去而已。」

我慢慢沉靜下笑容，只說了一句：「沒有皇上的恩寵，姐姐怎麼扳倒晳華夫人？——越無寵幸，越容易被人輕賤。姐姐是經歷過的人，難道還要妹妹反覆言說嗎？」

她妙目微睜，蘊了一縷似笑非笑的影子，道：「妳很希望我得寵？」

四月末的天氣風有些熱，連花香也是過分的甜膩，一株雪白的荼蘼花枝斜逸在窗紗上，開到荼蘼花事了，春天就這樣要過去了。屋中有些靜，只聞得鸚鵡腳上的金鏈子輕微的響。眉莊盞中碧綠的茶湯似水汪汪的一汪上好碧玉琉璃，盈盈生翠。我心下微涼，片刻才道：「我難道希望看妳備受冷落嗎？」我靜一靜，「姐姐近日似乎和我生分了不少，是因為我有身孕讓姐姐傷心了嗎？」

眉莊搖頭：「我並沒有，妳不要多心。」她說：「我和妳還是從前的樣子。妳說的話我記在心上就是。」

我送了眉莊至儀門外，春光晴好，赤色宮牆長影橫亘，四處的芍藥、杜鵑開的如錦如霞，織錦一般光輝錦簇，眉莊穿著胭脂色刻絲桃葉的錦衣走在繁麗的景色中，微風從四面撲來，我無端覺得她的背影憑添了蕭索之姿，在漸老的春光中讓人傷感幾多。

歷年五月間都要去太平行宮避暑，至中秋前才回宮。今年為著民間時疫並未清除殆盡恐生滋擾，而戰事結束後仍有大量政務要辦，便留在紫奧城中，也免了我和杜良媛懷胎之中的車馬勞頓。

淳兒的死讓我許久鬱鬱寡歡，眉莊除了奉詔之外不太出門，陵容倒了嗓子更是不願見人，鮮少來我這裡，唯有敬妃，還時常來坐坐。

玄凌怕我這樣鬱鬱傷了身子和腹中孩兒，千方百計要博我一笑，送了好多新鮮玩意兒來，又命內務府尋了一隻白鸚鵡給我解悶，並允了我三日後讓新婚的哥哥帶了嫂嫂來宮中相見。

三日之期很快到了。

這日一早哥哥見過了駕，便帶了嫂嫂薛茜桃來我宮中。

哥哥與嫂嫂知我新晉了莞貴嬪，所以一見面便插燭似的請下安去：「貴嬪娘娘金安。」

我眼中一熱，迅速別過臉去拿手絹拭了，滿面笑容，親手攙了他們起來，道：「難得來一回，再這樣拘束見外豈不是叫我難過。」接著又命人賜座，我問：「爹爹和娘親都還好嗎？」

哥哥道：「爹與娘都安好，今日進宮來，還特意囑咐為兄替兩位老人家向娘娘問安。」

我眼圈兒一紅，點點頭：「我在宮中什麼都好，爹娘身子骨硬朗我就放心了。哥哥回去定要囑咐爹娘好生保重，我也心安。」

嫂嫂又請了個安：「都是托娘娘洪福。爹娘聽說娘娘有了身孕，又新封了主子，高興

得不知怎麼才好，娘在家中日夜為娘娘祝禱，願娘娘一舉得男。」

我仔細打量這位嫂嫂，因是新婚，穿一色縷金百蝶穿花桃紅雲緞裙，人如其名，恰如一枝紅艷艷的桃花。並不是出奇的美艷，只是長得一團喜氣，宜喜宜嗔，十分可親。

我暗暗點頭，陵容的性情隱婉如水，我這位嫂嫂卻是爽朗的性子，顧盼間也得體大方，頗有大家閨秀的風範，想來可以主持甄府事宜為娘分憂。心下很是可意，遂道：「嫂嫂的父親薛從簡大人為官很有清名，我雖在深宮中，也素有耳聞。皇上時常說若人人為官都如薛大人，朝廷可以無恙了。」

嫂嫂忙謙道：「皇上高恩體恤，父親必當盡心效力朝廷。」

我呵呵一笑，看著哥哥道：「哥哥如今在朝為官，可要好好學一學妳的岳父大人啊。」

哥哥略略一笑，猶不怎樣，嫂嫂卻是回頭朝他粲然一笑，露出雪白的皓齒如玉。如斯情態，哥哥反卻臉紅了。

哥哥來之前，我尚且有些不放心，嫂嫂是他從未見過面的，只怕夫妻間不諧，將來失了和睦。我當時於眾人之中擇了她，一是她父親頗有清名，二是在閨中時也聽過一些嫂嫂的事，知道是易相處的人。但這樣未曾謀面而擇了人選終究是有些輕率的。如今看來，卻是我白白擔心了。這樣一個愛笑又會言談的女子，縱使起初無什麼情意，長久下來終是和諧的。

哥哥指著桌上食盒道：「娘說妹妹有了身孕只怕沒胃口，這些菜是家裡做了帶來的，都是妹妹在家時喜歡吃的。」

我含笑受了，命流朱拿去廚房。

正說著，陵容遣了菊清過來，說是贈些禮物給我兄嫂做新婚賀儀，是八匹上用的宮緞

素雪絹和雲霏緞。這些宮緞俱是金銀絲妝花，光彩耀目。陵容如今失寵，這些表禮想是她傾囊所出，心裡很是感慰。

菊清道：「我家小主本要親自過來的，可是身子實在不濟，只好遣了奴婢過來。小主說要奴婢代為祝賀甄大人和甄大奶奶百年好合，早得貴子；又請兩位問甄老大人和老夫人安。」

哥哥、嫂嫂俱知能送賀儀來的均是妃嬪面前得臉的人，又這樣客氣，忙扶起了菊清道：「不敢受姑娘的禮。」

我心中微感慨，陵容似乎對一直哥哥有意，如今要說出這「百年好合、早得貴子」這八字來，是如何不堪。

哥哥似乎一怔，問：「安美人身子不好嗎？」

菊清含笑道：「小主風寒未癒……」菊清原是我宮裡出去的人，見我靜靜微笑注目於她，如何不懂，忙道：「沒有什麼妨礙的，勞大人記掛。」

哥哥只道：「請小主安心養病。」

嫂嫂見禮物厚重，微露疑惑之色，我忙道：「這位安美人與我一同進宮，入宮前曾在我家小住，所以格外親厚些。」

少頃眉莊也遣人送了表禮來，皆是綢緞之物，物飾精美。

留哥哥與嫂嫂一同用了午膳，又留嫂嫂說了不少體己話，將哥哥素日愛吃愛用的喜好與習慣一樣樣說與她聽，但求他們夫婦恩愛。我又道：「哥哥如今公務繁忙，但求嫂嫂能夠體諒，多加體貼。」

半日下來，我與嫂嫂已經十分親厚，親自開妝匣取了一對夜明珠耳鐺，耳鐺不過是宮

中時新的樣子，無甚特別，唯夜明珠價值千金，道：「嫂嫂新到我家，這明珠耳鐺勉強還能入眼，就為嫂嫂潤色妝奩吧。」又吩咐取了珠玉綢緞作為表禮，讓兄嫂一同帶回家去。

入夜卸妝，把流朱與浣碧喚了進來，把白日兄嫂家中帶來的各色物事分送給她們，餘者平分給眾人。又獨獨留下浣碧，摸出一個羊脂白玉的扳指，道：「那些妳和流朱都有，這個是爹爹讓哥哥帶來，特意囑咐給妳的。爹爹說怕妳將來出宮私蓄不夠豐厚。」我親自套在她指上，微笑：「其實爹爹也多慮了。只是爹爹抱憾不能接妳娘的牌位入家廟，又不能公開認妳，妳也多多體諒爹爹。」

浣碧雙眼微紅，眼中淚光閃爍：「我從不怪爹爹。」

我歎口氣：「我日後必為妳籌謀，了卻妳的心事。」浣碧輕輕點頭。

我念及宮中諸事，又想到淳兒死後屋宇空置，心下愀然不樂。推窗，夜色如水，梨花紛紛揚揚如一場大雪，積得庭院中雪白一片。春風輕柔拂面，落英悠然飄墜。

我輕聲歎息，原來這花開之日，亦是花落之時。花開花落，不過在於春神東君淺薄而無意的照拂而已。

日子這樣悠遊的過去，時光忽忽一轉，已經到了乾元十四年五月的辰光。宮中的生活依舊保持著表面的風平浪靜，眉莊漸漸收斂了對玄凌的冷淡，頗得了些寵愛，只是終究有晳華夫人的盛勢，加之我與杜良娣的身孕，那寵愛也不那麼分明了。

我靜心安胎，陵容靜心養病，眉莊一點一滴的復寵，敬妃也只安心照管她該照管的六宮事宜，任憑晳華夫人佔盡風頭，百般承恩，誰也不願在這個時候去招惹她。後宮在晳華夫人的獨佔春色下，維持著小心翼翼的平靜。

而在這平靜裡，終於有一石，激起軒然大波。

杜良娣是個很會撒嬌撒癡的女子，何況如今又有龍裔可以倚仗。依例嬪妃有身孕可擢升一次，產後可依生子或生女再度擢升，而五月中的時候，玄淩突然下了一道旨意，再度晉杜氏為恬嬪。因有孕而連續晉封兩次，這在乾元一朝是前所未有的事，難免使眾人議論紛紛。私下揣測恬嬪懷孕已有四月，難道已經斷出腹中孩子是皇子，而玄淩膝下子息微薄，是而加以恩典。

這樣的恩遇，皙華夫人自然是不忿的。然而她膝下空空，出言也就不那麼理直氣壯。又因著玄淩對杜良娣的驕縱，她也只能私下埋怨罷了。

後宮諸人本就眼紅恬嬪的身孕，如此一來更是嫉妒，謹慎如慇妃也頗有微詞：「才四個月怎能知道是男是女，臣妾懷皇長子時到六月間太醫斷出是男胎，皇上也只是按禮制在臣妾初有喜脈時加以封賞晉為貴嬪，並未有其他破例。」

而皇后伸手拈了一枚櫻桃吃了，方慢慢道：「恬嬪幾次三番說有胎動不安的症狀，皇上也只是為了安撫她才這樣做。為皇家子嗣計，本宮是不會有異議的。」

皇后這樣說，別人自然不好再說什麼。而皙華夫人的抱怨，皇后也作充耳不聞。等聽得不耐煩時，皇后只笑吟吟說了一句，「皙華夫人如今恩寵這樣深厚，也該適時為皇上添一個小皇子才是。怎麼倒叫新來的兩位妹妹佔了先了呢？」皙華夫人瞬間變色神傷，啞口無言。

而恬嬪晉封之後更加得意，益發愛撒嬌撒癡。

是夜，我微覺頭暈，玄淩就在我的瑩心殿陪我過夜。剛要更衣歇息，外頭忽然有人來通

報，說是恬嬪宮裡的內監有要事來回稟，回話的人聲音很急，在深夜裡聽來尤為尖銳：「恬嬪小主才要睡下就覺得胎動不適，很想見皇上，請皇上過去看看吧。」

玄凌的的寢衣已經套了一個袖子，聞言停止動作，回頭看我。我本已半躺在床上，見他略有遲疑之色，忙含笑道：「皇上去吧，臣妾這裡不要緊。」

他想一想，還是搖頭，「妳也不舒服呢，讓太醫去照顧她吧。」

我微笑：「恬妹妹比我早有身孕，最近又老覺得胎動不安，她第一次懷孕想來也很害怕，皇上多陪陪她也是應該的。」

他的眼中微有歉意，笑道：「難為妳肯這樣體諒。」

我捋一捋鬢邊碎發，低眉道：「這是臣妾應該的。」

他囑咐槿汐：「好好照顧妳家娘娘，有什麼不舒服的要趕快回報給朕。」

槿汐送了玄凌出去，回來見我已經起身，道：「娘娘不舒服嗎？」

我道：「沒什麼，只是有些胸悶罷了。」

槿汐端了盞鮮奶燕窩來，勸道：「娘娘別為恬小主這樣的人生氣，不值得。」她把燕窩遞到我手上，「這是太后娘娘上回賞的燕窩，兌了鮮奶特別容易安睡，娘娘喝了吧。」

我舀了一口燕窩，微笑搖頭：「皇上破格晉封，她已經遭人嫉妒。如今還這樣不知眼色，真不知叫人笑她愚蠢還是無知，可見是個扶不上牆的阿斗。我自然不會為了這樣沒用的人生氣。」

槿汐笑言：「娘娘說的是。只是奴婢想，自恬小主有孕以來，已經是第三次這樣把皇上請走，也太過分。」

我整整衣衫，打了個呵欠道：「她一而再再而三只會用這招，用多了皇上自然會心

煩，不用咱們費什麼事。不說她了，咱們睡吧。」

第二天玄凌過來，我見他面有倦色，不免心疼，便問：「恬妹妹胎動得很厲害嗎？皇上是不是陪她太晚沒有好好睡，連眼圈也黑了。」

他苦笑，「哪裡是什麼事，左不過是耍小性子，怨朕去得晚了，又嚷噁心，鬧得朕頭疼。」

我心中有數，只是勸慰道：「有了身孕難免煩躁，臣妾也愛使小性子，皇上不也都體諒了麼。那麼太醫有沒有說恬妹妹是怎麼不適呢？」

他皺眉：「太醫說有些胎動也是正常，只是她晚膳貪吃才會噁心。」

又這樣三番五次，玄凌再好心性兒終於也生了不耐煩。

後宮人多口雜，恬嬪連著幾次從我宮中把玄凌請走，宮人妃嬪見她張狂如斯，背後詆毀也越發多，連皇后也不免開口：「恬嬪就算身子不適，也不該如此不識大體，即便不顧莞貴嬪也要養胎休息，也該顧著皇上要早起早朝，不能夜深還這麼趕來趕去。」

皇后想了想道：「找個人去教教她道理吧，皙華夫人和敬妃要協理六宮事宜自然是不得空了。這樣吧，慤妃妳性子溫和，就妳去慢慢說給她聽吧。」又囑咐慤妃：「她是有身子的人，經不得重話。本宮知道妳是個軟和的人，就好好跟她說罷，就說是本宮的意思。」

慤妃本不願意，然而皇后開了口，自然不能推托，只好應允了。於是眾人也就散去。

玄凌對恬嬪生了嫌隙，無事自然不願意往她宮裡去。這日夜裡便在我宮裡睡下。睡至半夜，忽然有人來敲殿門，起先不過是輕輕幾下，逐漸急促。

我驚得醒轉，忙披衣坐起身，問：「什麼事？」

槿汐進來，蹙眉低聲道：「是恬小主宮裡的人來稟報，說小主入夜後就一直腹痛難

忍，急著請皇上去瞧一瞧。」

佩兒跟在槿汐身後，撇一撇嘴不屑道：「又來這個？她不煩咱們也煩了，回回這麼鬧騰還讓不讓人睡了！」

槿汐無聲瞥她一眼，佩兒立刻噤聲不敢多說。

我睡眼朦朧，原也想打發過了算了，忽然覺著不對，今日下午皇后才命慤妃去教導她，就算恬嬪再無知，也不至於今晚又明知故犯，難道真有什麼不妥？雖然玄凌叮囑過我不要再理會，若我知情不報，恬嬪真有什麼事，我也難辭其咎了。

於是推醒玄凌，細細說了。他夢中被人吵醒，十分不耐。翻了個身衝著來殿外來稟報的內監怒道：「怎麼回回朕歇下了她就不舒服，命太醫好生照看著就是！」

那內監在門外為難，答應著「是……」又道：「小主真的十分難受，因今日慤妃娘娘來過，所以一直忍著不敢來稟告……」

玄凌動怒，隨手把手邊靠枕抓起來用力一揚，喝道：「滾！」那內監嚇得不輕，慌慌張張退了下去。

我見玄凌這樣生氣，也嚇了一跳，忙斟了茶水給他，玄凌猶未息怒，道：「她若是少動些歪心思，自然也少些腹痛噁心。」

我不敢深勸，重又在香爐裡焚了一把安息香，道：「皇上睡吧，明日還有早朝呢。」

我也一同睡下，不知怎的心中總是有不安的感覺，很久沒有下雨，空氣也是乾燥難耐的，我輾轉反側良久，才迷迷糊糊地想要入睡。

正朦朧間，隱約有一聲極淒厲的尖叫刺破長夜。

我猛地一震，幾乎疑心是自己聽錯了，翻身抱住玄凌。他猶自好睡，呼吸沉沉。

然而安靜不過一晌，急促凌亂的腳步已經在殿外響起，拍門聲後傳來的不是內監特殊

的尖嗓，卻是一個女子慌亂的聲音。

這下連玄凌也驚醒了。

來人是恬嬪宮裡的主位陸昭儀，那是一個失寵許久的女子，我幾乎不曾與她打過交道。她攪著夜涼的風撲進來，臉色因為害怕而蒼白，帶來消息更是令人驚惶——她帶著哭腔道：「恬嬪小產了！」

玄凌近乎怔住，不能置信般回頭看我一眼，又看著陸昭儀，呆了片刻幾乎是喊了起來：「好好的怎麼會小產？不是命太醫看顧著嗎？」

我心中陡地一震，復又一驚。一震一驚間不由自主地害怕起來，下意識地撫住自己的肚子。陸昭儀被玄凌的神態嚇住，愣愣地不敢再哭，道：「臣妾也不曉得，恬嬪白天還好好的，到了入夜就開始腹痛……現在出血不止，人也昏過去了。」她抬眼偷偷看一眼玄凌充滿怒意與焦灼的臉，聲音漸漸微弱，「恬嬪那裡曾經派人來回稟過皇上的……」

玄凌胸口微有起伏，我不敢多言，忙親自服侍他穿上衣裳，輕聲道：「現在不是生氣的時候，皇上趕緊過去看看吧。」

玄凌也不答我，更不說話，低呼一聲「佩筠！」，頭也不回地衝了出去，慌的一干內監宮女忙不迭地追了出去。

我怔怔站在門邊，心中沉沉地有痛楚蔓延，恍然不覺微涼的夜風襲人。槿汐默默把披風披在我身上，輕輕勸道：「夜來風涼，請娘娘進殿吧。」

我靜靜站住，聲音哀涼如夜色，緩緩道：「妳瞧，皇上這樣緊張恬嬪——」

槿汐的聲音平實而溫暖，她掩上殿門，一字一句說：「皇上緊張的是子嗣，並不是恬

嬪小主。娘娘這樣說，實在是太抬舉恬嬪小主了。」

我瞬間醒神，不覺黯然失笑：「瞧我糊塗了。見皇上這樣緊張，我也胡思亂想了。」

槿汐扶我到床上坐下，道：「那邊那種場面，娘娘有身孕的人是見不得的，會有衝撞。不如讓奴婢伏侍娘娘睡下吧。」

我苦笑：「哪裡還能睡，前前後後鬧騰了一夜，如今都四更了，天也快亮了。只怕那邊已經天翻地覆了，皇后她們應該都趕去了吧。」我復又奇怪，感歎道：「好好的恬嬪怎麼會小產了呢？她也是，來來回回鬧了那麼多次不適，皇上這一次沒去，倒真出了事。」

槿汐見我睡意全無，沉思片刻，慢慢道：「娘娘入宮以來第一次有別的小主、娘娘小產的事發生在身邊吧，可是咱們做奴婢的，看見的聽見的卻多了，也不以為奇了。」她見我神色驚異，便放慢了語速，徐徐道：「如今的恬嬪小主、從前的賢妃娘娘、華妃娘娘、李修容、芳嬪都小產過；皇后娘娘的皇子生下來沒活到三歲，純元皇后的小皇子產下就夭折了；曹婕妤生溫儀帝姬的時候也是千辛萬苦；欣貴嬪生淑和帝姬的時候倒是順利，愨妃娘娘也是，可是誰曉得皇長子生下來資質這樣平庸。」她歎氣：「奴婢們是見得慣了。」

我聽她歷歷數說，不由得心驚肉跳，身上一陣陣發冷，拿被子緊緊團住身體。門窗緊閉，可是還有風一絲一絲吹進來，吹得燭火飄搖不定。我脫口而出：「為什麼那麼多人生不下孩子？」

槿汐微微出神，望著殿頂樑上描金的圖案，道：「宮裡女人多，陰氣重，孩子自然不容易生下來。」

我聽她答得古怪，心裡又如何不明白，亦抱膝愣愣坐著，雙膝曲起，不自覺地圍成保護小腹的姿勢。

她靜靜陪著我，我亦靜靜坐著。我呆了一晌，忽然問：「槿汐，妳以前是服侍哪個主子的？」

她道：「奴婢是伺候欽仁太妃的。」

「那再以前呢？」

「奴婢不記得了，左不過是服侍主子們的，只是這個宮那個宮的區別。」

我不再言語，環顧週遭錦被華衣，幽幽長歎了一聲。

槿汐道：「娘娘不要難過。」

我神情悲涼如夜霧迷茫，低歎：「妳以為我只是為自己難過嗎？恬嬪這一小產，我只覺得唇亡齒寒，兔死狐悲啊！」

這樣稟燭長談，不覺東方已微露魚肚白的亮色。我方才覺得倦了，躺下睡著。醒來已經是中午了，我乍一醒來，忽見玄凌斜靠在我床頭，整個人都是吃力疲憊的樣子，不由一驚，心疼之下忙扶住他手臂道：「皇上。」他只是不覺，我再度喚他：「四郎──」

他朝我微笑，笑容滿是沉重的疲倦，他說：「妳醒了？」

我「嗯」了一聲，正要問他恬嬪的事，他的語氣卻哀傷而清冷地貫入，他說：「恬嬪的孩子沒有了。」玄凌把臉埋入我的手掌，他的臉很燙，髫渣細碎地扎著我的手，聲音有些含糊，「太醫說五個月的孩子手腳都已經成形了。孩子……」他無聲，身體有些發抖，再度響起時有獸般沉重的傷痛，這一刻，他不是萬人之上的帝王，而是一個失去了孩子的父親：「朕又失去了一個孩子，為什麼朕的孩子都不能好好活下來？難道是上天對朕的懲罰還不夠嗎？」

我想他是難過得糊塗了，我無比難過，心酸落淚。無聲地軟下身子，靠在他胸前，輕

輕環住他的身體。我貼著他的臉頰，輕聲溫言道：「四郎一夜沒有睡，在臣妾這裡好好睡會兒吧。」

他「唔」一聲，由著我扶他睡下。他沉沉睡去，睡之前緊緊拉住我的手，目光灼熱迫切，他道：「嬛嬛，妳一定要把孩子好好生下來，朕會好好疼他愛他。嬛嬛！」

我溫柔凝望他憔悴的臉龐，伏在他胸口，道：「好。嬛嬛一定把孩子生下來。四郎，你好好睡吧，嬛嬛在這裡陪你。」

他攥著我的手睡去。我看著他，心中溫柔與傷感之情反覆交疊。我忽然想起，他自始至終沒有一字半句提起恬嬪，這個同樣失去了孩子的女子的安危。

我心底感歎，玄凌，他終究是涼薄的。

五十二、漁翁

過了兩日，玄凌精神好了些，依舊去上朝。他的神情很平靜，看上去已經沒有事了。前朝的事那樣多，繁冗陳雜，千頭萬緒。容不得他多分心去為一個剛成形的孩子傷心。況且，畢竟他還年輕，失去了這一個孩子，還有我腹中那一個。再不然，後宮那麼多女子，總有再懷孕，再為他產子的。

本以為事情就這樣過去了，恬嬪也自昏迷中醒來。然而她醒來後一直哭鬧不休，說是自己的孩兒是被人陷害才沒了的。直鬧得她宮裡沸反盈天，雞犬不寧。

皇后本以為她是傷心過度，著人安慰也就是了。然而這日下午敬妃在我殿中閒坐，談論了一會兒我養胎的情形，又說及恬嬪小產的事。

她見四周並無閒人，壓低了聲音道：「恬嬪這次小產很是奇怪呢。」

敬妃從不是饒舌的人，她這般說，自是有些把握的了。我本就疑心，聽她如此說，心裡「咯登」一跳，面上只作若無其事，依舊含笑：「怎麼會呢？恬嬪不是一直說胎動不安嗎？小產也不算意外了。」

敬妃的縑絲繁葉衣袖寬廣，微微舉起便遮住了半邊臉頰，她淡淡一哂，不以為意道：「她說胎動不安其實咱們都清楚，不過是向皇上爭寵撒嬌罷了。我常見她在宮裡能吃能睡，哪裡有半分不適呢？」敬妃再度壓低聲音：「聽為恬嬪醫治的太醫說，她一直是好好的，直到小產那日。服下的藥也沒有事，只是在吃剩的如意糕裡發現了不少夾竹桃的花粉。」

我不懂，疑心著問：「夾竹桃？」

敬妃點頭，「太醫診了半天才說這夾竹桃花粉是有毒的，想來恬嬪吃了不少才至於當晚就小產了。」敬妃歎氣，「宮中不少地方都種了夾竹桃，誰曉得這是有毒的呢？還拿來害人，真真是想不到啊。」

我的心一度跳得厲害，遲疑片刻，方問：「那……如意糕是御膳房裡做的嗎？」

敬妃微微遲疑，搖了搖頭：「是慤妃送去的。」

我抬頭，對上她同樣不太相信的目光。敬妃的聲音有些暗啞，慢慢詆說她所知曉的事：「本來恬嬪有孕，外頭送進去的東西依例都要讓人嘗一嘗才能送上去。可是一來是慤妃親自做了帶去的，二來慤妃的位分比恬嬪高出一大截，且是皇后要她去教導恬嬪的，她這人又是出了名的老實謹慎，誰會想到這一層呢。而且聽那日在恬嬪身邊伏侍的宮女說，是慤妃先吃了一塊如意糕，恬嬪再吃的。」敬妃頓一頓，道：「宮中種植夾竹桃的地方並不多，而慤妃自己宮苑外不遠就有一片。若說不是她做的，恐怕也無人相信。」

我依照她說的細細設想當時情景，以此看來在當時的確是無人會懷疑慤妃會加害恬嬪的。然而我疑惑：「就算慤妃下了夾竹桃的花粉，她又何必非要自己也吃上一塊？恬嬪愛吃如意糕人人皆知，就算她不吃，恬嬪也會吃下許多，這樣做豈不矯情？慤妃動了殺機，可是因為皇長子的緣故嗎？母親愛子之心，難道真是這樣可怖？」

敬妃道：「究竟如何我們也只是揣測，皇上自然會查。也不能全怪慤妃，恬嬪因孕連封兩次本就已經遭人非議，她還這樣不知檢點，半夜從妳宮裡把皇上請去了好幾次。妹妹妳可知道，不止妳這裡，連慤妃、曹婕好那裡她都讓人去請過。妳是大度不說什麼，可是難保外面的人不把她視作了眼中釘——妳也知道，皇上本來就少去慤妃那裡，難得去一次就讓她請

走了，能不惱她嗎？加之皇上現在膝下只有愨妃的這一個皇子……」敬妃不再說下去，只是用手指捋著團扇上垂下的櫻紅流蘇。

敬妃所說也在情理之中，何況後宮眾人大概也都是這樣看的。我本還有些懷疑，驀地想起那一日在皇后宮中，撲出傷人的松子即是來自愨妃懷中，不由得也信了八分。

我低頭默默，道：「恬嬪是也太張狂了。兔子急了還咬人呢，別說愨妃了。如今她的孩子還沒生下來就這樣目中無人，萬一生下皇子，愨妃與皇長子還有好日子過嗎？可見為人還是平和些好。」

敬妃深以為然，「何況她這次能晉封為嬪，聽陸昭儀說是恬嬪自己向皇上求來的，說的是懷著男胎所以胎動才如此厲害。」

我微微吃驚：「果真嗎？那也太……」

敬妃杏眼微闔，長長的睫毛微微覆下，她的語氣低沉中有些輕鬆：「說實話，其實恬嬪這一胎除了上面，沒有人真心盼她生下來。愨妃使她小產，不知道多少人暗地裡拍手稱願呢，也是她為人太輕狂了。」

敬妃很少說這樣露骨的話，她沒有孩子，恬嬪也不會與她有直接的利害衝突。今朝這樣說，大抵也是因為平日裡不滿恬嬪為人的緣故。

然而她的話在耳中卻是極其刺耳。彷彿在她眼中，我也是盼著恬嬪小產的那一個。可是暗地裡捫心自問，聽到恬嬪小產是那一刻，我竟是也有一絲快意的。我甚至沒有去關心她的生死，只為玄凌關切她而醋意萌發。或許我的潛意識中，也是和敬妃她們一樣厭惡著她，甚至提防著她的孩子降生後會和我的孩子爭寵。

我黯然苦笑，難道我的心，竟已變得這樣冷漠和惡毒？

半日我才醒過神來，道：「皇上已經知道了嗎？」

「晌午才知道的，皇上氣得不得了，已經讓皙華夫人和我去查了。皙華夫人最是雷厲風行的，想來不出三日就會有結果了。」

敬妃依舊歎息：「那如意糕上灑了許多糖霜，那顏色和夾竹桃的花粉幾乎一樣，以致混了許多進去也無人發現。這樣機巧的心思，真難想像會是慤妃做的。她平日裡連螞蟻也不會踩一隻，可見是知人知面不知心哪。」

正說話間，小允子進來，見敬妃也在，忙擦了擦額頭的汗，規規矩矩請了個安，這才說話：「慤妃娘娘歿了！」

我一愣，與敬妃飛快對視一眼，幾乎是異口同聲：「什麼？」

小允子答：「剛剛外頭得的消息，皙華夫人去奉旨去慤妃宮中問恬嬪小產的事，誰想一進內殿竟發現慤妃娘娘一脖子吊在樑上直晃蕩，救下來時已經沒氣兒了。聽說可嚇人呢，連舌頭都吐出來了……」

小允子描述得繪聲繪色，話音還未落下，敬妃已經出聲阻止：「不許瞎說，妳主子懷著身孕呢，怎麼能聽這些東西？揀要緊的來說。」

小允子咋了咋舌，繼續道：「聽慤妃身邊的宮女說，慤妃娘娘半個時辰前就打發他們出去了，一個人在內殿。如今皙華夫人回稟了皇上，已經當畏罪自裁論處了。」

我心下微涼，歎了口氣道：「可憐了皇長子，這樣小就沒有了母親。」

敬妃看著從窗外漏進地上的點點日光，道：「當真是可憐，幸好雖然沒有了生母，總還有嫡母和各位庶母，再不然也還有太后的照拂。」

我微微頷首，略有疑惑，「只是雖然件件事情都指向她，慤妃又何必急著自裁。若向皇

上申辯或是求情，未必不能保住性命。」敬妃明白我的疑惑。這事雖在情理之中，然而終究太突兀了些。

她道：「即便皇上肯饒恕她，但是必定要貶黜名位，連皇長子也不能留在身邊撫養。」她的語調微微一沉：「這樣的母親，是會連累兒子的前程的。」

我的心微微一顫，「妳是說——或許愨妃的死可以保全皇長子的前程。」

敬妃點頭，不無感歎，「其實自從上次在皇后宮中松子傷了人，愨妃被皇上申飭了之後回去一直鬱鬱寡歡。愨妃娘家早已家道中落，只剩了一個二等子爵的空銜。真是可憐！為著這個緣故她難免要強些，可惜皇長子又不爭氣，愨妃愛子心切見皇上管教得嚴私下難免嬌縱了些，竟與皇上起了爭執，這才失了寵。現在竟落得自縊這種地步，真叫人不知該說什麼好。」

我團著手中的絹子，慢慢飲著茶水不說話，心頭總是模糊一團疑惑揮之不去，彷彿在哪裡聽過想起過，卻總是不分明。敬妃見我一味沉默，便叮囑我：「恬嬪的事是個教訓，妹妹妳以後在飲食上萬萬要多留一個心眼兒。」

我想了半晌，終於有些蒙昧的分明，於是悄聲道：「姐姐曾經跟我說皙華夫人曾經小產，還是個成了形的男胎，是嗎？」

敬妃靜靜思索片刻，道：「是。」

「是因為保養不慎嗎？」

敬妃的目光飛快在我面上一掃，不意我會突然問起這些舊事，道：「當時她雖然還是貴嬪，卻也是萬千寵愛在一身，又怎麼會保養不慎呢？」她的聲音細若蚊吶：「宮中傳言是吃了端妃所贈的安胎藥所致。」

我的睫毛一爍，耳邊忽忽一冷，脫口道：「我不信。」後宮這樣的殺戮之地，什麼事都可能發生，我憑什麼不信，我自己也不知道。只是想起昔日與端妃僅有的幾次交往，她那種憐愛孩子的神情，我便不能相信。

敬妃的神情依舊和靖，說的是別人的事，自然不會觸動自己的心腸。她不疾不緩道：「別說妳不信，當時皇上與皇后也不怎麼信，終究還是不了了之。只是此事過後，端妃便抱病至今，不大見人了。」

這其中的疑竇關竅甚多，我不曾親身經歷，亦無關眼下的利益，自然不會多揣度。只覺得前塵今事，許多事一再發生，如輪迴糾結，昨日是她，今日便是妳，人人受害，人人害人，如同顛撲不破的一個怪圈，實在可怖可畏！

慤妃的喪事辦得很是潦草，草草殮葬了就送去了梓宮。皇后為此倒很是歎息，那日去請安，玄凌也在。

說起慤妃死後哀榮的事，玄凌只道：「湯氏是畏罪自裁，不能追封，只能以『慤』為號按妃禮下葬，也算是朕不去追究她了。她入宮九載，竟然糊塗至此，當真是不堪。」

皇后用絹子拭了拭眼角，輕聲糾正道：「皇上，慤妃入宮已經十一載了。」

玄凌輕輕一哼，並不以為意，也不願意多提慤妃，只是說：「湯氏已死，皇長子不能沒有人照拂。」

皇后立刻接口：「臣妾為後宮之主，後宮所出之子如同臣妾所出。臣妾會好好教養皇長子，克盡人母之責。」

玄凌很是滿意，微笑道：「皇后如此說朕就放心了。太后年事已高，身體又多病痛，皇長子交與皇后撫養是最妥當不過了。」

了。

如此，眾人便賀皇后得子之喜。皇長子有人照顧，皇后亦有了子嗣，也算是皆大歡喜了。

玄凌走後，眾人依舊陪皇后閒話。

皇后含淚道：「愨妃入宮十一年，本宮看著她以良娣的身份進宮，歷遷順儀、容華、貴嬪，生子之後冊為昭儀，再晉為妃。就算如今犯下大錯，但終究為皇家留下血脈，也是大功一件。現在她下場淒涼，雖然皇上不樂意，但是咱們同為後宮姐妹，也不可太過涼薄，何況她到底也是皇長子的生母，服侍皇上多年沒有功勞也有苦勞。本宮會去叫人戍守她的梓宮，希望愨妃在地下好好懺悔自己的過錯，得以安寧。」

皇后的宮女剪秋在一旁勸道：「娘娘不要太傷心了。為了愨妃娘娘的緣故您已經傷心好幾日了，如現在皇長子有了您的照顧，愨妃娘娘也可以安息了。娘娘這樣傷心只會讓生者更難過呀。話說回來，到底也是愨妃娘娘自己的過失。」

皇后拭淚道：「話雖這樣說，可是本宮與她一起服侍皇上多年，她這樣驟然去了，叫本宮心裡怎麼好受呢。唉——愨妃也當真是糊塗啊！」

皇后如此傷心，眾人少不得陪著落淚勸說。過了半日，皇后才漸漸止了悲傷，有說有笑起來。

我的身子漸漸不再那麼輕盈，畢竟是快四個月的身孕了。別人並沒有覺出我的身段有什麼異樣，自己到底是明白，一個小小的生命不斷汲取著力量，在肚子裡越長越大。

已經是初夏的時節，我伏在朱紅窗台上獨自遙望在宮苑榴花開盡的青草深處，鳳凰花在空氣裡烈烈的綻放燃燒，似有燒不完的激情和紅艷一般，連陽光也被熏得熱情了許多。青翠

樹葉暫時隔開了幾分炎熱，清涼之意落在小徑的鵝卵石上，蔭蔭如水。

連日發生的事情太多，樁樁件件都關係生命的消逝。淳兒、恬嬪的孩子以及愨妃。這樣急促而連綿不斷的死亡叫我害怕，連空氣中都隱約可以聞到血腥的氣息和焚燒紙錢時那股淒愴的窒息氣味。

她們的死亡都太過自然而尋常，而在這貌似自然的死亡裡，我無端覺得緊張，彷彿那重重死亡的陰影，已經漸漸向我迫來。

寂靜的午後，門外忽然有孩童歡快清脆的嗓音驚起，撲落落像鳥翅飛翔的聲音，劃破安寧的天空。

自然有內監開門去看，迎進來的竟是皇長子予漓。

我見他隻身一人，並無乳母侍衛跟隨，不免吃驚，忙拉了他的手進來道：「皇子，你怎麼來了這裡？」

他笑嘻嘻站著，咬著手指頭。頭上的小金冠也歪了半個，臉上盡是汗水的痕跡，天水藍的錦袍上沾滿了塵土。看上去他的確是個頑皮的孩子，活脫脫的一個小泥猴。

他這樣歪著臉看了我半晌，並不向我行禮，也不認得我。也難怪，我和他並不常見，與他的生母愨妃也不熟絡，小孩家的記憶裡，是沒有我這號陌生人存在的。

小允子在一旁告訴他：「這是棠梨宮的莞貴嬪。」

不知是否我腹中有一個小生命的緣故，我特別喜愛孩子，喜愛和他們親近。儘管我眼前不過是一個髒髒的幼童，是一個不得父親寵愛又失去了生母的幼童，並且在傳聞中他資質平庸。我依然喜愛他。

我微笑牽他的手，「皇子，我是你的庶母。你可以喚我『母妃』，好不好？」

他這才醒神，姿勢笨拙地向我問好：「莞母妃好。」

我笑著扶起他，流朱已端了一面銀盒過來，盛了幾樣精巧的吃食。我示意予漓可以隨意取食，他很歡喜，滿滿地抓了一手，眼睛卻一直打量著我。

他忽然盯著那個銀盒，問：「為什麼妳用銀盒裝吃的呢？母后宮裡都用金盤金盒的。」

我微微愕然。怎麼能告訴他我用銀器是害怕有人在我的吃食中下毒呢？這樣諱秘的心思，如何該讓一個本應童稚的孩子知曉。於是溫和道：「母妃身份不如皇后尊貴，當然是不能用金器的呀。」他似懂非懂地點點頭，並不在乎我如何回答，只是專心咬著手裡松花餅。

我待予漓吃過東西，心思漸定，方問：「你怎麼跑了出來，這個時候不要午睡嗎？」

予漓把玩著手裡的吃食，答：「母后和乳母都睡了，我才偷偷跑出來的。」他突然嘸了嘴委屈：「我背不出《論語》，父皇不高興，他們都不許我抓蛐蛐兒要我睡覺。」他說的條理並不清楚，然而也知道大概。

我失笑：「所以你一個人偷偷溜出來抓蛐蛐兒了是嗎？」

他用力點點頭，忽然瞪大眼睛看我，「妳別告訴母后呀。」

我點頭答應他：「好。」

他失望地踢著地上的鵝卵石，「《論語》真難背呀，為什麼要背《論語》呢？」他吐吐舌頭，十分苦惱地樣子，「孔上人為什麼不去抓蛐蛐兒，要寫什麼《論語》，他不寫，我便不用背了。」

週遭的宮人聽得他的話都笑了，他見別人笑便惱了，很生氣的樣子。轉頭看見花架上攀著的凌霄花，他又被吸引，聲音稚氣而任性，扠腰指著小連子道：「你，替我去折那枝花來。」

我卻柔和微笑：「母妃為你去折好不好？」我伸手折下，他滿手奪去，把那橘黃的花朵比在自己衣帶上，歡快地笑起來，一笑，露出帶著黑點點的牙。

我命人打了水來，拭盡他的臉上的髒物，拍去他衣上的塵土，細心為他扶正衣冠。他嘻嘻笑：「母親也是這樣為我擦臉的。」

我一愣，很快回神，勉強笑：「是嗎？」

他認真地說：「是呀。可是母后說母親病了，等她病好了我才能見她，和她住一起。我就又能跑出去抓蛐蛐兒了，母親是不會說我的。」言及此，他的笑容得意而親切。

傷感迅速席捲了我，我不敢告訴這只有六七歲的孩童，他的母親在哪裡。我只是愈發細心溫柔為他整理。

他看著我，指了指自己：「我叫予漓。」

我點頭：「我知道。」

他牽著我的衣角，笑容多了些親近：「莞母妃可以叫我『漓兒』。」

我輕輕抱一抱他，柔聲說：「好，漓兒。」

他其實並不像傳聞只那樣資質平庸，不過是個沒長大的孩子，一樣的貪玩愛吃。或許是他的父皇對他的期許太高，所以才會這樣失望吧。

槿汐在一旁提醒：「娘娘不如著人送皇子回去吧，只怕皇后宮中已經為了找皇子而天翻地覆了呢。」

我想了想也是。回頭卻見予漓有一絲膽怯的樣子，不由心下一軟，道：「我送你回宮，好不好？」

他的笑容瞬間鬆軟，我亦微笑。

回到皇后宮中，果然那邊已經在忙忙亂亂地找人。乳母見我送人來，大大地鬆了一口氣，滿嘴念著「阿彌陀佛」。皇后聞聲從帳後匆匆出來，想來是午睡時被人驚醒了起來尋找予濟，因而只是在寢衣外加了一件外衣，頭髮亦是鬆鬆的。予濟一見她，飛快鬆了我的手，一頭撲進皇后懷裡，扭股糖耳似的在皇后裙上亂蹭。

皇后一喜，道：「我的兒，你去了哪裡，倒叫母后好找。」

我微覺奇怪，孩子都認娘，皇后撫養予濟不過三五日的光景，從前因有生母在，嫡母自然是不會和皇子太親近的，何以兩人感情這樣厚密？略想想也就撇開了，大約也是皇后為人和善的緣故吧。

然而皇后臉微微一肅，道：「怎的不好好午睡，一人跑去了哪裡？」說話間不時拿眼瞧我。

予濟彷彿嚇了一跳，又答不上來，忙乖乖兒站在地上，雙手恭敬垂著。

我忙替他打圓場，「皇子說上午看過的《論語》有些忘了，又找不到師傅，就跑出來想找人問，誰知就遇上了臣妾，倒叫皇后擔心了，是臣妾的不是。」

皇后聽予濟這樣好學，微微一笑，撫著予濟的頭髮道：「莞貴嬪學問好，你能問她是最好不過了。只是一樣，好學是好，但身子也要休息好，沒了好身子怎能求學呢。」

予濟規規矩矩答了「是」，偷笑看了我一眼。

皇后更衣後再度出來，坐著慢慢抿了一盅茶，方對我說：「還好濟兒剛才是去了妳那裡，可把本宮嚇了一跳。如今宮中頻頻出事，若濟兒再有什麼不妥，本宮可真不知怎麼好了。」

我陪笑道：「皇子福澤深厚，有萬佛庇佑，自然事事順利。」

皇后點頭道：「妳說得也是。可是為人父母的，哪裡有個放心的時候呢。本宮自己的孩兒沒有長成。如今皇上膝下只有濟兒一個皇子，本宮怎能不加倍當心。」皇后歎了口氣，揉著太陽穴繼續說：「今年不同往常，也不知傷了什麼陰騭，時疫才清，淳嬪就無端失足溺死，恬嬪的孩子沒有保住，愨妃也自縊死了。如今連太后也鳳體違和。聽皇上說宮外也旱災連連，兩個月沒有下過一滴雨了，這可是關係到社稷農桑的大事啊。」

她說一句，我便仔細聽著，天災人禍，後宮與前朝都是這樣動盪不安。

有一瞬間的走神，恍惚間外頭明明亮灼目的日光遠遠落在宮殿華麗的琉璃瓦上，耀目的金光如水四處流淌。這樣晴好的天氣，連續的死亡帶來的陰霾之氣並沒有因為炎熱而減少半分。

我見皇后頭疼，忙遞過袖中的天竺腦油遞給她。皇后命侍女揉在額角，臉色好了許多，道：「皇上和本宮都有打算想至天壇祈雨，再去甘露寺小住幾日為社稷和後宮祈福。」皇后意味深長地看我一眼：「後宮的事會悉數交與皙華夫人打理，敬妃也會從旁協助。」

我自然明白皇后的意思，低頭道：「臣妾會安居宮中養胎，無事不會出門。」

皇后微微點頭：「這樣最好。皙華夫人的性子妳也知道，能忍就忍著，等皇上和本宮回來為妳做主。」她略沉一沉，寬慰我道：「不過妳有孕在身，她也不敢拿妳怎樣的，妳且放寬心就是。皇上與本宮來去也不過十日左右，很快就會回宮。」

我寧和微笑，保持應有的謙卑：「多謝皇后關懷，臣妾一定好生保重自己。」

皇后含笑注目我面頰上曾被松子抓破的傷痕，道：「妳臉上的傷似乎好了許多。」

我輕輕伸手撫摩，道：「安妹妹贈給臣妾一種舒痕膠，臣妾用到如今，果然好了不

少。」

皇后雙眸微睞，含笑道：「既然是好東西，就繼續用著吧。傷口要全好了才好，別留下什麼疤，那就太可惜了。」皇后似有感觸：「咱們宮裡的女人啊，有一張好臉蛋兒比什麼都重要。」

我恭謹聽過，方才告退。

五十三、子嗣

六月初七，炎熱的天氣，玄凌與皇后出宮祈雨，眾人送行至宮門外，眼見大隊迤儷而去。皙華夫人忽然輕笑出聲：「這次祈福只有後宮皇后娘娘一個人陪著皇上，只怕不止求得老天下雨，恐怕還能求來一個皇子，皇后才稱心如意呢。」

眾目睽睽之下，皙華夫人說出這樣大不敬的話來，眾人皆不敢多說一句。白晃晃的日頭底下，皆是竊竊無聲。

她忽然轉過頭來看我，精緻的容顏在烈日下依舊沒有半分瑕疵。她果然是美的，並且足夠強勢。她似笑非笑看我，繼續剛才的話題：「莞貴嬪，妳說呢？」

我的神思有一絲凝滯，很快不卑不亢道：「祈雨之禮本應只由皇后伴隨，這是國禮。何況皇后若真有身孕自然是大周的喜事，夫人也會高興的，不是嗎？」

她微笑：「當然。本宮想貴嬪也會高興。」

我平穩注目於她：「皇后娘娘母儀天下，除了居心叵測的人自然不會有人為此不快。」

她舉袖遮一遮陽光，雙眼微覷，似乎是自言自語：「妳的口齒越發好了。」她沒有再說下去，只是目光無聲而犀利地從我面頰上刮過，有尖銳而細微的疼痛。最後，她的目光落在我微隆起的小腹上，神情複雜迷離。

玄凌和皇后離宮後的第一次挑釁，就這樣無聲無息地消退了。

而皙華夫人對我的敵意，人盡皆知。

本以為可以這樣勢均力敵下去，誰知風雨竟來得這樣快。

那日晨起對鏡梳妝，忽然覺得小腹隱隱疫脹，腰間也是痠軟不堪，回望鏡中見自己臉色青白難看，不覺大大一怔。

浣碧有些著慌，忙過來扶我躺下，道：「小姐這是怎麼了？」

我怕她擔心，雖然心裡也頗為慌張，仍是勉強笑著道：「也不妨事，大概是連著幾日要應付晳華夫人，用心太過了才會這樣吧。」

浣碧到底年輕不經事，神色發慌，槿汐忙過來道：「娘娘這幾日總道身上酸軟疲累，不如先喝口熱水歇著，奴婢馬上就去請章太醫來。」

我勉力點一點頭。

槿汐前腳剛出門，後腳晳華夫人身邊的一個執事內監已經過來通傳，他禮數周到，臉上卻無半分表情，木然道：「傳晳華夫人的話，請莞貴嬪去宓秀宮共聽事宜。」

我驚詫轉眸：「什麼共聽事宜？」

他皮笑肉不笑一般：「如今晳華夫人替皇后代管六宮大小事宜，有什麼吩咐，各位娘娘小主都得去聽的。」

流朱在一旁怒目道：「沒見我家小姐身子不適嗎？前些日子皇后娘娘還說了，我家小姐有孕在身，連每日的請安都能免則免，這會子晳華夫人的什麼事宜想來更不用去聽了！」

流朱話音未落，外頭又轉進一個人來，正是晳華夫人身邊最得力的內監周寧海。他一個安請到底，再起來時口中已經在低聲呵斥剛才來的那個小內監：「糊塗東西！讓你來請莞貴嬪也那麼磨蹭，只會耽誤工夫，還不去慎刑司自己領三十個嘴巴！」

我何嘗不明白，他明著罵的是小內監，暗裡卻是在對我指桑罵槐。不由蓄了一把怒火在

胸口，只礙著胸口氣悶難言，不由瞟一眼流朱。

流朱正要開口，周寧海卻滿臉堆笑對著我畢恭畢敬道：「咱們夫人知道貴嬪娘娘您貴人體虛，特別讓奴才來請您，免得那些不懂事的奴才衝撞了您。再說您不去也不成哪，雖然按著位份您只排在欣貴嬪後頭，可是只怕幾位妃子娘娘都沒有您尊貴，您不去，那皙華夫人怎樣整頓後宮之事呢？皙華夫人代管六宮是皇后娘娘的意思，您可不能違了皇后娘娘啊！」

他雖然油腔滑調，話卻在理。我一時也反駁不得，正躊躇間，他很快又補充：「恬嬪小主和端妃娘娘身子壞成那樣自然去不了，其他妃嬪都已到了，連安美人都在，只等著娘娘您一個呢。」

如此，我自然不能再推脫，明知少不了要受她一番排揎，但禮亦不能廢。何況皇后臨走亦說過，叫我這幾日無論如何也要擔待。掙扎起身更衣完畢，又整了妝容撐出好氣色，自然不能讓病態流露在她面前半分，我怎肯示弱呢？

這樣去了，終究還是遲了。

皙華夫人的宓秀宮富麗，一重重金色的獸脊，樑柱皆繪成青鸞翔天的吉慶圖案，那青鸞繪製得栩栩如生，彩秀輝煌，氣勢姿容並不在鳳凰之下。

我在槿汐的攙扶下拾階而上，依禮跪拜在皙華夫人的面前。

殿中供著極大的冰雕，清涼如水。正殿一旁的紫金百合大鼎裡焚著不知名的香料，香氣甜滑綿軟，中人欲醉，只叫人骨子裡軟酥酥的，說不出的舒服。

皙華夫人端坐座上，長長的珠絡垂在面頰兩側，手中泥金芍藥五彩紈扇有一下沒一下地搖著，一雙眼睛碧清深邃，那精心描繪的遠山眉更添了她許多姿色。我的來遲使原本有些凝滯的氣氛更加僵硬，聽我陳述完緣由，她也並不為難我，讓我按位坐下。這樣輕易放過，我

竟是有些疑心不定。

說了幾句，到了點心的時候，眾人也鬆弛一點，陵容忽然出聲問道：「夫人宮中好香，不知用的是什麼香料？」

皙華夫人眉梢眼角皆是飛揚的得意，道：「安美人的鼻子倒好！這是皇上命人為本宮精心調製的香料，叫做『歡宜香』，後宮中唯有本宮一人在用，想來你們是沒有見過的。」

這樣的話當眾說來，眾人多少是有點尷尬和嫉妒的，然而地位尊貴如她，自然是不會理會的。

陵容微微輕笑，低頭道：「嬪妾見識淺薄，不如夫人見多識廣。」

於是閒話幾句，六宮妃嬪重又肅然無聲，靜靜聽她詳述宮中事宜。

我身體的酸軟逐漸好轉，她的話也講到了整治宮闈一事：「恬嬪小月的事愨妃已經畏罪自裁，本宮也不願舊事重提。但是由此事可見，這宮裡心術不正的人有的是。而且近日宮女內監拌嘴鬥毆的不少，一個個無法無天了。宮裡也該好好整治整治了。」

雖然敬妃亦有協理六宮之權，可是皙華夫人一人滔滔不絕地說下來，她竟插不上半句嘴。眾人這樣諾諾聽著，皙華夫人也只是撫摩著自己水蔥樣光滑修長的指甲，淡淡轉了話鋒道：「有孕在身果然可以恃寵而驕些。」說著斜斜瞟我一眼，聲音陡地拔高，變得銳利而尖刻：「莞貴嬪妳可知罪？」

我本也無心聽她說話，忽然這樣一聲疾言厲色，不免錯愕。起身垂首道：「夫人這樣生氣，嬪妾不知錯在何處？但請夫人告知。」

她的眉眼間陰戾之色頓現，喝道：「今日宮嬪妃子集聚於宓秀宮聽事，莞貴嬪甄氏無故來遲，目無本宮，還不跪下！」

這樣說，不過是要給我一個下馬威，以便震懾六宮。其實又何必，皇后在與不在，眾人都知道眼下誰是最得寵的，她又有豐厚家世，實在無需多此一舉，反而失了人心。

我不過是有身孕而已，短時之內都不能經常服侍玄凌，她何必爭這朝夕長短。然而皇后和玄凌的叮囑我都記得，少不得忍這一時之氣，徐徐跪下。

她的怒氣並未消去，愈發嚴厲：「如今就這樣目無尊卑，如果真生下皇嗣又要怎樣呢？豈非後宮都要跟著妳姓甄！」

我也並不是不能啞忍，而是一味忍讓，只會讓她更加驕狂，何況還有淳兒，她實在死得不白。一念及此，我又如何能退避三舍？

我微微垂頭，保持謙遜的姿勢：「夫人雖然生氣，但嬪妾卻不得不說。愨妃有孕時想必皇上和皇后都加以照拂，這不是為了愨妃，而是為了宗廟社稷。嬪妾今日也並非無故來此，就算嬪妾今日有所冒犯，但上有太后和皇上，皇后為皇嗣嫡母，夫人所說的後宮隨甄姓實在叫嬪妾惶恐。」

雲鬟高髻下她精心修飾的容顏緊繃，眉毛如遠山含黛，越發襯得一雙鳳眼盛勢凌人，不怒自威。她的呼吸微微一促，手中紈扇「啪嗒」一聲重重敲在座椅的扶手上，嚇得眾人面面相覷，趕緊端正身子坐好。

敬妃趕忙打圓場：「夫人說了半日也渴了，不如喝一盞茶歇歇再說。莞貴嬪呢，也讓她起來說話吧。」

眉莊極力注目於我，回視皙華夫人的目光暗藏幽藍的恨意，隱如刀鋒。皙華夫人只是絲毫未覺，一味逼視著我，終於一字一頓道：「女子以婦德為上，莞貴嬪甄氏巧言令色、以下犯上、不敬本宮……」她微薄艷紅的雙唇緊緊一抿，怒道：「罰於宓秀宮外跪誦《女誡》，

以示教訓。」

敬妃忙道：「夫人，外頭烈日甚大，花崗岩堅硬，怎能讓貴嬪跪在那呢？」

遠遠身後陵容亦求情道：「夫人息怒，請看在貴嬪姐姐身懷皇嗣的份上饒過姐姐吧，若有什麼閃失的話皇上與皇后歸來只怕會要怪責夫人的。」陵容嗓子損毀，這樣哀哀乞求更是顯得淒苦哀憐，然而皙華夫人勃然大怒：「宮規不嚴自然要加以整頓，哪怕皇上皇后在也是一樣，懿妃就是最好的例子，難不成妳是拿皇上和皇后來要挾本宮嗎？」

陵容嚇得滿臉是淚，不敢再開口，只得「砰砰」叩首不已。

皙華夫人盯著我道：「妳是自己走出去還是我讓人扶妳一把？」

小腹有間歇的輕微酸痛，我蹙眉，昂然道：「不須勞動娘娘。」

周寧海微微一笑，垂下眼皮朝我道：「貴嬪請吧！」

我端然走至宓秀宮門外，直直跪下，道：「嬪妾領罰，是因為娘娘是從一品夫人，位分僅在皇后之下，奉帝后之命代執六宮事。」我不顧敬妃使勁向我使眼色，也不願顧及周圍那些或同情或幸災樂禍的目光，微微抬頭，「並非嬪妾對娘娘的斥責心悅誠服，公道自在人心，而非刑罰可定。」

她怒極反笑：「很好，本宮就讓妳知道，公道是在我慕容世蘭手裡，還是在妳所謂的人心！」她把書拋到我膝前，「自己慢慢誦讀吧！讀到本宮滿意為止。」

眉莊再顧不得避諱與尊嚴，膝行至皙華夫人面前，道：「莞貴嬪有身孕，實在不適宜——」

皙華夫人雙眉一挑，打斷眉莊的話：「本宮看妳也是好了傷疤忘了疼！既然妳要為她求情，去跪在旁邊，一同聽訓。」

我不想此事搭上眉莊，她身子才好，又怎能在日頭下陪我長跪，不由看一眼眉莊示意她不要再說，向晳華夫人軟言道：「沈容華並非為嬪妾求情，請夫人不要遷怒於她。」她妝容濃艷的笑，滿是戲謔之色：「如果本宮一定要遷怒於她，妳又能怎樣？」她忽地收斂笑容，對眉莊道：「不是情同姐妹嗎？妳就捧著書跪在莞貴嬪對面，讓她好好誦讀，長點兒規矩吧！」

眉莊已知求情無望，再求只會有更羞辱的境遇。她一言不發拾起書，極快極輕聲地在我耳邊道：「我陪妳。」

我滿心說不出的感激與感動，飛快點點頭，頭輕輕一揚，再一揚，生生把眼眶中的淚水逼回去。

時近正午，日光灼烈逼人，驟然從清涼宜人的宓秀宮中出來，只覺熱浪滾滾一掃，向全身所有的毛孔裏襲而來。

我這才明白晳華夫人一早為什麼沒有發作非要捱到這個時候，清早天涼，在她眼中，可不是太便宜我了。

輕薄綿軟的裙子貼在腿上，透著地磚滾燙的熱氣傳上心頭，只覺得膝下至腳尖一片又硬又燙十分難受。

晳華夫人自己安坐在殿口，座椅旁置滿了冰雕，她猶覺得熱，命了四個侍女在身後為她搧風，卻對身邊的內監道：「把娘娘小主們的座椅挪到廊前去，讓她們好好瞧著，不守宮規、藐視本宮是個什麼好處！」

宮中女子最愛惜皮膚，怎肯讓烈日曬到一星半點保養得雪白嬌嫩的肌膚，直如要了她們的性命一般。況且她們又最是養尊處優，怎能坐於烈日下陪我曝曬。然而晳華夫人的嚴命又

怎麼敢違，只怕就要和我跪在一起。如此一來，眾人皆是哭喪著臉困苦不堪，敢怒不敢言。

我不覺內心苦笑，皙華夫人也算得上用心良苦。如此得寵還嫌不夠，讓那些嬌滴滴的美人曬得烏黑，唯獨自己嬌養得雪白。玄凌回來，眼中自然只有她一個白如玉的美人了。

四處漸漸靜下來，太陽白花花的照著殿前的花崗岩地面，那地磚本來烏黑珵亮，光可鑒人，猶如一板板凝固的烏墨，烈日下曬得泛起一層刺眼的白光。

已知是無法，我和眉莊面對面跪在那一團白光裡。她把書舉到我面前讓我一字一字誦讀。反光強烈，書又殘舊，一字一字讀得十分吃力。

敬妃不忍還想再勸，皙華夫人回頭狠狠瞥她一眼：「跪半個時辰誦讀《女誡》是死不了人的！妳再多嘴，本宮就讓妳也去跪著。」敬妃無奈，只得不再做聲。

一遍誦完，皙華夫人還是不肯罷休，陰惻惻吐出兩字：「再念。」

我只好從頭再讀，擔心眉莊的身子和腹中孩兒的安危，我幾度想快些念過去，然而皙華夫人怎麼肯呢，我略略念快一兩字，眉莊身上便挨了重重一下戒尺——那原是西席先生責打頑童的，到了皙華夫人宮裡，竟已成為刑具。那擊打的「劈啪」聲敲落在皮肉上格外清脆利落，便是一條深紅的印記。眉莊死死忍住，一言不發地捱住那痛楚，她的汗涔涔下來。我知道，一出汗，那傷口會更疼。

皙華夫人到底是不敢動手打我的，但是看著眉莊這樣代我受過，心中焦苦難言，更比我自己受責還要難過。我只能這樣眼睜睜看著，只能一字一字慢慢讀著，熬著時間。

不知過了多久，腿已經麻木了，只覺得刺刺的汗水涔涔地從臉龐流下，膩住了鬢髮。背心和袖口的衣裳濕了又乾，有白花花的印子出來。

我一遍又一遍誦讀：

「鄙人愚闇，受性不敏，蒙先君之餘寵，賴母師之典訓。……聖恩橫加，猥賜金紫，實非鄙人庶幾所望也。男能自謀矣，吾不復以為憂也。但傷諸女方當適人，而不漸訓誨，不聞婦禮，懼失容它門，取恥宗族。」

「卑弱第一：古者生女三日，臥之牀下，弄之瓦磚，而齋告焉。臥之牀下，明其卑弱，主下人也。…… 夫婦第二：夫婦之道，參配陰陽，通達神明，信天地之弘義，人倫之大節也。……」

是蟬鳴的聲音還是陵容依舊在叩頭的聲音，我的腦子發昏，那樣吵，耳朵裡嗡嗡亂響。

「敬慎第三：陰陽殊性，男女異行。陽以剛為德，陰以柔為用，男以強為貴，女以弱為美。……」

似乎是太陽太大了，看出來的字一個個忽大忽小悠悠地晃，像螞蟻般一團團蠕動著。

「婦行第四：女有四行，一曰婦德，二曰婦言，三曰婦容，四曰婦功。……」

小腹沉沉地往下墜，口乾舌燥，身體又酸又軟，彷彿力氣隨著身體裡的水分都漸漸蒸發了。

眉莊擔憂地看著我，敬妃焦急的聲音在提醒：「已經半個時辰了。」

「專心第五：禮，夫有再娶之義，婦無二適之文，故曰夫者天也。……曲從第六：夫得意一人，是謂永畢；失意一人，是謂永訖。……」

皙華夫人碗盞中的碎冰丁零作響，像是簷間叮噹作響的風鈴，一直在誘惑我。她含一塊冰在口，含糊著淡漠道：「不忙，再念一刻鐘再說。」

「萬一出了什麼事可怎麼好？只怕夫人也承擔不起呀。哎呀，莞妹妹的臉都白了！夫人！」

皙華夫人不屑：「她這樣喬張作致是做給本宮看嗎？本宮瞧她還好的很！」

「和叔妹第七：婦人之得意於夫主，由舅姑之愛己也；舅姑之愛己，由叔妹之譽己也。……謙則德之柄，順則婦之行。凡斯二者，足以和矣。詩云：『在彼無惡，在此無射。』其斯之謂也。」

身體很酸很酸，有抽搐一樣的疼痛如蛇一樣開始蔓延，像有什麼東西一點一點在體內流失。日頭那麼大，我為什麼覺得冷，那白色的明亮的光，竟像是雪光一般寒冷徹骨。

我好想靠一靠，是眉莊在叫我嗎？「嬛兒？嬛兒？妳怎麼了？」

對不起，眉莊，不是我不想回答妳，我實在沒有力氣。

為什麼有男子的衣角在我身邊出現？啊？玄凌，是你回來了嗎？四郎！四郎！快救救我！不對，他身上並沒有明黃一色，那服制也不是帝王的服制。我吃力地抬頭，絳紗平蛟單袍，白玉魚龍扣帶圍——是，是親王的常服。是他，玄清！我想起來了，太后日前臥病，他是住在太液池上的鏤月開雲館以方便日夜問疾的，也是為了他尚未成婚的緣故，要和後宮妃嬪避嫌，所以居住在湖上。然而去太后宮中，皙華夫人的宓秀宮是必經之所。

他的突然出現，慌得妃嬪們一如鳥獸散，紛紛避入內殿。

清河王，你是在和皙華夫人爭執嗎？傻子，那麼多女眷在，你不曉得要避嫌嗎？你一定是瘋了，擅闖宮闈。皙華夫人身後是汝南王的強勢，而諸兄弟中，汝南王最厭惡的就是你，你又何必？

唉！我是顧不得了！腹中好疼，是誰的手爪在攪動我的五內，一絲絲剝離我身體的溫熱，那樣溫熱的流水樣的感覺，汩汩而出。

我的眼睛看出來像是隔了雪白的大霧，眼睫毛成了層層模糊的紗帳。玄清妳的表情那樣

憤怒和急切，你在和她生氣？唉！你一向是溫和的。

眉莊，陵容？你們又為什麼這樣害怕？眉莊，妳在哭了。為什麼？我只是累而已，有一點點疼，妳別怕。四郎、四郎快回來了！

妳瞧，四郎抱著我了，他的衣衫緊緊貼在我臉上，他把我橫抱起來，是那一日，滿天杏花如雨飄零，他抱著我走在長長的永巷。他的手那麼有力氣，帶我離開宓秀宮。晢華夫人氣得冷笑，可是她的臉色為什麼也這樣惶恐？……啊！是四郎責罵她了……眉莊妳在哭，妳要追來嗎？我好倦，我好想睡一下。

可是……可是……四郎，你今天的臉怎麼長得那麼像玄清？我笑不出來……一定是我眼花了。

「貴嬪！……」最後的知覺失去前，四郎，我只聽見你這麼叫我，你的聲音這樣深情、急痛而隱忍。有灼熱的液體落在我的面頰上，那是你的淚嗎？這是你第一次為我落淚。亦或，這，只是我無知的錯覺……

五十四、蓮心

彷彿是墮入無盡的迷夢，妙音娘子在我的面前，麗貴嬪、曹婕妤、皙華夫人她們都在。掙扎、糾纏、剝離，輾轉其中不得脫身。娘……我想回家。娘，我很累，我不想醒過來，怎麼那麼疼呢？有苦澀溫熱的液體從我口中灌入，逼迫我從迷夢中甦醒過來。

費了極大的力氣才睜開眼睛。紅羅復斗帳，皆聞著多子多福的吉祥花紋，是在我宮中的寢殿。身體有一瞬間的鬆軟，終於在自己宮裡了。

眼風稍稍一斜，瞥見一帶明黃灼灼如日，心頭一鬆，不爭氣地落下淚來。

他見我醒來，也是驚喜，握住我的手，切切道：「嬛嬛，妳終於醒了！」

皇后在他身後，也長長的鬆了一口氣：「老天保佑！醒了就好了！妳可暈了三日了。」

呼吸，帶著清冷鋒利的割裂般的疼痛，像有細小的刀刃在割。那疼痛逐漸喚回了我的清醒。似乎有幾百年沒有說話，開口十分艱難，「四郎——妳回來了……」未語淚先流，彷彿要訴盡離別以來身受的委屈和身體上的痛楚。

他慌了神，手忙腳亂來揩我的淚：「嬛嬛，不要哭。朕已經對不住妳了！」他的眼神滿是深深痛惜和憂傷。無端之下，這眼神叫我害怕和驚惶。

心裡一時間轉過千百個恐懼的念頭。我不敢，終於還是伸出了手，小心翼翼地撫到我的小腹上，那裡面，是我珍愛的寶貝。

然而幾乎是一夜之間，那原本的微微隆起又變回了平坦的樣子。

我惶恐地轉眸，每個人的臉上都是那樣哀傷的表情。確切地，我已經聞到了空氣中那一絲揮之不去的洶湧著的暗紅色的血腥氣味，連濃重的草藥氣也遮掩不住。

手指僵硬地蜷縮起來——我不信！不信！它沒有了！不在我的身體裡了！

不知道哪裡來的力氣，我幾乎是翻身直挺挺地坐起來。眾人著了慌，手忙腳亂地來按住我，只怕我做出什麼傻事來。

滿心滿肺盡是狂熱的傷心欲絕。我幾乎是號啕大哭，狠狠抓著他前胸的襟裳。玄凌緊緊攬住我，只是沉默。幾日不見，他的眼裡儘是血絲，發青的鬍渣更顯得憔悴。敬妃在一旁抹著淚，極力勸說道：「妹妹妳別這樣傷心！皇上也傷心。御駕才到滄州就出了這樣大的事，皇上連夜就趕回來了。」

玄凌的眼裡是無盡的憐惜，絞著難以言喻的痛楚。他從來沒有那樣望過我，抱過我。那樣深重的悲哀和絕望，就像失去的不是一個未出世的孩子，而是這識見他最珍視和愛重的一切。接二連三的失去子嗣，這一刻他的傷心，似乎更甚於我。玄凌緊緊抱住我，神情似乎蒼茫難顧，他迫視著皇后，幾乎是沮喪到了極處，軟弱亦到了極處：「是上蒼在懲罰朕嗎？」

皇后聞得此言，深深一震。不過片刻，她的目光變得堅定而強韌。皇后很快拭乾淚痕，穩穩走到玄凌面前，半跪在榻上，把玄凌的雙手含握在自己的雙手之間。皇后鎮定地看著玄凌，一字一字鄭重道：「皇上是上蒼的兒子，上蒼是不會懲罰您和您的子嗣的。何況，皇上從來沒有錯，又何來懲罰二字。」她頓一頓，如安慰和肯定一般對玄凌道：「如果真有懲罰，那也全是臣妾的罪過，與皇上無半點干係。」

這話我聽得糊塗，然而無暇顧及，也不想去明白。玄凌彷彿受了極大的安慰，臉色稍稍好轉。我哭得聲堵氣噎，髮絲根裡全是黏膩的汗水，身體劇烈地發抖。

皇后道：「皇上。如今不是傷心的時候。莞貴嬪失子，並非天災，而是人禍。」

皇后一提醒，我驟然醒神，宓秀宮中的情景歷歷如在眼前。我悲憤難抑，恨聲道：「皇上——天災不可違，難道人禍也不能阻止嗎？」

玄凌面色陰沉如鐵，環顧四周，冷冷道：「賤人何在？」

李長忙趨前道：「晢華夫人跪候在棠梨宮門外，脫簪待罪[1]。」

玄凌神情凝滯如冰，道：「傳她！」

我一見她，便再無淚水。我冷冷瞧著她，恨得咬牙切齒，眼中如要噴出火來，殺意騰騰奔湧上心頭。若有箭在手，必然要一箭射穿她頭顱方能洩恨！然而終是不能，只緊緊攥了被角不放手。

晢華夫人亦是滿臉憔悴，淚痕斑駁，不復往日嬌媚容顏。她看也不敢看我，一進來便下跪嗚咽不止。玄凌還未開口，她已經哭訴道：「臣妾有罪。可是那日莞貴嬪頂撞臣妾，臣妾只是想略施小懲以做告誡，並非有心害莞貴嬪小產的。臣妾也不曉得會這樣啊！請皇上饒恕臣妾無知之罪！」

玄凌倒抽一口冷氣，額頭的青筋根根暴起，道：「妳無知——嬛嬛有孕已經四個月妳不知道嗎？」

晢華夫人從未見過玄凌這樣暴怒，嚇得低頭垂淚不語。敬妃終於耐不住，出言道：「夫人正是說貴嬪妹妹已經有四個月身孕，胎象穩固，才不怕跪。」

晢華夫人無比驚恐，膝行兩步伏在玄凌足下抱著他的腿泣涕滿面：「臣妾無知。臣妾那日也是氣昏了頭，又想著跪半個時辰應該不要緊……」她忽然驚起，指著一旁的侍立的章彌厲聲道：「你這個太醫是怎麼當的？她已有四個月身孕，怎麼跪上半個時辰就會小月？一定

是你們給她吃錯了什麼東西，還賴在本宮身上！」

章彌被她聲勢嚇住，抖擻著袖子道：「貴嬪是有胎動不安的跡象，那是母體孱弱的緣故，但是也屬正常。唯一不妥的只是貴嬪用心太過，所以脈象不穩。這本是沒有大礙的，只要好好休息便可。」

玄凌暴喝一聲朝皙華夫人道：「住口！她用心太過還不是妳處處壓制所致。但凡妳能容人，又何至於此！」

皙華夫人的聲音低弱下去：「臣妾聽聞當年賢妃是跪了兩個時辰才小月的，以為半個時辰不打緊。」

那是多麼遙遠以前的事情，玄凌無暇去回憶，皇后卻是愣了愣，旋即抿嘴沉默。玄凌只道：「賢妃當日對先皇后大不敬，先皇后才罰她下跪認錯，何況先皇后從不知賢妃有孕，也是事後才知。而妳明知莞貴嬪身懷龍裔！」他頓一頓，口氣愈重：「賤婦如何敢和先皇后相提並論？」皙華夫人深知失言，嚇得不敢多語。

玄凌越發憤怒，厭惡地瞪她一眼：「朕瞧著妳不是無知，倒是十分狠毒！莞貴嬪若真有錯妳怎麼不一早罰了她非要捱到正午日頭最毒的時候！可見妳心思毒如蛇蠍，朕身邊怎能容得妳這樣的人！」

皙華夫人驚得癱軟在地上，面如土色，半晌才大哭起來，死死抓著玄凌的袍角不放，哭喊道：「皇上！臣妾承認是不喜歡莞貴嬪，自她進宮以來，皇上您就不像從前那樣寵愛臣妾了。並且聽聞朝中甄氏一族常常與我父兄分庭抗禮，諸多齟齬，臣妾父兄乃是於社稷有功之人，怎可受小輩的氣！便是臣妾也不能忍耐！」她愈說愈是激憤，雙眼牢牢迫視住我。

皇后又是怒又是歎息：「妳真是糊塗！朝廷之中有再多爭議，咱們身處後宮又怎能涉

及。何況妳的父兄與貴嬪父兄有所齟齬，你們更要和睦才是。妳怎好還推波助瀾，因私情為難莞貴嬪呢？枉費皇上這樣信任妳，讓妳代管六宮事宜。」

皇后說一句，玄凌的臉色便陰一層。說到最後，玄凌幾乎是臉色鐵青欲迸了。

晳華夫人一向霸道慣了，何曾把皇后放入眼中，遂看也不看皇后，只向玄凌哭訴道：「臣妾是不滿莞貴嬪處事囂張，可是臣妾真的沒有要害莞貴嬪的孩子啊！」她哭得傷心欲絕，「臣妾也是失去過孩子的人，怎麼會如此狠心呢！」

聞得此言，玄凌本來厭惡鄙棄的眼神驟然一軟，傷痛、愧疚、同情、憐惜、戒備，複雜難言。良久，他悲慨道：「己所不欲，勿施於人。妳自己也是身受過喪子之痛的人，又怎麼忍心再加諸在莞貴嬪身上……」玄凌連連擺手，語氣哀傷道：「就算妳無心害莞貴嬪腹中之子，這孩子還是因為妳沒了的。妳難辭其咎。妳這樣蛇蠍心腸的人朕斷斷不能一再容忍了！」他喚皇后：「去曉諭六宮，廢慕容氏夫人之份，褫奪封號，去協理六宮之權，降為妃。非詔不得再見。」

皇后答應了是，略一遲疑：「那麼太后那邊可要去告訴一聲？」

玄凌疲倦揮手：「恬嬪的孩子沒了太后本就傷心，如今又病著，未免雪上加霜，先壓下別提罷。」

皇后輕聲應了，道：「太后那邊臣妾自會打點好一切，皇上放心。」

晳華夫人如遭雷擊，雙手仍死死抱住玄凌小腿。待要哭泣再求，玄凌一腳踢開她的手，連連冷笑道：「莞貴嬪何辜？六宮妃嬪又何辜？要陪著莞貴嬪一同曝曬在烈日下？妳也去自己宮門外的磚地上跪上兩個時辰罷。」轉身再不看她一眼，直到她被人拖了出去。

玄凌道：「你們先出去罷，朕陪陪貴嬪。」

皇后點點頭，「也好。」又勸我：「妳好生養著，到底自己身子要緊。來日方長哪。」於是攜著眾人出去，殿內登時清淨下來。

他輕輕抱住我，柔聲歎道：「這次若非六弟把妳救出宓秀宮，又遣了人及時來稟報朕，事情還不知道要糟到什麼地步！」

我怔怔一愣，想起那一日帶我離開宓秀宮的堅定懷抱，心地驀地一動，不意真的是他。然而我很快回過神來，凝視玄凌流淚不止，忿忿悲慨道：「已經壞到了這般田地，還能怎麼樣呢！」

玄凌溫柔勸慰道：「也別難過了，妳還年輕呢，等養好了身子咱們再生一個就是了。」

我默默不語，半晌方道：「敢問皇上，臣妾的孩子就白白死了嗎？」我停一停，骨子裡透出生硬的恨意：「怎麼不殺了賤婦以洩此恨？」

他目中盡是陰翳，許久歎息：「朝政艱難，目下朕不能不顧及汝南王和慕容家族。」

心裡一涼，彷彿不可置信一般，失望之情直逼喉頭，不及思慮便脫口而出：「她殺了皇上的親生孩子！」我靜坐如石，唯有眼淚汩汩地、默默地滑落下來，連綿成珠。

眼淚滿滿地浸濕了他的衣裳，他只是默默攬著我，目中儘是怔忡悲傷之態，幾乎化作不見底的深潭，癡癡瞧住我，隔了許久，他道：「朕留不住咱們的孩子——我……對不住妳。」

陪伴在他身邊這些年了，我第一次聽他這樣和我說話，以九五至尊之身與我說一個「我」字自稱，用這樣疲憊傷感的口氣和我說話。他是天下最尊貴的人，可是此刻，他這樣軟弱和傷心，就像一個再尋常不過的失了孩子的父親一般難過。那樣癡惘深情的眼神，那樣

深刻入骨的哀傷與痛惜，瞬間勾起了我的悲痛。他沒有自稱一個「朕」字，可見他傷痛之深。我不忍再說，伏在他懷中搜腸抖肺地痛哭。那是我的眼淚，亦是我無盡的恨與痛……

玄凌撫著我的背脊道：「當日妳又何必那麼聽她話，叫妳跪便跪，罰便罰。」他頓一頓，頗有些怨懟敬妃的意思：「敬妃那時也在場，妳何不求助於她？」

「皇上知道慕容妃的性子的，敬妃如何勸得下？又豈死臣妾一己之力可以對抗的。何況當日的情形，忤逆不如順從，否則更給她借口逼迫臣妾。」我悲澀無力：「那麼皇上，您又為何要給她這樣大的權力讓她協理後宮？您明知她心思狠毒，當日眉姐姐，便是最好的例子！」

玄凌被我的問勢迫得頹然，片刻道：「妳是怨責朕嗎？」

我搖頭：「臣妾豈敢。」哭得累了，筋疲力竭。玄凌一淚未落，然而亦是疲憊。寢殿中死氣沉沉的安靜。他肅然起誓：「朕發誓，咱們的孩子不會白白死去！——朕一定還妳一個公道。」

我端然凝望他：「那麼要什麼時候？請皇上給臣妾一個准信。」

他默默不語，道：「總有那麼一天的。」

我愴然低首：「失子之痛或許會隨時間淡去，但慕容妃日日在眼前，臣妾安能食之下嚥？而皇上，未必會不念昔日情誼！」

他無言以對，只說：「嬛嬛，妳為了朕再多忍耐一些時候——別為難朕。」

滿腹失望。我不再看他，輕輕轉過身子，熱淚不覺滑落。枕上一片溫熱潮濕。我，枕淚而臥。

乾元十四年的夏天，我幾乎這樣一直沉浸在悲傷裡，無力自拔。那種逼灼的暑氣和著草藥苦澀的氣味牢牢印在我的皮膚和記憶裡，揮之不去。

我的棠梨宮是死寂的沉靜，不復往日的生氣，所有象徵多子多福的紋飾全部被撤去，以免我觸景傷情。宮女內監走路保持著小心翼翼的動作和聲音，生怕驚擾了我思子的情思。

後宮也是寂靜。皇后獨自處理著繁重的後宮事務，偶爾敬妃也會協助一二，但是這樣的機會並不多，太后在病中，敬妃主持著通明殿祈福的全部事宜，還要打理愨妃和淳兒的梓宮以及平日的祝禱。華妃，不，現在應該是慕容妃，她的位分由曾經的三妃之首成為後宮唯一屈居於皇后之下的從一品夫人，如今卻要排在敬妃之後，居三妃之末，甚至連封號也無，這令她顏面大失，深居內宮很少再見人，一如避世的端妃。

而玄凌雖然不理她，卻也不再處置她，依舊錦衣玉食相待。我小產一事，就這樣被輕輕一筆帶過。

我每一日都在痛悔，那一日在宓秀宮中為何不能奴顏婢膝，向慕容妃卑躬屈膝求饒，只要能保住我的孩子。我為何要如此強硬，不肯服輸？我甚至痛悔自己為何要得寵，若我只是普通的一介宮嬪，默默無聞，她又怎會這樣嫉恨我，置我於死地？這樣的痛悔加速了我對自己的失望和厭棄。

最初的時候，玄凌還日日來看我。而我的一蹶不振，以淚洗面使他不忍卒睹。這樣相對傷情，困苦不堪。終於，他長歎一聲，拂袖而去。

槿汐曾經再三勸我，「娘娘這樣哭泣傷心對自己實在無益，要不然將來身子好了，也會落下見風流淚的毛病的。聽宮裡的老姑姑說，當年太后就是這樣落下的病根。」

我中氣虛弱，勉強道：「太后福澤深厚，哪裡是我可以比的。」說著又是無聲落淚。

槿汐替我拭去淚跡，婉轉溫言說出真意：「娘娘這樣哭泣，皇上來了只會勾起彼此的傷心事。這樣下去，只怕皇上都不願再踏足棠梨宮了。於娘娘又有什麼好處呢？」

我喃喃道：「我失去這孩子不過一月，百日尚未過去，難道我這做娘親的就能塗脂抹粉、穿紅著綠地去婉轉承恩嗎？」

槿汐聞言不由愣住，「娘娘這樣年輕，只要皇上還寵愛您咱們不怕沒有孩子。娘娘萬萬要放寬心才是，這日後長遠著呢。娘娘千萬不要自苦如此。」

我手裡團著一件嬰兒的肚兜，那是我原本歡歡喜喜繡了要給我的孩子穿的。赤石榴紅線杏子黃的底色，繡出榴開百子花樣，一針一線儘是我初為人母的歡悅和對腹中孩子的殷殷之情……而今，肚兜猶在，而我的孩子卻再不能來這世間了。

我怔怔看著這精心繡作的肚兜，唯有兩行清淚，無聲無息的滑落下來。不由得十分爭強好勝的心也化作了灰。

這樣纏綿反覆的憂鬱和悲憤，我的身體越發衰弱。

我小產一事後，章彌以年老衰邁之由辭了太醫院的職位。這次來請脈的是溫實初，他一番望聞問切後，瞬間靜默，神色微有驚異。

我揮手命侍奉的宮女下去，淡淡道：「莫不是本宮的身子還有什麼更不妥的地方？」

他蹙眉深思片刻，小心翼翼道：「娘娘是不是用過麝香？」

「麝香？」我愕然，「章太醫說本宮孕中禁忌此物，本宮又怎麼會用？即便如今，本宮又哪裡還有心思用香料。」

他緊緊抿嘴，似乎在思量如何表述才好：「可是娘娘的貴體的確有用過麝香的症狀，只是份量很少，不易察覺而已。」他驀然抬頭，目光炯炯：「娘娘？」

我心裡一陣陣發緊，思索良久，搖頭道：「本宮並沒有。」然而說起香料，我驟然想起一事，這些日子來，我只在一處聞到過香料的氣息。於是低低喚了流朱道：「妳去內務府，想法子弄些慕容妃平時用的『歡宜香』來。」

流朱一去，溫實初又問：「娘娘是否長久失眠？」我靜靜點頭，他沉默歎氣道：「貴嬪娘娘這番病全是因為傷心太過，五內鬱結，肝火虛旺所致。恕微臣直言，這是心病。」

我默然。他眼中是悲憫的溫情和關懷：「喝太多的藥也不好。不如，飲蓮心茶罷。」他為我細細道來：「蓮心味苦性寒，能治心熱，有降熱、消暑氣、清心、安撫煩躁和祛火氣的效用，可補脾益腎、養心安神、治目紅腫。」

我恍然抬頭，澀澀微笑：「蓮心，很苦的東西呵。」

他凝視我片刻，道：「是。希望蓮心的苦，可以撫平妳心中的苦。」

我轉頭，心中淒楚難言。

溫實初低聲呢喃道：「問蓮根，有絲多少？蓮心為誰苦？雙花脈脈相問，只是舊時兒女。妳可還記得這首曲子？」我點頭，他繼續說：「小時甄兄帶著妳去湖裡盪舟，妳梳著垂髫雙鬟站在船頭，懷裡抱滿了蓮蓬，唱的就是這支歌。」他的聲音漸漸低迷柔惑，似乎沉浸在久遠美好的回憶中：「那個時候我就想，長大後一定要娶妳為妻。可是妳有著鳳凰的翅膀，怎是我小小一個太醫可以束縛住的？」他轉眸盯著我，疼惜之意流露：「可是看著妳如今這個樣子，我寧願當初自己可以死死束縛住妳，也不願見妳今日的樣子。」

我原本靜靜聽著，然而他越說越過分，忘了我與他的身份。心中有莫名的怒火翻騰，忽然伸手一揮，床前擱著的一個絲緞靠枕被我揮在了地上。

落地無聲，他卻被我震住了，我喘一口氣，道：「溫太醫今日說得太多了。今時今日你

以什麼身份來和本宮說這樣大逆不道的話！你是太醫，本宮是皇上的妃嬪，永遠只是如此而已。本宮感激溫太醫的情意，但是溫太醫若再讓本宮聽到這樣的話，就別怪本宮不顧多年相交的情分了！」

一口氣說得多，我伏在床邊連連喘息不止。溫實初又是心痛又是羞愧。我抬頭，忽然停住不言。錦簾邊，不知何時，眉莊已經亭亭玉立在那裡，面孔的顏色如她手上的白玉手鐲一般雪白。

我見是她，不由得又急又愧，眼前一陣陣發暈。溫實初對我的情意我從來不說與人知，何況今時此地的我已是皇帝的宮妃，這樣的話更是忌諱。這樣貿貿然被眉莊聽去，雖然我素來與她親厚，也是尷尬窘迫之事。不覺脫口喚道：「眉姐姐——」

眉莊微微咳嗽一聲掩飾面上神色，然而她臉色還是不大好看，想來也不願撞見這樣情景，道：「妳好生歇息養著才是要緊。」說完轉身便走。

我曉得眉莊要避嫌疑，回頭見溫實初垂頭喪氣站立一旁，越發氣惱，勉強平靜了聲色道：「你若是想害死本宮，這樣的渾話大可日日拿出來說，等著拿本宮把柄的人多著呢。溫大人，你與本宮自幼相交，本宮竟不曉得你是要幫本宮還是害本宮。」

他又痛又愧，急忙告退道：「妳……娘娘別生氣，您現在的身子禁不住氣惱，微臣不再說就是了。」

我本就病著，又經了氣惱，腦中如塞了棉花一般，不久便昏昏沉沉地睡過去了。

醒來已是晦暗近晚的天色，流朱也已經回來了。她服侍我吃了藥，又拿水漱了口，道：「姜公公聽說是咱們要才給的，還說皇上囑咐了這香只許給宓秀宮裡，別的宮裡都不能

用。」說著拿了裝著「歡宜香」的小盒子給我瞧。

我聽了這話，心中更有計較。遂打開盒子瞧了一眼，復有合上，道：「去請安美人來，就說我身子好些了，想請她過來說說話。」

流朱很快回來，卻不見陵容身影，流朱道：「菊清說安美人去皇后宮中請安了，等下便過來。」

我微微詫異，隨口道：「她身體好些了嗎？難得肯出去走動。」

夜來靜寂，連綿聒噪的蛙聲在夜裡聽來猶為刺耳鬧心。陵容坐於我面前，用指甲挑一點香料出來，輕輕一嗅，閉目極力分辨：「有青藿香、甘松香、苜宿香、煎香……白檀香、丁子香、雞骨香……」她細細再嗅，不再說下去，忽然美目一瞬，神色驚忡不定。

我忙問：「怎麼？」

她微有遲疑，很快說：「還有一味麝香。」

果然，我一顆心重重放下。慕容妃承寵多年，久久不孕，這才是真正的關竅。看來玄凌打壓慕容一族與汝南王的勢力是早就志在必得的了。也難為他這樣苦心籌謀。

然而心底的淒楚與怨恨愈加瀰漫，起初不過是薄霧愁雲，漸漸濃翳，自困其中。一顆心不住地抖索，我為何會在慕容妃宮中驟然胎動不安，為何會跪了半個時辰便小產。固然我身體本就不好，可安知又沒有玄凌賞賜的這味「歡宜香」的緣故？

玄凌啊玄凌，你要防她，豈知亦是傷了我的孩子！

陵容小心瞧我神情，又道：「姐姐這個東西是從慕容妃宮裡得來的嗎？當日在她宮中我就覺得不對，然而當時只是疑心，未能仔細分辨出來。何況妹妹人微言輕，又怎敢隨便提起。麝香本就名貴，以妹妹看來，這個應該是馬麝身上的麝香，而且是當門子[2]。這馬麝唯

有西北大雪山才有，十分金貴，藥力也較普通的麝香更強……」

陵容沒有再說下去，然而我是明白的，女子不能常用麝香，久用此物，不能受孕，即便有孕也多小產死胎。所以我雖然生性喜歡焚香，麝香卻是絕對敬而遠之，一點也不敢碰的。

我靜默良久，方告訴她：「太醫說我身上似有用過麝香的症狀，而我自有身孕以後便不再用香料，所以奇怪。」

陵容略一思索，道：「這種麝香力道十分強，在人身上無孔不入，姐姐那日在宓秀宮待了半日，估計由此而來，如此便會有用過麝香的跡象。」

我點一點頭，不作他論。隨興閒聊了幾句，陵容道：「姐姐面頰的傷痕差不多復原了，那一小盒舒痕膠也差不多快用完了吧？」

我微微笑道：「只剩下一點了。看來妹妹的舒痕膠的確有效。」

陵容笑容恬美：「姐姐如花容顏怎好輕易損傷呢。妹妹也是略盡綿力罷了。」

我聽得她嗓音比往日好了許多，也不覺微笑：「妳的嗓子好了許多，皇上可有再召幸妳嗎？」

陵容低了眉，兩片櫻唇雖盡力翹成了優美的弧度，神色卻依舊黯淡下來，「姐姐一向甚得君恩，如今病中皇上也不大來了。妹妹蒲柳之質，皇上又怎還會記得呢？」

這話她本是無心，而我聽來無異於錐心之語。我病中悲愁，相對垂淚，見面也只是徒惹傷心。後宮笑臉迎玄凌的人多如過江之鯽，又何必頻頻登我這傷心門第呢？

陵容見我臉色大變，不由慌了神：「妹妹信口胡說的，姐姐千萬別往心裡去。」我自然不肯惹她自愧，笑著含糊了過去。

她又道：「今日在皇后處請安，娘娘也很是感歎，說皇上其實很喜歡姐姐。只是姐姐驟

然失子，皇上怕相見反而傷心，所以才不願來多見姐姐。」

見我悵然不語，又勸：「姐姐想開些吧。只要忘了這回事，對皇上含笑相迎，皇上也就寬心了。」

然而我又怎能忘記這回事呢？心的底色，終究是憂傷陰晦了。

註釋：

(1)脫簪待罪：古代后妃犯下重大過錯請罪時的禮節。一般是摘去簪珥珠飾，散開頭髮，脫去華貴衣物換著素服，下跪求恕。最嚴重的還要赤足，因為古代女子重視自己的雙足不能隨意裸露，所以是一種侮辱性懲罰。相當於「負荊請罪」。

(2)當門子：麝香的入藥，尤其以腺體上凝結的顆粒最為上品，術語叫當門子。

五十五、長門菱歌起

七月間，暑熱更盛，而期盼已久的甘霖終於在帝后共同祝禱下姍姍來臨。一場暴雨，澆散了難言的苦熱和乾旱，給黎民蒼生無量福氣，亦沖淡了宮中連失兩子的愁雲慘霧。

於是，沉寂許久的絲竹管樂再度在宮廷的紫頂黃梁間響起。這一日大雨甫過，空氣中清馨水氣尚未散盡，玄凌便曉諭後宮諸人，於太液池長芳洲上的菊湖雲影殿開宴歡慶。也許宮中，也的確需要這樣的歡宴來化解連連喪子亡命的陰詭。

菊湖雲影殿築於十里荷花之間，以新羅特產的白木築出四面臨風的倚香水榭，水晶簾動微風起，湘妃細竹青簾半垂半卷，臨著碧水白荷，極是雅潔。殿外天朗氣清，水波初興，天光水影徘徊成一碧之色；水岸邊芳芷汀蘭，鬱鬱青青，把酒臨風，喜樂洋洋。

在座的嬪妃皆是宮中有位分又有寵的，失寵的慕容妃自然是不在其列。自我和恬嬪小產之後，未免觸景傷情，玄凌便不大來我們這裡，對我的寵愛也大不如前。因此，寵妃空懸的情境下，在位的嬪妃們無不使出渾身解數，為博玄凌歡心而爭奇鬥妍。而我心底，縱然明白他是為什麼寬待慕容妃，然而到底，也不是沒有一點怨恨的。而在這怨恨之外，多少也有幾許自憐與感傷。

滿座花紅柳綠間，皇后氣質高遠寧莊；敬妃姿態豐柔頤和；欣貴嬪爽朗明快，令人觀之可親；眉莊是寧靜幽雅，令人見之意遠；曹容華明眸含羞；秦芳儀纖腰如束；劉慎嬪的涵煙眉，眉心微蹙，油然而生憐香之意；杜恬嬪的慵來妝，胭紅嬌艷，不覺又起惜玉之情。此外

諸女，或以姿色勝，或以神態勝，各有動人心意之處。

心境如我，一時間是無法融入這艷景中去的。而如此蒼白的心境，連擇衣都是銀白的吹絮綸平衣，只挽一個扁平簡單的圓翻髻，橫貫一枝鑲珠銀簪，擇一個偏僻的座位，泯然於眾。玄凌瞧見我時，目光有含蓄的憐憫，然而我還是驚覺了，憶及我那未能來到這世間的孩子，心底淒苦，轉首悄悄拭去淚痕。

如此鶯鶯燕燕，滿殿香風。玄凌也只是心意可可，並未有十分動心之態。皇后見他意興闌珊，遂進言道：「雖然定例三年選秀一次，但宮中近日連遭變故，若皇上首肯，也不是不能改動，不如風月常新，再選些新人入宮陪伴皇上吧。」

玄凌不置可否，但還是感念皇后的盛情：「皇后大度朕是明白的，可是眼下朕並沒有心情。」他的目光微微沉寂注視，「何況新人雖好，但佳人不可多得啊。」

皇后會意，很快微笑道：「內廷新排了一支歌曲，還請皇上一觀。」

玄凌客氣微笑，「今日飲酒過多，不如改天吧。」

然而皇后堅持：「歌女排練許久也是想為皇上助興。」皇后一向溫順，不逆玄凌的意思，今天這樣堅持己見倒是少有，玄凌向來對皇后頗尊重，此刻也不願違拂她的心意，便道：「好。」

殿中靜悄悄的無聲，涼風偶爾吹起殿中半捲的竹簾，隱隱約約裹來一陣荷花菱葉的清香。遠處數聲微弱的蟬音，愈加襯得殿中寧靜。過不一會兒，卻聽到殿前湖面上吹來的風中隱約傳來低婉的歌聲，聲音很小，若不仔細聽很容易恍惚過去，細聽之下這歌聲輕柔婉轉，如清晨在樹梢和露輕啼的黃鶯，帶著一種奇特的韻味，動人心魄。

歌聲漸漸而近，卻是一葉小舟，舟上有一身影窈窕的女子，緩緩盪舟而來。而那女子以

粉色輕紗覆面，亦是一色淺粉的衣衫，琳琅出於碧水白荷之上，如初春枝頭最嬌艷的一色櫻花，呵氣能化，讓人怦然而生心疼呵護之心。然而她究竟是誰，眾人皆是面面相覷，滿腹狐疑，惴惴不定。

此女一出，雖只聞其聲而不見其容，但眾人心中俱是瞭然，如此歌聲動人的女子，遠出於當日的妙音娘子與安美人之上，如何能與之比擬，將是爭寵的莫大勁敵。然而她歌聲如此可人，那怨懟嫉恨之語，卻是無論如何也說不出口了。

她愈近，歌聲越發清晰，唱的正是一首江南女子人人會唱古曲的《蓮葉何田田》。

「江南可採蓮，蓮葉何田田。中有雙鯉魚，相戲碧波間。魚戲蓮葉東，魚戲蓮葉南。蓮葉深處誰家女，隔水笑拋一枝蓮。江南可採蓮，蓮葉何田田。水覆空翠色，花開冷紅顏。路人一何幸，相逢在此間。蒙君贈蓮藕，藕心千絲繁。蒙君贈蓮實，其心苦如煎。」

此曲是江南少女於夏中採蓮時時常歌唱的，亦是表達與情郎的相思愛慕之意。然而曲子愈是普通，我愈是驚異此女的聰慧。從來簡單的物事方最顯出功底深厚，如同頂級的廚師，若要真正一展廚藝，必不會選繁複的菜式，而是擇最簡單的白菜、豆腐來做，方能顯出真章。宮中善歌的女子不少，唯獨此女才真正引我注目。我不禁感喟：這是何等絕妙的佳人！

果然歌出自她口中，如怨如訴，如泣如慕，餘音裊裊，不絕如縷。一湖蓮開如雪，風涼似玉，美人歌喉如珠徐徐唱來，但覺芙蓉泣淚，香蘭帶笑，風露清寒，春愁無盡，令人頓起相思之情，縈繞於心，溫軟又惆悵。

她的粉色衣衫被湖風吹動，衣袂翩翩如舉，波光天影瀲灩之間，倒映她纖弱的身影於水中，如菡萏初開，輕盈似蕊，凌波恍若水中仙，大有飄飄不勝清風之態，風致清麗難言。

玄凌遠遠觀望早就癡了，口中訥訥難言，轉眸一瞬不瞬盯住皇后。皇后柔和注目玄凌，

極輕聲道：「歌喉雖然還有所不及，但也可比六七分像了。」

玄凌微微黯然，很快轉臉專注看著那女子，似乎自言自語：「已經是難能可貴了。這世間終究沒有人能及得上她。」

皇后目光一黯，唇邊依舊凝固著笑容，只是不再說話。我與他們隔得極遠，零星聽得這幾句，也不作深想。

待得舟近，早有人下去問是誰。那粉衫女子只是不答，隨手折下身畔一朵盛開的白蓮，遙遙拋向玄凌，口中只反覆唱著那一句「蓮葉深處誰家女，隔水笑拋一枝蓮」，如此風光旖旎，款款直欲攝人心魂。玄凌一時惘然怔住，哪還及細細思量，快走兩步上前接在手中，那白蓮猶沾著清涼的水珠，舉動間濡濕他的衣袖，他卻全然不顧。

眾人見這般，不由臉色大變，唯獨皇后唇邊含一縷柔和的笑，靜觀不語。

玄凌接了蓮花在手，含笑反覆把玩，目光只纏綿在那窈窕女子身上。此時舟已靠岸，雖看不見容貌，我卻清楚看見她身形，竟是十分熟悉，心底劫然一驚，轉瞬想到她嗓音毀損並未完全復原，又怎能在此出現，不免又驚又疑，回顧眉莊容色，兩人目光交錯，亦是與我一般驚訝。

她遙遙伸出雪白的一隻纖手，玄凌情不自禁伸手去扶。雙手交會間那女子手中已多了一枝蓮藕。那女子輕聲微笑：「多謝皇上。」

這一句話音如燕語，嬌柔清脆。玄凌滿面春風：「美人若如斯，何不早入懷？今日一見，美人投朕以木瓜，朕自然是要報之以瓊瑤了。」

話音未落，皇后已經含笑起身，「皇上可知她是誰嗎？」隨即轉頭看向那女子，「讓皇上見一見妳的真容吧？」

那女子矜持行禮，柔荑輕揮間面紗已被掀起，眉如翠羽橫掃，肌如白雪回光，腰若流紈素，齒似含貝潤，纖柔有飛燕臨風之姿。我微微屏息，心頭大震，復又一涼，剎那間五味陳雜——不是安陵容又是誰！

玄凌也是十分意外，「妳的嗓子不是壞了嗎？」

陵容微笑清甜如泉，略有羞色：「皇后命太醫細心治療，如今已經好了。」

玄凌驚喜而歎：「不僅好了，而且更勝從前。」他十分喜悅，轉頭對皇后道：「皇后一番苦心。朕有如此賢後，是朕的福氣。」

皇后端莊的眼眸中有瞬間的感動與深情，幾乎淚盈於睫，但很快只是淑慎微笑，並無半分得意：「臣妾只是見皇上終日苦悶，所以才出了這個下策，只希望可以使皇上略有安慰。皇上喜歡安美人就好，臣妾只求皇上能日日舒心，福壽安康。」

這樣情意深重的話，玄凌聽了也是動容。我心頭亦是感觸，我竟從未發覺，皇后對玄凌竟有如斯深情，這深情之下竟能將他人拱手奉於玄凌懷中，只求他能歡悅便可。愛人之心，難道能寬容大度至此嗎？

未及我細想，玄凌已道：「容兒的美人還是去年此時封的。」玄凌執起陵容的手，含笑凝睇她含羞緋紅的容顏，柔聲道：「就晉封為從五品小媛吧。」

陵容的目光飛快掃過我臉龐，飽含歉意。很快別過臉，恭謹行禮如儀：「多謝皇上厚愛。」

玄凌開懷大笑：「容兒向來嬌羞溫柔，今日再見，一如當初為新人時，並無半分差別。」

陵容微垂臻首，嬌羞似水蓮花不勝涼風。唯見發間一枝紅珊瑚的雙結如意釵，釵頭珍珠

顫顫而動，愈加楚楚動人。聽得她道：「臣妾哪裡還是新人，不過是舊酒裝新壺，皇上不厭棄臣妾愚魯罷了。」

玄凌手掌撫上她小巧圓潤的下巴，憐愛道：「有愛卿在此，自然是酒不醉人人自醉。今日重入朕懷，應當長歌以賀。」

陵容微微側首，極天真柔順的樣子，微笑唱道：「勸君莫惜金縷衣，勸君惜取少年時，花開堪折直須折，莫待無花空折枝。」

一曲綿落，玄凌撫掌久久回味，待回過神來，笑意更濃：「花開堪折直須折，朕便折妳在手，不讓妳再枝頭空寂寞。」旋即對李長道：「取金縷衣來賜安小媛。」李長微微一愣，躬身領命而去。

金縷衣，那是先皇隆慶帝特意為舒貴妃所製，當世只得三件。一件遺留宮中，一件為舒貴妃出宮時帶走，另一件則在清河王手中。

這樣隆重的禮遇和恩寵，幾乎令人人都瞠目結舌，大出意外。

欣貴嬪忽而淺笑，轉過頭不無酸意道：「越女新妝出鏡心。安妹妹果然是一曲菱歌敵萬金！」(1)

我驀然想起，這一首歌，正是安陵容去年得幸時所唱的，憑此一曲，她成為了玄凌的寵妃。那時的她羞澀緊張，遠不如今日的從容悠逸，輕歌曼聲。而時至今日，這首《金縷衣》成就的不僅是她的寵愛和榮光。

昔日種種的潦倒和窘迫，安陵容，終於一朝揚眉吐氣。

我說不出此時的心情到底是喜是悲，只覺茫茫然一片白霧蕩滌心中。悄然轉首，抿嘴不語，在菊湖雲影殿極目望去，遠遠的蓮花之外，便是清河王所暫居的鏤月開雲館。聽聞館外

遍植合歡，花開如霧，落亦如雨繽紛。

也許在我和眉莊都是這樣蕭條的景況下，陵容的驟然獲寵於人於己都是一件好事。然而，我的唇際泛起若有似無的笑。惠風漫捲吹起滿殿絲竹之聲，這樣的歌舞昇平會讓人暫時忘記一切哀愁。我舉杯痛飲，只願長醉。

我想，我不願再想，也不願再記得。

一個月後翻閱彤史的記錄。整整一月內，玄凌召幸我一次，敬妃兩次，眉莊兩次，曹婕妤一次，慎嬪與欣貴嬪嬪各一次，與皇后的情分卻是好了很多，除了定例的每月十五外，也有七、八日在皇后宮中留宿，再除去有數的幾天獨自歇息，其他的夜晚，幾乎都是陵容的名字。

朝廷分寒門、豪門，後宮亦如是，需要門第來增加自己背後的力量。陵容這樣的出身自然算不得和宮女出身一般卑微，但也確實是不夠體面。玄凌這樣寵愛她，後宮中幾乎滿是風言風語，酸霧醋雲。

然而陵容這樣和婉謙卑的性子，是最適合在這個時候安撫玄凌連連失子的悲痛的。女人的溫柔，是舔平男人傷口的良藥。

我靜靜與眾妃坐在下首聽皇后說著這些話。也許，皇后是對的。她是玄凌的皇后，亦在他身邊多年，自然曉得要怎樣的人去安慰服侍他。

皇后面朝南，端然坐。只著一襲水紅色刻絲泥金銀如意雲紋的緞裳，那繡花繁複精緻的立領，襯得她的臉無比端莊，連水紅這樣嬌媚的顏色也失了它的本意。皇后眉目肅然，語氣中隱有嚴厲：「安小媛出身是不夠榮耀，也難怪你們不服氣。但是如今皇上喜歡她，也就等

於本宮喜歡她。平時你們爭風吃醋的伎倆，本宮都睜一眼閉一眼，只當不曉得算了。可眼下她是皇上心尖兒上的人，你們要是敢和她過不去，便是和本宮與皇上過不去。」突然聲音一重：「曉得了嗎？」

眾人再有怨氣，也不敢在皇后面前洩露，少不得強嚥下一口氣，只得唯唯諾諾答應了。皇后見眾人如此，放緩了神色，推心置腹道：「本宮也是沒有辦法。若你們一個個都濟事，人人都能討皇上喜歡，本宮又何必費這個心思呢。」她慨歎：「如今愨妃、淳嬪都沒了，慕容妃失了皇上的歡心，莞貴嬪身子也沒有好全。妃嬪凋零，難道真要破例選秀嗎？既勞師動眾，又一時添了許多新人，你們心裡是更不肯了。皇上本就喜歡安小媛，那時不過是她嗓子壞了才命去休養的。她的性子又好，你們也知道。有她在皇上身邊，也不算太壞了。」

皇后這樣說著，陵容只是安分坐在自己的位子上，默默低頭，渾然不理旁人的言語。闊大的紅木椅中，只見她華麗衣裳下清瘦纖弱得讓人生憐的背影，和簪在烏黑青絲中密密閃爍的珠光渾圓。

皇后這樣說，眾人各懷著心思，自然是被堵得啞口無言。人人都有自己的主意，也都明白，一個沒有顯赫家世的安氏，自然比新來的如花美眷好相與些。更何況，誰知她哪天嗓子一倒，君恩又落到自己頭上呢。遂喜笑顏開，屢屢允諾絕不與陵容為難。

皇后鬆一口氣，目光落在我身上，和言道：「安小媛的事妳也別往心裡去，皇上總要有人陪伴的，難得安氏又和妳親厚。本宮也只是瞧著她還能以歌為皇上解憂罷了。本宮做一切事，都是為了皇上著想。」

我惶恐起身，恭敬道：「娘娘言重了。只要是為了皇上，臣妾怎麼會委屈呢。」

皇后的神色柔和一些：「妳最得大體，皇上一直喜歡妳，本宮也放心。可是如今瞧著妳這樣思念那孩子，身子也不好——皇上身邊是不能缺了服侍的人的。妳還是好好調養好了身子再服侍皇上也不遲。」

我如何不懂皇后話中的深意，陵容的風光得自於她的安排，她自然是要多憐惜些的，怎好叫人奪了陵容如今的風頭呢。遂恭身領命，道：「皇后的安排一定是不錯的。」

臨走，皇后道：「慕容氏的事叫妳委屈了。太后已經知道妳小月的事了，還惋惜了很久。聽說今日太后精神好些，妳去問安吧。」

我本一心聽著皇后說陵容的事，驟然聽她提及我失子一事，心頭猛地一酸，勾起傷心事。然而面上卻流露不得，只用力低頭掩飾自己哀戚之色，低聲應了「是」。

方走至鳳儀宮外庭園中，只覺得涼意拂面瑟瑟而來。這才驚覺已經是初秋的時節了，鳳儀宮庭院中滿目名貴繁花已落。那森綠的樹葉都已然悄然染上了一層薄薄的金色霧靄，連帶著把那落花清泉都被染成淺金的蕭索。不過數月前，滿園牡丹奼紫嫣紅，我便在這頗含凌厲驚險的園中得知我獲得了生命中第一個孩子。短短數月間，那時一同賞花鬥艷的人如同落花不知已經凋零幾何了。

忽聞得身後有人喚：「貴嬪娘娘留步。」回頭卻見是秦芳儀，邁著細碎的貌似優雅的步子行到我面前。聽聞她近日為博得玄凌歡心，特意學這種據說是先秦淑女最中意的步伐來行走，據說行走時如弱柳扶風，十分嬌娜。只可惜玄凌心思歡娛皆在陵容身上，看過後不過一笑了之。本來也是，秦芳儀骨骼微粗，並不適合這樣柔美的步子，反有些像東施效顰。

我暗自轉念，或許陵容來走這樣的步子，更適合也更美罷。

我其實與秦芳儀並不熟絡，碰見了也不過點頭示意而已。她今日這樣親熱呼喚，倒叫我

有些意外。

遂駐步待她上前，她只行了半個禮，道：「貴嬪妹妹好啊。」

我懶得與她計較禮數，只問：「秦姐姐有什麼事嗎？」

她卻只是笑，片刻道：「妹妹的氣色好多了呀。可見安小媛與妹妹姐妹情深，她那邊一得寵，妳的氣色也好看了。可不是嗎？姐妹可是要互相提攜提攜的呀。」

我心頭厭煩，不願和她多費口舌，遂別過頭道：「本宮還要去向太后問安，先走一步了。」

她卻不依不饒：「貴嬪妹妹真是貴人事忙，沒見著皇上，見一見太后也是好的。可真是孝順呢，姐姐我可就比不上了啊！」

她這樣出言譏諷，我已是十分惱怒。她從前與我井水不犯河水，如今這樣明目張膽，不顧我位份在她之上，不過是瞧著玄凌對我不過爾爾，又兼著失子，與失寵再無分別了。我從前的日子那樣風光，她哪有不嫉妒的，自然是瞅著這個機會來排揎我罷了。

我強忍怒氣，只管往前走。她的話，刻薄而嬌媚。聲線細高且尖銳，似一根鋒利的針，一直刺進我心裡去，輕輕地，卻又狠又快。她上前扯住我的衣袖道：「貴嬪妹妹與安小媛交好人人都知道，這回這麼費盡心思請皇后出面安排她親近皇上，妹妹可真是足智多謀。」她用絹子掩了口笑：「不過也是，妹妹這麼幫安小媛。她將來若有了孩子，自然也是妳的孩子啊。妹妹又何必愁保不住眼前這一個呢！」

我再不能忍耐。她說旁的我都能忍，只是孩子，那是我心頭的大痛，怎容她隨意拿來詆毀。

我重重撥開她的手，冷冷道：「秦芳儀見了本宮怎麼也該稱一聲『娘娘』，自稱『嬪

妾』吧。芳儀在宮中久了，這些規矩還要本宮一一來教嗎？還是老糊塗了！」她聞得我說她一個「老」字，幾乎是瞬間勃然變色。我哪裡能容得她說話，一把摁住她手臂，微微一笑道：「芳儀何苦來著學那些先秦淑女的步子，年代久遠，怎能學得像呢？不如回宮好好想著，怎麼皇上現下對妳是毫不眷顧了呢，一月多來連一次召幸也沒有。不過現放著安小媛呢，若妳誠心誠意向她求教，想來小媛一定不吝賜教。芳儀妳可就受益匪淺了。」

這樣連珠般字字詰問下來，她連還口之力也無，臉上一陣紅一陣白的難看。或許也是礙著我位分終究在她之上，悻悻難言。良久臉色一變，有惱羞成怒之狀，正要向我發作，身後卻是一個極清麗的聲音，款款道：「秦姐姐可是瘋魔了嗎？連貴嬪娘娘也要頂撞了，可知皇后娘娘知道了定是要怪罪的呢。」秦芳儀頗忌憚她，更忌憚皇后，只得悻悻走了。

陵容握住我的手道：「姐姐為我受委屈，陵容來遲了。」

我不易察覺地輕輕推開她的手，道：「沒什麼委屈，我本不該和她一般見識。」我淡淡一笑：「從前都是我為妳解圍的，如今也換過來了。」

陵容眼圈微微一紅，楚楚道：「姐姐這是怪我、要和我生分了嗎？」

我道：「並沒有，妳別多心。」

陵容垂淚道：「姐姐是怪我事前沒有告訴妳嗎？這事本倉促，皇后娘娘又囑咐了要讓皇上驚喜，絕不能走漏了風聲。陵容卑微，怎麼敢違抗呢。何況我私心想著，若我得皇上喜歡，也能幫上姐姐一把了，姐姐就不用那樣辛苦。」

我歎息道：「陵容啊，妳的嗓子好了該告訴我一聲。這樣叫我擔心，也這樣叫我意外。」

陵容淒楚一笑，似風雨中不能蔽體的小鳥：「姐姐不是不明白身不由己的事。何況陵容

身似蒲柳，所有這一切，不過是成也歌喉，敗也歌喉而已。」

我無法再言語和質疑，她這般自傷，我也是十分不忍。她是成也歌喉，敗也歌喉。那麼我呢？成敗只是為了子嗣和我的傷心嗎？

我能明白，亦不忍再責怪。後宮中，人人有自己的不得已。於是強顏歡笑安慰道：「秦芳儀惹我生氣，我反倒招的妳傷心了。這樣兩個人哭哭啼啼成什麼樣子呢，叫別人笑話去了。」陵容這才止住了哭泣。

到了太后宮中請安，太后倒心疼我，叫人看了座讓我坐在她床前說話。提及我的小產，太后也是難過，只囑咐了我要養好身子。

太后撫著胸口，慨道：「世蘭那孩子哀家本瞧著還不錯，很利落的一個孩子，樣貌又好，不過是脾氣驕縱了點，那也難免，世家出來的孩子嘛。如今看來倒是十分狠毒了！」太后又道：「哀家是老了，精力不濟。所有的事一窩蜂地全叫皇后去管著，歷練些也好。若年輕時，必不能容下這樣的人在宮裡頭！也是皇后無用，才生出這許多事端來。」

我聽太后罪及皇后，少不得陪笑道：「宮中的事千頭萬緒，娘娘也顧不過來的。還請太后不要怪及皇后娘娘。」

太后的精神也不大好，半是花白的頭髮長長披散在枕上，臉色也蒼白，被雪白的寢衣一襯，更顯得蠟黃了，脖子上更是顯出了青筋數條。紅顏凋落得這樣快，太后當年雖不及舒貴妃風華絕代，卻也是如玉容顏。女人啊，真是禁不得老。一老，再好的容顏也全沒了樣子。可是在宮裡，能這樣平安富貴活到老才是最難得的福氣啊。多少紅顏，還沒有老，便早早香消玉殞了。

太后見我有些發愣，哪裡曉得我在轉這樣的心思，以為我累了，便叫我回去。我見太后也是疲憊的神態，便告辭了。

方走到垂花儀門外，一摸繫在金手釧上的絹子不知落在了哪裡。一方絹子本也不甚要緊，只是那絹子是生辰時流朱繡了給我的，倒不比平常的。細細想想，進太后寢殿前還拿來用過，必定是落在太后寢殿門口了。於是不要浣碧陪著，想取了便走。

太后病中好靜，寢殿中唯有孫姑姑一人陪著。殿外也無人守侯，皆是守在宮門口的。我也不欲打擾人，便沿著殿角悄悄進去。此時正是初秋，涼風影動，姍姍可愛。太后寢殿的長窗下皆種滿了一人多高的桂花樹，枝葉廣茂，香風細細，倒是把我的身影掩抑其間。

才要走近，冷不防聽見裡面孫姑姑蒼老溫和的聲音道：「奴婢扶太后起來吃藥吧。」說著便是碗盞輕觸的聲響。待太后服完藥，孫姑姑遲疑道：「太后昨晚睡得不安穩呢，奴婢聽見您叫攝政老王爺的名字了。」

我的心悚然一驚，飛快捂住自己的嘴。不知是我的心驚得安息了片刻，還是裡頭真是靜默了片刻，只聽太后肅然道：「亂臣賊子，死有餘辜！我已經不記得了。妳也不許再提。」

孫姑姑應了，太后倒是歎了一聲，極纏綿悱惻的一歎。孫姑姑道：「太后？」

太后道：「沒什麼。我不過是為了甄氏那孩子的事有些難過。」

孫姑姑道：「莞娘娘的確是命苦。這樣驟然沒了肚裡孩子，皇上也不怎麼待見她，奴婢見了也心疼。」又道：「太后若喜歡莞娘娘，不如讓她多來陪陪您吧。」

我本欲走，然而聽得言語間涉及我，不自覺地便聽住了。太后感喟道：「我也不忍得老叫她在我眼前……」太后的聲音愈來愈輕，「阿柔那孩子……我最近老夢見她了……雖不是十分像，但性子卻是有幾分相似的，我反而難過。」漸漸聲音更低，似乎兩人在喁喁低

語，終於也無聲了。我不敢再多逗留，也不要那絹子了，見四周無人，忙匆匆出去了。

回到宮中，便倚在長窗下獨自立著沉思。快到中秋，月亮晶瑩一輪如白玉盤一般。照得庭院天井中如清水一般，很是通明。

我的思緒依然在日間。陵容的確是楚楚可憐。而幫我那一句話，終究是虛空的。我自然不願這個時候太接近玄凌，但是眉莊呢，也從未聽聞她有一字一句的助益。或許她也有她的道理，畢竟是新寵，自己的立足之地尚未站穩呢。

而太后，我是驚聞了如何一個秘密。多年前攝政王掌權，國中有流言說太后與攝政王頗有曖昧。直到太后手刃攝政王，雷厲風行奪回政權，又一鼓作氣誅盡攝政王所有黨羽。流言便不攻自破，人人讚太后為女中豪傑，巾幗之姿遠遠棄世間鬚眉於足下。而今日看來，只怕太后和攝政王之間終究是有些牽連瓜葛的。

而阿柔，那又是怎樣的一個女子，能讓太后這樣憐惜，念念不忘呢？阿柔，名字來看，倒是有些像已故純元皇后的的名字的。不知太后是否私下這樣喚她——阿柔。親厚而疼愛。太后現在病中，難免也是要感懷逝者的吧。

「娘娘，月亮出來了。您瞧多好看呢。」佩兒撩開玉色冰紋簾子，試探地喚著獨立窗前的我。這丫頭，八成是以為我又為我的孩子傷心了，怕我傷心太過，極力找這些話來引我高興。也難為了她們這片心思。

月光已透過了雕刻鏤花的朱漆綺窗鋪到案几上，明瑟居的絲竹聲已隨著柔緩的風的穿過高大厚重的宮牆。現在的明瑟居裡，有國中最好的樂師和歌者，齊聚一堂。轉眸見門邊流朱已經迅速掩上了門。我暗道，在這世上，哪有那麼多是可以阻擋的。一己之力又怎可以阻擋

這樣無形的歌樂。何況陵容的歌聲，又豈是一扇門可以掩住的。

明瑟居的絲竹歌聲是一條細又亮的蠶絲，光滑而綿密的靜悄悄地延伸著；伸長了，又伸長了——就這樣柔滑婉郁，過了永巷，過了上林苑，過了太液池諸島，過了每一座妃嬪居住的亭台樓閣，無孔不入，更是鑽入人心。我遙望窗外，這樣美妙的歌聲裡，會有多少人的詛咒，多少人的眼淚，多少認得哀怨，多少人的夜不成眠。

攤開了澄心堂紙，蘸飽了一筆濃墨。只想靜靜寫一會兒字。我的心並不靜罷，所以那麼渴望自己能平靜，平靜如一潭死水。

太后說，寫字可以靜心。皇后亦是日日揮毫，只為寧靜神氣。

我想好好寫一寫字，好好靜一靜心思。

揮筆寫就的，是徐惠[2]的《長門怨》：

舊愛柏梁台，新寵昭陽殿。守分辭芳輦，含情泣團扇。一朝歌舞榮，夙昔詩書賤。頹恩誠已矣，覆水難重薦。

「頹恩誠已矣，覆水難重薦」於我到底是矯情了一些。而觸動了心腸的，是那一句「一朝歌舞榮，夙昔詩書賤」。

曾幾何時，我與玄凌在這西窗下，披衣共剪一枝燁燁明燭，談詩論史；

曾幾何時，他在這殿中為我抄錄梅花詩，而我，則靜靜為他親手裁剪一件貼身的衣裳；

曾幾何時，我為他讀《鄭伯克段於鄢》，明白他潛藏的心事。

曾幾何時呢？都是往日之時了。歌舞娛情，自然不比詩書的乏味。再好的書，讀熟了也會撂開一邊。

新寵舊愛，我並沒有那樣的本事，可以如班婕妤得到太后的庇護居住長信宮；也不及徐

惠，可以長得君恩眷顧。而她，自然也不是飛燕的步步相逼。寫下這首《長門怨》，哀的是班婕妤的團扇之情。常恐秋節至，涼風奪炎熱。如今不正是該收起團扇的涼秋了嗎？

陵容的嗓音好得這樣快、這樣適時，我並不是不疑心的。然而又能如何呢？她的盛年，難道也要如我一般默默凋零嗎？寂寞宮花紅，有我和眉莊，已經足夠了。

縱然我了然陵容所說的無奈，也體諒皇后口中玄淩的寂寞和苦衷。然而當他和她的笑聲歡愉這樣硬生生迫進我的耳朵時，不得不提醒著我剛剛失去一個視如生命的孩子；還有，夫君適時的安慰和憐惜。

沒有責怪，也不恨。可當著我如此寂寥的心境，於寂寥中驚起我的思子之慟，不是不怨的。我自嘲，原來我，不過也是這深宮中的一個寂寞怨婦呵。

筆尖一顫，一滴濃黑的烏墨直直落在雪白紙上，似一朵極大的淚。柔軟薄脆的宣紙被濃墨一層層濡濕，一點點化開，心也是潮濕的。

註釋：

(1) 出自張籍的《酬朱慶余》，全詩為：「越女新妝出鏡心，自知明艷更沉吟。齊紈未足時人貴，一曲菱歌敵萬金。」

(2) 徐惠：湖州長城人，唐太宗李世民的妃子。四歲通論語及詩。八歲已善屬文。一才著稱，為太宗所聞，乃納為才人，又進充容。太宗死後絕食殉情，追贈賢妃。

五十六、語驚心

九月的涼風，濃了桂子香，紅了楓葉霜，亦吹散了些許我濃烈的思子的哀傷，身子也漸漸好了些許。有時候空閒著，想想或許也該去見玄凌，畢竟失去了孩子，他的心裡也是不高興的。何況眼下得寵的那一位，終究也是我的姐妹。

於是遣了流朱去探玄凌是否在儀元殿中，流朱回來卻道：「李公公說皇上在御書房看奏章呢。奴婢已經讓小廚房準備好了點心，小姐也和從前一樣去給皇上送些吃食去吧。」

不知為何，流朱才要開口答我時，心裡忽然有些緊張，只盼望著流朱說玄凌不能見我，似乎是有了近鄉情怯之感，倒不願見了。如今聽流朱這樣親口說了出來，反而鬆了口氣。想著若這樣去了，若是見面尷尬，或在他殿中嗅到了或是見到了屬於別的女子的私物與氣味。該是如何的情何以堪。若真如此，還是不見罷了。

於是道：「準備了點心也好。讓晶清送去給眉莊小主吧。」

流朱急道：「小姐不去看望皇上了嗎？」

我淡淡道：「皇上忙於國事，我怎好去打擾。」

流朱道：「可是從前……小姐是可以出入御書房的呀……」

心下微微淒澀，截斷她的話頭道：「如今可還是從前嗎？」

流朱一愣，神色也隨我黯淡了，遂不再言語。

抬頭見窗外秋光晴好，於是攜了槿汐一同去散心。初秋的上林苑中，太液池上往往凝結

著迷離不散的淡薄水霧，霜後一疊羽扇楓林鮮紅如泣血，只殘留了一點些微的青色。上林苑百花凋落，彷彿是為了驅散這秋的清冷蕭條。滿苑中堆滿了開得正盛的清秋菊花，金芍藥、黃鶴翎、玉玲瓏、一團雪、胭脂香、錦荔枝、西施粉、玉樓春，錦繡盛開，色色都是極名貴的佳品，如此艷態，大有一種不似春光而又勝似春光美麗。

我微微一笑，宮中培植的菊花，再名貴，再艷麗，到底是失了陶淵明所植菊花的清冷傲骨。而菊花之美，更在於其氣韻而非顏色。所謂好菊，白菊最佳，黃菊次之，紅紫一流終究是失了風骨的。

沿著太液池一路行走，貪看那美好秋色，漸漸走得遠了。四周草木蕭疏，很是冷清，更有無名秋蟲唧唧作聲，令人倍覺秋意漸濃。只見孤零零一座宮苑，遠離了太液池畔寵妃們居住的殿宇，但紅牆金脊，疏桐槐影，亦是十分高大，並非普通嬪妃可以居住。不由心下好奇，問槿汐道：「這是什麼地方？」

槿汐道：「那是端妃娘娘所居的披香殿。」

我默然頷首。我與端妃雖然私下有些往來，卻從未踏足她的宮室拜訪，一為避嫌，而來她也不喜歡。

我有身孕時她也十分熱絡，甚至不顧病體強自掙扎著為我未出世的孩子製了兩雙小鞋。我甚是感激她的心意，端妃卻不喜歡我去拜訪。我小產之前，她又病倒了，聽聞病得不輕，然而病中仍不忘囑咐我好生養息。再後來我遇上種種繁難，也顧不得她了。

現在這樣經過，加之她又病著，自然不能過門而不入的。遂向槿汐道：「妳去扣門吧。」雖是午間，宮門卻深閉不開，更有些斑駁的樣子。扣了良久的銅鎖，方聽得「吱嘎」一聲，門重重開啟。出來的是吉祥，見是我，也有幾分驚訝，道：「娘娘金安。」

我心下有些狐疑。吉祥、如意是端妃身邊的貼身宮女，很有體面，又是寸步不離的，怎麼會是她來開門。於是問道：「你們娘娘呢？」

吉祥眼圈兒一紅，含淚道：「娘娘來了就好。」

我心中一驚，匆匆跟著吉祥往裡頭寢殿走。殿宇開闊，卻冷冷清清的，沒見到一個伏侍的宮人的身影。不由問：「人都去哪裡了？」

吉祥答非所問：「自從幾年前咱們娘娘病了，皇后娘娘為了讓娘娘靜心養病，就把同住著的幾位小主遷了出去。所以沒有人在。」

我看住她：「那麼伏侍的宮人呢，也一同遷了出去嗎？」

她微有遲疑：「娘娘打發他們出去了。還有如意在殿外煎藥呢。」

我不方便再問，於是逕自踏進殿內，宮中有一股濃烈苦澀的藥味還未散去。殿外牆上爬滿了爬山虎，遮住大片日光，光線愈加晦暗，更顯得殿中過於岑寂靜謐。端妃睡在床上，似乎睡得很熟。一個年長些的宮女在外頭風爐的小銀吊子上「咕嚕咕嚕」地熬著藥，正是如意。如意陡然見著我，又驚又喜，叫了聲：「娘娘。」

我見端妃昏然睡著，臉色蒼白如紙，問道：「你們娘娘這個樣子，太醫怎麼說？」如意哽咽道：「一向是龐太醫照看的，只說是老毛病，吃著原來的幾味藥就是了。」

我歎息一聲，怒道：「真是個庸醫，病總不見好還能只吃從前的藥嗎？」平一平氣息復道：「我看這個樣子是不成的。如意熬著藥，吉祥去太醫院請溫太醫來瞧，不診治怎能行呢。既然端妃娘娘遣了自己宮裡的人出去，身邊沒人伏侍也不行的。槿汐，妳去咱們宮裡選幾個穩妥的人來這裡伺候。」吉祥、如意聽我說完，已經喜笑顏開。我便打發了她們去辦，獨自守在端妃身邊陪伴。

順手又折了幾枝菊花進去插瓶，殿中便有了些生機。須臾，端妃呻吟一聲醒過來，見我陪在床邊，道：「妳來了。」

我在她頸下墊一個軟枕道：「偶然經過娘娘的居處，聽聞娘娘不大好。」

她微微苦笑：「老毛病了，每到秋冬就要發作。不礙事的。」

我道：「病向淺中醫，娘娘也該好生保養才是。」

她微微睜目：「長久不見，妳也消瘦成這樣子。身子好些了嗎？」

我聽她這樣開口，乍然之下很是驚異，轉念想到她宮中並無伏侍的人，很快明白，道：「娘娘耳聰目明，不出門而盡知宮中事。」

她淡淡笑：「能知道的只是表面的事，譬如人心變化，豈是探聽能夠得知的。這些彫蟲小技又算什麼。」

聞得人心二字，心中觸動，遂默默不語。端妃病中說話有些吃力，慢慢道：「孩子是娘的命根子，即便未出娘胎，也是心肝寶貝的疼愛。妳這樣驟然失子，當然更傷心了。」端妃說這些話時，似乎很傷感。而她的話，又在「驟然」二字上著重了力道。

我自然曉得她的意思，但「歡宜香」一事關係重大，我又怎麼能說出口，只好道：「我小時吃壞過藥，怕是傷了身子也未可知。」

端妃點了點頭：「那也罷了。」她用力吸一口氣，「只怕妳更傷心的是皇上對慕容世蘭的處置吧。」

我想起此事，瞬間勾起心頭新仇舊恨，不由又悲又怒，轉過頭冷冷不語。端妃亦連連冷笑：「我瞧著她是要學先皇后懲治賢妃的樣子呢！她的命還真不是一般的好。我原以為皇上會因為妳殺了她，至少也要廢了她位分打發進冷宮。」

兩度聽聞賢妃的事，我不覺問：「從前的賢妃也是久跪才落胎的嗎？」

端妃輕輕「嗯」一聲，道：「先皇后在時賢妃常有不恭，有一日不知為了什麼緣故衝撞了先皇后，當時先皇后懷著身孕性子難免急躁些，便讓賢妃去未央殿外跪著，誰曉得跪了兩個時辰賢妃就見紅了。這才曉得賢妃已經有了快兩個月的身孕。只可惜賢妃自己也不知有了身孕才跪著的。先皇后德行出眾，後宮少有不服的，為了這件事她可懊惱愧疚了許久。」她又道：「這也難怪先皇后。賢妃自己疏忽旁人又怎麼能知，兩個月的胎像本就不穩，哪經得起跪上兩個時辰呢？」端妃回憶往事，帶了不少唏噓的意味。

片刻端妃已經語氣冷靜：「不過，以我看來，慕容世蘭還沒那麼蠢要在她掌管後宮的時候讓妳出事。以她驕橫的性子不過是想壓妳立威而已。」她輕輕一哼：「恐怕知道妳小產，她比誰都害怕。可知這回是弄巧成拙了。」

我蘊著森冷的怒氣，慢慢道：「弄巧成拙也好，有意為之也罷，我的喪子之仇眼下是不能得報了。」

又說了片刻，見吉祥引了溫實初進來，我與他目視一眼，便起身告辭。端妃與我說了這一席話，早已累了，只略點了點頭，便依舊閉目養神。

徐徐走至披香殿外，尋了一方石椅坐下，久久回味端妃所說的話。我的驟然失子，一直以為是在歡宜香的作用下才致跪了半個時辰就小產。而此物重用麝香，對我身體必然有所損害。可是我在慕容世蘭的宮中不過三四個時辰，藥力之大竟至於如此嗎？

細細想來，在去她宮中前幾日，便已有輕微的不適症狀，這又從何說起？真是因為對她的種種忌憚而導致的心力交瘁嗎？但我飲食皆用銀器，自然是不可能在飲食上有差錯的，那麼我的不適又由何而來。

不過多久溫實初已經出來，我也不與他寒暄，開門見山問：「端妃這樣重病是什麼緣故？」

他也不答，只問：「娘娘可聽說過紅花這味藥？」

我心頭悚然一驚，脫口道：「那不是墮胎的藥物嗎？」

他點頭道：「是。紅花可以活血化瘀。用於經閉、痛經、惡露不行、症瘕痞塊、跌打損傷。孕婦服用的確會落胎。」他抬頭，眸中微微一亮，閃過一絲悲憫，「可是若無身孕也無病痛而驟然大量服食此物，會損傷肌理血脈，甚至不能生育。」

我矍然聳動，眉目間盡是難言的驚詫。半晌才問：「那端妃娘娘的病交到你手上能否痊癒？」

他低頭看著自己的鞋尖，道：「恐怕不能，微臣只能保證端妃娘娘活下去。」他頓一頓，又道：「即便有國手在此，端妃娘娘也是不能再有所出了。」

難怪，她這樣喜愛孩子！溫實初受我之托必然會盡心竭力救治端妃，而他說出這樣的話，可見端妃身體受損之深，已是他力所不能及的。

端妃身體損害的種種原由是我所不能知曉的。而我，感念她多次對我的提點，所能做的也唯有這些，於是道：「本宮只希望你能讓她活著，不要受太多病痛的折磨。」

他點頭，「微臣會竭盡全力。」

我想起自己的疑問，道：「當年本宮避寵，你給本宮服食的藥物可會對身體有損？」微一躑躅，直接道：「會不會使身體虛弱，容易滑胎？」

他有些震驚，仔細思量了半日，道：「微臣當時對藥的份量很是斟酌謹慎，娘娘服用後也無異常或不適。至於滑胎一說，大致是無可能的。只是……個人的體質不同也很難說。」

我心境蒼涼。無論如何，這孩子已經是沒了，再對過往的事諸多糾纏又有何益呢？他的父皇，亦早已忘了他曾經活在我身體中了吧。

溫實初的眼深深地望著我，我頗有些不自在，便不欲和他多說，逕自走了。

槿汐還沒有回來，回到宮中亦是百無聊賴，隨意走走，倒也可以少掛懷一些苦惱事。這樣迷花倚石，轉入假山間小溪上，聽鶯鳴啾啾，溪水潺潺，兜了幾轉，自太湖石屏嶂後出來，才發覺已經到了儀元殿後的一帶樹林了。

玄凌一向在儀元殿的御書房批閱奏折，考慮國事。然而長久地看著如山的奏折和死板的陳議會讓他頭疼，也益發貪戀單純而清澈的空氣和鳥鳴。於是他在儀元殿後修葺了這樣一片樹林，總有十餘年了，樹長得很茂盛，有風的時候會發出浪濤一樣的聲音。放養其間的鳥兒有滴瀝婉轉的鳴聲。

我曾經陪伴他批閱奏折，有時兩人興致都好，他會和我漫步在叢林間，和我攜手並肩，喁喁密語，溫言柔聲。侍從和宮女們不會來打擾，這樣靜好和美的時光。彷佛這天地間，從來只有我和他，亦不是君和臣，夫和妾。

如今，我有多久沒有踏足儀元殿了呢？他也幾乎不來我的棠梨宮。最後一次見面，是什麼時候呢。

好像是那一日黃昏——不，似乎是清晨，我精神還好，對鏡自照，發覺了自己因傷心而來的落魄和消瘦。

他從外面進來，坐著喝茶，閒閒看我鏡子裡的容顏，起身反覆摩挲我的臉頰，道：「妳臉頰上的傷疤已經看不出來了。還好沒有傷得嚴重。」我本自傷心自己的憔悴，亦想起這憔悴的緣故，心下難過。又聽他說：「若真留了痕跡該如何是好，真是白璧微瑕了。」

不由膩煩起來，別過頭笑道：「皇上真是愛惜臣妾的容顏呀。」

玄凌笑：「嬛嬛美貌豈可辜負？」

我心中冷笑，原來他這樣在意我的容貌，「啪」一聲揮掉他的手，兀自走開，面壁睡下不再理他。

他也不似往常來哄我，似含了怒氣，只說：「貴嬪，妳的性子太倔強了。朕念妳失子不久不來和妳計較，妳自己好好靜一靜罷。」說罷拂袖而去，再不登門。

事後我問槿汐，「皇上是否只愛惜我的容貌？」

槿汐答得謹慎：「娘娘的容貌讓人見之忘俗，想必無人能視若無睹。」

一旁的浣碧苦笑：「原來女子的容貌當真是比心性更討男人喜歡。可見男子都是愛美貌的。」

我搖頭：「其實也不盡然。容貌在外，心性在內，自然是比心性更顯而易見。沒有容貌，恐怕甚少能有男子願意瞭解妳的心性。但是若沒有心性如何能長久與人相處愉悅。天下的確有許多男子愛戀美色。可是諸葛孔明與醜妻黃氏舉案齊眉，可見世間也有脫俗的男子。」

浣碧道：「可是世間有幾個諸葛孔明呢。」

這回輪到我苦笑，的確，這世間終究是以色取人的男子多。而女子，以色事他人，能得幾時好？我總以為他對我終究是有些情意的，亦有對我的欣賞。但他偶然來了，舉目關注的，卻是我的容顏，是否依舊好。

這樣想著，心底是有些淒然的。何況當著這樣的舊時景色，那些歡樂歷歷如在眼前。於是也不願再停留，轉身欲走。

然而正要走，忽然聽得有人說話，心下一動，下意識地便閃在一棵樹後。眼前走來的人不正是玄凌與陵容，陵容雖然與他保持著一步的距離，卻是語笑晏晏，十分親密。此情此景，正如我當初，唯一不同的，只是我與玄凌是並肩而行的。

陵容，她總是這樣謙卑的樣子。因著這謙卑，更叫人心生憐愛。

此刻的陵容，著一身品紅色細碎灑金縷桃花紋錦琵琶襟上衣，下面是銀白閃珠的緞裙，頭上挽一枝長長的墜珠流蘇金釵，嬌怯中別有一番華麗風致，更襯得神色如醉。她言語溫婉：「皇上已經有好些日子沒去甄姐姐那裡了，今晚可要去姐姐那裡嗎？」

玄凌神色間頗有些躊躇，慨道：「並非是朕不想去瞧她。她沒了孩子朕也傷心，可是她的性情實在是太倔強了。女子有這樣倔強的性子，終歸不好。」說著微微一笑：「她若有妳一半的和順便好了。」

這話落在耳中，幾乎是一愣，目中似被什麼東西重重刺了一下，酸得難受，眼前白濛濛地模糊，看出來筆直的樹幹也是扭曲的。他竟是嫌我性子倔強不能婉轉柔順了，這樣突兀的聽得他對我的不滿，本自不好過。更何況，他是在他的寵妃面前這樣指摘我的不是。

陵容想了想，低聲道：「姐姐若有讓皇上不滿的地方，請皇上體諒她的喪子之痛吧。姐姐其實也很辛苦。」

玄凌有些不滿：「她辛苦，朕也辛苦。她怎不為朕想想，朕連失兩子，宮中的是非又這樣多，連看她一個笑臉也難。到底是朕從前把她慣壞了。」

我無聲地笑起來，我的失子之痛竟然成了他寵壞我的過失。

陵容惶恐，忙道：「臣妾不是這個意思。」

玄凌唏噓：「其實嬛嬛笑起來是很好看的。」然而聽她自責，安慰道：「不干妳的事。

其實朕也有些想她，什麼時候有空了再去看她吧。」想一想又道：「妳和嬛嬛情同姐妹，她的性子妳也知道。如今她又傷心，朕其實為難，也有些不忍去見她。」

陵容曼聲細語道：「是。姐姐家世好，才學也好，臣妾是很仰慕姐姐的，也希望皇上還是像過去一樣喜歡姐姐。可是臣妾又想，姐姐現在沒有想明白，所以一直傷心，也不能好好服侍皇上。日後姐姐若想通了，自然能回轉過來。不如皇上眼下先別去看姐姐，以免言語上又有些衝撞反而不好。等臣妾去勸過姐姐，姐姐想明白了時再見，不是皆大歡喜嗎？」說著小心覷著玄凌的神色道：「這只是臣妾的一點愚見，皇上不要厭惡臣妾多嘴。」

玄凌道：「妳這樣體貼朕和莞貴嬪的心思，朕哪裡還能說不好呢。」

陵容眉心微低，略帶愁容道：「皇上過獎了。臣妾只喜歡皇上能一直高高興興。其實臣妾無德無能，不及姐姐能時時為皇上分憂解難。」

玄凌道：「容兒何須這樣妄自菲薄，妳與莞貴嬪正如春花秋月，各有千秋。」

陵容這才展顏，她的笑輕快而嬌嫩：「那麼皇上是喜歡我多一些呢，還是喜歡姐姐多一些？」

玄凌略一遲疑，半帶輕笑道：「此時此刻，自然是喜歡容兒妳多一些。」

喉頭一緊，彷彿有些透不過氣來。這樣的言語，生生將我欲落淚的傷心釀成了欲哭無淚的痛心與失望。像有一雙手狠狠抓住了我的心，揉搓著，擰捏著。風一陣熱，一陣涼，撲的臉上似有小蟲爬過的酥癢。只是覺得從前的千般用心和情意，皆是不值得！不值得！卻是怔怔地站著，邁不開一步逃開。

玄凌待要再說，連連咳嗽了兩三聲。陵容忙去撫他的胸，關切道：「皇上操勞國事辛苦了，臣妾親自摘了枇杷葉已經叫人拿冰糖燉了，皇上等下喝下便能鎮咳止痰，而且味道也不

苦呢。」

玄凌含笑道：「難為妳要親自做這些事，可話說回來，若不是妳的緣故，朕怎會咳嗽。」

陵容訝異，也帶了幾分委屈：「是，是臣妾的過錯。還請皇上告訴臣妾錯在何處。」

玄凌露一絲睍笑，捏一捏她的耳垂道：「朕昨晚不過白問妳一句『丟了沒』，妳便掙扎著不肯說句實話。若不是這個，朕怎麼受了風寒的？」

陵容大窘，臉色紅得如要沁血一般，忙環顧四周，見無人方低聲嬌嗔道：「皇上非禮勿言呢。」這樣的嬌羞是直逼人心的，玄凌朗聲笑了起來，笑聲驚起了林梢的鳥雀，亦驚起了我的心。只覺得，是這樣的麻木……

良久，玄凌和陵容已經去得遠了。落霞脈脈自林梢垂下，紅得如血潑彩繪一般，盈滿半天，周圍只是寂寂地無聲寥落。偶爾有鳥雀飛起，很快便怪叫著「嗖」一聲飛得遠了。

我麻木地走著，茫茫然眼邊已經無淚，心搜腸抖肺地疼著，空落落的難受。手足一陣陣發冷，也不知自己要去哪裡。這個樣子回宮去，流朱她們自然是要為我擔心的。可是不回去，深宮偌大如斯，我又能往何處去棲身。

腳下虛浮無力，似乎是踩在厚重的棉花堆上，慢慢走了好半晌，才踏上永巷平滑堅硬的青石板。迎面正碰上槿汐滿面焦灼的迎上來，見了我才大大鬆了一口氣，忙不迭把手中的錦繡披風披在我身上，道：「都是奴婢不好，來去耽擱了時間。叫娘娘苦等。」她見我失魂落魄一般，手碰到我的手有顫抖的冷，更是發急害怕：「娘娘怎麼了？才剛去了哪裡，可把奴婢急壞了。」

我用力拭一拭眼角早已乾澀的淚痕，勉強開口道：「沒什麼，風迷了眼睛。」

槿汐哪裡還敢耽擱，擔心道：「娘娘怕是被冷風撲了熱身子了，奴婢伏侍娘娘回去歇息吧。」

回到宮中，浣碧和流朱見我這個樣子也是唬了一跳，又不敢多問，我更不讓請太醫，只打發了她們一個個出去。天色向晚，殿中尚未點上燭火，暗沉沉的深遠寂靜。心，亦是這有的顏色。

我蒙上被子，忍了半日的淚方才落下來，一點點濡濕在厚實柔軟的棉被上，濕而熱，一片。

五十七、長相思

我的心神，在這樣的冷了心，灰了意中終於支持不下去。身子越發軟弱，兼著舊病也未痊癒，終究是在新患舊疾的夾擊下病倒了。這病來得並不凶，只是懨懨的纏綿病榻間。

這病，除了親近的人之外並沒有人曉得。這些日子裡，玄凌沒有再召幸我，也沒有再踏入棠梨宮一步。我便這樣漸漸無人問津，在後宮的塵囂中沉寂了下來。

起初，宮中許多人對陵容的深獲恩寵抱有一種冷眼旁觀的態度。在她們眼中，陵容沒有高貴的出身，富貴的家世，為人怯弱，容貌亦只是中上之姿，算不得十分美艷，所能憑借的，不過是一副出眾嗓子，與當日因歌獲寵的余氏並沒有太多的差別。於是她們算定玄凌對她的興趣不會超過兩個月便會漸漸冷淡下來。可是，陵容的怯弱羞澀和獨有的小家碧玉的溫婉使得玄凌對她益發迷戀。慕容妃與我沉寂，一時間，陵容在宮中可稱得上是一枝獨秀。

棠梨宮是真正「冷落清秋節」似的宮門冷寂，除了溫實初，再沒有別的太醫肯輕易來為我診治。往日趨炎附勢的宮女內監們也是避之不及。昔日慕容世蘭的宓秀宮和我的棠梨宮是宮中最熱鬧的兩處所在。如今一同冷清了下來，倒像極了是一損俱損的樣子。

我的棠梨宮愈加寂寞起來。庭院寂寂，朱紅宮門常常在白天也是緊閉的。從前的門庭若市早已轉去了現在陵容居住的明瑟居。我的庭中，來的最多的便是從枝頭飛落的麻雀了。妃嬪間依舊還來往的，不過是敬妃與眉莊罷了。宮人們漸漸也習慣了這樣的寂寥，長日無事，便拿了一把小米撒在庭中，引那些鳥雀來啄食，以此取樂。時日一久鳥雀的膽子也大了，敢

跳到人手心上來啄食吃。終日有這些嘰喳的鳥雀鳴叫，倒也算不得十分寂靜了。

心腸的冷散自那一日偶然聞得陵容與玄凌的話起，漸漸也滅了那一點思念與期盼之心。相見爭如不見，那就不要見了罷。陵容自然忙碌，忙著侍駕，忙著夜宴，忙著以自己歌聲點綴這歌舞昇平的夜。自然不會如那日對玄凌所說，有勸解我的話語。只是偶爾，命菊清送一些吃食點心來，表示還記得我這病中的姐姐。

眉莊來看我時總是靜默不言。常常靜靜地陪伴我大半日，以一種難言的目光看著我，神色複雜。

終於有一日，我問：「姐姐為什麼總是這樣看我？」

她微微一笑：「我只是在想，若妳真正對皇上灰心絕望，該是什麼樣子？」

我反問：「姐姐以為我對皇上還沒有灰心絕望嗎？」

她淡淡道：「妳以為呢？若妳對皇上死心，怎還會纏綿在病中不能自拔？」

我無言，片刻道：「我真希望可以不再見他。」

眉莊輕輕一笑，沉默後搖頭：「妳和我不一樣。我與皇上的情分本就淺，所以他將我禁足不聞不問，所以我可以更明白他的涼薄和不可依靠，所以我即使復寵後他對我也不過是可有可無，而我也不需十分在意。」眉莊盯住我的眼睛：「妳和我是不一樣的。」

我低聲問她，亦是自問：「是因為我對皇上的心意比妳更多嗎？」

「妳若對皇上已無心意，便如今日的我，根本不會因為他的話、他的事而傷心。」她停一停，輕聲道：「其實妳也明白，皇上對妳並非是了無心意。」

我輕輕一哂，舉目看著窗外，「只是他的心思，除了國事，幾乎都在陵容心上。」我低頭看著自己素白無飾的指甲，在光線下有一種透明的蒼白。簾外細雨潺潺，秋意闌珊。綿綿

寒雨滴落在闊大枯黃的梧桐葉上，有鈍鈍的急促的輕響。我道：「怎麼說陵容也曾與我們相交，縱然她行事言語表裡不一，我心有警戒就是了，難道真要跑上去和她針鋒相對爭寵嗎？我也不屑於做。何況皇上，似乎喜歡她更多。」

眉莊眸中帶了淡漠的笑意：「妳得意時幫過陵容得寵，她得意時有沒有幫妳？若她幫妳，妳又何需爭寵。若她不幫妳，妳可要寂寂老死宮中嗎？」她輕輕一哼，「何況皇上的心意，今日喜歡妳更多，明日喜歡她更多，從來沒有定心的時候。我們這些女人所要爭的，不就是那一點點比別人多的喜歡嗎？妳若不爭，那喜歡可便越來越少了，最後他便忘了還有妳這個人在。」

我只靜靜看著窗下被雨澆得頹敗發黑的菊花，晚來風急，滿地黃花堆積，憔悴損的，不只是她李易安，亦是我甄嬛。何況，易安有趙明誠可以思念。我呢，若思及曾經過往的美好，隨之而來的，便是對他的失望和傷懷。

或許，的確如眉莊所說，我對玄凌是沒有完全死心的吧。若完全死了心，那失望和傷懷也就不那麼傷人了吧。

眉莊道：「妳對皇上有思慕之心，有情的渴望，所以這樣難過，這樣對他喜歡誰更多耿耿於懷。若妳對皇上無心，那麼妳便不會傷心，而是一心去謀奪他更多的喜歡。無心的人是不會在那裡浪費時間難過的。」

我惘然一笑：「眉莊，我很傻是不是？竟然期望在宮中有一些純粹的溫情和愛意，並且是向我們至高無上的君王期望。」

眉莊有一瞬間的沉思，雙唇抿成好看的弧度，許久緩緩道：「如果我也和妳一樣傻呢？」她轉頭，哀傷如水散開，漫然笑道：「或許我比妳更傻呢。這個世間有一個比妳還傻

的人，就是我呵。」我驚異地望著眉莊，或許這一刻的眉莊，已經不是我所熟悉和知道的眉莊了。或許在某一刻，她有了她的變化，而我，卻沒有察覺。

我上前握住她的手，輕輕道：「姐姐？」

她說：「嬛兒。妳可以傷心，但不要傷心太久，這個宮裡的傷心人太多了，不要再多妳一個。」她起身，迤儷的裙角在光潔的地面上似開得不完整的花瓣，最後她轉頭說：「若妳還是這樣傷心，那麼妳便永遠只能是一個傷心人了。」

日日臥病在床，更兼著連綿的寒雨，也懶得起來，反正宮中也不太有人來。那一日正百無聊賴臥在床上，卻聽見外頭說是汝南王妃賀氏來了。

心下意外，和她不過一面之緣而已，她的夫君汝南王又是慕容妃身後的人。如今我又這樣被冷落著，她何必要來看望一個失寵又生病的嬪妃。於是正要派人去推委掉，賀妃卻自己進來了。

她只是溫和的笑，擇了一個位子坐近我道：「今日原是來給太后請安的，又去拜見了皇后，不想聽說娘娘身子不適，所以特意過來拜訪娘娘。」

我草草撫一下臉，病中沒有好好梳洗，自然是氣色頹唐的，索性不起來，只是歪著道：「叫王妃見笑了，病中本不該見人的。不想王妃突然來了，真是失儀。」

她倒也沒什麼，只是瞧一眼素絨被下我平坦的腰身，別過身微微歎了一口氣。她這樣體貼的一個動作，叫我心裡似刺了一下。她道：「不過是三四個月沒見貴嬪娘娘，就……」

我勉強笑一笑：「多謝王妃關心了。」

我心裡實在是避忌她的，畢竟她的夫君與慕容妃同氣連聲，於是對她也只是流於表面的

客套。她也不多坐，只說：「娘娘也請好好保養身子吧。」臨走往桌上一指：「這盒百年人參是妾身的一點心意，希望娘娘可以收下補養身體。」

我看一眼，道：「多謝美意了。」

賀妃微微一笑，回頭道：「若是娘娘心裡有忌諱，想要扔掉也無妨的。」

這樣我卻不好說什麼了，只得道：「怎麼會？王妃多心了。」然而待她走，我也只把東西束之高閣了。

過了兩日，淅淅瀝瀝下了半月的雨在黃昏時分終於停了。雨後清淡的水珠自葉間滑落，空氣中亦是久違的甜淨氣息。

月自東邊的柳樹上升起，只是銀白一鉤，纖細如女子姣好的眉。我的興致尚好，便命人取了「長相思」在庭院中，當月彈琴，亦是風雅之事。

我自病中很少再有這樣的心思，這樣的念頭一起，浣碧流朱她們哪有不湊趣的。低眉信手續續彈，指走無心，流露的卻是自己隱藏的心事。

長相思，摧心肝。日色慾盡花含煙，月明如素愁不眠。趙瑟初停鳳凰柱，蜀琴欲奏鴛鴦弦。此曲有意無人傳，願隨春風寄燕然。憶君迢迢隔青天，昔日橫波目，今為流淚泉。不信妾腸斷，歸來看取明鏡前。

李白灑脫不羈如此，也有這樣長相思的情懷嗎？他所思慕的，是否如我，也是這般苦澀中帶一些的甜蜜的記憶。正如那一日的上林杏花，那一日的相遇。縱使我傷心到底，亦是不能忘的吧。畢竟那一日，他自漫天杏花中來，是我第一次，對一個男子這樣怦然心動。

昔日橫波目，今為流淚泉，這淚落與不落之間，是我兩難的心。

舒貴妃的琴名「長相思」。我不禁懷想，昔日宮中，春明之夜，花好月圓，她的琴與先帝的「長相守」笛相互和應，該是如何情思旖旎。這樣的相思也不會是如我今日這般破碎又不忍思憶的相思吧。只可惜，這宮中，從來只有一個舒貴妃，只有一個先帝。

心思低迷，指間在如絲琴弦上低回徘徊，續續間也只彈了上闋。下闋卻是無力為繼了。正待停弦收音，遠遠隱隱傳來一陣笛聲，吹得是正是下半闋的《長相思》。

長相思，在長安。絡緯秋啼金井闌，微霜淒淒簟色寒。孤燈不明思欲絕，捲帷望月空長歎。美人如花隔雲端，上有青冥之長天，下有淥水之波瀾。天長地遠魂飛苦，夢魂不到關山難。

隔得遠了，這樣輕微渺茫的笛聲一種似有若無的纏綿，悠悠隱隱，份外動人。我問身畔的人，可曾聽見有笛聲，她們卻是一臉茫然的神情。我幾乎是疑心自己聽錯了，轉眸卻見浣碧一臉入神的樣子，心下一喜，問道：「妳也聽見了嗎？」

浣碧顯然專注，片刻才反應過來，「啊？」了一聲，道：「似乎跟小姐剛才彈的曲子很像呢。」

我彈的《長相思》到底是失於淒婉了，反無了那種刻骨的相思之情。此刻聽那人吹來，笛中情思卻是十倍在我之上了。

我不覺起身，站在門邊聽了一會，那笛音悠遠清朗，裊裊搖曳，三回九轉，在靜夜裡如一色春日和煦，覺得心裡的滯郁便舒暢許多。合著庭院中夜鶯間或一聲的滴瀝溜圓，直如大珠小珠直瀉入玉盤的清脆。

我復又端正坐下，雙手熟稔一揮，清亮圓潤的音色便從指下滑出，那曲中便有了三分真切的思念。

那邊的笛聲似乎亦近了些，我聽起來也清晰許多。我按著它的拍子轉弦跟上曲調，這樣琴笛合奏，心思也只專心在如何和諧上，便暫時忘卻了積日的不快。琴聲婉轉，笛音清空，曲中力道亦平和，纏綿似訴說心曲。一時間柳嬌花妍露珠不驚，連月光都徘徊掩映，不忍離去。兩縷悠長音色在雲影淺淡的重疊交會間遙遙應和，直奏得微風徐來，露清霜明，月影搖動，珊珊可愛，滿庭中唯有餘音繚繞，連夜鶯亦止了歡鳴。

一曲綿落，槿汐笑道：「好久沒有聽得娘娘彈這樣好的琴了。」

我問：「你們還是沒有聽見笛音嗎？」

槿汐側耳道：「剛才似乎聽見一些，卻是很模糊，並不真切的。」

我不虞有它，道：「不知宮中哪位娘娘、小主，能吹這樣好的笛子。」於是一推琴起身，浣碧早取了披風在手，滿眼期盼之色，我曉得她的意思，道：「妳也被那笛聲打動了是不是？」

浣碧不覺含笑，道：「小姐要不要出去走走？」

月色一直照到曲折的九轉迴廊間。古人踏雪尋梅聞梅香而去，我憑聲去尋吹笛人，所憑的亦只是那清曠得如同幽泉一縷般斷續的聲音，也只是那樣輕微的一縷罷了。我與浣碧踏著一地淺淺的清輝，漸行漸遠。

迴廊深處，一位著素衣的男子手持一枝紫笛，微微仰首看月，輕緩吹奏。他眉心舒展，神態閑雅，憑風而立，是十分怡然的樣子。

待看清那人是誰，我一怔，已知是不妥，轉眼看浣碧，她也是意外的樣子。本想駐步不前，轉念一想，他於我，是在危難中有恩義的。遂徐步上前，與他相互點頭致意。浣碧見他，亦是含了笑，上前端正福了一福。我卻微有詫異：浣碧行的，只是一個常禮而已。不及

我多想，浣碧已經知趣退了下去。

玄清的目光在我面上停留一瞬，很快轉開，只道：「妳瘦了許多。」

我笑一笑：「這時節簾捲西風，自然是要人比黃花瘦的。」

他的目光帶著憐惜，輕輕拂來。此時的我，是不堪也不能接受這樣的目光的。於是退開兩步，整衣斂袂，端正道：「那日王爺大義救本宮於危難之中，本宮銘記於心，感激不盡。」

他聽我這樣說，不覺一愣，眼中有幾分疏朗，道：「貴嬪一定要和清這樣生疏嗎？可惜當日之事依舊不能保住貴嬪的孩子。」

人人都道，清河王這樣闖入宓秀宮救我，不過是因為我是玄凌的寵妃，救我不過是逢迎玄凌罷了。所以才肯費心為我的生辰錦上添花，此時又來雪中送炭。說得好聽些，也只是為我腹中皇嗣而已。唯有我明白，他的闖宮，並不僅僅是如此而已。但無論如何，這樣的仗義援手，宮中也只得他一個。

我坦然笑：「雖然本宮今日落魄，但決不是忘恩負義的人，他日王爺若有不便，本宮也自當全力相助。」

他失笑：「這樣聽妳自稱『本宮』，當真是彆扭得緊。」他很快正色：「清助貴嬪並非是為交換。」

我略點了點頭，「或許交換對我來說比較安全。」

他道：「但願清不在其列。清也希望貴嬪安好。因為……清視貴嬪為知己。」他停一停，又道：「此地荒涼，貴嬪怎麼會來？」

我方微笑，指一指他手中紫笛道：「王爺以為方才彈琴的人是誰？」

他瞭然的笑：「清私心猜測或許是貴嬪。」

我淡淡一笑，道：「王爺相信這世間可有心有靈犀一事？」話問得十分溫婉，卻暗藏了凌厲的機鋒。

他的身影蕭蕭立於清冷潔白的月色中，頎長的輪廓更添了幾分溫潤的寧和。他並未察覺我的用意，認真道：「清相信。」

他這樣認真誠懇，我反而有些愧疚，何必一定要他說呢。然而話已出口，不得不繼續，「所以王爺適時知道我被困宓秀宮，才能趕來相救。」

話有些尖銳，他默然相對，「其實……」

我別過頭，輕聲道：「我知道王爺這樣是為我好，可是與我的近身侍女私相來往得頻繁，若傳出去，對王爺自身無益。」

他的目中掠過一絲清涼的喜悅，道：「多謝貴嬪關心。」

我心下感念他的明白，彷彿一隻手從心上極快極溫柔的拂過，口中卻戲謔道：「其實也沒什麼。若真被旁人知曉了，我便做個順水人情把她送給王爺做妾侍吧。」

他咳嗽一聲，注目我道：「貴嬪若是玩笑就罷了。若當真那清只好不解風情了。」

我舉袖微笑，想了一想道：「王爺今晚如何會出現在此處？」

他道：「皇兄有夜宴，親王貴冑皆在。」

我不覺輕笑：「王爺又逃席了嗎？」

他也笑：「這是慣常之事啊。」他微一遲疑，問道：「坐於皇上身邊的那位安小媛，彷彿似曾相識。」

我輕輕道：「就是從前的安美人。」

他的手隨意扶在紅漆班駁的欄杆上：「是嗎？那麼安小媛的歌聲進益許多了，只是不足的是已經缺了她自己的味道。」

我反問：「皇上喜歡才是最要緊的，不是嗎？」

他似乎在回味著我的話，轉而看著我，靜靜道：「剛才的琴聲洩露妳的心事。」

我垂首，夜來風過，冉冉在衣。我的確消瘦了許多，闊大的蝶袖被風帶起飄飄若流雪回風之態。我低聲辯解道：「不過是曲子罷了。」

他道：「曲通人心，於妳是，於我也是。」

我心中一慟，想起《長相思》的意味，眼中不覺一酸。然而我不願再他面前落淚。明知道，我一落淚，傷心是便不止是我。於是，揚一揚頭，再揚一揚，生生把淚水逼回眼眶中去，方才維持出一個淡淡的勉強的笑容。

他凝神瞧著我，眸中流光滑溢，大有傷神之態，手不自覺的抬起，似要撫上我的鬢髮。我大怔，心底是茫然的害怕。只覺得週遭那樣靜，身邊一株桂花，偶爾風吹過，幾乎可以很清楚地聽見細碎的桂花落地的聲音。月光並不怎麼明亮，然而這淡薄的光線落在我鬢角的垂髮上，閃爍出黑亮而森冷的光澤，似乎要隔絕住他對我的溫情。我矍然一驚，我這一生一世，身體髮膚，早已隨著我的名分全部歸屬了玄凌。這樣麼一想，神情便凝滯了。

他亦懂得，手停在我鬢邊一寸，凝固成了一個僵硬的手勢。

我迅速轉身不去看他。氣氛終究有些澀了。我隨口尋個話題道：「這裡是什麼地方？竟然這樣荒涼。」

他離我有些遠，聲音聽來有些含糊：「這是從前昭憲太后的佛堂。」略一略，又道：「我母妃從前便在此處罰跪。」

昭憲太后是先帝隆慶帝的嫡母，先帝生母昭慧太后早逝，先帝自小就由昭憲太后撫養，一向感情不錯。後來為舒貴妃入宮一事母子幾成反目。不久又查知昭慧太后之死乃昭憲太后授意，只為可以奪先帝保住其太后之位。昭憲太后薨逝後，先帝嚴令只與太后之號，靈位不許入太廟饗用香火祭祀，梓宮不得入皇陵，只許葬入妃陵，不系帝謚，後世也不許累上尊號。昭憲太后所居之地也冷落荒涼再無人打理了。

夜漸涼，有棲在樹上的寒鴉偶然怪叫一聲，驚破這寂靜。秋深霜露重，不覺已浸涼了衣襟長袖。我回身離去，道：「皇上有宴，王爺不方便出來太久，終歸於禮不合。」

他頷首，只緩緩揀了一首明快的小曲來吹了送我。曲調是歡悅的，而聽在耳中，卻覺得寂寞非常，裙角拖曳開積於廊上的輕薄塵灰，亦彷彿掃開了一些別的什麼東西。臉上驟然感覺溫熱，就像那一日昏寐中，他的淚落在我面頰上的溫度和濕潤，依稀而明白的觸覺。遠遠走至最後一個轉角，瞥見他依舊站在原處，只以笛聲送我離開，而他眼底的淡淡的悵然，我終不信是自己看錯。

永巷的路長而冷清，兩側高高的宮牆阻擋，依稀可以聽見涼風送來前殿歌舞歡宴的聲音。我和浣碧走得不快，兩個人的長長的影子映在永巷的青石板上幾乎交疊在一起，如同一個人一般。

我在腹中擇著如何啟齒的言語，想了想還是直接問她：「妳與六王來往，是從什麼時候開始的？」

浣碧一驚，一時語塞，慌忙就要跪下去。我忙扶住她道：「現在是長姊和妳說話，妳願意說便是，不願意也就罷了。」

她低頭道：「我並不是存心要瞞著長姊的。」

我道：「可是從我生辰那時開始的嗎？」見她默認，又道：「難怪妳當時總不讓我去太液池泛舟，也是他囑咐妳要給我驚喜吧。」我看住她：「那麼當日我困於宓秀宮一事，也是妳去向六王求救的吧？」

浣碧點頭：「槿汐姑姑陪長姊在宓秀宮中自然不能尋機脫身。當時太后病重，宮中沒有可以為長姊做主的人，我只好斗膽去尋王爺。」

「那麼後來你們又來往過幾次？」

「只有兩次，一次是長姊有孕後，另一次是前兩日。王爺並沒說別的，只囑咐我好好照顧長姊。」

我低歎一聲：「他也算是有心了。」

浣碧道：「長姊今日怎麼突然問起，可是王爺告訴長姊的？」

我微微搖頭：「並不是。只是妳剛才見到六王時行的是常禮，若非平日私下見過，妳乍然見到他，怎會是行常禮而不是大禮呢。」

浣碧臉色一紅，道：「是我疏忽了呢。」

我低聲囑咐道：「我如今身份地位都是尷尬，若妳和王爺來往頻繁，於王爺於我們都沒有益處，不要私下再見了。」

浣碧沉吟片刻，道：「好。」

永巷中十分寂靜，微聞得行走時裙褶觸碰的輕細聲響。前殿的歌聲被風吹來，柔婉而清亮，那是陵容在歌唱，唱的是一首《長門賦》。

我駐足聽了片刻，惘然一笑，以她今日的身份恩寵，怎會懂得困居長門的陳阿嬌的幽怨

呢？於是依舊攜了浣碧的手，一同回去。

宮中深夜，這樣寂寥而熱鬧的。是誰的撫琴，挑起霧靄幽靜中纏綿悱惻的情思；又是誰的悠歌，撩開錦繡容顏下積蓄不化的哀傷。

五十八、冷月

一場霜降之後，空氣中便有了寒冷的意味，尤其是晨起晚落的時分，薄棉錦衣也可以上身了。一層秋雨一層涼，真正是深秋了啊。

這樣的蕭條的秋，兼著時斷時續的雨，日子便在這綿長的陰雨天中靜靜滑過了。

這一日雨過初晴，太陽只是蒙昧的微薄的光，像枯黃的葉子，一片一片落在人身上。眉莊見我這樣避世，時時勸我幾句，而我能回應的，只是沉默。這日眉莊來我宮中，二話不說，起身扯了我的手便走。她的步子很快，拉著我匆匆奔走在永巷的石道上，風撲起披風墜墜的衣角，似小兒頑皮的手在那裡撥動。

我不曉得她要帶我去哪裡，路很長，走了許久還沒有到她要去的地方。我留神週遭景物，彷佛是從前在哪裡見過的，用心一想，不覺倒吸了一口冷氣。這條路，便是通往去錦冷宮的道路。數年前，我在冷宮下令殺死了宮中第一個威脅我性命的女子。那是我第一次蓄意的殺戮，以致我在後來很多個夜裡常常會夢見死去的余氏被勒殺的的情景，叫我心有餘悸。

走了很久，才到冷宮。推開門，有數不清的細小灰塵迎面撲來，在淺金的日光下張牙舞爪地飛舞。在我眼裡，它們更像是無數女子積蓄已久的怨氣，積聚了太多的痛苦和詛咒，像一個黑暗無底的深淵一樣，讓人不寒而慄。陽光在這裡都是停滯的，破舊的屋簷下滴答著殘留的雨水，空氣中有淡淡的卻揮之不去的腐臭和潮濕的霉味。

那些曾經容顏如花的女子或哭泣呼喊，或木然蜷縮在地上半睡半醒，或形如瘋癲跳躍大

笑，而大多人貪戀這久違的日光，紛紛選了靠近陽光的地方享受這難得的片刻溫暖。

她們對我和眉莊的到來漠不關心，幾乎視若無睹。照看冷宮的老宮女和老內監們根本無意照顧這些被歷朝皇帝所遺棄的女人，只是定期分一些腐壞的食物給她們讓她們能繼續活下去，或者在她們過分吵鬧時揮舞著棍棒和鞭子叱責她們安靜下來。而他們做的最多的事，就是面無表情地將這些因為忍受不了折磨而自殺的女子的屍體拖到城外的亂葬崗焚化。

人人都曬在太陽底下。我無意轉頭，陰暗沒有日光照耀的角落裡只剩下兩個女子一坐一臥在霉爛潮濕的稻草堆上，連日陰雨，那些稻草已經烏黑爛污。那兩個女子衣衫襤褸破舊，蓬頭垢面。坐著的那個女子手邊有一盤尚未舔淨湯汁的魚骨，蒼蠅嗡嗡地飛旋著。她的面前豎了一塊破了一角的鏡子，她仔細用零星的麵粉小心翼翼地敷著臉和脖子，一點也不敢疏忽，彷彿那是上好的胭脂水粉。敷完麵粉後雙手在稻草中摸索了片刻，如獲至寶一樣取出了一枝用火燒過的細木棒，一端燒成了烏黑的炭，正是她用來描眉的法寶。

眉莊在我耳邊輕聲道：「妳猜猜她是誰？」她污穢的側臉因為沉重雪白的粉妝和格外突出的黑色長眉而顯得陰森可怖，我搖頭，實在認不出她是誰。

那女子一邊認真地畫著自己的眉毛，一邊嘴裡絮叨著道：「那一年選秀，本宮是最漂亮的一個，皇上一眼就看見了本宮，想都不想就留了本宮的牌子。整個宮裡，本宮只比華妃娘娘的樣貌差那麼一點兒。那時候皇上可喜歡本宮了……」她吃吃地笑：「皇上他一個晚上寵幸了本宮三回呢，還把『麗』字賜給本宮做封號，不就是說本宮長得好看嗎？」她沉溺在回憶裡的語氣是快樂而驕傲的，渾忘了此刻不堪的際遇。她描完眉，興沖沖地去推身邊躺著的那個女子，連連問道：「本宮的妝好不好看？」

那女子不耐煩地翻了個身，正眼也不瞧她一眼，厭煩道：「好看好看！整天念叨那些破

事兒，老娘聽得耳朵都長繭子了。」說著也不顧忌有人在，毫不羞恥地慢裡斯條一件件解開自己的骯髒破舊的衣裙，露出一對形狀美好卻積著汗垢的乳房。她悠閒的一隻手在身上遊走搔癢，另一隻手迅速而準確地在衣物上搜尋到虱子，穩穩當當地丟進嘴裡，「啪」一聲咀嚼的輕響，露出津津有味地滿意的表情。我胸口一陣噁心，強烈升起想要嘔吐的感覺。

描眉的女子也不生氣她的敷衍，繼續化著她的妝，道：「只要本宮天天這樣好看，皇上總有一天還會喜歡本宮的。」說著用腳尖輕輕踢一踢身邊的女子：「妳怎麼不去曬太陽，身上一股子霉味兒。」

躺著的女子粗魯道：「混帳！太陽會把我的皮膚曬壞的。妳自己怎麼不去？」

描眉的女子「咯咯」一笑：「本宮是宮裡最好看的『麗貴嬪』呀，怎麼能被太陽曬著呢。」她詭秘的一笑：「皇上最喜歡本宮身上這樣白了。」

我聞言一驚，竟然是麗貴嬪！轉眼去看眉莊，她臉上一點表情也無，只是冷眼旁觀。她的笑極其快活，一笑手中的木炭便落在了我腳邊。她發現丟了自己的愛物，回身來尋，驟然見了我，一時呆在那裡。她臉上的麵粉撲得極厚，雪白似鬼魅，我看不出她臉上究竟是何神情。她的眼中卻是交雜著恐懼、震驚和混亂。忙不迭地起身，伏到我腳邊語無倫次哭喊道：「婉儀小主，當日是本宮、不、是我糊塗……不、不、我其實知道的不多，全是華妃她主使的呀！」她極力哀求道：「婉儀為我向皇上求情吧，我情願做奴婢做牛馬伏侍小主，再不想在這個鬼地方待下去了。」

她還稱呼我「婉儀」，婉儀，那是多久以前的事了。她一直被囚禁在冷宮中與世隔絕，她並不知道，我已不是婉儀。如同我也不知道，她在冷宮如此潦倒。或許當初她意氣風發入宮那一日，並不曉得今後自己會狼狽至此吧。

旁邊的女子對她的哀求和我的存在完全無動於衷，偶爾抬頭看我一眼，又了冷冷低頭咀嚼她美味的虱子。淚水沖開麗貴嬪臉上厚重的麵粉，一道道像溝渠一般，暴露出她蒼老而衰敗的容顏。其實她比我不過只大了四五歲，二十一、二歲的年齡，風華正茂的年紀。曾經，她是這個後宮裡僅次於華妃的美人，承受帝王雨露之恩。

她的哀求似字字戳在我心上。我不願再聽，也不願再看，用力掙脫了麗貴嬪的手跑了出去。

冷宮外的空氣此刻聞來是難得的新鮮，我強行壓制下胃中翻騰踴躍的噁心感覺，似乎從一個噩夢裡甦醒過來。這是我從未見過的後宮的另一幕。這樣場景讓我害怕並且厭惡。

眉莊追出來輕拍我的背，溫和道：「還好吧？」

我點點頭，道：「姐姐帶我來冷宮，不是讓專程讓我來看麗貴嬪的吧？」

她微微一笑，道：「留意到麗貴嬪身邊那個女子了嗎？」

我蹙一蹙眉，只是不語。眉莊曉得我厭惡那種噁心，曼聲道：「她是皇上以前的芳嬪呵。」

這個名字我並不熟悉，玄凌自先皇后死後多有內寵。而嬪，並不是很高的位份。即便如今宮中，亦有杜恬嬪、劉慎嬪、汪睦嬪、趙韻嬪四人。芳嬪，實在是我不曉得的。

眉莊意味深長的看著我，慢慢道：「芳嬪比我們早三年入宮，初封才人，進芳貴人、良娣，承恩半年後有身孕進封芳嬪，也很得了一段時間的風光，可惜失足小產，她因為太過傷心而失意於皇上，後來又口出怨言污蔑華妃殺害她腹中子，所以被打入冷宮。」

我凝眸於她，輕聲道：「姐姐怕我步上她的後塵？」

眉莊道：「她是否真的污蔑華妃並無人知道，只是皇上信了她是污蔑。俗話說『見面三

分情』，芳嬪一味沉溺於自己失子之痛而不顧皇上，連見面分辯的機會也沒有，只怕就算是冤枉也只能冤枉了。」眉莊說完，右手猛地一指冷宮，手腕上的金鐲相互碰觸發出「嘩啦」一聲脆響，話音一重頗含了幾分厲色和痛心，道：「這就是前車之鑒！妳若一味消沉下去，她們倆的現狀就會是妳日後的下場！」

我靜默不言，肅殺的風從耳邊呼嘯而去，乾枯發黃的樹葉被風捲在塵灰中不由自主地打著卷兒。冷宮前空曠的場地上零星棲息著幾隻烏鴉，沉默地啄著自己的羽毛，偶爾發出「嘎」一聲嘶啞的鳴叫聲，當真是無限淒涼。

我輕聲道：「姐姐怎麼會來冷宮發現麗貴嬪和芳嬪。」

眉莊神色急劇一冷，眼中掠過一絲雪亮的恨意：「芳嬪的事我不過是湊巧得知。至於麗貴嬪——當日推我下水之事她亦有份。只要一見到她，我便會永遠牢記慕容氏如何坑害我。我必要讓慕容賤人也來嘗嘗冷宮裡那種生不如死的滋味。」

眉莊的愛與恨向來比我分明。

我抬手輕輕拂去她肩頭薄薄的灰塵，道：「從小姐姐就知道自己想要什麼，若一心想要，必然能得到。」我停一停，看著眉莊道：「恕我多言，如今皇上對姐姐這樣可有可無——多半也是姐姐自己不肯要這恩寵吧？」

眉莊凜然轉眸：「我心中唯一牽念的，只有怎樣殺了賤人。皇上的恩寵固然重要，卻不可靠，難道我能依靠他為我報仇嗎？」

我默然片刻，伸出手，道：「天涼了，姐姐和我先回去罷。」

許是懷著驚動的心事，這一路迢迢走得越發慢。眉莊的話言盡於此，再沒有多說一句。只是一路上都緊緊握住我的手，以她手心的溫度，溫暖我沉思中冰涼的手。

走至上林苑的偏門，眉莊道：「我先回宮去了，妳——仔細思量吧。」

我點點頭，自永巷擇了近路往自己宮中去。永巷無盡的穿堂風在秋冬尤為凜冽，兩側更是四通八達，無處不有風來，吹得錦兜披風上的風毛軟軟拂在面上，隱約遮住了視線。斜刺裡橫出一個人來，我躲避不及，迎面撞在那人身上。只聞得「哎喲」一聲，抬頭看去，正是恬嬪宮中的主位陸昭儀。

陸昭儀本是玄凌繼位之初入宮的妃子，位分雖只高我一級，卻是九嬪之首，在宮中的資歷遠遠在我之上。我見撞著了她，忙站立一邊請安告罪。陸昭儀失寵多年，在宮中一直安分守己，遇事也是躲避的時候多，甚少惹是生非。她見撞著了人，倒先生出了一種避讓不安的情態，本不欲多言，然而待看清了是我，忽然神色一變，生了幾分怒意和威嚴出來。

我曉得不好，也不願在這個時候招惹是非，於是神色愈加謙卑恭謹。陸昭儀的怒氣卻並沒有下去，道：「莞貴嬪走路怎麼沒有規矩，幾月不見皇上而已，難道宮中的禮節都忘記了嗎？」

我忙道：「是我不好，衝撞了陸姐姐。」

她身邊閃出一陣嬌媚而輕狂的輕笑，我想亦不用想，便知道是秦芳儀在了。秦芳儀是陸昭儀的遠房表妹，而她心性窄小，前次在皇后殿外爭執必然被她視作莫大的過節。眼下她在，必然會不失時機報復於我，今日的事算是麻煩了。

果然秦芳儀作勢行了半個禮，掩嘴輕笑著，拖長了尾音道：「嬪妾道是誰呢？原來是皇上從前最喜歡的貴嬪娘娘呀，難怪啊難怪，貴人走路多橫行嘛。」

她刻意在「從前」二字是說得腔調十足，諷刺我如今的失寵。這次是我無心衝撞在前，少不得忍氣吞聲道：「請陸姐姐見諒。」

陸昭儀尚未開口，秦芳儀故作奇怪地上上下下打量著我，道：「喲！貴嬪娘娘這喊得是哪門子姐姐呀，昭儀表姐可是只有嬪妾這一個妹妹，什麼時候娘娘也來湊這份熱鬧了呢？」我心頭萌發怒意，縱然我今日落魄，妳又何需這般苦苦相逼，想我昔日得意時，也並未有半分踩低妳，怎的我一失寵，妳卻次次來招惹不休。然而陸昭儀在，我終究還是屏住了心頭的惱怒。

秦芳儀見我不說話，越發得意，道：「貴嬪娘娘不是一向最講究規矩尊卑嗎？怎麼見了嬪妾表姐不稱呼一聲『娘娘』，也不自稱『嬪妾』了呢？」

我微微舉目，正迎上她笑容得意的臉龐，陸昭儀只沉著臉一言不發。我們三人說到底都已是沒有皇恩眷顧的女子了，同是天涯淪落，又何必這樣彼此苦苦為難。

秦芳儀自然不會想到這一層，今日有她表姐為她撐腰，又是我先理虧，她自然是視作了千載難逢的機會，怎肯輕輕放過。

於是我端正行了一禮，只對著陸昭儀道：「嬪妾失禮，請昭儀娘娘恕罪。」

陸昭儀點了點頭算是諒解，道：「罷了，妳走吧。」

我正欲起身，秦芳儀忙道：「表姐，她無理在先，妳怎麼就讓她這麼走了？」

陸昭儀微有驚訝，望著秦芳儀道：「算了，本宮哪有心思站在冷風口和她折騰。讓她走便是了。」

秦芳儀抿嘴急道：「表姐糊塗了！如今慕容妃不得皇上寵愛，敬妃庸庸碌碌，端妃藥罐子一個，三妃之下就是以您為尊了。表姐若是現在不拿出九嬪之首的款兒來服眾立威，以後宮裡誰還記得妳這個昭儀娘娘哪。」她微微一笑，湊近了陸昭儀道：「過去皇上最喜歡慕容妃雷厲風行的樣子，說不定表姐這一立威，皇上又喜歡妳了呢。」她又恨恨追上一句：「表

姐，她得寵的時候皇上可冷落了我們不少呢！」

陸昭儀明顯被說動，臉上微露喜色，瞬間又冷怒，道：「表妹果然聰明。」

我聞言苦笑，玄凌喜歡慕容妃，未必真是因為她果決的性子。陸昭儀沒有慕容妃的身世容貌，卻欲仿慕容妃之行，真的愚蠢可笑之極。

陸昭儀端正神色，剎那間威風凜凜道：「妳就給本宮跪在這風口裡好好思過。」她回頭喚一個宮女：「燕兒，給本宮盯著她跪足半個時辰才許起身。」

半個時辰！又是跪半個時辰！我的惱與恨瞬間湧上心頭，她真把自己當作了當日的皙華夫人嗎？

陸昭儀施施然離開，秦芳儀跟隨兩步，轉頭道：「貴嬪娘娘如今沒有身孕，是跪不壞身子的，想來無妨。」她的話如芒刺直扎我心扉之中，猛然又回憶起那一日在宓秀宮難言的傷痛，頓時神色僵在了那裡。秦芳儀說著媚然一笑，做出了一個讓我震驚又痛恨無比的行為，她輕輕啟櫻桃紅唇，「撲」地一聲將一口口水唾在我面上。

奇恥大辱！我瞬間緊緊閉上雙目，迅速轉開的臉並不能避開她蓄意的唾面之辱，那一口口水落在了我的耳側。她愉快的笑了，笑得得意而放肆，一邊笑一邊道：「貴嬪娘娘可不要生氣啊，嬪妾是受昭儀娘娘命教訓娘娘的，這一點口水就請娘娘笑納吧。」

我冷冷轉過臉，用力盯著她帶笑的臉。即便當初對麗貴嬪，我也沒有如此憎惡。她被我的目光震懾，不免有些害怕，一時訥訥，很快又嗤笑著彎下腰來對道：「娘娘別瞪著嬪妾呀！難道——妳還以為妳是過去的莞貴嬪嗎？」

她笑著走了，笑聲在空洞的風聲嗚咽的永巷裡格外刺耳。口水的溫熱在冷風裡很快變得冰涼而乾澀，濕潤慢慢滑落、慢慢被風乾的感覺使耳側的皮膚有僵硬的麻木。偶爾有三三兩

兩的下等宮人經過，用冷漠、好奇而輕蔑的目光掃視過。

看守我的宮女燕兒有侷促的不安，小聲道：「娘娘，要不起來吧？奴婢不會說出去的。」我搖頭，也沒有用手去擦拭耳邊的口水，只是依舊跪在風口，保持著腰身筆直的姿勢，頭腦中是近乎殘酷的冷靜。

是，我是一個沒有子嗣，也沒有夫君疼惜的女子。我是這個深宮裡的女子，一個已經失去了君王寵愛的女子。我什麼也沒有，唯一有的，就是我腔子裡這一口熱氣和我的頭腦，再沒有別的可以依靠，人人自危，人人朝不保夕，人人拜高踩低。

因為我沒有君王的寵愛，因為我在君王身上奢求少女時代夢想的愛情，因為我的心還柔弱且不夠防備，因為我天真並且幼稚。所以我不能為我的孩子和姐妹報仇；所以我被壓制，甚至被位分低於我的女子唾面羞辱；所以我的境遇，離冷宮只剩下幾步之遙。

夠了，已經足夠了。我不能被人踩到塵土的底處；冷宮的景象讓我觸目驚心；而芳嬪的淒涼悲慘，更不能成為我的未來。

我的視線緩緩移出，定格在遠處慕容妃的宮殿。她還活著，活得好好的，說不定哪天又會翻身而起再度獲寵。我的孩子，不能這樣白白死去。冷宮，亦不能成為我甄嬛老死的歸宿。即便我要死，也要看著我所憎恨的人死在我的前面祭告我無辜早亡的孩子和姊妹。

半個時辰已經到了，堅持站起酸疼的腿，整理衣裙，端正儀容。燕兒扶住我，低聲歉意道：「娘娘受苦了，我們娘娘平日裡並不這樣的。」

我神色平靜，看著這個其實與我年齡相仿的宮女，漠漠一笑：「妳會因為妳現在的善心得到好報。」她聽不懂，臉上只是一種單純的不安和侷促。

我獨自離開。

我的傷心和消沉已經足夠了。對著陸昭儀跪下去的那個避世隱忍的甄嬛已經死了，站起來的，是另一個甄嬛。

我不會再為男人的薄倖哭泣，也不會為少女夢中的情愛傷神，更不會對她所痛恨的人容忍不發。這樣的我，將更適合活在在冷漠而殘忍的後宮裡。

耳邊的口水我沒有擦去，讓它留著便了。讓我牢記這一刻屈辱的感覺，來日，她們會因為羞辱我的快感而付出沉重的代價。

回到宮中，我吩咐槿汐搬離了棠梨宮的正殿，把旁邊的飲綠軒打掃了出來暫時居住。浣碧勸我道：「飲綠軒地方窄小，況且又陰涼，夏日乘涼是最好的，這個時候住進去怕不太合時宜吧。」

我用柔軟的棉布仔細擦拭「長相思」的每一根琴弦，微微一笑道：「我本來就是個不合時宜的人啊。」浣碧無言，也不敢再深勸。

幾日後，我吩咐了小允子和小連子幫我去捕捉這個時節已經很少有的蝴蝶，他們對我怪異的決定有些意外和吃驚，道：「蝴蝶不是秋天這個時節的東西啊。」

我俯在妝台前，細心描摹遠山黛的眉型。如今的我，已經用不上螺子黛這樣昂貴的畫眉物事了。遠山眉，那是去年，玄凌為我親手畫就的，何等情意綿綿。其實我並不怎麼喜歡，我的眉毛適合的也是柳葉眉。只是如今，我一筆一筆畫得無比工整和精心。還是要依靠他的寵愛的，是不是？我自嘲。如果沒有愛，我就要許許多多的寵，多得足以讓我在這個後宮裡好好存活下去。

懶懶把眉筆一拋，頭也不回對他們道：「蝴蝶，也是不合如今時宜的吧？但是我一定

要，並且，必須足夠漂亮。」他們是不會拂逆我的想法的，儘管我的想法看起來這樣心血來潮，不合情理。

我微微一笑，就讓我這個不合時宜的人來演一場不合時宜的戲吧。

回首，朱闌玉砌之外。天邊，一彎冷月如鉤。

五十九、蝶幸

小允子和小連子竭盡全力才在冬寒到來前找到了為數不多的二十幾隻蝴蝶，那全是些色澤艷麗悅目的蝴蝶，粉紅、淺紫、寶藍、明翠和檸黃。我自然是滿意的，道：「天冷了。內務府這兩日就要送來冬日裡要用的炭。妳去告訴姜忠敏，一應的綢緞衣料咱們都不要，全換了炭火和炭盆來，再讓他多送水仙和梅花。」

幸好當日我在內務府提拔了姜忠敏，即便今日門庭冷落，皇恩稀薄，卻不至於如剛入宮時一應的份例都有人敢剋扣，以至到了冬日若非眉莊接濟，用的全都是有刺鼻濃煙的黑炭。也總算他還曉得要知恩圖報，我宮裡要些什麼，但凡他能做主的，都會送來。

我吩咐了小允子去，又對槿汐道：「瑩心殿現如今空著，把捕來的蝴蝶全放到暖閣的大琉璃罩子裡去養著，暖閣裡要多用炭火，務必使溫暖如春。每日三次妳親自送鮮花入暖閣供蝴蝶採食花粉。」我囑咐完，又加了一句：「妳定要親歷親為，別人我都不放心。」

槿汐見我面色鄭重，又受我如此重托，雖不明白我的用意，卻也是加倍細心照料那些蝴蝶。

眉莊有一日來，見我饒有興致的命人為自己裁製新裝，不由面露些微喜色。因我自再度病倒，便再無了調脂弄粉的閒情，終日素面朝天，種種華麗貴重的顏色衣裳和珠釵明環，一併收入了衣櫃，既無「悅己者」可使我為之容，也算是為我胎死腹中的孩子服喪，盡一盡我為娘的心意。眉莊半含了笑意試探著道：「可是想通了嗎？」

我拿著天水碧的雲雁細錦在身上比一比，微微一笑，道：「多謝姐姐教導，今日之我已非昨日。」眉莊眸光明亮，只吟吟瞧著我，道：「既有此心，事不宜遲啊。」

我捲起袖子，親自取了剪刀裁製新衣的腰身，低著頭道：「姐姐別急，來日方長。」

我並沒有閒著。

對鏡自照。長久的抑鬱和病痛使我瘦得與從前判若兩人，睡前換寢衣時，抬眼瞥見鏡子裡自己的鎖骨，突兀的三排橫亙在胸前。自己幾乎也驚駭。心裡還不信。舉起右手臂，臂上的鑲碎祖母綠銀釧幾乎能套至手肘，這副銀釧做的時候便是小巧而合身，不過數月前，只能塞進一條手絹，現在看著倒是空蕩蕩的樣子了。很久沒有注視自己，沒想到瘦成這樣，彷彿一朵秋風裡在枝頭寒顫的花，形銷骨立。雖然瘦下來，也是憔悴，皮膚倒顯出隱隱的青玉色，半透明的輕青的玉，只是沒有了玉的潤潔光澤，倒像是蒙了一層塵灰似的。下巴越發的尖了，顯得過去一雙神采嫵然的清水妙目似燃盡了火的餘灰，失了靈動之氣。這樣的我，即使願意出現在玄凌面前，不過是得他幾分同情，見他多了，反叫他厭惡，又有多少勝算呢。

當日懷孕時溫實初給我的幾張美容方子重又找了出來，去太醫院擇選出端午時節折下的健壯、旺盛的全棵益母草，須得乾淨草上不能有塵土的。經過曝曬之後，溫實初親自動手研成細末過篩，加入適量的水和麵粉，調和成團曬乾。選用一個密封好的三層樣式的黃泥爐子，最底下的一層鋪炭，中間的一層放曬乾的藥丸，上面的一層再蓋一層炭，點上火，旺火鍛燒。大火鍛燒大約小半個時辰後，改用文火慢慢煨製，大約一日一夜之後，取出藥丸待完全涼透，而只有藥丸顏色潔白細膩的才是上佳之作。再以玉槌在瓷缽將藥丸研成細末，過篩之後，再研再篩，越細越好，最後用上好的瓷瓶裝好備用。

鍛製藥丸的過程十分複雜，略有差池藥就會失去效力。這種藥性優良的益母草，一定要

在端午節收采，一定要全株的益母草，不能一點稍帶泥土，否則就完全無效；鍛燒的時候，切忌火力過猛，若是過猛藥丸就會變黃變黑，幾乎無效；研槌也很講究，以玉槌最佳，鹿角槌次之——玉、鹿角都有滋潤肌膚、祛鎪除瘢之功效，研磨時自然入藥，正好起輔助作用。而這種藥丸磨成的細粉，每六十錢加入滑石六錢、胭脂六錢後調勻，每天早晚適量擦洗臉面和雙手可治皯黯，退皴皺，令人皮膚光澤如玉。溫實初事後見我容色煥發，頗為自得道：「這張方子相傳為唐朝則天女皇所創，號神仙玉女粉，女皇以此物雖八十而面若十八。」

這話聽來是有些誇張的，而是否為則天女皇所用也是傳說，只是我的面容的確因此而嬌嫩白皙。

有次眉莊正好進來探我，見溫實初盡心盡力為我鍛製藥物，於是坐在一旁默默觀看，我對她道：「這個神仙玉女粉效用很好，我正想命人送去給姐姐呢。」

眉莊神情淡淡的，似乎是夜間沒睡好的樣子，道：「不用了。此物對妳日後之事大有助益，我有天成之貌，不用再妝飾了。」她忽然粲然一笑：「何況我修飾成美麗面容，又要給誰去看呢？」

眉莊的話有些像和誰賭氣，她的性子漸漸有些古怪了，有些時候我並不明白她在想什麼，她也不和我說，偶然一次去她宮裡，竟瞧她一人臥在床上，睡夢之中愁眉未展，臉頰上猶帶晶瑩淚珠。

那一句話，不知怎的，我便記在了心上。她的笑粲然的美，語氣卻是蕭索失意，似是自問，又似問我：「何況我修飾成美麗面容，又要給誰去看呢？」

槿汐取了珍珠粉灌入玉簪花中蒸熟，又和了露水為我敷面，我忽然想起眉莊那句話，心裡不耐煩起來。在我心底，已是瞭然玄凌並非我的「良人」，而「女為悅己者容」，他這樣

冷心絕情，何曾又是我的「悅己者」？這樣費心使自己的容顏美好，又有何意義。

況且，明明知道他對我不過是愛重容色，我卻只能以容色吸引他，何其悲涼！

這樣躁亂著，宮外忽然聞得整齊而急促的腳步聲，我看一眼小允子，他出去了一會兒，進來回稟道：「嗨！奴才還當是什麼要緊事——原來是安小媛前些日子說想起幼時跟隨姨娘養植蠶桑的事，皇上便命人去南地取了新鮮桑葉來給小媛小主，聽說快馬加鞭送來，桑葉都還沒有枯萎哪。」

流朱嘴快，插口道：「皇上如今可真寵愛安小媛啊。」

浣碧皺了皺眉頭，覷著我的神色輕聲道：「這個情形，倒讓奴婢想起唐明皇給楊貴妃送荔枝的故事來了。」

我寥落一笑，在意的並非是玄凌對陵容有多麼寵愛，只是輾轉憶起《詩經》中的一篇「桑之未落，其葉沃若。于嗟鳩兮，無食桑葚。于嗟女兮，無與士耽，士之耽兮，尤可說也；女之耽兮，不可說也。」[(1)]

我微微歎息，前人之言，原來也是有感而發的，是多麼慘痛的經歷，才讓這個女子發出「無與士耽」的呼喚。平民的男子的愛情尚且不能依靠，何況是君王呢。我惘然一笑，從前種種，不過是我天真的一點癡心而已。罷了！罷了！罷了！皆去了罷！

於是，依舊振作了精神，讓小廚房燉了赤棗烏雞來滋養補氣。

虧得年輕，又是一意圖強，身體很快復原過來。待得容貌如前，已經是立冬時分了。

聽說前幾日，慕容妃再度上表請罪，言辭懇切，玄凌看後頗為動容，只是暫時未置可否。我暗暗心焦，前朝汝南王權勢似有再盛之勢，若長此下去，慕容世蘭有重回君側那一日也未可知，那可就棘手了。

我抬頭看看鉛雲密佈欲壓城的陰沉天色，深深吸一口氣，安撫自己略慌亂的的心。萬事俱備，只欠一場大雪了。

眼角斜斜掃過，側頭見銅鏡昏黃而冰冷的光澤中，我的如水眼波已經帶上了一抹從未有過的凌厲機鋒。

這一天很快來了。十二月十二，大雪初停。整整三日三月的大雪，整個後宮都成了白茫茫一片真乾淨。玄凌與眾妃在上林苑飲酒賞雪，我早早告了身體不適沒有前去。

新製的衣裳是天水碧的雲雁細錦，極清冷的淺綠色，似露水染就。刻意選這樣的顏色，最簡單的款式，只是做得合身，略顯身量纖瘦。繡黃蕊白花的梅花和水仙，和真花一般大小顏色，再拿真花蒸了暖氣熏一夜，披在身上，花香侵骨，仿若自己也成了那千百朵花中的一朵。

畫的是他所中意的遠山黛，先薄施胭脂，再抹一層雪白英粉修面，作「飛霞妝」，淡淡姿容，惹人愛憐，恰到好處的點綴我的輕愁，宜喜宜嗔。

這樣去了，懷一點決絕的心意，有悲亦有愁。然而行至半路，覺得那悲與愁都是不必要的了，既然決意要去，又何必帶了情緒拘束自己。

去的是曾經的舊地，便於行事，更重要的，是當年的初次相對之地，更易勾起彼此情腸心動。

行入倚梅園中，園內靜靜，腳落時積雪略發出「吱嘎」的輕微細想，彷佛是先驚了自己的心緒。

太安靜，空氣的清冷逼得我頭腦中的記憶清醒而深刻，舊景依稀，紅梅欺香吐蕊，開得

如雲蒸霞蔚，深深吸一口氣，似乎連空氣中的清甜冷冽也是過去的氣味，不曾有絲毫改變。腳下略虛浮，很快找到當年祈福時掛了小像那棵梅樹，自己也悵惘地笑了。彷彿還是初入宮那一年的除夕，也是這樣寒冷的雪天，暗夜的倚梅園中，我隔著重重梅影，第一次和他說話。命運的糾纏，是這樣無法逃離。即便是有了李代桃僵的余更衣，該遇上的，終究還是遇上了。

當日許下的三個心願依舊在心中，這麼些年，祈求的不夠只有這些：一願父母安康，兄妹平安；二只願能在宮中平安一世；三願便是想要「願得一心人，白頭不相離」。

我曾經那樣期盼「願得一心人，白頭不相離」，可是「聞君有兩意」，卻做不到「故來相決絕」……其實細細思量來，我對玄凌也未真正要求過「一心」，他是帝王，我何嘗不明白他的處境，只是心底總是有些期盼，後宮佳麗云云，我只是他心中稍稍特別一些的便好。這樣的執念，而今終究是真真切切地成了鏡花水月，癡心妄想。而平安，更是如後宮中的情愛一樣短暫而虛幻。我沒有別的路走，也沒有別的法子，唯有心機，唯有鬥爭，這樣無休無止，才能換來片刻的平安。我所能還能有力可及的，只有父母兄妹的平安康泰。即便不為了自己，也要為了他們。何況我的孩子，仇人尚在，他不能這樣白白死去。

心智清明如水，長吸一口氣，只等玄凌的到來。

天氣很冷，略顯單薄的衣衫不足以讓我取暖，手足皆的冰冷的，凜冽的空氣吸入鼻中要過片刻才覺得暖。

我不怕冷，冷宮的悲慘已經見過，唾面之辱也已承受。沒有什麼可以害怕的了。

遠遠身後傳來積雪鬆動的聲音，我曉得他來了，不只他，怕是今日雪宴之上的嬪妃宮人們都已經到了。李長做得很好，終於引了玄凌來，不枉我從前私下厚待他。

梅林後的小連子早已聽見動靜打開養著蝴蝶的琉璃大瓶，不過片刻，便見有蝴蝶抖縮著飛來。我適時打開籠在披風中的小小平金手爐，熱氣微揚，身上熏過的花香越加濃和暖。蝴蝶尋著熱源，遙遙便向我飛來。

腳步聲越來越近，我雙手合十，聲音放得平緩且清柔，一字一字道：「信女後宮甄氏，無才無德不足以保養皇嗣侍奉君王，心懷感愧無顏面聖，在此誠心祝禱吾皇得上天庇佑，平安喜樂，福壽綿長。若得所願，信女願一生茹素吃齋，清心拜佛，再不承恩寵。」

我不曉得這個冰雪寒天裡身上環繞艷麗翩翩蝴蝶是怎樣奪目攝魄的情景。但我知道這樣奇異的情景之下，我的話會更易字字刻入他心上。何況白雪紅梅的分明間，我獨一身青衣瀟瀟。

這樣的祝禱我並不誠心，只是拼盡了我對他殘餘的情意來一字一字說出，多少也有幾分真意。

片刻的靜默，真是靜，彷彿倚梅園中靜無一人一般，天地間唯有那紅梅朵朵，自開自落。

心跳得厲害，明明知道他在身後，龍涎香久違的香氣幽幽傳來，只消一轉身，便是他。有悠長的歎息，一縷稔熟的嗓音，道：「嬛嬛……是妳嗎？」

這樣熟悉而親暱的稱呼，叫人一不留意，以為自己還身在往日，椒房盛寵，歡顏密愛。喉嚨口便有些哽咽，鼻翼微動似被什麼堵住了，一絲哭音連自己也難壓抑，只是背對著他，極輕聲道：「臣妾失德，不宜面君。」

嬪妃們的唏噓和訝異再難掩抑，他搶到我身邊，自背後環住我：「嬛嬛，妳做什麼不看朕一眼，妳不願再見朕了嗎？」

我輕輕掙扎一下，眼中已含了淚：「皇上別過來……臣妾的鞋襪濕了……」答他的話，正是當年在倚梅園應他的話，如今說來，已無了當時那份含羞避人的少女心態——我不過，是在一心算計他罷了。

身子硬生生被他扳過來，眼中的淚盈盈於睫，將落未落。曾經對鏡研習，這樣的含淚的情態是最惹人心生憐愛的。

我迅速低頭不肯再抬起來，他握住我的手，語氣心疼道：「手這麼冷，不怕再凍壞了身子。」

我低語：「臣妾一心想為皇上祈福……讓皇上擔心，是臣妾的罪過，臣妾告退。」我轉身欲走，卻被他一把拉回懷裡。他一拉，身上附著著的早已凍僵了的蝴蝶紛紛跌落在地，週遭的嬪妃宮人不由得發出陣陣驚訝的低呼，玄凌亦是又驚又奇，道：「嬛嬛，這時候竟然有蝴蝶，蝴蝶亦為妳傾倒！」

我微露意外而迷茫的神色，道：「臣妾並不曉得……」說話間唇齒因寒冷而微微顫抖，風翻起衣角如蝶展翅，天水碧的顏色高貴中更顯身姿清逸，溫柔楚楚。

他的明黃鑲邊銀針水獺大裘闊大而暖和，把我裹在其間，久違而熟悉的龍涎香的氣味兜頭轉臉席捲而來。他的手臂微微用力叫我不得逃離。他喚我：「嬛嬛，妳若為朕祈福再凍壞了身子，豈不叫朕更加心疼。」他的呼吸流連在我衣上，不覺驚而復笑：「妳身上好香，難怪冬日裡也能引得蝴蝶來傾倒於此，連朕也要心醉了。」

我的聲音極輕微柔和：「臣妾日夜為皇上祝福，沐浴熏香，不敢有一絲疏忽。」

他動容，這一擁，意味昭然。皇后含笑道：「如此可好了。莞貴嬪小產後一直身子不大好不能出門，本宮可是擔了好幾個月的心啊。」

陵容越眾上前，柔柔道：「臣妾日夜為皇上與姐姐祝禱，希望姐姐與皇上和好如初、再不嫌隙，如今果然得償所願了。」

玄凌笑吟吟望著我，似看不夠一般，道：「朕與愛卿有過嫌隙嗎？」

我的笑坦然而嫵媚，婉聲道：「從來沒有。是臣妾在病中不方便服侍皇上罷了。」

陵容臉色微微尷尬，很快笑道：「正是呢。瞧臣妾一時高興得糊塗，話都不會說了呢。」

玄凌十分快活，我伏在他肩上，注視他身後各人表情百態，不由心底感歎，世態炎涼反覆，如今重又是我居上了，後宮眾人的臉色自然不會再是風刀嚴霜，面對我的笑臉，又將是溫暖如春了。

然而目光掃視至人群最後，不覺愣了一愣。玄清遙遙立於人後，目光懂得而瞭然，溫潤中亦含了一絲悲憫，停留在我身上，久久不去。

與玄凌一同用過晚膳又觀賞了歌舞雜技。顯然玄凌的注意並不在陵容高亢清銳的歌聲和藝人的奇巧百技中，時時把目光投向坐於敬妃身邊的我。

敬妃微笑著低聲對我道：「皇上一直看妳呢。」

我笑著道：「怎知不是在看姐姐呢？」

敬妃呵呵一笑：「妹妹今日驟然出現在倚梅園，其實眾人都已心知肚明，皇上是不肯再疏遠妹妹的了。」她停一停，道：「只是我這個做姐姐的好奇，為何蝴蝶會停落在妳身上，難道真如人所說，妹妹妳會異術？」

我失笑：「姐姐真會笑話，只不過是小玩意罷了。」

敬妃一笑：「方才聽見秦芳儀她們議論妹妹妳刻意為之呢？」

我絲毫不放在心上，只淡淡微笑道：「是嗎？」

敬妃亦微笑，左手微比了比上座：「旁人說刻意有什麼要緊，只要皇上認為妹妹妳是對他用心就是了。」她垂一垂眼瞼，「其實皇上是在意妹妹的。」

抬首見玄凌向我招手道：「妳來朕身邊坐。」

我恭敬起身，道：「皇后娘娘為六宮之首，理應在皇上身邊，臣妾不敢有所逾越。」

他無奈，好容易捱到宴會草草結束，他自然是要留宿我宮中，我婉轉道：「並非臣妾不想侍奉皇上，只是風寒尚未痊癒不宜陪伴皇上，請皇上見諒。」說著溫婉一笑，又道：「皇上不如去曹婕妤宮中歇息吧，想來溫儀帝姬也很想見一見父皇呢。」

話音未落，曹婕妤已經面帶驚訝瞧著我，很快她收斂了神色，只是溫和靜默地笑。慕容妃失寵，曹琴默必然受到牽連，又有陵容的恩寵，聽說玄凌也有許久不曾踏入她的居所了。

玄凌拗不過我的含笑請求，便帶了曹婕妤走了。

浣碧不解，輕聲急道：「小姐……」我舉手示意她無須多言，只一路回去。

回到宮中，已是夜深時分。方用了燕窩，卻並無一分要睡下的意思。晶清道：「娘娘今日勞累，不如早些歇息吧。」

我擺手道：「不必了。」說著微笑：「只怕還沒的安穩睡呢。」正巧小允子滿面喜色進來，興沖沖道：「娘娘，皇上過來了。」

我淡淡「哦」了一聲，隨口道：「把飲綠軒的門關上吧。」

小允子一臉不可置信，以為是自己聽錯了，道：「娘娘說什麼？」

我道：「把門關上，不用請皇上進來。」我見他躊躇著不敢去，復道：「你放心去就是

了，告訴皇上我已經睡下了。」

小允子這才去了。片刻，聞得有人敲門的聲音，我聽了一會兒方道：「是誰？」

軒外是玄淩的聲音，他道：「嬛嬛，妳可睡下了？」

我故作意外道：「皇上不是在曹婕妤處嗎？怎麼這個時候過來了。臣妾已經睡下了呢。」說著作勢咳嗽了幾聲。

他的語氣便有些著急：「嬛嬛妳身子可好，朕要進來瞧瞧妳才放心。」

我忙道：「臣妾正因風寒未癒所以不能出來迎駕，也不能陪伴皇上。此刻皇上若進來，皇上萬金之體，臣妾承擔不起罪名。請皇上為臣妾著想。」

他無可奈何之下只能應允，妥協道：「那麼嬛嬛，讓朕瞧妳一眼好不好，只瞧一眼，妳若安好，朕也就放心了。」

他頂著夜霜風露而來，是有些誠意的。然而我怎麼肯，正色婉言道：「皇上明日還要早朝，實在不宜晚睡，臣妾已經歇下，反覆起來只會讓病勢纏綿更不能早日侍奉皇上，請皇上見諒。」

如此一番推脫，玄淩自然不好說什麼，只得悻悻回去。

流朱大急：「好不容易皇上來了，小姐怎麼連面也不讓見一次呢。」

我微笑更衣，道：「若他明日來，我還是不見。」

第二日晚宴，我依舊遙遙只坐在玄淩下首，和他維持恰到好處的距離，偶爾也說笑幾句。果然晚上他又來，我還是閉門不見，只一味勸說他去別的嬪妃處歇息，他卻不肯，甚至有些惱了。眾人擔心不已，怕我有了回轉之勢卻將他拒之門外，更怕玄淩一怒之下責罰於我。這一晚，玄淩不願再召幸別的嬪妃，未能見我的面離去後，獨自在儀元殿睡了。

如此到了第三日，我才肯在門縫間與他相見片刻。燭光朦朧，其實並不能看得清楚，而他卻是歡悅的。

第五日，我留玄凌飲了一杯茶，送客。

第八日，彈曲一首，送客。

第十二日，手談一局，送客。

我遲遲不肯搬回瑩心殿居住，只在狹小的飲綠軒招待玄凌片刻。而玄凌夜夜不在我處留宿，卻在眾人的議論和好奇中，對我的寵愛一日復一日的濃厚起來了。

註釋：

⑴出自《詩經·氓》，寫男子負心的詩篇。本句是勸戒女子不要沉溺於男子虛幻的愛情中。

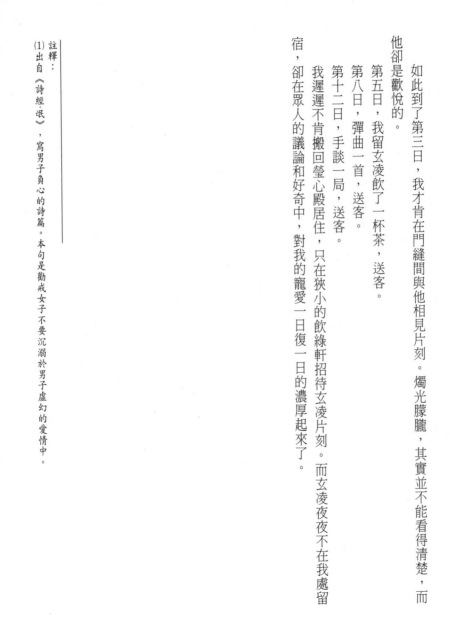

六十、榮華

這一切的心思，不過得益於漢武帝的李夫人臨死之言，李夫人以傾國之貌得幸於武帝，死前武帝想見她最後一面，她卻以紗巾覆面，至死不肯再見。只因色衰而愛弛，是每個後宮女子永遠的噩夢，只有永遠失去的，才會在記憶裡美好。

到我手中，心思改動，卻是覺得不能輕易得到的才會更好。於是費盡心計日日婉拒，只為「欲擒故縱」四字。所謂「欲擒故縱」，最終的目的還是在「擒」字上，「縱」不過是手段而已，因而「縱」的工夫要好，不可縱過了頭。而「擒」更要擒的得當，否則依舊是前功盡棄。就如同蜘蛛織網，網織得大，亦要收得好，才能將想要的盡收囊中。

終於過去半個月多，除夕那一晚為著第二日的祭祀和闔宮陛見，他自然是不能來，捱到初一正午祭祀完畢，他早早便到了我的飲綠軒中坐著。

陽光很好，照著積雪折起晶瑩剔透的光芒。日光和著雪光相互照映，反在明紙上映得軒內越發透亮。彼時我正斜坐在窗下繡一個香囊，身上穿一身淺紫色串珠彈花暗紋的錦服，因是暗紋，遠看只如淺紫一色；配以月白底色繡星星點點鵝黃迎春小花朵的的百褶長裙。為著怕顏色太素淨，遂搭了一條玫瑰紫妝緞狐肷褶子大氅在肩上作陪襯，淡淡施了胭脂，頭上只插一枝紫玉鑲明珠的流蘇簪子，家常的隨意打扮，也有一點待客的莊重，雅致卻絲毫不張揚，連眉眼間的笑意也是恬靜如珠輝，只見溫潤不見鋒芒。

他進來站在一旁，也不做聲。我明知他來了，只作不知道，一心一意只挽著絲線繡那香

囊。片刻他咳嗽了一聲，我方含了三分喜色，起身迎接道：「皇上來了。」隨即嗔怪：「來了也不說一聲兒，顯得臣妾失禮。」

他微笑：「大正月裡，咱們還拘著這個禮做什麼？朕瞧著妳低著頭認真，捨不得吵妳。」

我命槿汐奉了茶上來，笑道：「臣妾只是閒來無事做些小玩意打發辰光罷了。皇上這是從哪裡來呢？」

「才從皇后那裡過來，碰見安小媛也在，略說了幾句就過來了。」又道：「妳才剛在繡些什麼呢？」

我盈盈笑著，取過了香囊道：「本想繡一個香囊送給皇上的。可惜臣妾手腳慢，只繡了上頭的龍，祥雲還沒想好繡什麼顏色呢。」

他道：「不拘什麼顏色都可以，妳的心意才是最可貴的。」

我側頭道：「皇上身上的一事一物、一針一線都是馬虎不得的，何況如皇上所言香囊是臣妾的一番心意，臣妾更是不願意有半分不妥。」

他聞言也笑了，凝神片刻，目光落在我衣上，含了笑意道：「妳身上的淺紫色就很好，繡成祥雲和金龍的顏色也配。」

我道了「是」，笑語清脆道：「紫氣東來，金龍盤飛，果然是極好的祥瑞之兆。」於是閒閒說著話，手中飛針走線把香囊繡好了。玄凌嘖嘖稱讚了一回，卻不收下，逕自摘下我簪上的明珠收入香囊中，道：「這明珠是妳日日戴在鬢邊的，往後朕便把這香囊日日帶在身上，片刻也不離，好不好？」

我低低啐了一口，臉一紅，不再理他。

玄淩仔細環顧飲綠軒，道：「朕在妳這裡坐了這些時候，這屋子裡點了三四個炭盆也不如原來的正殿裡暖和——朕正想問妳，怎麼不在瑩心殿住著了？」

我微微垂首，輕聲道：「臣妾喜歡飲綠軒的清淨。」

他「唔」了一聲道：「那晚朕和妳下棋，軒後種了片竹子，不是雪壓斷了竹子的聲音，就是風過竹葉響的聲音，怎麼能說是清淨呢？這樣晚上怎麼睡得踏實，風寒越發難好了。」

眼中微蓄了一點淚光，勉強道：「臣妾……臣妾無法保住皇嗣實在無顏再見皇上。瑩心殿是皇上和臣妾曾經一同居住的，如今臣妾失德怎還能獨居高殿。臣妾情願居住飲綠軒苦寒之地，日日靜心為皇上祈求能廣有子嗣。」言畢，自己也動了心腸。說這些話並非是十足的真心真意，只是「子嗣」二字讓我想起了我未出世的孩子和失去孩子後那些涼苦的日子。

如此情態話語，他自然是動心動情的，雙手撫在我肩上，道：「嬛嬛，妳這樣自苦，豈不叫朕更加心疼。」他的神色有些茫然的痛楚，「因為朕不在而不願獨居和朕一起生活過的宮殿。嬛嬛，妳對朕的心意放眼後宮沒有一個人能及妳三分啊。」他撫著我臉頰的淚痕，輕聲軟語道：「朕已經回來，還是陪著妳住回瑩心殿好不好？就和從前一樣。」

他刻意咬重了「從前」二字，我仰起臉含了淚水和笑容點頭，心底卻是愴然的。縱然他還是從前那個人，居住著從前的宮殿，而我的心，卻是再不能如從前一樣一般無二了。

這一晚，我沒有再婉言請他離開。他積蓄了許久的熱情和期待爆發了很久，有少年人一樣的急迫和衝動。而我只是緩緩地承受，承受他浪潮一樣的愛撫和烈火一樣的聳動。

醒來已是如斯深夜。子正方過，夜闌人靜。

瑩心殿的紅羅斗帳、綃金卷羽一如從前般華貴艷麗，濯然生輝。西窗下依舊一對紅燭高

燒，燦如星光。用的是特製紫銅雕青鸞翔飛雲的燭台，燭火點的久了，那冰冷的銅器上積滿了珊瑚般的燭淚，紅得觸目。窗外一絲風聲也無，天地的靜默間，唯聽見有雪化時漱漱滴落的聲音，輕而生脆。

殿中暖得有些生汗。我靜靜躺在寬闊的床上，他睡得沉，雙手緊緊摟住我的肩，不能動彈。他手臂的肌肉和我胸前裸露的肌膚因著未乾的汗水黏而熱地貼在一起，潮潮的，讓人心底起膩。

慾望是他的，歡好如水流在身體上流過去，只覺得身和心都是疲累的。彷彿還是他方才剛進入身體的感覺，赤裸相對下，我身體的反應生疏而乾澀。他的唇是乾熱的，急促地吻著，身體也急迫，這樣貿然進入，讓我有無言而粗糙的疼痛。

面上還是微笑著，心卻開始游離了。

不知道女子的身體和心是否是一起的。心疏遠了，身體也成了一個空洞的容器，茫然而寂寞地承受著他的激情，卻無法給出真心的悅納，像是置身事外一般。只是這樣含笑承受著，沒有交融，也沒有歡悅。

眼前的櫻桃色綢羅帳幔安靜垂下如巨大的翼，忽然想起，這樣初一的夜晚，是連月色也幾乎不能見的。風脈脈，雪簌簌，天羅地網，一切盡在籠罩漫天冰雪之中。

我的人生，只能是這樣了吧！

初二的家宴，我已經盈盈然坐在玄凌右側，把酒言歡。人人都曉得玄凌夜宿我宮中，直至午時方與我一同來家宴。這一夜之後，我再不是當日那個意氣消沉的莞貴嬪了。左側的尊位依舊是眉目端莊的皇后，敬妃與慕容妃分坐下首兩席，再然後九嬪之首陸昭儀和居於她之下的李修容。因這一日是家宴，又為合宮之慶，只要宮中有位分的，無論得寵或是失寵，都

是濟濟一堂的到了。宮闈大殿中嬪妃滿滿，嬌聲軟語，應接不暇。我含了一縷淡薄的笑坐於玄凌身側，看著座下的嫦娥美娘，忽覺世事的難以預料，不過是去年的春天，我曾經榮華得意，耀目宮廷，而夏雨的崩落帶走了我的孩子，也帶來了我的失意，長秋冷寂，整個宮廷的人都以為我失寵到底，甚至連地位比我卑微的宮嬪也敢對我大加羞辱，而冬雪還未消去，我復又坐在玄凌身側，歡笑如前了。

久不見慕容妃，她的容色沉寂了不少，聽聞她多次向玄凌上表請疏，自辯其罪，言辭十分懇切動容，玄凌看後歎息不已，卻不下詔恕罪。她難免也多了些抑鬱氣，只是她衣飾華貴姿勢挺拔地坐在位上，那股傲然氣勢和艷麗美態依然未曾散去，這也難怪，她的父兄仍然掌握朝中權勢，而她父兄家族背後，是更加聲勢赫赫的汝南王。玄凌雖未寬宥她，但也不曾加以重罰，可見她若起勢，終究還是有機會的。

我仰頭喝盡杯中的葡萄美酒，冰涼的酒液滑過溫熱的喉嚨時有冷冽而清醒的觸感。失子一事，我已經更清楚地明白，只要汝南王不倒，慕容氏族不倒，那麼無論慕容世蘭在宮中犯下多大的過失，玄凌都是不會、不能也不敢殺她洩憤的。

我微微看一眼玄凌，王權盛於皇權，身為一國之君，想必他也是隱忍而悲憤的。

我很快轉頭，目光自皇后之下一個個掃過去。敬妃一向與我同氣連枝，我的復起她自然是高興的，彼此也可以加以援手，眉莊更是真心為我高興。陵容一味是溫和謙卑的，臉上亦淡淡的羞澀的笑容，拉著我的手，雙眼無辜而明亮：「姐姐總算苦盡甘來了，可叫妹妹擔心呢。」

我應對的笑是從容的，「安妹妹言重了。」言重的是我的苦還是她的擔心，心內自然分明。她的笑便有些訕訕的，儀態依舊恭謹謙卑。

那一日在儀元殿後聽見的話如骨鯁在喉一般，話中的欲退還進的意思我不是不明白，哪怕她是為了自保，為了固寵，我與她，在內心到底是生疏了。世態炎涼，人心歷久方能見。只是見到何種地步，就不是我和她所能夠預料的了。

目光與陸昭儀觸碰時，她極度的不自然，很快躲避開我的目光。我泰然地微微一笑，秦芳儀更是坐立不安，如坐針氈。我微笑著將她的不自然盡收眼底，並不打算將她羞辱我一事告訴玄凌。她亦不曉得我重新得勢後會如何對付她，越發不安。我也不理，只是對著她的惶恐，露出一個極明媚而友好的笑容。而她只顧低頭，怕得不敢再看我一眼。

數日後，我自皇后宮中請安回來，自上林苑回棠梨宮。雪天路滑，我並沒有乘坐轎輦，只是抱了手爐，慢慢攙了槿汐的手走回去。冬日冰雪琉璃世界的上林苑並不荒蕪凋謝，除了樹樹紅梅、臘梅、白梅點綴其間，手巧的宮人們用鮮艷的綢絹製作成花朵樹葉的樣子，黏在乾枯的枝幹上，一如春色未曾離開。

我行走幾步，轉入路旁的歲寒閣悠閒觀賞太液池雪景。那是自皇后宮中出來，秦芳儀和曹婕妤各自回宮的必經之地。

果然她們倆先後乘著轎輦經過，見我在側，不得不停下腳步向我問安。

閣中三面有窗，一面是門，亦有頂可以遮蔽風雪。只是閣子狹小，我和槿汐站立其中，又進來了秦、曹二人，便有些擁擠不堪了。

她們的宮人都守在閣外，槿汐拿了鵝羽軟墊請我坐下，我又命她們二人坐。我低頭用長長的護甲蓋撥著畫琺琅開光花鳥手爐的小蓋子，手爐裡焚了一塊松果，窄小的空間裡，便有了清逸的香。

曹婕妤神色從容，若無其事和我敘話家常，秦芳儀卻是神色不寧的樣子。我故意不去理會她，對曹婕妤道：「前陣子本宮抱恙，好久沒和兩位姐姐見了，今日不如一起賞雪說話可好？」

曹婕妤笑吟吟道：「本要回去陪帝姬的，可是許久不見娘娘，理應問安奉陪的。」

秦芳儀無奈，只好道：「娘娘有命，嬪妾不敢不從。」

我唇角微揚，笑道：「這話說得像是本宮勉強妳了。」她一驚，忙要分辯，我又道：「其實咱們姐妹多見見、說說閒話兒多好，情誼深了，誤會嫌隙自然也就沒有了。」

曹婕妤略有不解，卻也不問，秦芳儀只得唯唯諾諾答應了。

從閣子中望出去，整座後宮都已是銀妝素裹，白雪蒼茫之間，卻是青松愈青，紅梅愈紅，色澤愈滴。

我遙遙注視一苑的銀白，緩緩道：「這季節裡，倒叫本宮想起一個冬天的故事了呢。」

曹婕妤道：「娘娘博學廣知，嬪妾願聞其詳。」

我道：「彷彿是人彘的故事吧。人彘，也是發生在這樣的冬天呢。」

曹婕妤的笑容一凝，略有些不自在，她顯然是知道這個故事的。秦芳儀卻是一臉茫然，她出身地方糧官之家，教養不多，且是只好戲文不愛史書的，自然是不知道。

我笑笑道：「哪裡還博學廣知呢，其實本宮也不太記得清了，不如取了書來叫槿汐為我們姐妹念一念吧。」

念的是《史記》的《呂太后本紀》，擇了一段讓槿汐來念，她口齒清晰，一字一字念來娓娓動聽：「呂太后者，高祖微時妃也，生孝惠帝、女魯元太后。及高祖為漢王，得定陶戚姬，愛幸，生趙隱王如意。孝惠為人仁弱，高祖以為不類我，常欲廢太子，立戚姬子如意，

如意類我。戚姬幸，常從上之關東，日夜啼泣，欲立其子代太子。呂后年長，常留守，希見上，益疏。如意立為趙王後，幾代太子者數矣，賴大臣爭之，及留侯策，太子得毋廢……呂后最怨戚夫人及其子趙王，乃令永巷囚戚夫人，而召趙王。……太后遂斷戚夫人手足，去眼，輝耳，飲瘖藥，使居廁中，命曰『人彘』。」

秦芳儀聽著起先還能神色自如，漸漸面色發白，身體也微微顫抖起來。我注視她的神情，恍若無事一般慢慢解釋道：「漢高祖時，劉邦寵幸定陶戚夫人，冷落皇后呂氏。戚夫人多番奪寵，不顧尊卑藐視皇后，又想以自己的兒子如意取代呂后所生的劉盈的太子之位。如此奪夫奪位的深仇，呂后自然是懷恨在心。高祖死後，呂后恨透了戚姬與趙王如意，首先幽禁了戚姬，罰她穿著囚服日日在永巷舂米，戚夫人為高祖寵幸，哪裡受過這樣的苦楚，於是日日歌唱『子為王，母為虜，終日舂薄幕，常與死為伍！相離三千里，當誰使告汝？』」我說到此處，笑言道：「戚夫人真是愚頑，事已至此，寡母弱子猶如飄萍無所依靠，她還這樣歌唱想依賴幼子庇護，豈不知卻是害了自己的兒子。」於是又道：「呂后再遣使者把趙王如意從邯鄲召進京內，縱然劉盈極力祖護這個異母弟弟，結果仍是被呂后毒殺。對於眼中釘肉中刺的戚姬，呂后砍掉她的手足，挖眼燒耳，灌上啞藥，丟進廁所裡讓她輾轉哀號，稱為『人彘』，慘不忍睹，戚夫人一代美人淪落至此，真是太可惜了！」

我嫵媚微笑，對著秦芳儀道：「雖然呂后手段殘酷，不過戚夫人也是活該，妄想憑一時之勢奪嫡奪寵，羞辱尊上，便是咎由自取了。亦可見身為女子，呂后記仇也是很深啊。芳儀，妳說是不是呢？」

她聽得癡呆，猛然聽見我問，雙手一抖，整個人已經不由自主委頓在地上。我示意槿汐攙一攙她坐好，曹婕妤在旁道：「好端端的說故事聽呢，秦姐姐這是怎麼了？」

我亦道：「正是呢，芳儀又不是這樣犯上無知的人，好端端地多什麼心呢。」我的笑越發柔和：「剛才本宮胡亂解釋了一通，怕是反而擾的芳儀聽不明白，不如讓槿汐再念吧。司馬遷千古筆墨，可是字字珠璣，別辜負了才好呀。」用的商量的口氣，底下的意思卻是不容置疑的。

秦芳儀被硬扶著顫巍巍坐起，身子慄慄作顫。閣中靜得只聽見她急促不勻的呼吸，臉色蒼白如一張上好的宣紙。

槿汐念得抑揚頓挫，高低有致，講至可怖處嗓音亦有些陰翳沙啞，彷彿「人彘」慘禍歷歷就在眼前，淒慘驚悚不已。秦芳儀聽了幾句，淒惶看著我哀求道：「娘娘恕罪吧！嬪妾知道錯了，再也不敢了。」

我淡淡道：「這事兒就奇了。芳儀向來理直氣壯，何嘗有什麼罪了。況且，本宮不過是想聽槿汐給咱們念個故事而已。」我隨手摘下鬢上斜簪的一朵紫瑛色複瓣絹花，目光盈盈看著她，手中隨意撕著那朵絹花。絹帛破裂的聲音是一種嘶啞的拉扯，這樣驟然的靜默中聽來格外刺耳。

她滿面驚恐地望著我，道：「嬪妾……嬪妾只是聽從陸昭儀的差遣而已啊！娘娘……」

我似笑非笑，頭也不抬，只道：「是嗎？無論什麼事以後再說，本宮現在只想聽聽這『人彘』的故事。只是司馬遷雖然下筆如神，卻不知真正的『人彘』是什麼樣子呢。本宮倒是很好奇。」

我刻意咬重「人彘」之音，眼風在秦芳儀臉上厲厲剜過，嚇得她整個人倚在閣子的柱子上，綿軟抖縮。我也不理會，只是目示槿汐繼續再讀，方讀至第二遍，忽然聽得「啊」的一

聲慘叫，秦芳儀整個人昏了過去歪在了地上。

我漠然瞧她一眼，道：「原來膽子這樣小，本宮以為她多大的膽子呢，不過就是個色厲內荏的草包！」我用絹子拭一拭鼻翼兩側的粉，隨手把手中破碎的絹花擲在她身上，淡然道：「秦芳儀身子不適暈了，把她抬回去罷。」

宮人們都遠遠守在閣外，聽得呼喚，也不知發生了什麼事，慌忙把秦芳儀帶走了。槿汐也趁勢告辭出去。

曹婕妤見眾人走了，只餘我和她兩個，方笑意深深道：「殺雞儆猴——雞已經殺完了，娘娘要對嬪妾這個旁觀的人說些什麼呢？」

唇角輕柔揚起：「和曹姐姐這樣的聰明人說話真好，一點都不費力。」

她容色如常，和言道：「娘娘不是一個毒辣刁鑽的人，即使秦氏得罪了娘娘，娘娘大可以把她送去『暴室』發落，何必費這番周折呢？不過是想震懾嬪妾罷了。娘娘有什麼話請直說吧。」

我整一整鶴氅上的如意垂結，靜靜笑道：「曹姐姐九曲心腸一向愛拐彎抹角，忽然要和妳直接爽利地說話，還真是有些不習慣呢。」我停一停：「前些日子本宮感染風寒，每每薦了皇上去曹姐姐宮裡，曹姐姐可還覺得好嗎？」

她道：「娘娘盛情，嬪妾心領了。只是皇上人在嬪妾那裡，心思卻一直在娘娘宮裡，時常魂不守舍。」

我道：「曹姐姐冰雪聰明，自然知道皇上是否來去妳宮中，都是本宮言語之力。其實曹姐姐也不必十分在意皇上的心在誰那裡，俗話說『見面三分情』，只要皇上時時肯去妳那裡坐坐，以姐姐的聰慧皇上自然會更中意姐姐的。」我略想想又道：「為了慕容妃貶謫的事也

很連累了曹姐姐，更是冷落了溫儀帝姬。皇上似乎中間有半年沒去姐姐妳宮裡了。其實姐姐受些委屈不要緊，重要的是帝姬，若從小失了父皇的寵愛，將來可要怎麼打算呢。」

曹婕妤神色一變，道：「是嬪妾當日目光短淺，沒有學良禽擇木而棲，以至今日寥落，無所怨言可說。」

我微笑道：「姐姐可不要自怨自艾，帝姬的前程可都還要姐姐去為她爭取。從前呢，世事如此，姐姐選擇跟著慕容娘娘也不算是目光短淺，當日要追隨她，可也是不容易的吧。只是現在，姐姐還被宮中人視為慕容一黨，可要怎麼好呢？不過也還好，皇上是念舊情的人，不是也沒把慕容娘娘怎麼樣嗎？」

曹婕妤目光清越，望著我良久道：「娘娘心裡比誰都清楚，慕容娘娘遲早要敗落，不過是時機而已。嬪妾也很愁苦自己的將來，只求不要被牽累便好。」

我了然道：「慕容娘娘性子急躁決絕，曹姐姐一向的日子也不太好過吧。當日的木薯粉一事姐姐明知道本宮是冤枉的，自然也知道是誰利用帝姬生事——可憐帝姬小小年紀就要受這般苦楚，當真是叫人心疼……」我心腸微軟，「身為母親要眼看自己的孩子受這樣的苦楚，想必心裡更難過吧？」

曹婕妤眉心微動，矍然變色，再抬頭眼中已有一絲淚光，感歎道：「可是若不是她襄助，當年嬪妾還怎麼有生下帝姬的命。」

我點點頭，繼續道：「慕容妃自然對妳有恩，可是後來種種，她可是利用曹姐姐親生的帝姬為自己奪皇上的寵，甚至把帝姬帶在自己身邊不讓妳這個生母親自撫養——其實姐姐多有智謀，不在慕容妃之下，跟隨於她也不過想自保而已。」

她無限喟歎：「只可惜……」

我接口道：「曹姐姐是個再聰明不過的人，洞察世事，所以很早就曉得慕容妃不可依靠，私下也肯幫一幫本宮，當日慕容妃查抄存菊堂，姐姐若肯出言阻攔，本宮也就不能設計令她失寵了；而淳妹妹失足落水之事，也是姐姐對本宮有所提醒——本宮不是個不知恩的人。」

她道：「嬪妾也是唯命是從，怎有心力違抗當時的慕容娘娘呢。只是淳嬪是無法救回了。」

我正想尋求這長久的疑問，便道：「當日淳嬪究竟是為何失足？」她欲言又止，我心中焦急，臉上卻可有可無的樣子，道：「姐姐若無心，不說也是無妨的。」

她微微躊躇思索，道：「慕容妃不過是妒忌淳嬪年少得寵，又是和娘娘妳一路，所以要剪去娘娘妳的羽翼。」

「所以她就這樣急不可耐了嗎？也不怕皇上追究？」

「慕容妃一向目中無人，殺幾個嬪妃又算什麼，何況這樣的死法根本不落痕跡。」她頓一頓，覷著我的神色，小心道：「其實那日淳嬪去撿風箏，無意看見了慕容妃與汝南王的人私下來往，慕容妃才急於滅口。」

我倒吸一口涼氣，震驚之下耳上的金珠微微顫動。慕容妃有汝南王撐腰是眾人皆知的事，只是他們竟然在宮中互通消息，結交外臣可是不小的罪名。

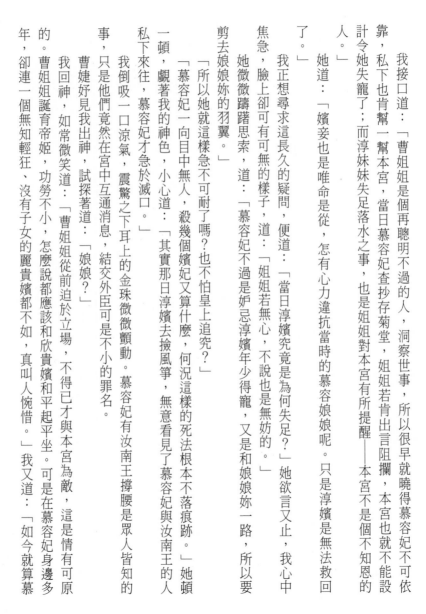

曹婕妤見我出神，試探著道：「娘娘？」

我回神，如常微笑道：「曹姐姐從前迫於立場，不得已才與本宮為敵，這是情有可原的。曹姐姐誕育帝姬，功勞不小，怎麼說都應該和欣貴嬪和平起平坐。可是在慕容妃身邊多年，卻連一個無知輕狂、沒有子女的麗貴嬪都不如，真叫人惋惜。」我又道：「如今就算慕

容妃肯幫妳也是有心無力，曹姐姐真要這樣落寞宮中嗎？何況生母的位份高低，對子女的前程也是大有影響的。」說完，我只別過頭觀看雪景，留了她慢慢思索。

須臾，曹婕妤鄭重拜下，朗聲道：「嬪妾願為牛馬，為娘娘效勞，但求娘娘可以庇佑嬪妾母女，嬪妾感激不盡。」

我自心底微笑出來，有這樣一個盡曉慕容世蘭底細的智囊在身邊，我便更有十足把握。於是親自伏下將她扶起，「其實本宮早就對曹姐姐有欣賞傾慕之意，今日得以親近自然是十分高興，不如回本宮宮中，一同暢敘一番可好？」

曹婕妤長長鬆一口氣，笑容滿面：「娘娘盛情，嬪妾求之不得。」

我澹然回頭，歲寒閣外冬寒尚濃，但焉知不是春意將至之時呢？